Charlotte Ambrun vit entourée de livres et de plantes dans le Sud de la France. Passionnée par les romans aux aventures trépidantes et aux mondes fantastiques, elle ne passe pas une journée sans en lire et en raconter à sa fille. La plupart de ses idées lui viennent en marchant ou en écoutant de la musique (souvent les deux à la fois), et elle ne s'installe jamais devant son ordinateur sans un café bien chaud et une bougie parfumée. Entre deux chapitres de roman, elle rédige des articles pour son blog *La parenthèse imaginaire*, qui parle d'écriture et d'imagination.

Charlotte Ambrun

RedStone

BIGBANG

Big Bang est une collection des éditions Castelmore

Directeur : Antoine Béon
Directrice de la publication : Claire Renault Deslandes
Directrice éditoriale : Hélène Boudinot
Directeur artistique : Fabrice Borio

Loi n° 49-956 du 16 juillet 1949 sur les publications destinées à la jeunesse

Dépôt légal : mai 2023

ISBN : 978-2-36231-489-6

Bragelonne – Castelmore
60-62 rue d'Hauteville – 75010 Paris

E-mail : info@castelmore.fr
Site Internet : www.castelmore.fr

Première partie

Chapitre 1

Les poings serrés, Eivy reprenait son souffle. Les côtes de la jeune fille étaient douloureuses et du sang coulait de son arcade entaillée. Elle avait chaud malgré l'air frais, et ses phalanges écorchées étaient à vif. Mais tout cela n'était rien, comparé à la faim qui grondait dans son ventre. Si elle n'avait pas été aussi affamée, elle aurait pu se mesurer à son adversaire… Ce qui n'était même pas certain : l'autre était bien plus grande et expérimentée qu'elle.

On l'appelait la Barrée, pour la cicatrice qui traversait son visage, mais aussi à cause de sa manière de sourire pendant ses combats. Eivy, elle, la soupçonnait d'avoir toute sa tête. La femme la dominait et le savait pertinemment. Pourquoi n'aurait-elle pas manifesté sa satisfaction ?

Le rire gras d'un spectateur retentit. La jeune fille contracta ses épaules dans la lumière grise du matin. Plus que jamais, elle avait conscience de sa petite taille et de sa carrure fluette. Ses chances de l'emporter étaient minces. C'était l'inconvénient des combats organisés par Lanzo : on ne savait jamais sur qui on allait tomber. Parfois, l'adversaire était balourd et facile à berner, mais la plupart du temps, c'était une autre affaire.

Eivy connaissait la règle, hélas, elle avait bien trop faim pour écouter sa prudence. Les quelques pièces d'une victoire lui permettraient de combler le gouffre dans son estomac. Jusqu'à la prochaine fois.

Un chien aboya rageusement, prisonnier de sa chaîne. Le son rauque résonna dans l'arrière-cour crasseuse du docker. La brume matinale s'infiltrait entre les murs de pierre, effleurant les planches de bois, les baquets et les outils rouillés abandonnés par Lanzo.

Attaché à un piquet à l'écart de la foule, un vieux cheval attendait, indifférent aux commentaires des spectateurs agglutinés dans la cour. Eivy elle-même les percevait à peine. Elle n'avait conscience que de la faim et du regard froid de la Barrée, qui ne la quittait pas. Les cheveux blonds et raides de celle-ci, coupés net sous les épaules, accentuaient la dureté qui se dégageait d'elle. La combattante la fixait avec un intérêt dérangeant.

C'était peut-être par curiosité qu'elle ne l'avait toujours pas assommée. La Barrée la malmenait depuis quinze minutes, peut-être plus. Eivy avait commencé à jouer à l'idiote pour mieux la surprendre, mais son adversaire ne s'était pas laissé berner. Puisqu'elle ne pouvait l'atteindre par la force, il allait falloir trouver un autre moyen de ruser.

Eivy se précipita en avant, feignant une attaque désespérée. L'autre avança de son pas calme et mesuré. La jeune fille s'immobilisa et recula vers le cheval. Lorsqu'elle sentit la queue du canasson frôler son dos, elle plongea ses yeux dans ceux de la Barrée, en y insufflant toute la rage et tout le mépris dont elle était capable.

Les traits de son adversaire se contractèrent, et elle se pencha brusquement pour attraper Eivy. Celle-ci l'esquiva et claqua la croupe du cheval avant de se jeter au sol. L'effet ne se fit pas attendre : le canasson hennit et décocha une ruade qui atteignit la Barrée à l'épaule. Les cris des spectateurs redoublèrent d'ardeur. Une femme éclata d'un rire surexcité.

La blonde tomba à la renverse avec un rugissement de douleur. Un nuage de poussière s'éleva, faisant tousser frénétiquement Eivy.

Celle-ci crut avoir remporté le combat. Recroquevillée par terre, les poings contre le sol, elle imagina le goût du pain dans sa bouche, et la sensation apaisante de son estomac rempli.

Hélas, la Barrée était trop coriace pour se laisser abattre si facilement. Elle se redressa, une main sur son épaule blessée. Lorsqu'elle se précipita sur Eivy, elle ne souriait plus.

La jeune fille évita de peu son coup de poing, qui lui aurait sans doute arraché une ou deux dents. Elle la contourna, mais l'autre la rattrapa par-derrière. Tandis qu'elle se débattait, le coude de la Barrée se referma sur sa gorge et la comprima. Eivy nc pouvait plus lui échapper. Sa respiration devint difficile. Ses jambes étaient en coton et des étoiles tourbillonnaient devant ses yeux.

Avant qu'elle perde connaissance, Lanzo sonna la fin du combat.

L'autre avait gagné.

Agenouillée par terre, Eivy haletait. Son corps était engourdi par la douleur et sa bouche avait un goût de sang. La Barrée lui jeta un regard venimeux. Le sourire était revenu sur ses lèvres. Lorsque le docker véreux jeta trois pièces aux pieds de son adversaire, Eivy enfonça douloureusement ses ongles dans ses paumes. Ses cheveux bruns emmêlés masquaient ses yeux furieux.

— Pas pour cette fois, la maigrichonne, ajouta Lanzo à son intention. Retente le coup demain !

Il s'éloigna en braillant quelques mots aux deux combattants suivants, qui commençaient déjà à se tourner autour.

Eivy utilisa ses dernières forces pour se lever et traverser l'arrière-cour. Elle bouscula un vieil homme, qui la dévisagea en l'insultant. La jeune fille dépassa les spectateurs avides de violence sans leur accorder le moindre regard.

Telle une ombre, elle s'engouffra dans les ruelles brumeuses de Greybor. Autant éviter que la Barrée lui tombe dessus dans un coin sombre. Maintenant que le combat était fini, rien n'empêcherait celle-ci d'utiliser ses armes… Personne ne chercherait à venger Eivy ni à punir la responsable de sa mort, et la blonde le savait bien.

Lorsqu'elle atteignit les restes d'une maison délabrée, Eivy s'écroula. Le sol était dur et froid, mais au moins, on ne viendrait pas l'importuner ici.

L'adrénaline la quitta comme la marée se retire, et elle se retrouva complètement sonnée. La fatigue et la faim se jetèrent cruellement sur son corps. Eivy avait utilisé toutes ses ressources pour tenter ce combat, et elle le regrettait amèrement.

Elle pensa aux poissons étalés sur le quai, à quelques dizaines de mètres de là. La jeune fille avait l'impression de connaître leur destin. Elle étouffait depuis trop longtemps, prisonnière de cette ville sans horizon.

Lorsqu'elle ferma les yeux, elle ne sut si c'était un malaise ou le sommeil qui la happait.

Eivy se réveilla dans une chape de brouillard. Les murs de la maison en ruine lui masquaient la vue du soleil, et elle était incapable de savoir combien de temps s'était écoulé depuis son combat avec la Barrée. Quelques heures ? Deux journées ? Un voile cotonneux s'était déployé autour d'elle, la protégeant du monde et de ses propres sensations. La faim s'était estompée pour laisser place à un malaise flou.

Depuis combien de temps n'avait-elle rien bu ni avalé ?

Cette idée la glaça. Elle n'était pas suffisamment anesthésiée pour se voiler la face. Il fallait qu'elle sorte de là, mais son corps était trop faible pour la porter. Ses jambes ne lui répondaient plus. La jeune fille savait ce que cela signifiait : elle allait mourir dans cette ville où elle avait toujours eu l'impression d'être une étrangère. À présent, elle réalisait à quel point sa solitude lui pesait.

Eivy s'était toujours sentie différente des autres. Elle avait grandi entourée de ses parents, mais n'avait jamais pu se faire d'amis. Les autres avaient commencé à la rejeter bien avant qu'elle ait ses premières visions.

Quand elle avait compris ce qui la distinguait tant des enfants de son âge, sa mère lui avait dit d'ignorer ses curieuses capacités. Eivy l'avait écoutée et avait relégué cette partie d'elle-même dans un coin de sa tête, comme on refoule un souvenir douloureux. Mais cela n'avait pas suffi. Les autres se méfiaient d'elle instinctivement, comme s'ils pressentaient une différence, mais sans réussir à mettre le doigt dessus.

C'est à ce moment qu'Eivy avait commencé à rêver d'ailleurs. L'envie de quitter Greybor était devenue viscérale, obsédante. Hélas, on ne partait pas d'ici si facilement. Le gouverneur tenait à sa précieuse main-d'œuvre.

La situation avait brusquement empiré quand ses parents avaient été assassinés, dans leur petite maison. Eivy avait douze ans. Ce jour-là, prostrée dans la cachette où elle avait trouvé refuge, elle avait entendu parler les gardes. *Encore une famille de massacrée. Ça fait la troisième, ce mois-ci. Leur baraque est sens dessus dessous. Les gars de la rue feraient n'importe quoi pour béqueter à l'œil, je te jure.*

Ils n'avaient pas de famille à Greybor, et leurs voisins avaient proposé de la recueillir. Elle avait fini par comprendre que c'était un moyen de s'approprier leur maison.

Chez eux, le sentiment de différence d'Eivy n'avait fait que croître, jusqu'à devenir insupportable. La douleur de son deuil n'avait pas arrangé les choses, et la fillette s'était fermée comme une huître. De la condescendance, les voisins étaient vite passés à un agacement hostile. Malgré tout, Eivy avait survécu en leur compagnie jusqu'à ce que la situation devienne intenable. Le souvenir d'Adelyn lui revint en tête. Elle sentit ses poings se crisper malgré la faiblesse.

Adelyn était l'aînée des trois filles des voisins. Comme ses sœurs et la plupart des femmes de Greybor, elle avait de longs cheveux couleur de miel, une haute stature et des hanches larges. Elle aimait traiter Eivy de souris pour se moquer de sa tignasse brune, de sa petite silhouette nerveuse et de son air renfrogné. Ses railleries avaient toujours glissé sur elle comme l'eau salée du port.

Jusqu'au soir où Adelyn était rentrée du bal de la ville, les joues roses et les yeux brillants d'excitation. Elle cachait quelque chose au creux de sa main. Ses sœurs s'étaient pressées autour d'elle comme un essaim de mouches. Lentement, elle avait ouvert les doigts pour dévoiler un collier dans lequel s'enchâssait une améthyste. Un prétendant le lui avait offert au bal.

Devant l'indifférence d'Eivy, elle avait marché jusqu'à elle pour le lui coller devant le nez. Par réflexe, celle-ci avait refermé ses doigts autour de la pierre pour l'immobiliser. À son contact, elle avait aussitôt senti que le bijou avait été dérobé par Adelyn à une autre jeune fille, et non offert par un amoureux imaginaire.

Eivy avait une affinité particulière avec les gemmes. Tandis que les autres percevaient les pierres comme inertes, elle les sentait vibrer de vie. D'un simple contact, elles lui communiquaient des visions, et même parfois l'état d'esprit de ceux qui les avaient touchées avant. C'étaient des sensations floues et inexplicables, mais impossibles à ignorer. Et elles se révélaient toujours exactes.

Eivy n'en avait rien dit à Adelyn, mais le regard qu'elle lui avait lancé était éloquent. L'autre l'avait fixée avec une surprise horrifiée, qui s'était bien vite transformée en haine. À partir de ce soir-là, elle s'était résolue à faire de l'existence d'Eivy un enfer.

Tous les coups bas étaient permis. Adelyn jetait du sel dans son verre, des épluchures moisies dans son lit, de l'eau gelée sur ses chaussures. Avec la connivence de ses sœurs, elle la réveillait toutes les nuits et la faisait accuser des pires bêtises pour qu'on la punisse. Au surnom de *souris* s'était ajouté celui de *sorcière*, qui la poursuivait partout. *La sorcière n'est pas comme nous. Elle manigance, seule dans son coin, pour nous faire du mal. Elle n'a rien à faire chez nous.*

Au bout de quelques semaines, Eivy avait fui et s'était retrouvée à la rue. Cinq ans plus tard, elle s'y terrait toujours. Elle était devenue cette souris que voyait en elle la fille des voisins.

Dans la maison délabrée, un mouvement soudain rappela Eivy à la réalité. Elle sentit son cœur se figer. La jeune fille plissa les yeux pour essayer de mieux voir dans la pénombre. Une silhouette encapuchonnée s'approchait d'elle.

Eivy fronça les sourcils devant le visage qui lui faisait face. Ses traits disparaissaient sous une grande pèlerine, et la semi-obscurité achevait de le rendre insaisissable. La seule chose qu'elle voyait de lui était un regard étrange. L'un de ses yeux semblait bleu-vert et l'autre gris. Un je-ne-sais-quoi de surnaturel émanait de sa présence. S'agissait-il de la mort, qui était venue la chercher ? La peur gonfla dans sa poitrine telle une vague glacée.

L'intrus parla d'une voix douce et claire :

— Eh bien, qu'avons-nous là ? Une fille errante. À moitié morte, de surcroît.

Son ton était ennuyé, comme s'il faisait face à un imprévu de second ordre. Cela eut au moins l'avantage de lui remettre les idées en place. Il ne s'agissait pas de la mort mais d'un homme, certes étrange, mais fait de chair et de sang. Et qui s'attardait trop longtemps ici.

— Laisse-moi tranquille, répondit-elle d'un ton qu'elle voulait menaçant, mais qui ressemblait à un coassement étranglé.

— Pour que tu puisses mourir ? J'ai fait un long voyage, autant que ce ne soit pas inutile.

Il glissa une main sous sa capuche pour serrer quelque chose, vers son oreille, et appliqua l'autre contre le front d'Eivy. Celle-ci n'eut pas le temps de protester. L'homme murmura quelques mots incompréhensibles, les yeux baissés, et elle sentit une onde pulser de ses longs doigts fins. Le flux s'infiltra sous sa peau comme une coulée de brume.

Son corps fut secoué d'un frisson, et le voile de coton qui la protégeait s'évapora. Le monde retrouva ses contours nets. La faim et la soif l'envahirent à nouveau. C'était douloureux, comme lorsque le sang revient dans un membre engourdi.

— Voilà qui est mieux.

— Que m'as-tu fait ? gronda-t-elle en glissant une main contre sa ceinture pour serrer le manche de sa dague.

Elle espérait ne pas avoir à s'en servir, mais n'hésiterait pas s'il la touchait à nouveau.

Il recula pour s'asseoir à quelques pas.

— Je t'ai juste accordé un peu de clarté. Le reste ne dépend que de toi. Ton esprit ne tardera pas à s'obscurcir à nouveau, si tu persistes à dépérir ici. Si tu estimes qu'il n'y a rien d'autre à découvrir, rien de mieux à vivre que le quotidien sinistre de cet endroit.

— On ne quitte pas Greybor si facilement, la garde portuaire y veille. J'en ai déjà fait les frais, ajouta-t-elle en tendant la paume de sa main gauche, pour montrer la cicatrice qui courait de son auriculaire à la base de son pouce.

— Ce n'est pas parce que certains chemins sont inaccessibles qu'il n'en existe pas d'autres.

— Que veux-tu dire ?

— Eh bien, que les hommes sont généralement corruptibles. Surtout les gardes qui sévissent ici. Beaucoup maîtrisent l'art de fermer les yeux, pour peu qu'on ait de quoi les payer.

— Ce n'est pas mon cas.

— Peut-être. Mais d'autres le peuvent. As-tu déjà entendu parler de Dent Rouge ? C'est un pirate de renom. Il va bientôt faire escale ici, au nez et à la barbe du gouverneur. Il a connu des pertes, lors d'un abordage difficile, et veut profiter de son passage dans les bas-fonds de Greybor pour renflouer son équipage. Certains y verraient l'occasion rêvée de quitter cette charmante cité…

Il avait prononcé ces derniers mots dans un murmure. L'espace d'un instant, Eivy pensa au parfum iodé de la mer, à la sensation d'un pont oscillant sous ses pas, au bruit des vagues frappant une coque. Et surtout, à la vision d'un horizon ouvert sur le monde, d'un ailleurs à portée de regard. Cela ressemblait à ses rêves d'enfant.

L'homme la fixait de son regard énigmatique. Se jouait-il d'elle ? Eivy n'avait rien du profil recherché par un capitaine pirate.

— Je n'ai aucune chance d'être enrôlée par Dent Rouge.

— Tu es bien défaitiste. Montre-lui ce que tu as de spécial.

— Ce qui me différencie des autres leur donne rarement envie d'avoir affaire à moi.

Il l'observa avec un intérêt troublant. Qui était cet homme et pourquoi s'intéressait-il à son sort ? L'intensité de son expression la perturba, et Eivy sentit sa tête tourner. Elle ferma les yeux pour reprendre pied. La singularité de cet échange lui avait fait oublier à quel point la faim la torturait. Sans qu'elle comprenne pourquoi ni comment, cet homme l'avait sortie de sa torpeur, mais cela ne signifiait pas qu'il était inoffensif. Il fallait qu'elle sache ce qu'il lui voulait.

La sensation familière de sa montre à gousset contre sa peau l'aida à retrouver ses esprits. Eivy rouvrit les paupières, déterminée, mais ses mots moururent sur ses lèvres. Sa main quitta lentement le manche de sa dague. Elle était de nouveau seule dans la maison délabrée. La jeune fille écarquilla les yeux : l'homme était parti sans un bruit, furtif et éthéré comme une ombre.

S'agissait-il d'un rêve ? Peut-être avait-elle déliré, victime de son état de faiblesse. Quelque chose se noua dans sa poitrine, et elle réalisa que les paroles de l'homme avaient réveillé son désir fou de quitter Greybor. L'issue désespérée qu'il lui avait présentée lui avait fait plus d'effet qu'elle le pensait. Hélas, il n'y avait personne d'autre qu'elle dans les ruines de cette maison.

Le regard d'Eivy se figea soudain. À quelques mètres se trouvaient deux petites formes difficiles à discerner dans la pénombre, mais qui n'étaient pas là auparavant. Elle avança et découvrit une miche de pain et une outre remplie d'eau. La jeune fille s'en saisit en tremblant. Elle but et mangea sans s'arrêter, jusqu'à ce qu'il n'en reste plus rien.

Puis elle resta là, agenouillée par terre, les paumes contre le sol. Ses forces lui revenaient peu à peu. Une douce chaleur grandissait dans sa poitrine, menaçant de l'envahir à tout instant.

Eivy connaissait cette sensation. Elle l'avait étouffée depuis longtemps. À présent qu'elle refaisait surface, la jeune fille craignait de la laisser s'épanouir, de peur de la voir broyée à nouveau. L'espoir.

Il recommençait à couler dans ses veines, et chacune de ses pulsations lui criait de se lever et de fuir cet endroit, où ne l'attendaient que la misère et la mort.

Le pouls d'Eivy s'accéléra tandis qu'elle rassemblait ses idées. S'il lui avait laissé des vivres, cela signifiait que l'homme aux yeux vairons existait bel et bien. Ce qu'il lui avait dit sur la venue de Dent Rouge était sans doute aussi réel que le pain qu'elle avait avalé. Et si un équipage pirate s'arrêtait clandestinement à Greybor, elle devait tout faire pour partir avec lui.

À cette idée, des sensations douloureuses l'assaillirent, réminiscences de sa dernière tentative de fuite. Eivy revit les gardes la débusquer de sa cachette, ressentit à nouveau la souffrance de sa paume contre la lame, se remémora le désespoir de son passage au cachot.

Elle serra les poings pour se donner du courage. Cette fois-ci, elle n'allait pas se dissimuler dans un bateau pour quitter Greybor.

Eivy allait tenter d'impressionner Dent Rouge, même si cela devait lui coûter la vie.

Chapitre 2

Eivy attendait le bon moment, tapie dans la pénombre de la taverne enfumée. L'air chargé de cris et de rires était à couper au couteau. Il y avait tant de monde, ce soir-là, que la gargote semblait encore plus petite que d'habitude, et son plafond encore plus bas. Toute la crapule des quartiers malfamés de Greybor s'était entassée entre les murs de la *Halte du Voyageur*. Partout où se posait son regard, les tables grouillaient de pirates, de contrebandiers, de filles de joie. C'était exactement ce qu'elle avait imaginé.

Entre la semi-obscurité et l'épaisse fumée des cigares, personne n'avait remarqué sa présence. Et pas seulement parce qu'elle était petite et maigre pour ses dix-sept ans. Eivy tâchait de se faire oublier. Cette nuit, elle devait passer inaperçue assez longtemps pour rester en vie.

Adossée dans un coin sombre de la taverne, elle observait les allées et venues. Elle avait caché ses longs cheveux sous sa casquette en velours, et portait une blouse d'apprenti volée quelques jours auparavant, dont la coupe large dissimulait sa poitrine. Son manteau achevait de la dissimuler aux regards. Rien ne la distinguait des garçons présents ce soir-là.

Ils étaient venus pour rencontrer Dent Rouge. Depuis que l'inconnu aux yeux vairons lui avait parlé de la venue du capitaine, Eivy était sortie de sa langueur, et s'était intéressée aux conversations de la rue. C'était l'ébullition à Greybor. Tous les hommes et les garçons du coin voulaient tenter leur chance auprès du célèbre pirate. Cela n'avait rien d'étonnant. Le gouverneur utilisait les habitants des bas quartiers jusqu'à la corde, pour exploiter la mine. Les conditions de vie, là-bas, étaient tristement célèbres. Personne ne voulait connaître ce sort-là.

Les pirates ne faisaient pas de vieux os non plus, mais leur existence faite de liberté et d'aventure restait une échappatoire excitante. Peu d'entre eux seraient choisis par Dent Rouge, ce qui n'empêchait pas l'espoir d'animer leurs grands yeux cernés et leurs visages maigres. Ils étaient prêts à tout pour rejoindre l'équipage du *Red Stone*. Eivy allait devoir faire plus pour se démarquer, quitte à se mettre en danger de mort.

La jeune fille sentait la tension monter. Elle glissa la main sous sa chemise pour attraper sa montre à gousset, et en ouvrit le médaillon. L'heure était venue. Avant de la remettre en place, elle serra fort le bijou contre sa paume. C'était le seul souvenir que ses parents lui avaient laissé avant de mourir. Le sentir au creux de sa main lui donnait du courage.

Eivy chercha des yeux la serveuse blonde aux joues potelées qui travaillait jusqu'à minuit. Elle la repéra près du comptoir écaillé. Épuisée, celle-ci enleva son tablier et s'en servit pour essuyer son front en sueur. Elle échangea quelques mots avec le tavernier avant de disparaître derrière la porte de service. Le brouhaha environnant empêcha Eivy d'entendre quoi que ce soit. Mais elle n'en avait pas besoin. Cela faisait une semaine qu'elle préparait son coup, elle connaissait la suite des événements par cœur.

La blonde ne tarda pas à ressortir et à quitter la taverne. Elle s'était changée et rentrait chez elle après une rude soirée de travail. Eivy avait un quart d'heure pour agir. Passé ce délai, l'autre serveuse viendrait prendre la relève.

La jeune fille se faufila dans l'ombre d'un groupe d'hommes accoudés au comptoir. Quand le tavernier se pencha pour remplir une pinte, elle se glissa derrière lui. Le temps d'un battement de cœur, elle avait poussé la porte de la salle de service.

Elle s'accorda un instant pour souffler. Le rire graveleux du tavernier fusait derrière la porte. Il ne l'avait pas vue.

La petite salle réservée au personnel était encore plus miteuse que le reste de la taverne. Une bougie informe dégoulinait de cire sur un tabouret. La blonde avait abandonné sa jupe en toile et son corsage à même le sol. Un miroir plein de crasse était posé contre le mur. Eivy ôta sa casquette ainsi que ses vêtements et les jeta par terre.

Elle s'empara de la tenue de la serveuse. Un cafard s'en échappa et courut sous une planche. Elle enfila la jupe, puis resserra le corsage sur sa poitrine. Le tissu moite la fit frissonner. Elle tenta d'apporter un semblant d'ordre à ses cheveux et regarda sa montre à gousset. Il ne restait plus que douze minutes.

Elle jeta un coup d'œil au miroir. Eivy ne ressemblait pas aux serveuses de la taverne, avec sa silhouette menue et ses cheveux bruns en pagaille. Dans la glace, ses yeux la fixaient d'un air de défi. Elle essaya de se composer une expression neutre. Il faudrait que le déguisement fonctionne pour qu'elle mène son plan à bien. C'était risqué, mais elle n'avait pas le choix.

Eivy inspira profondément et entrouvrit la porte. La taverne bruyante l'enveloppa de nouveau dans son nuage enfumé. Comme prévu, l'aubergiste avait abandonné les lieux pour s'occuper du service en attendant la relève. Eivy attrapa un plateau de pichets de bière. Elle tourna le dos à la grande salle et fila vers l'alcôve isolée au fond. Quel qu'il soit, son destin l'attendait là-bas.

Elle avait déjà entendu parler de Dent Rouge, bien avant que l'homme aux yeux vairons l'évoque. Le capitaine pirate était connu sur toute la Côte Est, et même au-delà. Une légende racontait qu'il devait son surnom à son goût pour le sang encore chaud de ses adversaires. Eivy n'y croyait pas, mais cela ne l'empêcha pas d'être impressionnée quand elle l'aperçut, assis dans la semi-obscurité.

La quarantaine bien tassée, il était incroyablement massif. Une tignasse grise balayait ses épaules. Sous sa barbe naissante, sa mâchoire était carrée et son regard glacial. Chez les pirates, on pouvait distinguer deux catégories de capitaines. Il y avait ceux qui vouaient un culte à leur apparence et travaillaient savamment leur style. Quand ils pillaient un bateau, ils s'appropriaient les vêtements les plus précieux du butin. Ceux de la deuxième catégorie, au contraire, n'avaient que faire de ce qu'ils portaient. Ils vivaient pour le sang et la ferveur du combat. Dent Rouge était visiblement l'un d'entre eux. Cela ne rassura pas Eivy.

Un pirate plus jeune était assis à droite du capitaine. Il questionnait les candidats qui défilaient à leur table. C'était un petit roux au rire sonore et à la barbe hirsute. Contrairement à Dent Rouge, il profitait visiblement du recrutement pour s'amuser.

À gauche du capitaine se tenait un grand chauve à l'œil sombre et aux doigts chargés de bagues. Eivy blêmit en le reconnaissant : c'était l'un des triplés Byans, les frères véreux qui trempaient dans toutes les magouilles des bas-fonds. Eivy les fuyait comme la peste. Les histoires que l'on racontait sur eux faisaient froid dans le dos.

Ainsi, c'étaient donc eux qui avaient arrangé la venue de Dent Rouge à Greybor. La jeune fille n'avait pas anticipé leur présence.

Une pinte à la main, le roux fit signe à un nouveau candidat de les rejoindre dans l'alcôve. C'était un jeune blond à lunettes vêtu comme un notable. Eivy se demanda comment il avait pu arriver là sans se faire dépouiller, jusqu'à ce qu'elle aperçoive ses yeux rougis et le sang séché sur ses mains.

En le voyant avancer vers eux d'un pas gauche, le roux éclata de rire et renversa la moitié de sa bière sur la table. Dent Rouge toisa le jeune homme sans se dérider.

C'était le moment de passer à l'action. Le nouveau venu attirait toute l'attention, il fallait qu'elle en profite.

Eivy se faufila vers la table en s'efforçant de se faire discrète. Elle s'empara d'un pichet de bière et remplit la pinte du roux. Plié en deux par son fou rire, il ne la vit même pas. Elle passa au chauve, qui, lui, avait les yeux rivés sur elle. L'avait-il reconnue ? C'était peu probable. Eivy avait toujours veillé à se tenir à distance de ce poison et de ses frères.

En revanche, il se demandait peut-être d'où sortait cette nouvelle serveuse. S'il la trouvait bizarre et décalée, ne risquait-il pas de se poser des questions ? Devant son regard insistant, la main d'Eivy trembla. Elle réussit à la stabiliser. Une fois la pinte pleine, elle attrapa un nouveau pichet et s'occupa de celle du capitaine.

La tête baissée, elle aperçut une hache contre sa ceinture. C'était une arme magnifique, au manche finement sculpté de volutes d'or, et à la lame aiguisée de près. Une terreur soudaine lui tordit les tripes, et elle fut tentée de lâcher son pichet et de partir en courant. Elle repensa alors à sa vie impossible à Greybor, à sa solitude vertigineuse et au désespoir qui avait bien failli la tuer. Sa volonté se raffermit comme une corde qui se tend. Elle allait partir ou mourir, mais ne resterait pas un jour de plus ici.

Dent Rouge n'avait pas parlé depuis son arrivée. Il dévisageait le jeune homme à lunettes, qui se présentait en bafouillant. Le frère Byans la fixait toujours. Il attrapa sa pinte pour boire une gorgée de bière, exhibant d'un geste ostentatoire la plus grosse de ses bagues. C'était une chevalière sertie d'une émeraude. Eivy eut un mauvais pressentiment, mais elle allait devoir faire avec. Le moment était venu de jouer sa vie.

Le filet de bière coulait du pichet et remplissait la pinte de Dent Rouge. La main d'Eivy bascula sur la droite et renversa la boisson sur la veste du capitaine.

Le roux arrêta de rire.

Le chauve haussa un sourcil.

Dent Rouge tourna lentement la tête vers elle et planta ses yeux gris dans les siens. Elle n'avait jamais vu de regard aussi glaçant. Il fallait qu'elle coupe court à toute émotion pour ne pas céder à la panique. Elle devait agir selon son plan, sans réfléchir.

— Pardonnez ma maladresse, marmonna-t-elle en attrapant un chiffon sur le plateau.

Elle se pencha sur le capitaine et commença à nettoyer sa veste.

Le médaillon de sa montre s'échappa de son corsage et dégringola devant elle.

Tout en épongeant le tissu couvert de bière, Eivy glissa discrètement son autre main dans la poche de Dent Rouge. Rapide comme une ombre, elle attrapa sa bourse et la fourra dans son tablier.

Elle se redressa, n'arrivant pas à croire à ce qu'elle venait de faire.

Le frère Byans fixait son corsage, le roux observait le capitaine avec appréhension, et Dent Rouge avait les yeux rivés sur la montre à gousset d'Eivy. La seconde qui suivit lui sembla durer des heures. Le regard du capitaine était indéchiffrable. S'était-il rendu compte qu'elle venait de le voler ? Les yeux baissés, Eivy s'efforça de cacher la tempête qui grondait dans sa poitrine. Son cœur battait à toute allure, comme s'il allait exploser.

— Hors de ma vue, finit-il par déclarer d'une voix caverneuse.

La jeune fille se laissa gagner par une bouffée de soulagement. Le plus périlleux restait à venir, mais, au moins, la première étape de son plan avait abouti…

C'était sans compter sur cette fouine de Byans. Au moment où elle s'éclipsait, le chauve se pencha au-dessus de la table et attrapa son bras.

— Pas si vite, dit-il d'une voix sifflante.

Il lui sourit et enfonça un peu plus ses doigts dans son bras. Instinctivement, Eivy posa sa main libre sur la sienne pour la repousser. Lorsqu'elle entra en contact avec l'émeraude de sa chevalière, un flot d'images l'envahit, et elle comprit ce que Byans était vraiment venu faire auprès de Dent Rouge. Elle ravala sa surprise. Sa mésaventure avec l'améthyste d'Adelyn lui avait servi de leçon. Elle veilla à ne pas croiser son regard avant de maugréer :

— On m'attend au comptoir, si Monsieur veut bien m'excuser…

— Tu demanderas à ton patron de venir te présenter à moi, tout à l'heure. Il sait que j'aime qu'on me prévienne, lorsqu'une nouvelle fille entre à son service, et personne ne m'a tenu au courant de ton arrivée.

Elle hocha vaguement la tête, et il lâcha enfin son bras. Du coin de l'œil, Eivy crut voir Dent Rouge sourciller, mais le capitaine ne bougea pas d'un pouce. Elle fila dans le couloir sans demander son reste.

Le tavernier était occupé à jeter un ivrogne dehors. Elle se faufila vers la porte de service et entra dans la petite pièce où l'attendaient ses vêtements.

Tous ses membres tremblaient. Ses nerfs commençaient à lâcher. Elle enfila sa blouse, son pantalon et enfonça sa casquette sur ses yeux. Puis elle récupéra la bourse du capitaine et quitta la pièce en regardant sa montre. Les quinze minutes étaient écoulées.

Elle venait de refermer la porte quand la véritable serveuse arriva pour prendre son service. Cela importait peu : Eivy n'avait plus besoin de se faire passer pour une autre. Elle préférait porter ses vêtements de garçon en se présentant à Dent Rouge pour lui rendre sa bourse. Les femmes étaient peu admises dans les équipages pirates. Elle voulait mettre toutes les chances de son côté. Pour qu'il accepte de la prendre dans son équipage, elle ne devait pas s'encombrer de jupons.

Allait-il se montrer impressionné ou décider de lui trancher la gorge, lorsqu'il découvrirait qu'elle l'avait volé ? Eivy refoula cette question dans un coin de sa tête. Elle avait bien conscience de la folie de sa tentative, mais elle ne pouvait faire demi-tour. Tout son corps la poussait désespérément vers la perspective de quitter Greybor.

La tension grandissait dans sa poitrine tandis qu'elle se dirigeait vers l'alcôve de Dent Rouge. Elle serra les poings en approchant de la table… qu'elle découvrit désertée. Le capitaine, le pirate roux et même le frère Byans avaient disparu. Les chaises en bois sombre étaient vides, seulement animées par la lueur des lanternes qui éclairaient la salle. Sur la table, les pintes avaient été abandonnées, à moitié pleines.

Eivy écarquilla les yeux sous sa casquette. Elle ne s'était pas attendue à cette éventualité. Où était donc passé Dent Rouge ?

Un courant d'air frais attira son attention. Non loin de là, la porte de service était entrouverte. La jeune fille se dirigea vers la sortie pour voir ce qui se tramait.

Alors qu'elle passait la porte, le contact froid d'une lame s'imprima contre sa gorge et la plaqua contre la façade. Eivy glissa la main sur sa dague avant de se raviser : la moindre réaction hostile pourrait lui être fatale. D'un même mouvement, elle leva ses yeux et ses mains vides.

Le pirate roux qui accompagnait Dent Rouge la tenait en joue. L'homme lui fit signe de se taire et lui lança un sourire désolé, mais il n'éloigna pas la lame de sa jugulaire. À côté, son capitaine la fixait de son regard sauvage. Eivy eut l'impression de plonger dans un océan gelé.

D'un coup de botte, il ferma la porte de service pour les isoler dans la ruelle déserte qui bordait l'arrière de la taverne. Seule une lanterne de fer, accrochée au mur, éclairait la pénombre. Sa lueur dansante rendait la situation d'autant plus surréaliste.

Dent Rouge tendit sa grande main calleuse. La jeune fille sortit la bourse de sa poche et la lui remit sans rien dire. Elle s'était pourtant préparée à ce moment, mais aucun son ne voulait dépasser ses lèvres.

Comment les choses avaient-elles pu si mal tourner, en l'espace d'une minute ? Eivy avait prévu de lui rendre la bourse d'elle-même, pour lui prouver sa valeur. Finalement, elle avait l'air d'une piètre voleuse prise sur le fait. Son plan venait de s'écrouler, et avec lui ses chances de survie.

— Donne-moi une seule raison de ne pas mettre un terme à ton existence, petite souris.

En réveillant sa vieille blessure, l'expression lui fit retrouver l'usage de sa langue.

— Je n'ai pas volé votre bourse pour la garder, mais pour vous la rendre ! Tout ce que je veux, c'est rejoindre votre équipage.

Eivy réalisa à quel point ses paroles sonnaient creux. Dent Rouge dut arriver à la même conclusion, car il éclata d'un rire rocailleux qui la glaça jusqu'à l'os.

— Me voler ma bourse pour me la rendre ? Que tu mentes ou que tu dises vrai, tu ne manques pas d'audace. Dommage pour toi, je ne recrute pas au courage. Je cherche des hommes qui me soient utiles.

Ces derniers mots résonnèrent comme une condamnation. Eivy eut soudain une conscience aiguë de la lame contre sa gorge. Le froid et le tranchant de l'acier brûlaient sa peau telle une promesse funeste. Sa peur se mua en élan désespéré.

— Les frères Byans, s'empressa-t-elle de dire. Ils n'ont pas l'intention de vous laisser partir de Greybor. Les triplés savent que vos hommes sont éparpillés en ville pour la soirée : ils vont en profiter pour vous tendre une embuscade. Ils veulent s'approprier votre bateau et vos richesses.

— Et d'où tiens-tu tes informations ?

— Je l'ai senti en touchant la bague de celui qui était à votre table.

Eivy serra les dents de frustration. Comment pourrait-il en croire un traître mot ? Elle ne pourrait jamais exprimer concrètement la conviction qu'elle avait eue en effleurant l'émeraude. Ses paroles ressemblaient aux fabulations d'une pauvre fille tentant de repousser l'échéance de sa mort. Comme d'habitude, ses intuitions allaient tourner à la catastrophe.

Mais Dent Rouge ne s'esclaffa pas. Il se contenta de répondre :

— Ce cafard et ses frères n'oseront rien tenter contre nous. Où sont-ils, d'ailleurs ? Jin, va mettre la main sur l'un des trois. Je m'occupe d'elle.

— C'est qu'une gamine à la rue, capitaine…

— Et toi qu'un membre de mon équipage, assena-t-il.

Le roux rengaina son épée en évitant le regard d'Eivy. Il ouvrit la porte de service d'un coup d'épaule et disparut dans la taverne.

La jeune fille était débarrassée du contact de la lame, mais elle se sentait toujours aussi oppressée. Sous la lueur de la lanterne, le regard de Dent Rouge lui semblait plus tranchant que l'acier. Malgré tout, Eivy garda ses yeux rivés aux siens. Faire preuve de faiblesse était la dernière des choses à faire.

Dent Rouge attrapa le couteau qu'il portait à la ceinture, à côté de sa hache. Elle tressaillit lorsqu'il le dirigea vers son cou. Il débusqua la chaîne de sa montre à gousset de la pointe de son arme. Le pirate la fit coulisser dans un cliquetis de métal jusqu'à atteindre le médaillon.

— Où as-tu eu ceci, petite ?

— Ça vient de ma mère...

Eivy ne termina pas sa phrase. Le regard de Dent Rouge s'était figé, et ce n'était plus sur elle qu'était concentrée son attention. En prêtant l'oreille, elle perçut un bruit de pas étouffés dans la ruelle. Le pirate posa sa main massive sur la lanterne fixée au mur de la taverne. Ses muscles épais se contractèrent sous sa chemise... La seconde qui suivit ne fut qu'un fracas de feu et de sang.

Tandis que l'un des frères Byans se ruait sur Dent Rouge, l'épée au poing, le pirate arracha la lanterne dans un bruit de mât qui craque. Il l'abattit sur son assaillant avec une violence furieuse, et lui fracassa le crâne. Le corps inerte du chauve s'effondra sur les pavés. Les flammes coururent sur ses vêtements. Eivy sentit la nausée lui monter aux lèvres.

À quelques mètres d'eux, un autre des frères Byans couina avant de prendre la fuite. Le capitaine bascula la tête sur le côté, comme s'il était agacé par un moustique récalcitrant.

— Eh, mon gars, ne pars pas si vite ! s'exclama Dent Rouge en ramassant le cadavre.

Il le jeta de toutes ses forces sur le fuyard, qui s'étala sur les pavés. Écrasé sous le corps de son frère, il était secoué de soubresauts. Dent Rouge s'approcha de lui en sifflotant. Il balaya le cadavre du pied, éteignant le feu par la même occasion, et attrapa l'homme par le cou. Puis il le plaqua contre le mur et commença à lui serrer la gorge. Devant son visage suffoquant, le capitaine se mit à sourire.

Eivy comprit alors d'où lui venait son surnom.

Une pierre d'un rouge vif remplaçait l'une de ses dents. Elle irradiait dans la nuit. La jeune fille plissa les yeux pour mieux voir. Ce n'était pas une gemme ordinaire. Sa surface était traversée de reflets mouvants, qui vibraient à l'unisson avec le capitaine. On aurait presque dit un minéral vivant. Elle réalisa soudain que tout le corps du pirate était nimbé de reflets rouges. C'était comme si elle le voyait pour la première fois. Eivy en resta bouche bée, à la fois hypnotisée par cette pierre et horrifiée par ce qui se déroulait devant ses yeux.

Alors que le fuyard rendait l'âme, le troisième frère Byans apparut. Il avait dû contourner le bâtiment. L'homme surgit dans le dos du capitaine et poignarda son flanc.

Ce qui se produisit alors, Eivy ne l'aurait jamais cru possible. L'arme du frère ne pénétra pas dans les côtes du pirate. La lumière rouge s'était concentrée à l'endroit précis où le poignard aurait dû le transpercer, et bloqua la lame.

Sidéré, l'homme lâcha son arme en reculant.

Il se mettait à courir quand le capitaine lança sa hache dans son dos. Son corps s'écroula comme un pantin désarticulé.

Un silence de mort s'abattit dans la ruelle déserte. Sous le choc, Eivy sentait l'odeur du tissu brûlé avec une acuité singulière, et entendait les bottes du pirate résonner dans l'air humide. Il s'arrêta devant l'un des corps et essuya sa hache sanglante sur sa veste.

—Bande de cafards, pesta-t-il. Je m'étais promis de ne pas avoir à nettoyer ma lame, ce soir.

Puis il se tourna vers Eivy. Les yeux froids du capitaine affichaient une expression résolue. Tétanisée, elle comprit qu'il avait décidé de son sort.

—Tu as signé ton arrêt de mort, tout à l'heure dans la taverne. J'aurais pu t'étriper à la seconde où j'ai réalisé que tu avais volé ma bourse. Mais ta montre m'a rappelé quelqu'un. Considère-toi en sursis : si tu veux que je t'épargne, il faudra le mériter. Tu vas me suivre sur le *Red Stone* et t'acquitter de ta dette. À bien y réfléchir, tu pourrais m'être utile pour une mission délicate.

Eivy sentit le poids qui écrasait ses épaules s'alléger d'un coup. Non seulement elle allait rester en vie, mais elle allait aussi pouvoir quitter Greybor. Elle se garda bien de regarder les corps inertes, au sol, pour ne pas entacher sa détermination. Malgré tout, ce qui venait de se produire lui laissait un goût de bile. Eivy avait assisté à des choses terribles, dans la rue, mais la sauvagerie de Dent Rouge les surpassait toutes.

—Ne te réjouis pas trop, ajouta le pirate. La tâche qui t'attend n'est pas de tout repos. Mon équipage ne manque pas de combattants, mais ce sont de grandes gueules. Pour cette fois, il me faut quelqu'un de débrouillard et capable de faire profil bas. Si tu réussis, tu auras la vie sauve. Sinon, je salirai de nouveau ma hache.

Ses lèvres s'étirèrent en un large sourire. La dent écarlate scintilla dans la nuit.

Chapitre 3

Eivy s'éveilla en pleine nuit, au son des ronflements qui envahissaient l'espace confiné. Elle se redressa au milieu de son hamac. L'odeur du bateau ne tarda pas à lui monter aux narines.

Cela faisait plus de trois semaines qu'elle avait suivi le capitaine et embarqué sur le *Red Stone*, mais elle n'arrivait toujours pas à fermer l'œil plus de quatre heures d'affilée. Aussi étrange que cela puisse paraître, elle dormait beaucoup mieux quand elle vivait dans la rue. Depuis que ses parents avaient été tués, Eivy connaissait par cœur les toits de Greybor, et y dénichait toujours une cachette où passer la nuit en sécurité.

Mais il n'y avait pas de repaires secrets sur le *Red Stone*. En revanche, le navire ne manquait pas de pirates, sur le pont comme en dessous.

Avant d'embarquer, Eivy imaginait les pirates comme des groupes d'hommes éclectiques parmi lesquels elle se sentirait moins à part qu'à Greybor. Mais le quotidien sur le bateau lui avait prouvé le contraire. La plupart des hommes de Dent Rouge la regardaient avec suspicion. Ses vêtements de garçon ne trompaient personne. Les pirates n'étaient pas habitués à la présence des femmes à bord, et n'étaient visiblement pas prêts à s'adapter au changement.

Le seul qui se montrait correct avec elle était Jin, le quartier-maître. Il régentait le quotidien à bord du *Red Stone*. Alors que Dent Rouge restait la plupart du temps seul dans sa cabine, Jin était en permanence fourré avec le reste de l'équipage. Malgré sa petite taille, on le repérait de loin, avec ses cheveux roux et sa voix cassée qui résonnait par tous les temps sur le bateau. Il avait passé les deux tiers de sa vie sur le pont d'un navire. Ses mains étaient calleuses et sa voix éraillée, façonnée par le rhum et le vent.

Eivy avait entendu dire que c'était un épéiste de talent. Jin faisait partie de ces hommes qui ne s'énervent jamais, mais inspirent naturellement le respect. Comme si les autres ressentaient d'instinct qu'il valait mieux éviter de le mettre en colère. Tous les soirs, Eivy se couchait dans un hamac près du sien. Elle s'endormait aussitôt, épuisée après une journée à faire rouler des tonneaux de poudre ou à éplucher des pommes de terre en écoutant radoter le vieux Buster.

Mais cette nuit-là, Eivy n'arrivait pas à trouver le sommeil. Aussi, malgré la nuit noire, elle décida d'aller prendre l'air. Les planches grincèrent quand elle descendit de son hamac pour rejoindre le petit escalier en bois. Un pirate grogna sur son passage, mais se rendormit aussitôt.

La jeune fille grimpa les marches à pas de loup et se faufila sur le pont. Les membres de l'équipage qui n'avaient pas trouvé de hamac libre dormaient à la belle étoile. Ils s'étaient échoués au milieu des bouteilles de rhum vides et des dés sculptés dans l'os. Elle enjamba deux pirates assoupis et s'assit un peu plus loin.

Le bruit du bois qui craque fit émerger un souvenir inattendu. Eivy était haute comme trois pommes quand ses parents l'avaient emmenée pour la première fois au port. La fillette en était restée muette, fascinée par l'effervescence des marins et le bruit des voiles crépitant au vent. Au contact des vagues, les coques s'animaient de mille craquements, comme si les bateaux se répondaient les uns aux autres, enthousiasmés par leur départ tout proche.

Eivy s'était demandé quels paysages incroyables, quelles aventures épiques ces bateaux et leurs marins s'apprêtaient à vivre. Des histoires commençaient déjà à naître sous son front de petite fille. Devant ses yeux écarquillés par l'émerveillement, ses parents avaient échangé un regard incompréhensible. Était-ce de la tristesse ? De la crainte ? De la rancœur ? Paradoxalement, c'est à partir de ce jour qu'Eivy avait commencé à rêver d'ailleurs, mais aussi à comprendre que cet horizon d'écume lui était inaccessible.

Et pourtant, tant d'années après, elle se trouvait sur un bateau qui l'éloignait de Greybor. Une mer d'encre s'étendait à perte de vue. Quel destin attendait Eivy au-delà de ce monde liquide battu par les vents ? Le champ des possibles s'ouvrait à elle de manière vertigineuse. Cette esquisse de liberté lui donnait envie d'en goûter davantage.

L'idée de prendre la tangente lors de leur prochaine escale lui traversa l'esprit. Eivy repensa alors aux redoutables pouvoirs du capitaine, et à la manière glaçante dont il s'était débarrassé des frères Byans. Si elle devait s'échapper, il faudrait qu'elle s'y prenne adroitement.

Elle rehaussa sa casquette d'une pichenette. Depuis son départ, Eivy n'avait aperçu Dent Rouge que de loin. Elle ne savait toujours rien de la mission qu'il voulait lui confier. Il ne lui avait même pas accordé un regard depuis que le *Red Stone* avait levé l'ancre.

Un craquement de bois lui fit lever les yeux. Eivy n'était pas la seule à être éveillée. Quelqu'un scrutait l'horizon, perché sur le rebord de la vigie. C'était Kiam. Il effectuait la veille nocturne. La pénombre l'empêchait de distinguer son visage, mais elle reconnaissait la manière singulière qu'il avait de se tenir. On aurait dit qu'il était en équilibre sur une branche au-dessus du vide sans en éprouver le moindre malaise.

Eivy se méfiait de Kiam, et ce depuis son premier jour sur le *Red Stone*. Pourtant, il ne lui avait jamais adressé la parole ni causé le moindre tort. Il était à peine plus vieux qu'elle, mais mesurait une bonne tête de plus et était déjà large d'épaules. Cela dit, plus que sa carrure, c'était son attitude qui la poussait à se méfier de lui. Il était impulsif et fonçait tête baissée à la moindre occasion. Elle l'avait déjà vu se battre deux fois avec des membres de l'équipage, au grand désespoir de Jin. Aussi, Eivy préférait-elle se tenir à distance et éviter de croiser les yeux noirs de Kiam.

En même temps, il était différent des pirates du *Red Stone*, et cela l'intriguait. Alors que les autres accumulaient les bijoux et les vêtements volés, Kiam se fichait pas mal de ce qu'il avait sur le dos et ne cherchait pas à s'approprier le contenu des butins. C'était à se demander pourquoi il était devenu pirate. Vêtu d'un pantalon de lin, de son arc et de son carquois, il se baladait toujours pieds nus et grimpait sur le mât avec une aisance déconcertante. Eivy se demandait d'où lui venait une telle habileté quand une voix résonna derrière elle.

—Il est bien tôt pour mettre le nez dehors, gamine !

C'était le timbre chevrotant du vieux Buster. Le vieillard édenté, qui était, hélas, le cuisinier du navire, était sourd comme un pot et avait l'habitude de parler très fort. L'un des pirates couchés par terre décocha un coup de pied au vieillard pour le faire taire.

—Aïe ! couina Buster. Ils sont pas commodes, sur ce rafiot. Surtout depuis qu'on navigue dans le coin. Enfin, c'est toujours mieux que l'autre, là, sur son perchoir, continua le vieux en pointant le menton vers Kiam.

Eivy jeta un coup d'œil au veilleur, qui n'avait pas bougé d'un pouce. Il était trop haut pour les entendre.

— C'est un bon archer, à ce qu'en dit le capitaine. Moi je pense que c'est un petit sauvage qui cherche la bagarre tout le temps. Pas étonnant, paraît qu'il a été élevé par des Zabelins.

— Kiam a grandi chez les Zabelins ? s'amusa-t-elle.

Eivy n'avait jamais vu de Zabelins de ses propres yeux, mais elle savait que leurs tribus vivaient sur des îles sauvages. Elle se souvenait d'une gravure sur laquelle elle était tombée, dans la bibliothèque de son père. Elle était encore petite, mais avait été fascinée par l'apparence étrange de ces créatures aux grandes oreilles et à la peau verte. On disait qu'un Zabelin adulte dépassait rarement le mètre cinquante. Si ce grand gaillard de Kiam avait été élevé chez eux, il avait dû détonner dans le paysage. Cette idée avait quelque chose de cocasse.

— Bah y a rien de drôle, reprit le vieux Buster. Ça me rassure pas, qu'on ait un demi-Zabelin sur le bateau. Paraît qu'y sont louches, ces gens-là.

Le vieux fixa Eivy avec une drôle d'étincelle dans l'œil. Il se rapprocha encore un peu d'elle, et ajouta en postillonnant :

— Paraît qu'y seraient même pas de chez nous, les Zabelins. Même qu'ils viendraient d'un monde plein de créatures maudites. De sirènes, de…

— Tu vas la fermer, Buster ? vociféra le pirate couché qui lui avait donné un coup de pied quelques minutes plus tôt.

Le regard mauvais, il se jeta sur le vieil homme, mais trébucha sur le bras d'un autre membre de l'équipage. Buster se carapata tandis que l'autre se relevait. Sur le pont, trois ou quatre pirates se réveillèrent en pestant.

Il était temps pour Eivy de regagner son hamac. Elle n'avait aucune envie d'assister à une nouvelle bagarre. D'autant plus que la nuit ne s'étirerait pas à l'infini : quelques heures de sommeil ne seraient pas de trop avant d'entamer une nouvelle journée à bord.

Elle descendit l'escalier à pas feutrés. Alors qu'elle passait devant les cabines, le bruit d'une conversation étouffée lui parvint. Eivy allait passer son chemin lorsqu'elle entendit prononcer son nom. Elle s'immobilisa. La voix cassée de Jin s'échappait de la cabine de Dent Rouge. Après un coup d'œil furtif au couloir, elle s'approcha de la cloison en bois pour mieux entendre le quartier-maître.

— … sauf votre respect, capitaine, ils se demandent bien ce qu'une gamine fait ici. Et j'avoue que moi aussi. Non pas qu'elle soit pénible, hein. Elle est discrète et sait se rendre utile. Moi, je l'aime bien. Mais les gars se posent des questions, et pas seulement parce que c'est un bout de femme. Certains la trouvent pas commode, et d'autres ont carrément l'impression qu'elle cache des trucs, qu'elle est pas comme nous…

— Parce qu'elle ne l'est pas, articula Dent Rouge d'un ton agacé. Cette fille ne vous ressemble pas, pour la simple et bonne raison qu'elle n'est pas d'ici.

— D'autres gars viennent aussi de Greybor et pourtant…

— Qui t'a parlé de Greybor ?

Eivy se raidit. Elle bloqua sa respiration, tendue de tout son corps, dans l'attente de ce qui allait suivre. Le silence s'étira quelques instants avant que Jin reprenne la parole.

— Vous voulez dire qu'elle vient… de l'endroit où mène la carte ?

— Tu vois que tu peux faire preuve de perspicacité. Crois-tu que sa présence ici soit un hasard ? Je n'ai jamais été si près de mettre la main sur la carte qui me ramènera chez moi, et voilà que je tombe sur cette fille, qui en est originaire aussi. Il y a forcément quelque chose à tirer d'elle. Alors tu vas faire ton boulot, et gérer l'équipage comme il se doit pour que…

Un craquement de bois, sur le pont, fit hoqueter Eivy. Elle pesta silencieusement, mais c'était trop tard : la conversation s'était interrompue derrière la cloison. Si le capitaine sortait à cet instant, il la découvrirait tapie devant sa cabine.

Eivy se carapata dans la cuisine et se dissimula derrière le chaudron. Elle entendit la porte de Dent Rouge s'ouvrir puis ses pas résonner dans l'escalier. Son cœur battait à toute allure, et pas seulement parce qu'elle risquait d'être accusée d'avoir espionné le capitaine.

Elle n'arrivait pas à croire ce qu'elle venait d'entendre. Comment le pirate pouvait-il savoir ces choses sur Eivy, alors qu'elle-même les ignorait ? Le plus perturbant, c'est que tout cela faisait sens. Dent Rouge affirmait qu'elle n'était pas originaire de Greybor… et bizarrement, elle l'avait toujours senti, sans vraiment en prendre conscience. Cela expliquait le mystère qui entourait le passé de ses parents.

Mais d'où venait-elle, alors ?

C'était comme si les pièces d'un puzzle s'imbriquaient sans qu'elle puisse comprendre le motif qui s'y dessinait.

Elle repensa à la carte dont avait parlé le capitaine. La jeune fille sentit un feu naître dans son ventre à cette idée. Existait-il un endroit fait pour elle ? Plus vertigineux encore : était-il possible que les visions dont elle était frappée lorsqu'elle touchait les pierres soient en lien avec cette mystérieuse origine ?

Eivy s'aperçut soudain que la lumière, à l'extérieur de la cuisine, avait changé. Une lueur rouge se reflétait dans le bois des planches. Sans qu'elle puisse s'expliquer pourquoi, cette vue la mit mal à l'aise. Cette lumière lui rappelait la nuit où le capitaine avait tué les triplés dans la ruelle. Avec un frisson, la jeune fille craignit qu'il sache qu'elle se trouvait devant la porte, lors de sa conversation avec Jin.

Elle sortit de la cuisine et s'engagea prudemment dans l'escalier pour voir ce qui se passait. Adossé au bastingage, Dent Rouge la fixait de son regard froid. Il lui fit un signe de la tête : visiblement, il voulait juste lui parler.

Eivy avança vers lui, animée par ce qu'elle venait d'entendre. Sa peur de subir le courroux du capitaine s'estompait devant son désir d'en savoir plus.

Une fois qu'elle l'eut rejoint, il se détourna et s'accouda au bastingage. Elle le fixa sans rien dire. La jeune fille ne se sentait pas rassurée par sa proximité, mais elle n'en laissa rien paraître.

— Notre destination est proche, déclara-t-il au bout de quelques secondes.

Il scrutait l'horizon nocturne d'un air inquisiteur. On aurait dit qu'il essayait de discerner une île invisible dans le lointain. Son visage épais semblait figé dans la cire. Sous la lumière blanche de la lune, il ressemblait à une créature surnaturelle.

De quelle destination parlait-il ? Elle s'apprêtait à rompre le silence quand elle aperçut un filet de sang couler de la bouche du capitaine. Il s'essuya d'un revers de manche en lui lançant un regard perçant.

— Ce voyage a bien trop duré, reprit-il. Je vais y mettre un terme, et tu vas m'y aider. Mais avant, voyons un peu ce que tu as dans le ventre. Tu vois, le gamin, là-bas ? demanda-t-il en désignant Kiam, toujours perché en haut de la vigie. À ton avis, pourquoi l'ai-je pris sur mon bateau ?

— Parce que c'est un bon archer.

— Vrai et faux. C'est un bon archer, mais ce n'est pas ce qui m'intéresse.

— Qu'est-ce qui vous intéresse, alors ?

— Tu le sauras en temps voulu.

Dent Rouge la balaya du regard avant de poser ses yeux sur la silhouette de Kiam.

— Il porte un pendentif, continua-t-il. Une dent de poisson, qui vient de chez les Zabelins. Cette babiole n'a aucune valeur, mais il ne s'en sépare jamais. Un peu comme toi avec ta montre à gousset. Tu vas lui voler ce collier.

— Vous venez de dire qu'il n'avait pas de valeur.

— Je me fous de ce pendentif, je veux juste voir si tu en es capable.

Son ton rocailleux était sans appel.

Dans ses tripes, Eivy se révolta. Kiam n'était pas son ami, mais elle ne voulait pas le voler. Son collier était important pour lui. Elle ne voyait aucune raison de l'en priver. La jeune fille s'apprêtait à refuser, quand elle repensa aux paroles que Dent Rouge venait d'échanger avec Jin. Visiblement, il en savait bien plus qu'elle-même sur l'endroit d'où elle venait... Eivy allait avoir besoin de réponses. Ce n'était pas le moment de se mettre Dent Rouge à dos.

Son estomac se noua. Si elle voulait en apprendre davantage sur ses origines et sur cette mystérieuse carte, il allait falloir qu'elle dérobe le pendentif de Kiam.

Chapitre 4

Eivy leva la tête vers Kiam, qui était toujours perché en haut du mât. Maintenant qu'elle avait pris la désagréable décision de lui dérober son pendentif, sa carrure lui paraissait encore plus imposante. Le capitaine souhaitait peut-être la voir morte, après tout. Celui-ci balaya l'air d'un geste de la main pour lui signifier la fin de leur conversation. Ravalant une bouffée de colère, Eivy commençait à s'éloigner sur les planches grinçantes quand il lança :

— Au passage, réveille l'herboriste, et dis-lui que je veux une potion d'elgatte pour dormir. Et parle-lui des dosages. S'il se trompe encore, je l'attache sous la coque pour voir si ça l'aide à se concentrer.

La tête baissée sous sa casquette, Eivy marmonna :

— Quels dosages ?

À sa grande surprise, Dent Rouge lui répondit.

— Une feuille d'elgatte te détend, deux t'aident à dormir, et trois t'assomment pour une demi-journée. La dernière fois, ce crétin m'en a donné trois au lieu de deux. À mon réveil, j'ai bien failli lui faire goûter de ma hache.

Eivy jeta un regard perplexe au capitaine. Un sourire se dessinait sur ses lèvres, et sa dent rouge brillait dans la torpeur nocturne.

Elle tourna les talons et se dirigea vers l'escalier. Ainsi donc, Dent Rouge avait décidé de lui faciliter la tâche. C'était toujours ça de gagné. S'il fallait absolument voler le pendentif de Kiam, autant le faire sans risquer sa peau.

La faible lueur provenant de la cuisine lui permettait d'y voir à peu près clair dans le couloir exigu. Au loin, elle entendit Buster marmonner pendant qu'il préparait le salmagundi. Dans deux heures, tout le monde serait levé : il fallait qu'elle fasse vite.

L'herboriste avait sa propre cabine, bien que le mot placard eut été plus approprié. Eivy s'arrêta devant la porte en bois et frappa trois fois.

Edwin était un érudit d'une vingtaine d'années, qui avait rejoint l'équipage en même temps qu'elle. Lorsqu'il lui ouvrit, ses cheveux blonds étaient en pagaille, et il avait enfilé ses lunettes de travers. En voyant son air perdu, Eivy ressentit un élan de sympathie inattendu. Entre ses bonnes manières, ses grands yeux inquiets, ses chaussures de ville et son dégoût pour le poisson, Edwin subissait les moqueries des autres pirates. Pourtant, ils étaient bien contents de profiter de ses décoctions, quand ils en avaient besoin.

Eivy n'était peut-être pas la seule à se sentir à part sur ce bateau, tout compte fait… La jeune fille se rembrunit en se disant qu'elle allait devoir berner l'herboriste, au même titre que Kiam. Mieux valait ne pas faire dans le sentimentalisme.

Le regard aux aguets d'Edwin s'apaisa quand il la vit sur le pas de la porte.

— Eivy, que puis-je faire pour toi ?

— Le capitaine veut une potion d'elgatte pour dormir. Et j'aimerais aussi te demander un remède pour un souci personnel.

Edwin ouvrit de grands yeux avant d'acquiescer.

— Suis-moi.

Dès qu'elle entra dans la pièce, une forte odeur de plantes lui fit plisser le nez. L'herboriste craqua une allumette et enflamma une bougie. La minuscule cabine était envahie de caisses poussiéreuses. De nombreux végétaux étaient accrochés aux murs grâce à de fines cordelettes. C'est à peine s'il restait de la place pour le hamac d'Edwin, suspendu au fond.

— Je m'occupe du remède pour le capitaine et je suis à toi, dit l'herboriste.

Il se dirigea vers une branche grisâtre qui pendait à côté de la porte. C'était probablement l'elgatte… Edwin en préleva deux feuilles et les jeta dans un bol en terre cuite qu'il remplit d'eau. Puis il leva la tête et rajusta ses lunettes.

— C'est un peu le bazar, ici. J'ai hérité de la cabine de l'ancien herboriste de l'équipage, et il faut encore que je trouve mes marques dans sa réserve de plantes… Mais il y a de quoi faire, j'espère disposer de ce dont tu as besoin. Je t'écoute.

— Eh bien, improvisa-t-elle, depuis quelques jours, j'ai d'affreuses douleurs à l'estomac. Ça me prend sans prévenir, souvent après le dîner, et ça met plusieurs heures à passer.

— Cela ne m'étonne pas. Le vieux Buster noie son salmagundi dans les épices pour faire passer le goût. Je lui ai dit que ça perturbait la digestion, mais je crois qu'il ne m'a pas entendu.

Le visage de l'herboriste s'illumina, ce qui raviva la culpabilité d'Eivy.

— Heureusement, j'ai ce qu'il te faut, déclara-t-il en se tournant pour fouiller dans les caisses entassées sous le hamac.

C'était le moment ou jamais. Elle enjamba un tonneau et se faufila vers la porte où la branche d'elgatte l'attendait patiemment. *Deux feuilles t'aident à dormir, et trois t'assomment pour une demi-journée*, avait dit le capitaine. Elle en décrocha trois et les fourra dans sa poche.

Eivy se retourna au moment où Edwin émergeait des caisses avec plusieurs pochettes remplies de plantes. Un nuage de poudre enveloppait sa silhouette.

— Je vais te préparer une décoction avec tout ça. C'est un peu long, j'en aurai pour un quart d'heure. Mais si tu veux, tu peux rester là et…

— Merci, le coupa Eivy, je repasserai tout à l'heure.

Elle fila sous son regard surpris.

Quand Eivy pénétra dans la cuisine, Buster était de dos. Éclairé par la faible lueur d'une bougie, il détaillait un chou en marmottant, comme à son habitude. L'eau frémissante clapotait mollement dans la marmite.

Elle s'immisça dans l'ombre du feu, sans faire aucun bruit. Par chance, il restait un peu de rhum aux épices dans l'autre chaudron. Elle attrapa une pinte et la remplit avec une bonne dose de breuvage chaud, puis elle ajouta les trois feuilles d'elgatte. Celles-ci ne mirent que quelques secondes à se dissoudre dans le liquide ambré. Eivy se pencha sur la pinte et respira un bon coup. Ça empestait le rhum et la muscade, mais il n'y avait aucune odeur suspecte à signaler.

Elle se glissa vers la sortie en serrant la pinte.

Lorsqu'elle déboucha sur le pont, Kiam descendait du mât, avec l'aisance des garçons habitués à grimper aux arbres. Cela ne l'étonnait plus autant, maintenant qu'elle connaissait ses origines zabelines. La dent de poisson suspendue par une cordelette se balançait à son cou.

Eivy inspira pour se donner du courage, puis avança vers lui.

— Eh, l'archer !

Kiam planta ses grands yeux noirs dans les siens. Il la surplombait d'une bonne tête. Elle se sentait d'autant plus petite et maigre, à côté de lui.

— Il restait un fond de rhum chaud en cuisine, dit-elle. Je me suis dit que ça te ferait du bien, après une nuit à veiller là-haut.

Il passa la main dans ses cheveux, visiblement surpris. Et s'il réagissait mal ? S'il se doutait de quelque chose ? Tout le monde la détestait dans l'équipage, à en croire Jin. Peut-être allait-il l'envoyer bouler sans lui demander son reste.

Mais, contre toute attente, ses yeux sombres s'illuminèrent, et il lui adressa un sourire plein de fossettes. Sans ses sourcils froncés, son visage dégageait quelque chose de solaire.

— Ça se voit que t'es nouvelle dans l'équipage.

Il posa son arc et son carquois, attrapa la pinte et s'assit en tailleur sans la quitter des yeux.

— C'est quoi déjà, ton nom ?

— Eivy.

— Merci pour le rhum, Eivy, dit-il en portant la pinte à ses lèvres.

La jeune fille avait le cœur au bord des lèvres. Étant donné ce qui allait suivre, la sympathie de Kiam était bien plus difficile à supporter que s'il avait été odieux. Elle allait s'éloigner quand elle le vit fouiller dans la poche de son pantalon. Il en sortit une petite boule bleue qu'il lui lança. Elle l'attrapa au vol.

— C'est une baie séchée, ajouta Kiam. On en trouve beaucoup, là d'où je viens. C'est ma dernière, alors profites-en.

Elle le remercia d'un hochement de tête, en maudissant intérieurement les manigances de Dent Rouge. Eivy tâcha de se ressaisir. Il fallait qu'elle reste concentrée sur son objectif. La potion n'assommerait Kiam que pour une demi-journée… C'était le prix à payer pour qu'elle découvre d'où elle venait.

Tandis que le pirate buvait le breuvage corrompu, Eivy grignota la baie pour calmer son sentiment de culpabilité grandissant. Son goût était à la fois fruité et sucré. Il lui rappela les bonbons qu'on trouvait à Greybor, quand elle était petite. Son père lui en avait acheté un sachet la veille du jour où il était mort.

Un bruit sourd la fit sursauter. Kiam venait de perdre connaissance et de s'affaler sur le pont, à côté de son arc. La pinte vide roula sur les planches et heurta un pirate allongé. Celui-ci se tourna en maugréant.

Eivy se faufila vers l'archer en ravalant sa honte. Elle se pencha sur lui et récupéra son pendentif, puis se hâta de rejoindre l'escalier.

Une fois sur la dernière marche, elle leva le collier pour mieux l'observer. Il s'agissait d'une dent élimée montée sur une cordelette en bout de course… C'était l'objet le plus usé, et probablement le plus sentimental qui soit. Elle espérait que le capitaine finirait par le rendre à son propriétaire, une fois que cette farce minable aurait pris fin.

Eivy allait le ranger dans sa poche quand un bruit strident retentit tout près de son oreille, s'achevant dans un éclat sourd. Elle eut un mouvement de recul et sa casquette s'envola, libérant ses cheveux bruns. La jeune fille écarquilla les yeux sous le choc. Le pendentif lui avait été brutalement arraché de la main. Sa cordelette était coincée sous la flèche qui venait de s'enfoncer dans la cloison en bois surplombant l'escalier.

Eivy virevolta et découvrit Kiam sur les marches, l'arc à la main et le regard furieux.

— Alors comme ça, t'es du genre à droguer un membre de ton équipage pour lui piquer un truc sans valeur ?

Eivy comprenait sa révolte, mais l'agressivité de sa réaction la décontenança.

Tous deux tournèrent la tête en entendant un bruit sec. Quelqu'un applaudissait. C'était Dent Rouge. Derrière lui,

Edwin les observait d'un air effaré. L'apparition du capitaine ne calma pas l'archer, qui bouillonnait de plus en plus.

— Calme-toi, mon garçon, avertit Dent Rouge.

Kiam l'ignora. Subitement, une lueur rouge irradia de la main du capitaine. Il effleura l'épaule de l'archer, qui hoqueta de douleur et recula d'un pas. L'herboriste ouvrit de grands yeux.

— Quand je donne un ordre, on l'exécute.

— Elle m'a drogué. Et elle a essayé de me voler.

— Je sais, l'idée vient de moi.

Kiam le regarda avec stupéfaction.

— Pourquoi ?

— Pour voir si elle allait réfléchir, comment tu allais réagir, et avec quelle rapidité il se ferait berner, dit le capitaine en désignant Edwin. Et vous ne m'avez pas déçu. Vous faites une belle brochette de crétins, à vous trois. Pourquoi en aurait-elle eu après ton pendentif, hein ? Les choses ne sont pas toujours ce qu'elles semblent être. Réfléchis un peu avant de foncer tête baissée, ou tu finiras par nourrir les poissons.

Il s'adressa ensuite à Edwin.

— Et toi, as-tu déjà oublié pourquoi tu as dû rejoindre mon équipage ? Arrête un peu de croire tout ce qu'on te dit.

L'herboriste lança un regard peiné à Eivy.

— Quant à toi, petite, sache que non, trois feuilles d'elgatte n'assomment pas un homme pour une demi-journée. Il reste dans les vapes quelques secondes. Tu crois vraiment que si j'avais voulu te tester, je t'aurais mâché le travail ? Apprends à faire fonctionner tes méninges. Tu vas en avoir besoin, là où je t'envoie.

— C'est-à-dire ?

Il planta ses yeux froids dans les siens.

— Tu vas te rendre sur une île pour y trouver une carte. C'est elle qui me permettra de rentrer chez moi, et d'offrir à mes hommes ce que je leur ai promis : de nouvelles terres et des richesses à empocher.

— Une carte ? demanda Eivy, feignant l'étonnement.

— Je la cherche depuis des années. Mais je viens seulement d'apprendre qu'elle se cachait là-bas. La mauvaise nouvelle, c'est qu'un vieil ami nommé Slivengan m'a devancé, il est déjà sur l'île. La bonne, c'est qu'il n'a pas encore localisé la carte. Je veux que tu la trouves avant lui.

— Et pourquoi vous n'allez pas l'affronter vous-même ? intervint Kiam.

Dent Rouge le dévisagea. Une étincelle d'insolence brillait dans les yeux de l'archer. La bouche du capitaine se tordit en un rictus et la lueur rouge réapparut dans sa main.

— Sais-tu d'où vient cette lumière rouge ? Celle qui me donne la possibilité de te broyer comme un moustique sans que tu puisses bouger le petit doigt ?

Kiam ne répondit rien, mais son visage s'empourpra.

— Cette puissance vient de la pierre d'ao'ki qui remplace l'une mes dents.

— La pierre de quoi ? demanda l'herboriste.

— Tu ne connais pas, on n'en trouve pas ici. L'ennui, c'est que ce bon vieux Slivengan possède une pierre d'ao'ki, lui aussi. Il l'a incrustée dans le pommeau de son arme. Et si nos deux gemmes se trouvent à proximité, leurs pouvoirs respectifs seront détruits. Je n'y tiens pas.

— Et vous pensez que la petite voleuse fera le poids contre lui ? lâcha Kiam.

— En fait, même mon meilleur élément se ferait écraser par Slivengan. J'ai besoin de quelqu'un de discret pour trouver la carte sans se faire remarquer.

Le capitaine baissa les yeux vers Eivy.

— Cherche sur la plage, épluche la jungle, parcours l'île entière s'il le faut. Mais fais fonctionner ta caboche et trouve cette fichue carte.

— Je n'ai jamais mis les pieds dans une jungle, répondit Eivy.

— Je m'en doute. Mais il y a dans mon équipage un pirate qui connaît bien les îles sauvages, surtout celle-là.

Kiam se raidit.

— Vous l'envoyez sur l'île du Zeban ?

— Bravo, gamin. Tu pars avec elle pour la guider dans la jungle et l'introduire auprès des Zabelins. L'herboriste vous accompagne, il doit trouver une plante pour moi.

Kiam et Eivy se toisèrent avec une hostilité réciproque, et le capitaine soupira.

— Jin viendra avec vous. Je ne me sépare pas de mon quartier-maître de gaieté de cœur, mais vous ne m'inspirez pas confiance. Il gardera un œil sur vous.

Le silence retomba dans le petit couloir. Il faisait parfaitement jour, à présent. Eivy entendit des bruits remonter du dortoir.

— Allez, ajouta le capitaine, visiblement agacé. Hors de ma vue. Profitez de votre dernière journée à bord, car vous partez demain matin. Le *Red Stone* déposera votre canot près de la grotte de Sylmara. Vous ramerez jusqu'à l'île du Zeban, c'est à quelques heures de là. Ce sera le dernier jour du marché zabelin, vous passerez inaperçus.

Kiam fit volte-face, la mâchoire crispée, et monta l'escalier quatre à quatre. Edwin rajusta nerveusement ses lunettes et le suivit. Eivy ramassa sa casquette lentement pour s'attarder auprès du capitaine.

— Cette carte, ajouta-t-elle lorsqu'ils furent seuls, où mène-t-elle exactement ? Je veux bien me lancer dans une mission périlleuse, mais il faut que je sache de quoi il retourne.

— Tu aimerais le savoir, n'est-ce pas ? Ne me prends pas pour un imbécile : je sais que tu m'as entendu parler avec le quartier-maître. Depuis, tu brûles de savoir où mène cette carte. Ou plus précisément, de découvrir d'où tu viens.

Eivy se tourna vivement vers lui. À quoi jouait-il ?

— Je vais être clair avec toi, continua Dent Rouge. Si tu me trouves la carte, je te révélerai tout ce que je sais. Si tu échoues, tu auras droit à ma hache.

Eivy sentit la frustration bouillir dans ses veines. Malgré tout, elle se força à acquiescer. Argumenter avec lui ne servirait à rien. On ne pouvait faire confiance à un pirate, Dent Rouge venait de lui en faire la démonstration. Si elle lui apportait ce qu'il désirait, rien ne lui assurerait qu'il tiendrait sa promesse… Peut-être la soumettrait-il à un nouveau chantage, ou la ferait-il agir d'une manière qui la dégoûtait, comme elle l'avait fait cette nuit.

Et si elle tournait la situation à son avantage ?

Une résolution était en train de germer dans le ventre d'Eivy. Cette carte contenait visiblement la clé des mystères qui opacifiaient son existence. La mission confiée par Dent Rouge était peut-être l'occasion de faire la lumière sur sa vie.

Puisqu'elle devait trouver cette carte, elle le ferait, mais pas pour le bon plaisir de Dent Rouge. Eivy allait s'y atteler dans son propre intérêt. Elle mettrait tout en œuvre pour la trouver, puis elle l'étudierait minutieusement avant de la remettre au capitaine.

Eivy découvrirait seule d'où elle venait et qui elle était, et ne dépendrait plus des manigances d'un pirate pour cela.

Le capitaine la congédia d'un hochement du menton. Au coin de sa bouche, le filet de sang avait recommencé à couler.

Chapitre 5

Jin immobilisa le canot devant un îlot sec et rocailleux. Ils avaient quitté le *Red Stone* à l'aube, selon le souhait du capitaine. Ici, il ne semblait pas y avoir âme qui vive, à part les dizaines d'oiseaux couchés de part et d'autre du récif. Quelques volatiles tournèrent mollement la tête dans leur direction, mais la plupart ne bougèrent pas d'une plume. Kiam se mit debout pour étirer son dos.

— C'est sur cette île que se cache la carte ? interrogea Edwin.

— Non, répliqua Jin, on passe juste voir Sylmara. C'est un genre de sorcière qui prédit l'avenir. Elle se trompe jamais, à ce qu'on raconte. Dent Rouge sait sur quelle île se cache la carte grâce à elle. Mais elle lui a pas dit exactement où. Il veut qu'on voie si elle nous en dit plus, à nous. Ça nous donnerait de l'avance sur Slivengan.

Derrière ses lunettes, Edwin lui jeta un regard sceptique. Jin déboucha sa flasque de rhum et en but quelques gorgées. Il éructa avant de continuer :

— Faut déjà qu'on trouve le repaire de la sorcière. Paraît qu'on y va en apnée, par un tunnel sous l'eau, là-bas.

Tout en parlant, Jin montra du doigt le récif qui bordait l'île, à quelques mètres d'eux. L'herboriste se mit à paniquer. De la buée envahit les verres de ses lunettes.

—Nous n'allons pas risquer nos vies pour une diseuse de bonne aventure !

—Retenir sa respiration pour traverser un tunnel, c'est pas risquer sa vie. T'as besoin de te raffermir les tripes sur le pont d'un navire, toi.

Jin éclata d'un rire franc en tapant dans le dos de l'herboriste, qui manqua de tomber à la renverse. En voyant son air contrit, l'épéiste soupira.

—De toute façon, tu restes là pour garder le canot. J'y vais avec l'archer. La petite nous accompagne, au cas où le chemin serait trop étroit pour nous.

Eivy acquiesça d'un air lointain. Elle n'avait jamais traversé de tunnel sous l'eau, et cette idée ne lui disait rien qui vaille.

—Pas moyen d'accéder à la grotte par la terre ? intervint Kiam.

—Non, c'est le seul passage.

—Alors c'est parti, dit l'archer.

Il sauta dans l'eau, éclaboussant la moitié du canot au passage. Jin l'imita, ainsi qu'Eivy, une fois qu'elle eut ôté sa casquette et retroussé son pantalon. Alors que son ventre frissonnait au contact de l'eau fraîche, Jin se tourna vers eux.

—Bon, je passe en premier. Attendez avant de rappliquer. Faudrait pas qu'on se retrouve en même temps dans le tunnel, on sait jamais que ça bloque.

L'épéiste inspira une bouffée d'air avant de plonger. Quelques bulles éclatèrent à l'endroit où sa chevelure rousse avait disparu sous l'eau. Eivy regarda sa silhouette s'estomper dans les profondeurs. En levant la tête, elle réalisa que Kiam l'observait.

— T'as pas peur, quand même ? demanda-t-il avec un sourire en coin.

— Bien sûr que non.

— T'étais plus confiante, avec une potion d'elgatte à la main.

Eivy détourna le regard et jeta un coup d'œil à Edwin, qui avait l'air effrayé. Entre sa compagnie et celle de l'archer, elle n'était vraiment pas gâtée. La jeune fille prit son courage à deux mains et balaya son appréhension.

Cela devait bien faire une minute que Jin était parti. En prenant soin de ne pas croiser le regard de Kiam, Eivy prit une grande inspiration et plongea dans l'eau fraîche.

Le sel lui piqua les yeux, mais la mer était si claire qu'elle discerna vite le bas du récif rocheux. Elle aperçut la forme d'un banc de poissons et d'un bouquet d'algues multicolores. Un peu plus loin, un éclat phosphorescent attira son attention. Deux taches violettes infusées de lumière flottaient dans l'eau : c'étaient des méduses. Entre elles, un trou sombre signalait l'entrée du tunnel.

On aurait dit que deux créatures irréelles veillaient sur l'entrée du tunnel. Petite, Eivy avait appris que leurs longs filaments pouvaient être mortels. Les méduses étaient suffisamment éloignées du trou pour qu'elle puisse y pénétrer sans encombre. À part si elles se rapprochaient brusquement… Eivy rejeta cette idée, il n'y avait pas de temps à perdre.

Elle se propulsa en avant et s'engouffra dans le passage. Son corps fut immédiatement englouti dans un tunnel sombre fait de roches et de coraux. Elle progressa tant bien que mal en s'accrochant aux irrégularités de la roche pour aller plus vite. L'oxygène commençait à lui manquer.

Devant elle, l'eau devint enfin plus claire. Elle aperçut de la lumière à la surface et battit des jambes pour remonter à l'air libre.

Eivy émergea de l'eau et inspira une grande bouffée d'air. Tout en reprenant son souffle, elle regarda autour et comprit qu'elle avait fini par atteindre la grotte. Celle-ci était petite et sombre. La mer projetait ses ombres mouvantes sur les parois rocheuses. Eivy avait l'impression d'avoir atterri dans un cube d'oxygène perdu en pleine mer.

Elle essora ses vêtements mouillés qui collaient à sa peau comme une ventouse. Ses pieds crissèrent sur les cailloux quand elle avança pour rejoindre le fond de la grotte. Tout au bout, elle découvrit un trou dans la roche, assez large pour qu'une personne puisse s'y glisser.

Une tête rousse apparut dans la brèche. La petite silhouette nerveuse de Jin se hissa hors de la cavité et sauta sur les cailloux.

—Ah, t'es là, dit-il. Il fabrique quoi, l'archer ?

À ce moment précis, Kiam émergea bruyamment. Il avança vers eux, les épaules ruisselantes. Il avait accroché son arc à son dos grâce à une corde.

—Je vois pas de sorcière là-dedans, dit-il une fois qu'il fut à leur niveau.

—Patience, mon gars, y a encore du chemin, répliqua Jin en se hissant de nouveau à l'intérieur de la brèche.

Kiam fit signe à Eivy de passer devant. Elle ne bougea pas. Pendant une seconde, les yeux de l'archer pétillèrent, et les fossettes réapparurent sur ses joues.

—Après toi. Je préfère pas t'avoir dans mon dos, tu pourrais te débrouiller pour me piquer un truc.

—Je ne vois pas ce qu'il y a à voler, répondit-elle en se mettant à escalader la paroi. Tu n'as même pas de chemise.

Eivy se faufila dans le passage et commença à ramper. Les reliefs de la roche éraflaient ses bras, et de petites flaques d'eau croupie dégageaient une mauvaise odeur. Pour une fois, elle fut bien contente d'être affublée d'une silhouette aussi menue : ce passage devait être encore plus inconfortable pour les deux autres.

Au bout de quelques minutes, de la lumière apparut au loin.

— On y est ! souffla Jin.

Eivy s'immobilisa tandis que l'épéiste descendait, puis elle l'imita. Le spectacle qu'elle découvrit alors la laissa perplexe. Ils se trouvaient dans une autre caverne, plus vaste que la précédente, et presque aussi sombre. De minuscules trouées vers le ciel laissaient passer un peu de lumière.

En revanche, ici, le décor n'était pas uniquement constitué de roches et de cailloux. De part et d'autre de la grotte étaient amassés des bouts de bois, des voiles rapiécées, de vieux coffres tordus. La disposition de cet étrange décor imitait celle d'un pont de navire. Ils pouvaient entendre le bruit des vagues qui caressaient la côte, à l'extérieur, et leur rengaine renforçait le côté étrange de la caverne. Quelque chose scintilla sur un tonneau. Eivy regarda mieux et comprit que c'était un sabre émoussé avec lequel jouait un rayon de lumière.

Elle avança à pas feutrés, mais Jin lui fit signe de s'immobiliser. Il avait le front plissé et semblait chercher quelque chose parmi les décombres. Kiam avait dénoué son arc, aux aguets.

— Où tu te caches, Sylmara ? demanda Jin en avançant.

Tout en progressant avec méfiance, l'épéiste passait en revue les morceaux de filets, de cordages et autres planches de bois qui jonchaient la caverne. Eivy réalisa que si certains débris avaient l'air récents, d'autres semblaient au contraire très anciens. Ils étaient rongés et blanchis par le sel, voire complètement recouverts d'algues. Cela devait faire des dizaines d'années qu'ils se trouvaient là.

Un diadème incrusté de lapis-lazuli attira son attention. Il avait dû être magnifique, en son temps. À présent, il était couvert de coquillages, comme s'il appartenait à une étrange reine des mers. Malgré tout, la pierre brillait encore d'un bleu intense et hypnotique. Eivy fut prise d'une envie brûlante de la toucher, mais retint son geste. Sa mère l'avait mise en garde contre l'attirance contre-nature qu'elle ressentait pour les gemmes.

Juste à côté, une masse flasque dégageait des relents fétides. C'était le cadavre d'un poulpe. Il avait été lacéré, puis disposé sur une grande assiette ébréchée et ornée de dorures.

— Qui est Sylmara, exactement ? souffla Eivy.

Jin se tourna et chuchota, les yeux plissés :

— On dit qu'il y a des dizaines d'années, c'était une fille de pêcheur. Elle serait tombée amoureuse d'un pirate qui a débarqué sur son île. Il était jeune, avait du bagout et a sorti le grand jeu pour la séduire. Il a dit qu'il la prendrait sur son bateau pour partir à l'aventure. La fille a cru ses bobards. Mais au petit matin, paf, envolé le pirate. Il a repris la mer sans laisser de traces.

Un léger crissement fit sursauter Eivy, mais ce n'était qu'un gros bernard-l'hermite qui traînait sa coquille vers une flaque salée. Jin l'observa quelques secondes avant de reprendre :

— Manque de bol, la fille s'est retrouvée en cloque. Son père l'a chassée de chez lui. Le bébé a pas survécu, à cause de la faim et de la vie au grand air. Y paraît que la fille est devenue folle de chagrin. Elle s'est réfugiée dans cette grotte et s'est persuadée que son pirate reviendrait pour elle. On dit qu'elle sort de là juste pour récupérer les débris des bateaux naufragés, et décorer son repaire comme un pont de navire.

L'épéiste fit une pause et murmura :

— Y en a même qui croient qu'elle les a bien aidés à couler, les rafiots.

Eivy déglutit dans l'obscurité. Au fond de la caverne, un rayon de lumière éclairait une paroi couverte de petits traits gravés dans la roche. Elle accéléra pour rattraper Jin, qui avait recommencé à explorer la caverne.

—Je ne comprends pas. Comment une fille de pêcheur cloîtrée là-dedans depuis des décennies pourrait-elle nous aider à trouver la carte ?

L'épéiste avait soulevé une voile et regardait derrière d'un air suspicieux. Il jeta un coup d'œil à Eivy.

—Y a des choses qui s'expliquent pas, c'est comme ça. T'as rien remarqué de bizarre, depuis qu'on navigue dans les parages ? Certains pensent que la zone est hantée. D'autres parlent d'une faille vers un monde peuplé de créatures maudites. Je navigue depuis mes neuf ans, j'en ai vu du pays. Y a quelque chose de différent dans le coin, je peux le sentir.

Jin la regarda dans les yeux en tapotant sa narine droite. Eivy leva les yeux au ciel.

—Tu as peut-être peur des fantômes, mais pas moi.

Derrière eux, Kiam s'esclaffa. Jin haussa les épaules et retourna fouiller dans les décombres.

—Crois-moi ou pas. Mais si on nous envoie chez Sylmara, y a bien une raison. Elle sait des choses qu'on ignore, et c'est pas le rhum qui la fait délirer, je te le dis.

Un bruit de tissu qu'on déchire transperça le silence de la caverne, juste au-dessus d'Eivy. En un éclair, un regard blême encadré par un flot de cheveux gris déferla du sommet de la grotte. La créature sauta en face de la jeune fille et referma ses longs doigts gelés sur ses épaules.

—Recule ! s'écria Kiam, qui visait la créature de son arc.

Eivy essaya de calmer les battements de son cœur pour comprendre ce qui se passait. Accrochée à un cordage, la créature avait surgi d'en haut, où elle était sans doute tapie depuis leur arrivée. Son visage était émacié et ses yeux recouverts d'une fine pellicule blanchâtre. Des algues, des coquillages et des morceaux de filets se mêlaient à sa chevelure hirsute. Sous sa robe de fortune, ses bras et ses jambes étaient rachitiques. Sa peau était grise, sans doute un mélange de sel et de manque de lumière.

Jin avança vers elles en essayant de raisonner la créature, en vain. Eivy non plus ne voulait pas la brusquer : après tout, elle était censée les aider à trouver la carte. Mais lorsque ses mains aux longues griffes palpèrent le cou de la jeune fille, celle-ci la repoussa en arrière.

La créature s'effondra par terre et Jin plaqua son épée sous son menton. La bouche ouverte par l'étonnement, elle darda ses yeux aveugles sur lui. Kiam s'était approché aussi, l'arc tendu.

Eivy regarda le bout de tissu blanc qu'elle avait arraché à Sylmara. Elle comprit qu'elle s'était confectionné une robe de mariée avec de vieux pans de voiles. Il était clair qu'elle avait perdu la raison… mais ils avaient besoin d'elle pour trouver la carte. Jin dut arriver à la même conclusion, car il recula tout en gardant son épée bien en vue.

Sylmara poussa un soupir dédaigneux. Une odeur de poisson émanait d'elle par vagues. Elle passa la main dans ses cheveux crasseux, comme pour les recoiffer, et fit mine de réajuster sa tenue. La furie qui lui avait sauté dessus s'était transformée en créature humaine.

— On vient pas chercher des ennuis, dit Jin, juste te demander une prédiction.

— Il a une drôle de façon de demander des services, le pirate !

Sylmara n'était plus toute jeune, mais elle parlait comme une fillette.

— Alors, tu vas nous aider ? s'impatienta Kiam.

La créature croisa les bras et se mit à bouder.

Eivy doutait qu'ils puissent obtenir quelque chose d'elle de manière aussi frontale. Elle n'avait aucune envie de jouer avec Sylmara, mais, puisqu'il était question de la carte, il allait falloir ruser en la provoquant gentiment.

— Elle ne sait rien, dit Eivy. On perd notre temps, ici.

Sylmara se tourna vers elle, effarée.

— Comment ça, je ne sais rien ? J'en sais des choses, au contraire ! Même que vous aussi, vous êtes à la recherche de la carte. Comme ce capitaine, avec sa vilaine pierre rouge. Ou l'autre pirate au visage d'ange. Quoi que, qui sait ce qu'il vient faire ici, celui-là !

Eivy sourcilla. Comment pouvait-elle savoir ce qu'ils cherchaient ? Elle allait le lui demander quand Sylmara se remit à pleurnicher.

— Et puis j'allai la faire, la prédiction, avant qu'il me menace avec son arme, lui, là !

Elle brandit son doigt vers Jin. Eivy se demanda comment elle faisait pour savoir où il se trouvait malgré sa cécité. Cette idée la mettait mal à l'aise. Elle avait hâte qu'ils trouvent ce qu'ils étaient venus chercher et qu'ils partent enfin d'ici.

— Bah on va pas y perdre la journée, dit Jin en glissant la main dans la poche de son pantalon. Il en sortit une vieille boussole dorée. Eivy plissa les yeux pour observer le bijou. C'était du toc.

— Un bijou de pirate comme celui-là, t'en as pas dans ta collection, hein ?

Sylmara posa les yeux sur la boussole en ouvrant grand la bouche. Elle tenta d'attraper le bijou, mais l'épéiste leva la main pour qu'il soit hors de portée.

— La prédiction d'abord.

— Très bien ! couina Sylmara.

Elle haussa les épaules et souffla d'un air exaspéré avant de se jeter sur le poignet de l'épéiste. Il sursauta, mais ne chercha pas à se dégager. Kiam s'approcha, les sourcils froncés. Tandis que la créature palpait sa main, Jin se tourna vers ses compagnons, visiblement rassuré.

— Elle veut juste lire les lignes de ma…

Il fut saisi d'un hoquet de surprise quand Sylmara planta une griffe dans les veines de son poignet. Du sang coula le long de son bras. Kiam allait intervenir quand Jin lui fit signe de la laisser faire. La créature approcha son visage de la plaie et la lécha avant de basculer la tête en arrière. La bouche entrouverte, elle fixa le sommet de la grotte de ses grands yeux blancs. Un grognement sourd s'échappait de sa gorge. Jin avait blêmi. La grotte semblait prisonnière d'une torpeur lourde et oppressante. Dehors, les vagues ne faisaient plus aucun bruit.

Kiam et Eivy échangèrent un regard inquiet.

Au bout de longues secondes, Sylmara finit par se redresser, et la vie reprit son cours. Elle toussota et rajusta sa robe.

— Pour trouver la carte, vous devez vous jeter dans la gueule du loup. Voilà, c'est tout. Maintenant, je veux mon bijou !

La gueule du loup ? Eivy ne s'était pas attendue à une prédiction aussi énigmatique. Sylmara tendit sa longue main osseuse vers Jin, qui lui donna la boussole.

— Peux-tu nous en dire plus ? insista Eivy.

Mais la créature s'éloignait déjà, obnubilée par son nouveau trésor. Elle semblait avoir oublié leur présence.

— Nous jeter dans la gueule du loup ? ajouta Kiam. Tu crois qu'on va se contenter de ça ?

— C'est tout ce que je sais, et c'est tout ce que vous aurez !

— Elle nous dira rien de plus, intervint l'épéiste. On y va, maintenant.

Eivy allait s'obstiner, mais l'expression de Jin l'en dissuada. Sa plaie était superficielle et cicatriserait facilement, mais il avait l'air au bord du malaise. Pourtant, le quartier-maître en avait vu d'autres…

La jeune fille serra les poings. La découverte de la carte était cruciale pour qu'elle comprenne d'où elle venait. Dans son dos, elle entendit Jin vaciller. Kiam le rattrapa de justesse. Le quartier-maître parvint tant bien que mal à se redresser.

L'atmosphère de la grotte devenait de plus en plus lourde, presque irrespirable. D'un même mouvement, les deux autres se dirigèrent vers la sortie. Eivy les suivit à contrecœur. De toute manière, Sylmara n'avait pas l'intention d'en dire plus.

Au moment où ils allaient pénétrer dans la brèche, la créature se tourna vers eux.

— J'oubliais un détail… L'énergie qu'a demandée ta prédiction te sera reprise un jour ou l'autre. Alors, reste sur tes gardes, monsieur le pirate !

Elle leur fit un sourire qui donna des frissons à Eivy. La jeune fille détourna le regard et s'engouffra précipitamment dans le trou. Elle avait hâte de rejoindre leur embarcation pour s'éloigner au plus vite de cet endroit malsain.

Ainsi, il leur faudrait se jeter dans la gueule du loup pour trouver la carte… Eivy s'en sentait capable, mais elle commençait à comprendre que cette quête ne leur réserverait pas que de bonnes surprises. La rencontre avec Sylmara n'en était qu'un avant-goût.

Chapitre 6

Le canot avançait en silence, propulsé par les coups de rames. Voilà des heures qu'ils étaient assis sur les bancs étroits et instables de la chaloupe. Toutefois, le paysage valait le coup d'œil. Cette mer-là était complètement différente du port grisâtre où Eivy avait toujours vécu.

Depuis qu'ils avaient quitté la grotte, elle n'avait cessé de s'éclaircir. À présent, ils étaient cernés par une immensité turquoise parcourue d'irisations or. Un cri d'oiseau poussa Eivy à lever la tête, juste à temps pour voir deux volatiles multicolores traverser l'azur. Une vague d'air iodé lui monta aux narines. Le monde lui paraissait tout à coup d'une intensité étourdissante.

Où se trouvait le *Red Stone*, à présent ? L'animation bruyante qui y régnait s'était évanouie dans l'horizon. Le silence avait pris sa place, entrecoupé par le craquement du bois, le bruit de l'eau et le souffle régulier des pirates, qui ramaient tour à tour. Le soleil tapait sur les épaules dorées de Kiam et rougissait dangereusement la nuque de Jin. De son côté, Edwin semblait étouffer sous sa chemise.

La rame avait laissé de vilaines ampoules sur les doigts d'Eivy. En trempant ses mains dans la mer pour rafraîchir sa peau échauffée, elle s'aperçut que l'eau était devenue transparente. Le canot semblait presque flotter dans l'air. Des rochers et des touffes d'algues apparaissaient avec clarté sous l'eau. Un poisson aux écailles d'or fila en ondulant.

L'île du Zeban se rapprochait petit à petit. Après une bande de sable blanc, sa jungle verte et touffue s'étendait sous l'azur écrasant. Eivy réalisa que le bout de papier qui détenait l'un des secrets de sa vie se cachait là-bas. Son cœur s'accéléra à cette idée. Par où allait-elle commencer ses recherches ? L'île lui paraissait à la fois petite et immense, pour y débusquer une carte. Dent Rouge la cherchait depuis des années, Eivy espérait qu'il ne s'était pas trompé en la localisant ici.

Le soleil était haut quand ils atteignirent la côte et sa plage d'un blanc crayeux. Un bateau pirate au drapeau sanguinolent avait pris ses aises dans la baie. Sa silhouette imposante semblait menacer toute la côte. C'était le navire de Slivengan. Eivy se raidit en se rappelant que lui aussi, cherchait la carte. Kiam ne lâchait pas le bateau des yeux.

Ils découvrirent bientôt un quai saturé d'embarcations, prolongé par un grand marché. Le visage exténué d'Edwin s'éclaira en le voyant.

—Le marché des Zabelins est connu dans le monde entier, s'enthousiasma l'herboriste. J'ai entendu dire qu'on y trouvait des produits fascinants !

—Et comment ! dit Jin. Te voilà de retour au bercail, ajouta-t-il à l'attention de Kiam.

L'archer lui répondit par un grognement. Ses fossettes avaient complètement disparu. Un pli barrait son front depuis qu'il avait aperçu le navire de Slivengan. Eivy se demanda depuis combien de temps il avait quitté l'île des Zabelins, mais ce n'était visiblement pas le moment d'entamer la conversation.

Kiam les fit débarquer à distance, dans un coin où il n'y avait aucun bateau à cause des fonds rocheux. Leur petit canot avait pu s'y frayer un passage. L'archer semblait toujours contrarié. Eivy et Edwin, eux, se sentaient déboussolés face à l'intensité du paysage.

Jin fut le premier à sauter dans l'eau.

— Allez on se bouge, là-dedans ! Je vais cacher le canot vers les rochers.

Eivy approuvait cette décision. À la fin du marché, quand les autres bateaux auraient levé l'ancre, il ne devait rester aucune trace de leur présence. Slivengan ignorerait ainsi qu'ils étaient dans le coin, à la recherche de la carte. Si sa pierre d'ao'ki était aussi puissante que celle de Dent Rouge, la jeune fille préférait éviter d'avoir affaire à lui.

— Faites un tour au marché pour qu'Edwin trouve son marchand de plantes, ajouta Jin. On se retrouve sur la place tout à l'heure, histoire de passer aux choses sérieuses. Et pas de bêtises en mon absence, hein. Je voudrais bien boire un coup avant de faire prendre l'air à ma fiancée.

Il désigna son épée et leur fit un clin d'œil.

Kiam noua sa corde autour de son dos et imita l'épéiste. Eivy sauta à son tour. Ses jambes furent englouties dans l'eau fraîche.

Jin s'éloigna en tirant la barque derrière lui, et les trois autres entreprirent de traverser la plage pour rejoindre le marché.

La lumière blanche éblouissait Eivy. Elle fut surprise par la sensation du sable sur sa peau. Il était brûlant, et ses pieds s'y enfonçaient entièrement. Elle avait l'impression de marcher dans de la farine chaude. Edwin était perplexe, lui aussi. Kiam, en revanche, se déplaçait avec aisance et rapidité.

Ils tombèrent sur un arbre à la forme étrange. Son tronc longiligne était surplombé par d'immenses branches aux feuilles pointues. Le regard d'Edwin s'illumina.

— Un Coco Nucifera ! s'exclama l'herboriste en caressant l'écorce. J'ai lu que dans les îles du Zaopledan, les autochtones utilisaient ces cocotiers pour régler leurs conflits juridiques. On place le condamné sous un arbre garni de noix de coco, puis on agite son tronc jusqu'à ce qu'elles tombent sur son crâne. Si l'homme succombe à ses blessures, on considère qu'il était coupable. Mais s'il s'en sort, il est déclaré innocent ! Dans son essai sur les traditions zaopledanes, le professeur Smith nomme cette pratique le baiser du Coco Nucifera…

Il s'interrompit quand il réalisa que Kiam avait continué son chemin. L'archer scrutait l'horizon, aux aguets. Edwin rajusta ses lunettes et se hâta de le rejoindre.

Ils commencèrent à croiser quelques personnes. Eivy les considéra d'un œil méfiant et remarqua la diversité de leurs morphologies, de leurs carnations et de leurs accoutrements. Les visiteurs du marché venaient visiblement d'horizons très variés… Un vieux matelot au visage buriné conversait avec une femme élégamment coiffée de tresses rousses. À quelques mètres d'eux, un groupe de jeunes filles à la peau brune, vêtues comme des navigatrices, riaient en se présentant les achats qu'elles venaient de faire.

L'entrée du marché s'ouvrait devant eux, avec son dédale de tentes aux couleurs vives. L'air chaud était saturé d'odeurs d'épices. Ils avancèrent sur le sol poussiéreux, au rythme traînant des percussions qu'un musicien faisait résonner un peu plus loin. Un groupe disparate s'était formé devant un grand chapiteau. Les individus qui le composaient étaient absorbés dans leur discussion. Ils arboraient tous un air grave et inquiet. Quand Eivy et ses compagnons les frôlèrent, ils baissèrent d'un ton et se mirent à chuchoter.

Elle regarda plus loin. Juste derrière un homme endimanché, ils croisèrent une femme à la peau couverte de tatouages.

Elle tenait par la main un petit garçon, qui dévorait des yeux un étalage de coraux multicolores. Deux grands gaillards aux bijoux clinquants – probablement des pirates – se disputaient un coquillage particulièrement laid, dont il ne restait qu'un seul spécimen.

Eivy fut soudain frappée par l'absence des Zabelins. Depuis leur arrivée, elle n'en avait pas vu un seul. Elle jeta un regard en biais à Kiam, qui avait la mâchoire de plus en plus crispée.

L'archer s'arrêta devant une échoppe au délicieux fumet, proposant des produits de la mer. Le ventre d'Eivy gargouilla. Edwin, qui ne supportait pas le poisson, avait collé son mouchoir contre son nez. Un cuisinier à la peau tannée par le soleil s'activait autour d'un feu où grésillaient des brochettes de crevettes et de fruits frais.

Quand il aperçut Kiam, il lui lança un sourire triste. L'archer dépassa les trois personnes qui attendaient pour le rejoindre. À mi-chemin, il sembla se souvenir de la présence d'Eivy et d'Edwin.

—Allez voir pour la plante, dit-il. J'ai quelque chose à régler ici.

La jeune fille et l'herboriste se considérèrent avec gravité. Eivy allait demander à Kiam ce qui se passait, mais l'archer s'éloignait déjà de l'échoppe, en grande conversation avec le cuisinier. Après tout, Kiam avait bien droit à un peu d'intimité… D'autant plus qu'elle-même aurait bientôt besoin de s'isoler une heure ou deux. Elle préférait prendre ses marques seule, pour envisager la recherche de la carte à tête reposée.

Elle reprit donc son chemin, talonnée par Edwin.

Ils longèrent les tentes sans s'arrêter. Leurs rideaux colorés ondoyaient au vent telles les voiles d'une jonque. Quatre enfants qui jouaient les frôlèrent en courant, leurs rires ruisselant dans la chaleur comme du miel.

Tout en marchant, Eivy observait le contenu des étals. Les tonneaux d'algues séchées, les paniers de graines et autres marchandises exotiques défilaient sous son regard. Une cacophonie de coassements s'échappait d'un étal en bois. C'était un bassin rempli de grenouilles. *Croa !* fit l'une d'elles en regardant Eivy de ses grands yeux.

— Une grenouille, ma chérie ? l'alpagua une femme à la voix râpeuse. Ses sourcils et ses cheveux étaient grossièrement teints en bleu.

Eivy refusa d'un hochement de tête.

— Ce sont des grenouilles de Cuidan, chuchota Edwin à son oreille.

— De quoi ?

— Cuidan, une petite île située à l'ouest d'ici. Leurs grenouilles sont connues pour être particulièrement affectueuses. En avoir une pour animal de compagnie, c'est la grande mode chez les dames du monde. Elles sont vendues une petite fortune, là d'où je viens.

— Je n'ai jamais vu de marché de ce genre.

— Le Zeban est mondialement réputé grâce à lui. Comme cet endroit n'est sous aucune juridiction, il n'y a pas de taxes ni de contrôle des pirates. Et puis, même si cette île est petite, elle se trouve au milieu d'une multitude d'îles isolées. Les Zabelins ont créé ce marché pour centraliser les marchandises exotiques venues de toutes ces terres. Sa réussite est une grande fierté, pour eux.

— Et pourtant, je ne vois de Zabelins nulle part.

— En effet, et c'est bien étrange, répondit Edwin en plissant le front.

Bientôt, les tentes se firent moins serrées. Les percussions n'étaient quasiment plus audibles. La profusion de couleurs criardes des premiers chapiteaux avait laissé place à de modestes voilages en toile. Ici, la plupart des tentes étaient fermées par un battant. Les commerçants de cette zone n'exposaient pas leur marchandise à l'extérieur. Ils croisèrent trois pirates qui les regardèrent d'un air mauvais. Eivy eut une sensation désagréable en les voyant, et baissa les yeux sous sa casquette pour ne pas attirer leur attention.

Ils arrivèrent devant une tente grisâtre d'où s'échappait une forte odeur de plantes. Edwin s'immobilisa et souleva le battant.

— Nous y voilà, j'ai trouvé le marchand que je cherchais.

Eivy le suivit à l'intérieur et son odorat fut assailli par une saturation de senteurs âpres. L'espace était sombre et envahi de corbeilles de plantes. Certaines avaient été réduites en poudre, d'autres étaient entières, fraîches ou séchées. Une bougie allumée se répandait sur une caisse.

Eivy fronça le nez. Une odeur de moisi s'élevait d'un petit panier rempli de fleurs bleues.

— On les appelle les larmes de sirène, murmura Edwin dans son dos.

Il contemplait les fleurs d'un air radieux. Sa timidité habituelle s'était évaporée.

— Leur odeur est épouvantable, mais elles n'ont pas leur pareil pour stopper les hémorragies.

— C'est la plante que tu dois ramener au capitaine ?

L'herboriste s'esclaffa. C'était la première fois qu'elle le voyait rire.

— Non, il lui faut une cousine des songes.

Cela avait forcément un rapport avec le filet de sang qu'elle avait vu couler de sa bouche.

— Est-ce que Dent Rouge est malade ? demanda-t-elle.

Edwin regarda autour de lui pour vérifier qu'il n'y avait personne. Puis il se pencha vers elle et chuchota :

— C'est à cause de cette étrange pierre incrustée dans sa mâchoire. On dirait qu'elle dégage une sorte d'énergie, qui est trop puissante et le blesse, à la longue. Elle le ronge, lentement mais sûrement. Quand je lui ai proposé d'enlever la gemme, j'ai bien cru qu'il allait me planter sa hache entre les yeux. Il ne veut même pas me dire d'où elle vient.

Eivy sentit la curiosité picoter sa peau. Quelle était donc cette étrange pierre qui donnait tant de force au capitaine, et qui le détruisait à la fois ? Elle repensa à sa lueur rouge et à son énergie incandescente…

L'herboriste appuya sur la monture de ses lunettes avant de continuer :

— Cette affection ne ressemble à rien de ce que je connais. Mais en cherchant dans mes livres, j'ai découvert l'existence de la cousine des songes. C'est une petite fleur exotique orange à la corolle parfaitement ronde. Une fois broyée, on en fait une potion qui soigne et protège l'organisme de tout un tas de maladies étranges. Je crois bien que ça pourrait marcher. De toute manière, c'est ma seule piste. Les blessures infligées par cette pierre me semblent incurables. Je ne sais pas comment le soigner autrement.

Eivy observa l'herboriste. Quand il parlait de plantes, son assurance se regonflait comme une éponge desséchée qu'on aurait plongée dans l'eau. Il cachait des trésors d'érudition. Elle se demandait bien ce qu'il faisait dans l'équipage de Dent Rouge.

— J'espère qu'on va trouver une cousine des songes là-dedans, finit-elle par ajouter.

— J'en doute. C'est une plante extrêmement rare, et le capitaine compte sur moi pour en dénicher une dans la jungle, pendant que vous cherchez la carte.

— Qu'est-ce qu'on fait là, alors ?

— Sais-tu pourquoi on appelle cette fleur la cousine des songes ? Parce que ses pétales dégagent un gaz hallucinogène très dangereux. Je suis venu ici afin d'acheter un tube en verre renforcé. J'y enfermerai la fleur une fois qu'on l'aura trouvée, pour que ses émanations ne nous atteignent pas.

— Voilà une sage décision, intervint une voix douceâtre.

Ils se retournèrent en même temps. Le marchand avait pénétré dans la tente sans faire de bruit. C'était un petit homme bedonnant au sourire mielleux. Il portait une longue tresse brune qui lui chatouillait les reins.

— La cousine des songes est aussi versatile qu'une femme, continua le marchand. Salvatrice et cruelle à la fois. Elle peut vous soigner comme vous faire perdre la raison.

Edwin leva les yeux au ciel avant d'échanger un regard complice avec Eivy, qu'il parvint à dérider. Celle-ci retint un éclat de rire. Le marchand continua, imperturbable :

— Vous êtes bien avisé de vouloir vous en protéger, jeune homme. J'ai ce qu'il vous faut.

Il fit un geste théâtral pour désigner un panier rempli de gros tubes en verre. Edwin retrouva son air sérieux. Il s'avança pour mieux voir la marchandise.

— Les bouchons sont-ils en caoutchoutier ? demanda-t-il.

L'herboriste était complètement absorbé par le contenu du panier, qu'il examinait d'un œil expert. Eivy aurait pu danser sur la tête sans qu'il la remarque. Avec un pincement au cœur inattendu, elle se dit qu'il était temps de lui fausser compagnie. Elle n'aurait pas de meilleure occasion de se retrouver seule avant longtemps. Et elle avait besoin d'un peu de tranquillité pour observer les environs.

— Edwin, je vais faire un tour, j'ai besoin de prendre l'air. On se retrouve tout à l'heure avec les autres, sur la place !

Il lui fit un signe de la main sans se retourner, et elle sortit de la tente.

Selon Jin, le campement de Slivengan se trouvait derrière le marché. Sylmara avait dit qu'ils devraient se jeter dans la gueule du loup pour trouver la carte… Eivy avait donc l'intention de faire un petit tour dans sa tanière. L'absence provisoire de Kiam, Jin et Edwin lui faciliterait la tâche. Seule, elle allait pouvoir observer les lieux, et même peut-être s'y glisser discrètement, sans attirer l'attention de Slivengan.

Au bout d'une trentaine de mètres, Eivy aperçut enfin la dernière tente du marché, dont le tissu bleu nuit contrastait avec les autres. À sa droite, un joueur de cartes entourloupait un passant. Elle s'approcha pour voir comment il s'y prenait.

— En voilà des manières, dit une voix amusée. C'est dans les bas-fonds de Greybor, que tu as pris de telles habitudes ?

Eivy se figea. Elle jeta un regard circulaire aux environs jusqu'à ce qu'elle comprenne que la voix venait de la tente. D'une main, elle écarta le battant entrouvert, laissant s'échapper une bouffée d'encens. Un homme était assis là. Ses longs cheveux cachaient en partie son visage.

Eivy se sentit étrangement attirée à l'intérieur de la tente. C'était comme si un aimant poussait ses jambes à avancer. Encore quelques pas… Une fois entrée, elle laissa retomber le battant derrière elle.

L'homme releva la tête et lui sourit. Eivy eut un choc en reconnaissant ses yeux vairons. L'un brillait d'un bleu vif, presque vert, l'autre était gris. C'était l'homme qui lui avait annoncé la venue de Dent Rouge, dans la maison délabrée de Greybor. Celui qui l'avait tirée de sa torpeur mortelle. Stupéfaite, elle l'observa sans parvenir à prononcer un mot.

La première fois qu'Eivy l'avait vu, il était dissimulé dans l'ombre. Elle pouvait à présent distinguer son visage, éclairé par la lueur des bougies. Il était plus jeune qu'elle l'avait cru. Ses longs cheveux bruns dépassaient ses épaules. Son teint était pâle et ses traits réguliers. Son visage était à la fois attirant et inquiétant, comme si la beauté qu'il dégageait contrastait avec son expression étrange. Mais ce qui frappa le plus Eivy, c'était son regard amusé qui la fixait sans ciller.

Elle retrouva soudainement ses esprits et recula jusqu'au battant. Que lui avait-il pris de s'approcher autant ? C'était comme si son esprit avait été embué.

Lui n'avait pas bougé d'un pouce. Il était toujours assis, le dos voûté et les mains appuyées sur les genoux. À sa droite, un rideau masquait la majeure partie de la tente.

— Tu es Slivengan ? lâcha-t-elle dans un souffle.

Il éclata d'un rire clair qui la fit sursauter.

— Crois-moi, quand tu verras Slivengan, tu le sauras tout de suite.

Il avait parlé d'un ton aimable, mais Eivy était tout sauf rassurée. Sa présence ici, en même temps qu'elle, ne pouvait être fortuite.

— Que me veux-tu, et pourquoi es-tu là ?

— Je te trouve un peu présomptueuse. Qu'est-ce qui te fait croire que j'attends quelque chose de toi ? Sans vouloir être impoli, je te rappelle que c'est toi qui t'invites sous ma tente.

— Tu étais là, à Greybor. Je m'en souviens comme si c'était hier.

— Il faut croire que le monde est petit.

— Pourquoi m'as-tu aidée ?

— Peut-être ai-je un faible pour les survivantes.

— Je doute que ce soit la raison pour laquelle tu m'as mise sur la piste de Dent Rouge. Et que ça explique pourquoi je te croise ici, maintenant que je fais partie de son équipage.

Il haussa les épaules avec un sourire énigmatique.

Eivy sentit le sang lui monter aux joues. Le souvenir de Dent Rouge lui revint en tête, achevant de l'exaspérer. La jeune fille ne voulait plus jouer le jeu de ces menteurs aux paroles évasives, qui évitaient consciencieusement d'aborder l'essentiel. La carte était là, quelque part sur cette île, attendant qu'elle la trouve pour lui révéler d'où elle venait. Eivy n'avait pas de temps à perdre en bavardages creux.

Elle tourna les talons et se dirigea vers la sortie.

Un bruissement la frôla. Avant qu'elle n'ait pu se retourner, le jeune homme aux yeux vairons lui faisait face. Il mesurait une tête de plus qu'elle et lui barrait le chemin. D'un geste coulé et délicat, il attrapa sa montre à gousset et la prit dans sa longue main blanche. Elle le regarda tripoter le médaillon, abasourdie. C'était comme si son esprit était à nouveau embrumé… Un éclat de lumière rouge lui fit reprendre ses esprits.

— Joli bibelot, dit-il. Mais plutôt inhabituel, pour une demoiselle de Greybor.

Il ne s'était pas départi de son expression amusée. Eivy arracha la montre de ses mains et la replaça sous sa chemise.

— Arrêtons de tourner autour du pot, dit-elle. Cette rencontre n'est pas un hasard. Sais-tu quelque chose sur moi et sur l'endroit d'où je viens ?

Il se pencha vers elle et murmura :

— Et si tu leur demandais ?

D'un geste ample, il souleva le rideau qui masquait le reste de la tente.

Eivy ouvrit de grands yeux. Accrochées à l'armature par des fils, plusieurs pierres de tailles et de couleurs diverses se balançaient mollement. Certaines étaient sombres comme la nuit et semblaient absorber la lumière, d'autres brillaient d'un éclat de lune. Les dernières arboraient des couleurs vives et intenses aux reflets troublants.

Elle avança vers elles. Eivy se sentait attirée par ces gemmes comme un pirate par l'or. Elle avait l'impression d'entendre les vibrations qu'elles propageaient dans l'air. C'était une mélodie insaisissable et poignante, aux mille notes contrastées. La jeune fille sentait cependant que cela n'était qu'un avant-goût de leurs promesses : elle ne pourrait en savoir plus sans les toucher.

— Tu entends leur musique ? murmura le jeune homme.

Elle se retourna et planta son regard dans le sien. Quelque chose d'intense passa fugacement entre eux. Pendant une fraction de seconde, il écarquilla les yeux avant de retrouver son expression insondable. Eivy remarqua qu'une goutte en cristal pendait à son oreille. Sa transparence laissait apparaître la pierre d'un noir mat suspendue à la tente, juste derrière lui.

Celle-ci se balançait à un rythme régulier. Elle n'était pas grosse, mais dégageait une aura sombre et magnétique. Quelque chose en elle psalmodiait en silence. Eivy n'entendait pas seulement sa musique : elle sentait qu'elle l'appelait. Mue par une impulsion subite, elle contourna l'inconnu et referma ses doigts sur la gemme noire. Eivy eut à peine le temps de voir l'expression alarmée du jeune homme.

La pierre diffusa une sensation de terreur sourde dans sa poitrine, tandis que des images défilèrent devant ses yeux, à une vitesse telle qu'elle ne put en saisir que quelques-unes. Elle vit s'élever une épée meurtrière au pommeau rougeoyant, le corps de Kiam percuter le sol dans un nuage de poussière, du sang gicler sur le tatouage des pirates de Dent Rouge…

Le cauchemar prit fin quand le jeune homme aux yeux vairons lui arracha la pierre noire des doigts. Elle bascula sous le choc de sa vision, et il la rattrapa pour lui éviter de s'effondrer.

— J'ai vu des choses terribles…, dit-elle.

— Je les ai vues aussi.

— Qu'est-ce que tout cela veut dire ?

Il soupira et hésita un instant avant de répondre :

— Que l'un des trois pirates qui t'accompagnent va bientôt mourir. Et que toi, tu ferais mieux de fuir.

Chapitre 7

Le sang d'Eivy se figea. Elle resta immobile quelques secondes, incrédule, à fixer le jeune homme aux yeux vairons. *L'un des trois pirates qui t'accompagnent va bientôt mourir.* Cette phrase résonnait sombrement dans sa tête, faisant écho aux images qu'elle avait aperçues en touchant la pierre noire. Elle ne connaissait pas ses compagnons de fortune depuis bien longtemps, mais l'idée que l'un d'entre eux soit condamné à une mort prochaine lui glaçait le sang.

Le jeune homme de la tente affichait toujours la même expression étrange, et Eivy réalisa qu'elle accordait beaucoup de crédit aux paroles d'un inconnu. D'autant plus que celui-ci se comportait de manière plutôt inquiétante… Le fait qu'il ait déjà cherché à entrer en contact avec elle à Greybor, sans qu'elle en connaisse la raison, ne lui disait rien qui vaille.

Qu'est-ce qui lui prouvait qu'elle pouvait lui faire confiance, et qu'il disait vrai ? N'avait-il pu manipuler les gemmes ou la vision qu'elle avait eue ? Elle ne connaissait pas ses intentions. En y repensant, la façon dont elle avait été attirée dans cette tente n'avait rien de naturel. C'était peut-être elle qui risquait sa vie, ici.

Eivy s'écarta brusquement de lui et recula jusqu'au battant. Lorsqu'elle quitta la tente et se mit à courir, il ne chercha pas à la rattraper.

Elle fila dans la poussière lourde de l'après-midi. La chaleur ne tarda pas à l'écraser, mais elle continua sa course. Il fallait qu'elle trouve les trois autres. Ce n'est que quand elle vit son environnement changer qu'elle s'arrêta pour regarder autour d'elle.

Elle se trouvait sur la place du marché.

Vendeurs et clients étaient censés s'y retrouver pour discuter, boire un coup, jouer aux cartes. Un lieu de convivialité, lui avait-on dit. Eivy fut donc étonnée de découvrir une esplanade silencieuse et quasiment déserte, au centre de laquelle était dressée une sinistre potence. C'était ici qu'elle devait retrouver Jin, Kiam et Edwin, mais aucun d'entre eux ne s'y trouvait encore… Seule une vieille femme confectionnait des paniers en osier, assise sur un muret à l'ombre.

En se tordant le cou pour scruter les alentours, Eivy finit par discerner le campement de Slivengan, derrière l'esplanade. En haut d'une pente escarpée, quelques arbres signalaient l'orée de la jungle.

Un homme au crâne dégarni et à la barbe négligée apparut au milieu des feuillages. Il surveilla les alentours d'un air suspicieux avant de s'enfoncer dans la végétation.

Deux autres individus émergeaient du campement de Slivengan. Ils passèrent non loin d'Eivy sans la voir. Elle les regarda s'éloigner, la tête baissée sous sa casquette. Ils lui faisaient une impression aussi désagréable que les pirates aperçus sur le marché, un peu plus tôt.

Une aura malfaisante émanait d'eux. Sans qu'elle pût s'expliquer pourquoi, la couleur rouge lui vint à l'esprit. Pendant une fraction de seconde, elle pensa à Dent Rouge et au halo écarlate qui l'environnait. Se pouvait-il que ces hommes soient eux aussi sous l'influence de la pierre d'ao'ki ? Eivy devait en apprendre davantage sur ce qui se tramait ici.

La jeune fille se dirigea vers la vieille aux paniers et s'assit nonchalamment à côté d'elle. Celle-ci garda les yeux rivés à son ouvrage. Elle avait la peau parcheminée, profondément marquée par le soleil.

— Tu ferais mieux de partir, ma grande, siffla la vieille sans la regarder. Cet endroit n'est plus aussi bienveillant qu'autrefois. Et je pèse mes mots.

— Que s'est-il passé, ici ?

La femme lui jeta un regard surpris avant de baisser à nouveau la tête.

— Ce qui s'est passé ? Les Zabelins ont été massacrés, voilà ce qui s'est passé. Depuis trente ans que je vends mes paniers ici, je n'ai jamais vu de spectacle plus désolant. Les Zabelins l'ont créé de toutes pièces, ce marché. Et je peux te dire qu'ils savaient s'y prendre pour accueillir les marchands. C'étaient de bons commerçants, mais ils avaient du cœur. Ce chien de Slivengan a tenu à conserver le marché pour empocher les bénéfices. Mais ne t'y trompe pas, ce n'est qu'une pâle copie de l'original.

— Et où sont-ils maintenant ? Je veux dire, les Zabelins ?

— Anéantis, pour la plupart. Quand les autres ont débarqué sur leur bateau, les Zabelins ne se sont pas inquiétés plus que ça. Les pirates étaient en sous-nombre, et ce n'était pas la première fois que de la racaille tentait de piller l'île. Mais là… les choses ont été différentes.

Elle secoua la tête avec tristesse, sans cesser de tresser son osier. Eivy sentit une tension grandissante nouer son ventre. L'ampleur des événements qui s'étaient déroulés sur l'île prenait une forme de plus en plus nette.

— Comment ça, les choses ont été différentes ?

—Tu n'as pas vu passer ces hommes ? Ces deux-là, et le barbu, qui patrouille à l'entrée de la jungle. Ils ont quelque chose de tellement malsain ! En débarquant ici, ce fou de Slivengan pensait qu'il serait reçu comme un prince. Bien sûr, ça n'a pas été le cas. Il paraît que quand ses pirates se sont retournés contre les habitants de l'île, leurs bras étaient portés par une force surhumaine. Pire, les flèches et les coups les atteignaient à peine. Les pauvres Zabelins ne s'attendaient pas à ça. Ils ont vite été submergés et se sont carapatés dans la jungle. Mais les autres les ont pourchassés et exterminés sans aucune pitié. Les femmes, les enfants, les vieux, tout le monde y est passé. Un vrai carnage ! Il reste quelques groupes de survivants éparpillés sur l'île, on ne sait pas trop où. Ils meurent de faim et de maladie. Et tout ça pour quoi ? Parce que Slivengan cherche sa maudite carte. Voilà des mois que ses hommes creusent, j'espère qu'ils crèveront à la tâche.

—Quelle triste histoire, murmura Eivy.

—Et encore, ce n'est pas fini. Chaque jour apporte son lot d'horreur. Hier, ils ont capturé une vieille Zabeline sur la plage. Elle était venue à l'aube pêcher quelques poissons en douce. Je connais bien Iwadu, elle est courageuse, mais pas stupide. Si elle a pris le risque de venir chercher à manger jusqu'ici, c'est qu'elle était vraiment désespérée.

Eivy se tut. La situation était bien plus tendue qu'elle l'avait cru. Elle repensa à ce qu'elle avait vu en touchant la pierre, et au corps de Kiam s'effondrant sur le sol poussiéreux. Il était dans un drôle d'état depuis qu'ils étaient arrivés. Le jeune homme avait promis au capitaine de faire profil bas. Que vaudraient ses résolutions s'il se trouvait témoin d'un affrontement entre Slivengan et les Zabelins ? Le moins qu'on puisse dire, c'est qu'il avait le sang chaud.

La vieille femme se leva péniblement de son banc.

— Ma pause est finie, je retourne au marché. C'est le dernier jour et j'ai encore un tas de paniers à vendre… Tu ferais mieux d'en faire autant, ma grande. Les hommes de Slivengan traînent un peu trop dans le coin aujourd'hui.

— Ils ne sont plus à la recherche de la carte ?

— Ils se sont regroupés ici à cause des Zabelins. Des survivants ont été aperçus ce matin, ils posaient des pièges vers le campement des pirates. Comme Slivengan ne veut pas qu'ils soient en contact avec qui que ce soit d'extérieur à l'île, il a ameuté ses larbins pour garder le marché à l'œil. Ces pirates de malheur ne seront satisfaits que quand ils les auront tous exterminés…

Elle s'éloigna en clopinant et maugréant, ses paniers sous le bras. La jeune fille la regarda partir jusqu'à ce que sa silhouette disparaisse de son champ de vision. Découvrir le sort tragique des Zabelins lui avait laissé un goût de cendres.

Sans parler de Slivengan, qui semblait obsédé par la carte, et ne ménageait pas ses efforts pour l'obtenir… Si un équipage entier la cherchait en vain depuis six mois, Eivy parviendrait-elle à la trouver un jour ? Cette idée contracta douloureusement ses épaules. Elle ne se laisserait pas décourager si facilement.

Une main se posa sur son bras. D'un geste vif, la jeune fille dégaina sa dague. Le visage de Jin apparut alors, à quelques centimètres de sa lame. Le quartier-maître louchait sur sa pointe d'un air surpris.

— Ben dis donc, tu commences à prendre des réflexes de pirate, toi.

Eivy rangea son arme, soulagée de le voir ici. L'épéiste avait perdu sa bonne humeur habituelle. Son front était plissé par l'inquiétude. À ses côtés, Edwin examinait anxieusement la place.

— Donc, t'es pas avec Kiam, constata Jin.

D'un hochement de tête, il désigna un groupe de pirates qui se formait au loin. Il déboucha sa flasque de rhum et en but quelques gorgées.

— Il se prépare quelque chose de louche, reprit-il. Faut qu'on retrouve Kiam et qu'on le garde à l'œil. Je vais voir s'il traîne encore vers le marché. Attendez sur la place, au cas où il se pointerait ici.

Tandis qu'il s'éloignait, Edwin tripota nerveusement ses lunettes. Son inquiétude et celle de l'épéiste exacerbaient les craintes d'Eivy. Vers le campement de Slivengan, les pirates étaient de plus en plus nombreux… La prédiction de l'inconnu aux yeux vairons lui revint en tête.

Un mouvement attira son attention au loin, et Eivy aperçut une silhouette au sommet de la pente qui marquait le début de la jungle. L'espace d'un instant, elle crut qu'il s'agissait du pirate à la barbe crasseuse, mais elle reconnut la large carrure et la peau mate de Kiam.

— Il est là-haut ! dit-elle en attrapant Edwin par la manche.

Ils se précipitèrent vers l'escarpement et commencèrent à grimper. Elle pouvait mieux voir Kiam, à présent. Il martelait le tronc d'un arbre de coups de poing.

— Eh, Kiam, on te cherchait partout, s'exclama-t-elle en arrivant au sommet.

Il se tourna vers eux, les yeux remplis de larmes et le visage crispé par la colère. L'un de ses poings saignait. Edwin s'approcha pour examiner la plaie, mais il le repoussa d'un coup d'épaule.

— Désolé, dit l'archer, je peux pas continuer. Débrouillez-vous sans moi pour la carte.

— Pourquoi ?

— Parce qu'ils ont été massacrés !

Il plongea ses yeux sombres dans les siens. Le mélange de rage et de tristesse qu'elle y perçut lui fit détourner le regard.

Eivy ne savait pas ce que c'était, d'avoir grandi au sein d'une communauté, mais le sentiment de perte qu'exprimaient les yeux de Kiam était douloureux à voir.

Un martèlement de tambours éclata dans la place, en contrebas. Les percussions qui frappaient l'air avaient quelque chose d'irréel. Leurs pulsations accompagnaient une quinzaine de pirates se dirigeant vers la potence… Au milieu d'eux, une petite silhouette encapuchonnée avançait à l'aveugle, les mains liées dans le dos.

C'est alors qu'Eivy l'aperçut. Elle s'était déjà demandé à quoi Slivengan pouvait bien ressembler, mais elle ne l'avait vraiment pas imaginé comme ça. Il marchait à la tête de ses hommes d'un air princier. Malgré sa silhouette svelte et juvénile, il devait avoir une bonne quarantaine d'années. Ses traits étaient angéliques, et de longs cheveux blonds parsemés de mèches grises encadraient son port altier.

Cet homme avait l'air de tout, sauf d'un pirate. Toutefois, au-dessus de son sourire affable, son regard brillait d'une étincelle cruelle. Et, surtout, un halo presque invisible nimbait sa silhouette. Un novice n'y aurait sans doute pas pris garde, pressentant juste que l'homme était dangereux. Mais l'affinité d'Eivy avec les gemmes lui avait appris à repérer les signes de la pierre d'ao'ki. Autour de lui, l'air semblait légèrement troublé, comme chargé de vapeur. Sans parler de la lumière rouge qui se reflétait sur son corps en mouvement.

Les tambours s'interrompirent, et le cortège ne tarda pas à s'arrêter aussi. Un pirate donna un coup de pied à la silhouette encapuchonnée pour qu'elle sorte du groupe. Elle trébucha, s'écroula dans un nuage de poussière et se releva avec difficulté. Un sac de toile cachait son visage. À cause de sa petite taille, Eivy pensa d'abord qu'il s'agissait d'un enfant. Mais elle s'aperçut que ses pieds avaient une forme étrange et une étonnante couleur verte. Ce n'étaient pas ceux d'un humain. Ils appartenaient à la vieille Zabeline qui avait été capturée sur la plage.

Slivengan avança d'une démarche noble, tout en souriant à la captive qui ne pouvait pas le voir. Il se baissa pour se mettre à sa hauteur et effleura le sac de toile qui couvrait son crâne. La Zabeline tressauta et manqua de tomber à nouveau. Le capitaine s'esclaffa :

— J'ai toujours aimé faire frémir les femmes !

Quelques pirates rirent, mais Slivengan leur jeta un regard souverain, et le silence retomba. Sous sa robe en tissu, la poitrine de la prisonnière montait et descendait à un rythme affolé.

— Mes hommes ont été courtois avec vous, j'espère ?

La Zabeline ne répondit pas. Slivengan attendit patiemment qu'elle prenne la parole, jusqu'à ce qu'un pirate se décide à rompre le silence :

— Elle voulait pas causer alors on l'a un peu asticotée. Je crois bien qu'on lui a cassé deux ou trois dents. Elle a la gueule tout enflée, là-dessous.

— Voilà qui est fâcheux. Et je suppose que notre amie n'a aucune idée de l'endroit où se cachent ses semblables ?

— Non, elle a rien voulu lâcher.

Le capitaine soupira et massa ses tempes avant de s'adresser à la captive.

— Je suis dans une situation désagréable, ma chère. À cause des attaques des Zabelins, mes hommes sont contraints de patrouiller en permanence. Pendant ce temps, ils ne cherchent pas ma carte. Et me voilà indéfiniment coincé sur cette île des plus inhospitalières.

La prisonnière restait mutique. Sa respiration se faisait de plus en plus saccadée. Au bout de quelques minutes, Slivengan se leva en soupirant.

— A-t-elle dit quoi que ce soit d'autre ?

— Ouais, juste qu'elle voulait être tuée avec une flèche dans le cœur, comme ils font chez les Zabelins. Et qu'on enterre ses restes dans la jungle, aussi. Pour que son âme rejoigne ses ancêtres, ou la nature, un truc du genre.

— Ah ! s'exclama le capitaine, en ouvrant grands les bras. Mais que feraient nos amis zabelins sans leurs flèches et sans leur jungle !

Il souriait de nouveau, fixant la captive d'un air bienveillant, presque affectueux. Puis il s'adressa à ses hommes :

— Pendez-la. Et laissez ses restes pourrir au soleil.

Tout se passa très vite. Deux pirates saisirent la prisonnière et la traînèrent sur la potence. Elle s'était mise à hurler et se débattait de toutes ses forces. Sans prendre la peine de lui ôter son sac de toile, ils lui passèrent la corde autour du cou.

Eivy hoqueta, stupéfaite par la rapidité à laquelle Slivengan avait pris sa décision. C'est à ce moment précis qu'elle aperçut Jin. Il s'était faufilé à l'avant d'une foule de badauds et fixait la jeune fille d'un air grave. L'épéiste secoua la tête. Il pointa discrètement son bras en désignant quelque chose derrière elle. Elle eut à peine le temps de se retourner et de voir Kiam bander son arc, un œil fermé et l'autre concentré sur sa cible.

La flèche fendit l'air dans un sifflement aigu.

Chapitre 8

La flèche atteignit la Zabeline en plein cœur. Hébété, Kiam regarda son corps s'effondrer sur les planches. Un silence de mort s'abattit sur la place.

Le regard de l'archer se durcit. Il encocha une deuxième flèche. Ses muscles se contractèrent et il tira droit sur Slivengan, mais, au lieu de transpercer sa poitrine, la flèche se figea devant lui, bloquée par la puissance du halo rouge… Slivengan l'attrapa et la brisa d'une main.

Kiam baissa son arc, abasourdi.

Slivengan se tourna lentement dans leur direction. La jeune fille fut parcourue d'un frisson quand son regard cruel se posa sur eux. Puis il dégaina son épée et la place reprit vie. Des badauds hurlèrent et se précipitèrent vers le marché.

Eivy, elle, restait pétrifiée à la vue de l'arme, qui ne lui était pas étrangère : c'était celle qu'elle avait aperçue dans sa vision, sous la tente du jeune homme aux yeux vairons. Son pommeau était serti d'un énorme joyau rouge, dont les reflets mouvants lui donnaient des airs de cœur palpitant. Slivengan avait fiché sa pierre d'ao'ki dans son arme.

Kiam lui décocha une nouvelle flèche. Cette fois-ci, le capitaine n'attendit pas qu'elle s'immobilise : il la saisit au vol et la broya entre ses doigts. Il grimaça un sourire et avança vers l'escarpement où ils étaient perchés.

Eivy retrouva ses esprits :

— Vite, dans la jungle !

Edwin était paralysé par la peur et Kiam fixait Slivengan en bouillonnant de rage. Elle s'apprêtait à les secouer quand une masse percuta violemment son dos. La jeune fille s'écrasa au sol, ventre contre terre. Un goût de sang emplit sa bouche. Elle sentit une main arracher sa casquette. Confusément Eivy reconnut le patrouilleur barbu : il avait dû surgir de la jungle quand elle avait le dos tourné.

Elle tenta furieusement de ruer sur le côté pour atteindre l'un de ses bras, mais il était trop lourd. L'homme tirait sur ses cheveux d'une main et, de l'autre, approchait son couteau de son cou. Si la lame se frayait un chemin vers sa gorge, elle était perdue…

Au moment où l'acier allait rencontrer sa peau, son assaillant lâcha prise, propulsé sur le côté. Kiam était enfin sorti de sa sidération.

L'archer bloqua l'homme par-derrière et étreignit sa gorge avec son bras. Le visage du barbu devint cramoisi. Mais, alors qu'il était au bord de l'évanouissement, ses pupilles se dilatèrent et il se redressa. Ses yeux brillaient d'une étincelle écarlate. Il attrapa Kiam par le bras et le fit basculer devant lui. Le corps de l'archer percuta le sol dans un nuage de poussière, comme dans la terrible vision d'Eivy. Il essaya de se relever, mais l'autre était déjà debout et commença à rouer son ventre de coups de pied.

Tout à coup, une voix retentit un peu plus bas :

— Amuse-toi un peu avec celui-là, mais je veux les deux autres en vie !

C'était Slivengan. Suivi par ses hommes, il avait traversé la place et s'engageait sur la pente. Il ne lui faudrait pas longtemps pour la gravir.

Eivy comprit alors d'où venait le regain d'énergie du barbu : un rayon de lumière quasiment invisible le reliait au capitaine. En s'approchant d'eux, Slivengan avait permis à son subalterne de profiter de la puissance de la pierre. La situation était pire qu'elle le pensait : l'influence de la gemme du pirate s'étendait à son environnement, selon son bon plaisir.

Elle essaya de ramper vers la jungle, mais le barbu écrasa sa main d'un coup de talon. Une douleur aiguë transperça ses doigts et elle hurla. En levant la tête, elle vit Edwin les regarder avec horreur, recroquevillé sous un arbre. Kiam était étendu devant lui, le souffle coupé.

Elle entendit alors une voix familière résonner au loin.

— Slivengan, vieux rat de cale ! lança Jin qui marchait en direction de la pente.

Il dévisageait le capitaine d'un air furieux.

— Je m'occupe personnellement de celui-là, dit Slivengan à ses hommes.

L'équipage s'écarta pour laisser passer l'épéiste, qui s'immobilisa face au capitaine et cracha à ses pieds.

— T'étais un fameux pirate, à ce qu'on raconte ! Mais tout ce que je vois, c'est un pauvre gars qui creuse la terre comme un cochon cherche une truffe. Je vais t'étriper avant que tu la trouves, ta foutue carte !

Slivengan ne souriait plus. Il observait Jin d'un œil acéré.

— Je te trouve bien arrogant, pour un forban de pacotille. Désolé de contrarier tes plans, mais mes tripes resteront à leur place. Et je ferai goûter les tiennes à tes compagnons pour qu'ils me révèlent ce que vous êtes venus faire ici.

L'épéiste avança vers le capitaine, le visage rouge de colère. L'arme au poing, les deux hommes tournèrent lentement pour se jauger. C'est Jin qui lança l'assaut. Slivengan para sans difficulté. Le combat débuta dans un déchaînement d'acier. L'épée à la main droite, Jin virevoltait autour de son adversaire. Il frappait et esquivait les coups à une vitesse époustouflante. Mais la puissance de Slivengan était redoutable. Son épée à deux mains s'abattait comme une chape de plomb.

L'apparition de Jin avait sorti Kiam de sa torpeur. Il allait se relever quand le barbu lui lança un coup de pied au visage. Eivy tenta d'attraper sa dague, mais ses doigts endoloris refusaient de lui obéir. La poussière l'étouffait. Elle roula sur le dos pour inspirer un peu d'air frais.

C'est alors qu'elle reconnut l'arbre qui surplombait le barbu. Un cocotier. Quelques mètres au-dessus du crâne de l'homme pendait une grappe de noix de coco bien mûres. Edwin était toujours prostré derrière le tronc.

Eivy se hissa sur les coudes et siffla :

— Edwin ! Le baiser du Coco Nucifera !

Les yeux de l'herboriste s'écarquillèrent, et il se précipita sur l'arbre. Il se cramponna désespérément au tronc et se mit à le secouer de toutes ses forces. Une noix tomba à quelques centimètres du pirate. Celui-ci levait la tête, l'air béat, quand une seconde noix percuta son crâne dans un bruit sourd. Une troisième la suivit presque aussitôt. Le barbu tomba assis, complètement sonné. Son regard vrilla, puis il perdit l'équilibre et s'effondra de tout son long.

Pendant quelques secondes, Eivy et ses deux compagnons se regardèrent sans rien dire. Puis Kiam se redressa en grimaçant de douleur et Edwin se précipita pour l'examiner. La jeune fille ramassa sa casquette pleine de terre et l'épousseta malgré ses mains tremblantes. Quand elle la remit en place, le contact du tissu familier sur son front lui redonna un peu de courage.

Mais ce réconfort fut de courte durée. Un coup d'œil au bas de la pente, et elle vit que Jin était dominé par Slivengan. Celui-ci l'avait acculé contre la falaise et le harcelait d'assauts. La pierre d'ao'ki lui conférait une puissance intarissable.

Exténué, l'épéiste peinait de plus en plus à parer les coups. Une attaque particulièrement féroce le fit chanceler. Il résista de toutes ses forces sans parvenir à repousser l'écrasante lame qui pesait sur la sienne. Le jeune homme céda et son épée tomba à ses pieds.

Slivengan leva son arme, mais Jin dégaina un couteau et plongea sur le côté pour le poignarder. La lame parvint à perforer la protection du halo et à atteindre le flanc du capitaine. Suite à quoi l'épéiste s'effondra par terre, à bout de forces.

Blessé, Slivengan flancha, mais ne céda pas. Son arme s'abattit sur Jin et le trancha de la clavicule jusqu'au ventre. Le corps de l'épéiste roula comme une poupée de chiffon avant de s'immobiliser sur le dos. La violence de l'assaut avait arraché sa chemise, et son sang vint rougir le tatouage des pirates de Dent Rouge qu'il avait sur l'épaule.

Le regard de Jin était rivé vers le ciel, horriblement fixe. Il était mort.

Eivy se sentit vidée de toute émotion. Ses pensées s'éparpillaient dans l'air, elle ne pouvait plus réfléchir. Des formes s'agitèrent au loin. Sans doute les hommes de Slivengan qui secouraient leur capitaine blessé. Une autre silhouette s'anima, plus près cette fois-ci. Il s'agissait de Kiam. Le visage en sang et les poings serrés, il se dirigeait vers la pente. Il allait mourir, tout comme Edwin et elle après lui. Cette révélation l'extirpa de sa stupeur et la réalité la rattrapa cruellement.

Eivy réalisa à quel point elle voulait rester en vie. Elle était aussi frêle et coriace qu'une mauvaise herbe. Elle sentit monter l'impulsion qui l'avait sauvée cinq ans plus tôt. Celle qui l'avait forcée à se relever du meurtre de ses parents, qui l'avait poussée à fuir et à se cacher.

Kiam s'éloignait. Elle le rattrapa et colla sa paume sur lui pour lui barrer la route. Il baissa les yeux. Son regard était à la fois vague et déterminé, comme s'il errait dans un état second.

— Laisse-moi passer, dit-il. Je vais tous les tuer.

— Tu n'as aucune chance contre autant d'hommes.

— Partez si vous voulez, moi je reste.

— On ne s'en sortira jamais seuls, dans la jungle !

Quelque chose sembla enfin se débloquer dans le regard de l'archer. C'était comme s'il la voyait enfin. Il inspira un grand coup avant de murmurer :

— On peut s'en sortir si on atteint le marécage avant eux.

Les épaules d'Eivy se dénouèrent un peu. Tous trois se précipitaient vers la jungle au moment où la voix de Slivengan résonnait en bas :

— Poursuivez-les, ils vont s'échapper !

Sans se retourner, ils s'engouffrèrent dans la jungle.

L'épaisse frange de verdure se referma sur eux. Eivy courait à perdre haleine, si vite qu'elle ne sentait même plus ses jambes. Celles-ci la portaient toujours plus loin, battant les feuillages et évitant de justesse les racines qui surgissaient du sol. En entendant Edwin haleter derrière, elle réalisa que son propre souffle devenait rauque, précipité, affolé. Sa poitrine brûlait et la sueur trempait son corps dans un bain de terreur tiède. Loin derrière eux, des cris déchaînés retentirent.

— Ils se rapprochent ! dit l'herboriste.

Un instinct viscéral la poussa à accélérer encore.

La jungle l'avait engloutie dans son étau végétal. Sa lumière verte et oppressante la cernait de tous côtés. L'air humide était rempli de cris d'insectes et d'oiseaux. Des buissons sournois agrippaient ses pieds, des branches menaçantes fouettaient son visage.

Devant elle, Kiam progressait rapidement malgré ses blessures. Il bondissait sur les racines, s'agrippait aux troncs pour s'élancer plus loin. Sur lui, la nature ne se refermait pas : il l'utilisait pour se mouvoir à sa guise. Il avait grandi dans la jungle et la connaissait comme sa poche. Eivy et Edwin devaient le suivre coûte que coûte.

Une nouvelle vague de vociférations déchira la moiteur de la jungle, bien plus proche que la précédente. Ils pouvaient surgir à tout instant.

Tout à coup, l'expression de Kiam se figea. Il encocha une flèche et banda son arc en fixant l'arbre le plus proche. Un bruissement sonore provenait de ses branches. La jeune fille attrapa sa dague. Les feuilles commencèrent à remuer tandis que le chuchotis s'amplifiait. Une liane épaisse se déroula brutalement et vint heurter le sol.

L'être qui apparut n'était pas un pirate de Slivengan. Eivy lâcha sa dague sous l'effet de la surprise. Il était aussi petit qu'elle, mais son corps était considérablement trapu. Une imposante musculature saillait sous sa peau verdâtre parcheminée comme du vieux cuir. Au-dessus de son nez busqué, un regard vif pétillait d'intelligence. La teinte olive de ses yeux répondait étrangement à celle de sa peau.

Elle en resta pantoise. Tout en glissant le long de la liane, le Zabelin fixait Kiam avec une expression indéchiffrable. L'archer parut incroyablement soulagé.

— Toujours vivant, frangin. Et tu aimes encore soigner tes entrées.

— Et toi tu as de nouveau besoin de mes services, répliqua la créature avec malice. Je crois qu'il te faut un remontant et Awda nous a concocté une liqueur à se rouler par terre.

Le Zabelin fit un signe de la tête pour désigner l'arbre duquel il était apparu. Un épais feuillage cachait son sommet.

— Là-haut ? balbutia Kiam.

— Efface cet air béat ou je remonte siroter ma liqueur sans toi. Tes deux compagnons passent devant, et tu nous suis en gardant l'arc sous le coude. Si l'un des pirates nous voit, plante-lui une flèche entre les yeux. Ils ne doivent pas savoir où nous avons trouvé refuge.

Une minute plus tard, Eivy se cramponnait à la liane, qui remontait rapidement. Au moment où ils disparurent au-delà des feuillages, les hommes de Slivengan déboulèrent avec fracas. Ils foncèrent droit devant, ignorant tout du repaire secret qui s'étendait quelques mètres au-dessus d'eux.

Chapitre 9

La liane montait encore et toujours, tirée vers le haut par une puissance mystérieuse. Cramponnée à elle, Eivy se demanda combien de temps encore durerait cette ascension. La hauteur du tronc lui semblait infinie, et avec elle grandissait son anxiété. Ils avaient temporairement échappé à Slivengan… mais qui savait ce qui les attendait là-haut ?

Elle finit par discerner des formes en mouvement au-dessus des feuillages. Trois Zabelins perchés sur une plate-forme tiraient la liane de toutes leurs forces. Une fois qu'elle eut atteint leur niveau, l'un d'eux lui tendit la main pour qu'elle grimpe sur le tremplin. Elle attrapa ses doigts, surprise par le contact de sa peau rugueuse. Il la hissa sans difficulté sur les planches.

Eivy examina les environs tandis que ses compagnons grimpaient. Elle se trouvait dans un refuge perché à une soixantaine de mètres du sol, en haut d'un arbre immense. Ses feuillages étaient si touffus que l'abri était indétectable d'en bas. La plate-forme en bois avait été édifiée sur un réseau de branches larges comme des hommes. Une cabane se dressait au centre, encerclant le tronc. Sur la façade de cette construction rudimentaire, quelqu'un avait accroché une liane agrémentée de fleurs et de coquillages. La présence d'une telle coquetterie dans cet abri de fortune avait quelque chose de surprenant.

Plusieurs Zabelins se pressèrent autour de Kiam. Eivy se pencha pour essayer de distinguer les hommes de Slivengan, quelque part en bas, mais la densité de la jungle masquait complètement la vue. C'est alors qu'elle aperçut une paire d'yeux rivée sur elle : une Zabeline l'observait dans un arbre en contrebas. Blottie sur un hamac fait de lianes et de feuillages, elle portait un bébé endormi. En regardant mieux, Eivy distingua une quinzaine de Zabelins dans les arbres. Certains étaient juchés sur des branches, d'autres sortaient la tête de minuscules cabanes masquées par des feuillages. Mais tous regardaient en direction du petit groupe qui s'était formé sur la plate-forme. Eivy se sentit mal à l'aise au milieu de ce peuple caché dont elle ignorait tout.

Elle s'assit en tailleur. À présent que le danger immédiat était évincé, la cruauté des heures qu'elle venait de vivre la rattrapait comme la marée. Le visage de Jin s'imprima sur sa rétine, obsédant. Sa mort lui paraissait à la fois impossible à croire, et d'une réalité implacable. Comme si un souvenir cruel en appelait forcément un autre, celui de la perte de ses parents refit surface. Si elle continuait, ses pensées risquaient de s'égarer là où elle aurait bien du mal à les contrôler.

Eivy ne voulait pas se laisser aller dans cet endroit étrange où elle n'avait aucun repère. Puisqu'elle se trouvait là et devrait probablement y rester un moment, autant essayer de comprendre où elle avait atterri…

Elle se leva douloureusement et jeta un coup d'œil à la cabane, qui était divisée par une cloison en bambou. Des lits de feuillage étaient disposés sur le sol dans la pièce de droite. Il faisait sombre malgré la lumière qui filtrait entre les planches, et un enfant zabelin était assoupi. Elle n'aurait su dire quel était son âge, mais il avait l'air mal en point. Des gouttes de sueur perlaient sur son front vert pâle. Edwin apparut et se pencha sur le petit malade. Il appliqua une pâte brunâtre sur ses tempes et s'adressa à quelqu'un derrière lui :

— Cette décoction devrait faire baisser la fièvre, mais ce n'est que temporaire.

Le regard de l'herboriste croisa celui d'Eivy. Il détourna les yeux pour rajuster le cataplasme du petit. Soigner les autres était sa manière à lui de surmonter le choc.

Eivy le laissa pour inspecter l'autre pièce, qui était vide. L'espace était occupé par une grande planche de bois entourée d'une douzaine de rondins, faisant sans doute office de table et de tabourets. Une odeur de fruit flottait dans l'air. Quelques filets de liane accrochés au plafond soutenaient des bouteilles en verre grossier.

— Même dans les arbres, ils se débrouillent pour préparer des liqueurs.

Kiam venait de passer la porte. Il lui tendit une grande feuille remplie d'eau. Sa main tremblait. Son œil droit était cerclé de noir, et un filet de sang coulait de sa lèvre fendue.

Ils se regardèrent sans rien dire, et Eivy fut troublée par l'intensité de ses grands yeux noirs qui exprimaient les émotions qu'elle-même ressentait. L'injustice, la colère, le chagrin. Elle n'eut pas besoin de mots pour savoir qu'ils se comprenaient. Cela la soulagca un peu.

Eivy réalisa que la situation devait être encore plus difficile pour Kiam. Il n'avait pas seulement assisté à la mort de Jin, c'était son peuple entier qui était traqué par Slivengan. D'ailleurs, il connaissait peut-être la vieille Zabeline qu'il avait achevée sur la place… Elle chercha ses mots, mais ceux qu'elle trouva sonnèrent maladroitement à ses oreilles :

— J'ai l'impression que beaucoup de Zabelins ont trouvé refuge ici. Et il y en a sans doute d'autres, cachés un peu partout dans la jungle.

— Ouais, mais ça ramènera pas ceux qui ont été massacrés. Et ça fera pas non plus revenir Jin. Va vraiment falloir qu'on règle son compte à Slivengan.

Le regard de l'archer se durcit. Il se leva et s'éloigna vers l'entrée de la cabane. Eivy l'entendit mettre un coup de pied dans le tronc.

Elle s'assit en soupirant. Sa peau échauffée par le soleil la brûlait, mais ce n'était rien comparé à ce qu'elle ressentait dans ses tripes. Comment la situation avait-elle pu se dégrader de manière aussi fulgurante ? Ce midi même, elle cherchait un plan pour trouver la carte sans se faire repérer par Slivengan. Depuis, celui-ci avait tué Jin et s'était mis à les poursuivre.

Eivy savait que l'un d'entre eux risquait de mourir, le jeune homme aux yeux vairons le lui avait prédit. Les choses auraient-elles été différentes si elle avait pris ses paroles plus au sérieux ? Si elle en avait parlé aux trois autres ? N'aurait-elle rien pu faire pour sauver Jin ?

Sous le ciel écrasant, la jungle déroulait son flot de verdure. Une nuée d'oiseaux prit son envol dans un concert de piaillements. Eivy envia leur liberté. Perchée là-haut, elle avait l'impression d'être coincée dans une cage, condamnée à ressasser ses sombres pensées.

Un bruit de pas attira son attention. Kiam, Edwin et trois Zabelins s'installaient autour de la table en bois. L'un d'entre eux était une jeune Zabeline, vêtue d'un pantalon et d'une brassière en tissu. Sa crinière dorée était attachée par un bout de liane et elle portait un carquois à l'épaule. Eivy les suivit à pas de loup et s'adossa dans un coin sombre.

Edwin s'adressa à un vieux Zabelin, à sa droite :

— Aucun de mes remèdes ne fera effet sur le long terme. Pour guérir, votre petit patient doit manger autre chose que des fruits. Comme tous les enfants de votre peuple, d'ailleurs.

Le vieux plissa le front et secoua la tête.

— C'est plus facile à dire qu'à faire. Depuis que nous nous sommes réfugiés dans les arbres, nous avons dû faire une croix sur ce que nous pêchions, ainsi que sur les graines que les commerçants du marché nous fournissaient.

— Ne pouvez-vous chasser du gibier dans la jungle ? demanda l'herboriste.

Le Zabelin le regarda avec stupéfaction.

— Nous ne chassons ni ne mangeons les animaux qui vivent sur nos terres !

Le silence s'abattit sur la cabane. Tous étaient immobiles, sauf la blonde qui fumait dans un nuage épais.

— Nous irons abattre du gibier pour nourrir les gosses dès demain, trancha un autre Zabelin, en bout de table.

Eivy le reconnut : c'était Tariz, celui qui les avait sauvés de Slivengan plus tôt dans la journée. Comme Kiam, il était torse nu et portait une dent de poisson autour du cou. Il n'y avait plus aucune trace de malice dans ses yeux. Il regardait ses mains posées sur la table, la mâchoire crispée.

Le vieux guérisseur finit par se lever pour rejoindre son infirmerie. La blonde se tourna vers Tariz et prit la parole :

— Il faut faire quelque chose, on ne peut plus continuer comme ça.

— Tu as raison Awda, ça ne peut plus durer. Nous nous planquons dans les arbres, nos enfants crèvent de faim, et nous

nous apprêtons à tuer les animaux de la jungle pour nous nourrir. Les choses ne pourraient pas être pires, je crois.

Il soupira, et ses traits eurent tout à coup l'air terriblement las.

— Il est peut-être temps de faire appel à elle, continua-t-il.

Tariz posa sur la table un petit paquet enveloppé dans une feuille. Il en sortit un morceau de bois flotté sur lequel était gravé un cercle. À sa vue, Kiam et Awda restèrent bouche bée. La cendre du mégot de la Zabeline dégringola sur la table.

— T'es sûr de toi ? balbutia l'archer. Si tu la réveilles, elle deviendra incontrôlable.

— Notre peuple est à l'agonie. Elle est notre seul espoir.

— Mais l'île risque d'être drôlement secouée si…

— L'île sera détruite si nous laissons Slivengan continuer, le coupa Awda. Tu n'es pas au courant ? Ils ont ruiné la crique pour chercher leur foutue carte. Ils n'ont pas encore commencé à creuser dans le marécage parce qu'ils en ont peur. Mais ce n'est qu'une question de semaines. À ce rythme, ils auront tout ravagé dans six mois.

Kiam dévisageait les deux Zabelins.

— Galida est la déesse de l'île, lui dit Tariz avec douceur. Son esprit est intimement lié à notre terre, elle ne s'en prendra pas à la jungle ou au marécage. Elle défendra ses enfants. Mais contrairement à ce que pensent les vieilles, ce n'est pas en épinglant des guirlandes de fleurs qu'elle va nous protéger. Je dois la réveiller. Les gens du marché auront plié bagage ce soir, il ne restera que les vermines de Slivengan sur la côte. C'est le seul moyen de les atteindre, frangin.

Kiam fronça les sourcils et acquiesça douloureusement. Il faisait de plus en plus sombre autour de la table en bois.

— Tu as déjà contacté les Attryades ? demanda-t-il.

— Qui sont les Attryades ? demanda Eivy, piquée par la curiosité.

Edwin sursauta. Il venait de se rendre compte qu'elle était dans la pièce. L'œil de Tariz la scruta pendant quelques secondes avant de s'animer d'une étincelle amicale.

— Les Attryades sont les créatures du marécage. Ce sont elles qui gardent le temple de notre déesse. Nous n'avons jamais été très copains, mais nos rapports étaient cordiaux, jusqu'à maintenant.

— Comment ça, jusqu'à maintenant ? s'alarma Kiam.

— On n'a plus de nouvelles depuis des semaines, dit Awda. Elles ont rompu le contact et se sont isolées au centre du marécage.

— La dernière fois qu'elles ont été aperçues, ajouta Tariz, elles étaient d'une humeur épouvantable. Comme si elles n'étaient plus tout à fait elles-mêmes.

— C'est peut-être à cause de la pierre d'ao'ki, dit Eivy en attrapant un tabouret pour s'y asseoir. Celle que Slivengan a fixée au pommeau de son épée.

— Tu sais quelque chose sur cette pierre ? demanda Tariz.

— Juste qu'elle apporte force et protection à celui qui la possède. Et qu'elle le ronge, en même temps. Mais je crains qu'elle puisse aussi étendre sa mauvaise influence à son environnement, ajouta-t-elle sans en dire plus, pour ne pas trahir sa connexion avec les gemmes.

Edwin lui jeta un coup d'œil intrigué, et elle détourna les yeux.

— Ça expliquerait tout, siffla Awda. Le marécage est collé au site de fouille de Slivengan, au nord de l'île. Ma main à couper que les Attryades ont été contaminées.

— Cette histoire de pierre ne me plaît pas, dit Tariz, mais elle confirme ce que je pensais : il faut faire appel à la déesse. Je pars demain matin pour le temple.

— Seul, c'est beaucoup trop risqué, intervint Kiam. Les Zabelins ne s'aventurent pas dans le marécage. Ce sont les Attryades qui…

— Elles ne sont plus de notre côté! s'agaça Tariz. Le chef et la plupart des archers sont morts dans la bataille. Les autres resteront pour protéger les réfugiés. Quant à toi, je n'ai pas l'intention de t'emmener pour te regarder mourir. Tu as une nouvelle vie et des engagements à respecter. Tu vas rester avec tes compagnons, frangin.

— Moi je viens, affirma Awda.

— Non, tu restes aussi. Si je ne rentre pas, notre peuple aura besoin de quelqu'un de costaud pour le guider.

Elle sembla hésiter, mais l'argument de Tariz était implacable. Les Zabelins étaient en sous-nombre et livrés à eux-mêmes. Ils ne pouvaient pas se permettre de s'éparpiller. Awda n'ajouta rien, mais elle écrasa rageusement son mégot sur la table. Tariz sembla rassuré de la voir capituler.

À en juger par son regard noir, Kiam, en revanche ne l'entendait pas de cette oreille. Il venait de retrouver son frère après l'avoir cru mort, et n'acceptait pas de le laisser risquer sa vie seul. Tariz se leva pour le raisonner. Awda fit signe aux deux autres de les laisser seuls et de la suivre à l'extérieur de la cabane.

Le jour déclinait. Edwin tapota maladroitement l'épaule de la Zabeline en guise de soutien, puis il rejoignit l'infirmerie. Deux enfants étaient assis à l'entrée de la cabane. Ils jouaient avec des coquillages, et s'interrompirent pour le regarder passer avec des yeux curieux.

Adossée contre le tronc, Awda était toujours engluée dans de sombres pensées. Eivy l'observa du coin de l'œil. Son regard s'arrêta sur le drôle de tatouage que la Zabeline portait à l'épaule: elle n'arrivait pas à distinguer ce qu'il représentait.

Captant son intérêt, Awda sortit de son mutisme et laissa échapper une exclamation amusée. Elle secoua sa chevelure dorée et ses grandes oreilles au passage.

—Magnifique, n'est-ce pas ? Je dois cette œuvre à Kiam.

Eivy haussa les sourcils, intriguée.

—Je ne sais pas s'il t'a parlé du Awri, continua la Zabeline. C'est un tournoi auquel participent les dix meilleurs archers de l'île. On accroche une noix au bout d'une guirlande de plumes, et on la fixe en haut d'une falaise…

Eivy regarda mieux le tatouage. C'est vrai qu'on pouvait vaguement distinguer une noix et quelques plumes, mais le trait était grossier et débordait largement.

La Zabeline continua :

—Celui qui arrive à toucher la noix à partir de la distance la plus éloignée remporte le tournoi et donne un gage à ses neuf adversaires. Malheureusement, Kiam a gagné il y a deux ans. Ne lui avoue jamais, mais il est plutôt doué avec un arc et une flèche. Bref, il a décidé de me gratifier de ses talents d'artiste en guise de gage, et il n'a pas lésiné sur la liqueur avant de s'y mettre.

Elles furent interrompues par un vacarme soudain. Des cris aigus et des bruits de pas résonnèrent sur la plate-forme. Eivy fit volte-face, les poings serrés. Elle se retrouva nez à nez avec un gros singe gris qui se tenait sur ses quatre pattes. Il s'était tu et la fixait avec méfiance. Eivy était abasourdie : jusque-là, elle n'en avait jamais vu ailleurs que sur les illustrations d'un livre.

—Pazlo ! s'écria joyeusement Awda.

Il contourna Eivy pour rejoindre la Zabeline, traînant derrière lui une grappe de fruits jaunes. Celle-ci caressa affectueusement la tête du singe, qui se trémoussait autour d'elle.

—Pazlo n'oublie pas ses vieux copains cachés dans les arbres, il nous a encore ramené des bananes !

— Des bananes ? s'étonna Eivy.

Elle s'approcha et observa les fruits.

— Tu n'as pas dû beaucoup voyager. D'où viens-tu ?

Eivy s'apprêta à évoquer la triste ville portuaire où elle avait grandi, mais les mots moururent sur ses lèvres. Elle ne savait pas d'où elle venait vraiment. Cette idée raviva la vieille morsure tapie dans son ventre. Après la journée qu'elle venait de passer, la perspective de trouver la carte lui semblait de plus en plus lointaine, et pourtant, elle ne lui avait jamais semblé si cruciale.

Le singe se précipita dans la cabane, où il fut bruyamment accueilli par Kiam et Tariz. La Zabeline regardait Eivy, songeuse.

— Je suis sûre que tu n'as jamais vu un coucher de soleil digne de ce nom, reprit Awda. Mais tu es bien tombée, ceux de notre île sont les plus beaux. Et je connais le meilleur endroit pour en profiter. Suis-moi !

En quelques secondes, Awda monta sur le toit de la cabane. Eivy lui emboîta le pas en prenant appui sur les irrégularités des planches. Une fois là-haut, la blonde se mit sur la pointe des pieds contre le tronc et attrapa une échelle de bambou. Elle commença à grimper avec une agilité d'équilibriste. La jeune fille la suivit tant bien que mal, en priant pour que l'échelle soit plus solide qu'elle en avait l'air. Au bout de plusieurs mètres, elles finirent par atteindre le sommet de l'arbre.

Eivy se cala contre une branche épaisse.

Le soleil était en train de disparaître derrière la mer, et son halo incandescent se reflétait sur l'eau sombre. Dans le ciel rose, quelques nuages étaient infusés d'une lumière spectrale. La vue valait effectivement le détour. Les derniers bateaux amarrés au marché quittaient l'île et voguaient vers le lointain. Vus d'ici, ils n'étaient pas plus grands que des mouches.

Cette vue lui rappela un vieux souvenir. À cette époque, Eivy était encore petite. Elle jouait seule avec un bateau en papier qu'elle faisait voguer sur le ruisseau, à côté de la maison. Fascinée, la fillette regardait sa coque frêle dévier sous l'effet du courant. Elle s'imaginait dedans, quittant Greybor pour découvrir d'autres horizons.

— Le voilà parti pour de grandes aventures, avait déclaré une voix amusée, dans son dos.

Eivy s'était retournée vivement. Sa mère l'observait de son air espiègle. Elle avait emprunté les pierres qui menaient au point d'eau sans faire de bruit. La petite fille lui avait souri. L'expression pétillante de sa maman faisait toujours crépiter la même joie dans son ventre.

— Il est bon de courir le monde, avait ajouté la jeune femme. Mais c'est encore mieux de se poser devant une table pour profiter d'un bon repas. D'ailleurs, le nôtre nous attend.

Sa mère lui avait fait un signe de tête pour l'inviter à rentrer à la maison, puis elle avait escaladé les pierres de sa démarche coulée et assurée. Même en robe, elle avait toujours eu des airs d'aventurière. Eivy l'adorait.

La jeune fille retint un soupir. C'était toujours douloureux de remuer le passé.

Elle reporta son attention sur Awda. Celle-ci fixait le ciel, perdue dans ses pensées. Ses yeux étaient humides et son expression à nouveau contrariée. Eivy se détourna pour ne pas la gêner. Elle s'absorba dans la contemplation du paysage.

D'ici, elle pouvait voir les contours de l'île se découper avec netteté. Elle trônait fièrement sur la mer grise. L'obscurité naissante avait assombri sa silhouette et estompé ses reliefs. Était-il possible que... Eivy se cramponna à la branche et grimpa un peu plus haut. Loin au nord, deux falaises acérées se faisaient face. Avec l'ombre du soir, leurs rochers formaient une rangée de dents. On aurait dit la gueule ouverte d'une créature dangereuse. Au-dessus, une avancée rocheuse prenait la forme d'une oreille pointue.

Eivy frémit. Les paroles de Sylmara lui revinrent en mémoire. *Pour trouver la carte, vous devez vous jeter dans la gueule du loup.*

Elle inspira une bouffée d'air boisé, profitant de la douce chaleur qui se répandait dans sa poitrine. L'espoir avait repointé le bout de son nez, et d'une manière inattendue. Ce n'était pas gagné, mais au moins maintenant, elle savait où chercher la carte.

— Awda, comment peut-on se rendre entre les falaises, là-bas ? Celles qui ressemblent à une gueule de loup ?

— Tu veux parler de la crique du Awri ? Elle est inaccessible de la jungle à cause de la hauteur des rochers. On y allait en barque à partir de la plage, mais Slivengan a détruit toutes nos embarcations. Maintenant, la seule manière de l'atteindre, c'est de traverser le marécage.

Eivy réfléchit quelques instants.

— Rassure-toi, Awda. Tariz ne partira pas affronter le marécage tout seul.

Chapitre 10

D'un geste de la main, Eivy chassa l'énorme moustique qui s'était entiché de son bras. Ils étaient descendus du refuge à l'aube, et cela faisait plusieurs heures qu'ils marchaient à travers la jungle. La chaleur commençait déjà à être étouffante.

À la tête du groupe, Tariz avançait d'un pas feutré, repoussant les feuillages qui barraient le passage. Kiam fermait la marche, tout aussi silencieux. Un oiseau roucoulait dans un arbre. Son chant monotone était régulièrement interrompu par Edwin, qui faisait craquer les branchages avant de s'excuser bruyamment.

— Chut ! siffla Tariz en se tournant.

Eivy sentit Kiam se pencher et murmurer à son oreille :

— Tu penses que Dent Rouge entend marcher Edwin, de sa cabine sous le pont ?

Elle lui lança un regard mi-amusé, mi-réprobateur. La jeune fille remarqua au passage que les fossettes avaient fait leur grand retour sur le visage de l'archer. Puis elle se gratta frénétiquement l'épaule. Cette saleté de moustique finirait par avoir sa peau.

Tariz s'arrêta soudain en tendant l'oreille. Des voix d'hommes résonnaient au loin. Les pirates de Slivengan étaient dans les parages… Les sourcils de l'archer se froncèrent et il dégaina son arc sans faire aucun bruit. Eivy recula derrière lui en glissant la main contre la dague qu'elle gardait à sa ceinture. Elle serra le manche à s'en faire blanchir les jointures. Ils restèrent immobiles plusieurs minutes, jusqu'à ce que les voix s'estompent et disparaissent.

— Heureusement qu'ils sont discrets comme des marchands de poisson, dit Kiam.

— C'est sûr qu'ils ne font pas dans la dentelle, répondit Tariz. Mais maintenant qu'ils traînent dans le coin, c'est trop risqué d'emprunter le chemin prévu.

— On pourrait faire un détour par la tourbière. Elle mène aussi au marécage.

— Je crois qu'on ne va pas avoir le choix, même si je m'en passerais bien.

— Pourquoi ? demanda Eivy.

— Les Zabelins n'aiment pas cet endroit, répondit Kiam. Mais s'il y a un danger, tu pourras encore te planquer derrière moi.

Elle lui donna un coup de coude dans les côtes, et ils se remirent en route.

Tariz avait changé de cap et les dirigeait vers le nord-ouest, où la végétation se faisait de plus en plus dense. Eivy devait constamment repousser les branchages qui fouettaient ses jambes. Entouré de toutes ces plantes inconnues, Edwin bouillonnait de curiosité et avait le plus grand mal à continuer son chemin, sans s'arrêter pour en prélever des échantillons.

Les bruits d'insectes et d'oiseaux peuplaient la jungle comme une présence à part entière. La chaleur s'était encore accentuée, et l'air humide semblait chargé de vapeur. Autant dire que les moustiques s'en donnaient à cœur joie.

Au bout d'un moment, le Zabelin se faufila dans un buisson, et ils débouchèrent enfin sur la tourbière. Ils s'arrêtèrent sur un énorme rocher plat couvert de mousse. Vingt mètres plus loin, une étendue d'eau stagnante était entrecoupée de touffes d'herbe.

— Nous y voilà ! décréta Tariz.

Le soleil était à son zénith et le ventre d'Eivy gargouilla. Elle resta de marbre malgré le sourire moqueur de Kiam.

— Il est temps de faire une pause, dit le Zabelin. Je vais chercher de l'eau potable. Frangin, tu nous dégotes quelque chose à manger ?

L'archer acquiesça et s'éloigna en sautant sur une racine. Avant de disparaître à son tour, Tariz s'adressa à Eivy et Edwin :

— Vous pouvez souffler un peu, les hommes de Slivengan ne connaissent pas ce passage. Mais restez ici, c'est plus prudent.

Eivy s'assit en tailleur, le visage dans les mains. Sa peau brûlait, et les piqûres laissées par le moustique la démangeaient. Un crapaud coassait inlassablement dans la tourbière. Il lui donnait la nausée. Les battements de son cœur résonnaient dans ses tempes brûlantes. Cette chaleur lui montait à la tête. Il fallait qu'elle se mette à l'ombre.

Elle se traîna sous la ramure d'un grand arbre, à la lisière de la jungle. Couchée par terre, elle ferma les yeux. Il lui semblait qu'une dizaine de crapauds coassaient en chœur, à présent. Les piqûres brûlaient sa peau. Sa gorge était sèche. Quand Jin allait-il revenir avec un peu d'eau ?

— Tu ne reverras pas Jin de sitôt, ma chérie !

Eivy ouvrit brusquement les yeux, la poitrine secouée par une décharge. C'est à ce moment qu'elle la vit. Sa longue, sa magnifique chevelure brune cascadait sur son épaule. Elle portait une robe légère ornée de petites fleurs orange. C'était celle qu'elle aimait tant mettre pour aller pique-niquer au printemps. Alanguie sur l'herbe, elle tenait son vieux chapeau de paille à la main. Un oiseau gazouillait, insouciant. Eivy eut l'impression que son cœur cessait de battre.

— C'est… c'est toi, maman ? hoqueta-t-elle.

Sa mère lui sourit, de cette expression malicieuse qui n'appartenait qu'à elle. Des ridules se dessinèrent au coin de ses yeux noisette, et ses lèvres s'ouvrirent sur ses dents du bonheur. Ce sourire lui tordit le ventre.

— Qui veux-tu que ce soit d'autre !

La jeune fille restait bouche bée. C'était impossible. Elle ferma les yeux et serra sa montre à gousset contre sa paume pour tenter de retrouver ses esprits. Quand elle les rouvrit, sa mère était toujours là, mais des dizaines de moustiques s'étaient accrochés à ses bras et à ses jambes. Elle ne semblait pas s'en soucier, et jouait avec les pétales d'une fleur tout en chantonnant.

Horrifiée, Eivy se jeta sur elle pour chasser les insectes. Mais, au moment où elle atteignit le sol, ses membres se transformèrent en pattes aux longues griffes. Alors qu'elle essayait de crier, un grognement guttural sortit de sa bouche.

— Un monstre ! À moi, un monstre ! hurla sa mère.

Son cri strident déchira les tympans d'Eivy. Elle avait l'impression que sa tête allait exploser, et se mit à courir dans la jungle.

Quand le hurlement cessa, elle tomba à genoux dans la terre, le souffle court. La jeune fille se recroquevilla en tremblant.

Elle réalisa qu'elle n'était pas seule.

Le jeune homme aux yeux vairons était assis en face d'elle, sur une souche. Son dos était voûté. Un rayon de lumière éclairait son beau visage, et il l'observait de son regard étrange. À son oreille, la goutte en cristal scintillait d'un éclat singulier.

Il lui sourit.

La jungle avait retrouvé son calme habituel.

— Que… qu'est-ce qui m'arrive ?

— À toi de me le dire, murmura-t-il.

— Est-ce vraiment ma mère, là-bas ?

Il se pencha légèrement vers elle.

— À ton avis ?

Eivy repensa à sa mère, allongée dans l'herbe à quelques pas d'ici. Elle tenta de faire le vide pour rassembler ses esprits, et se rappela soudain les fleurs orange qu'elle avait aperçues sur sa tenue. Les fleurs de sa véritable robe étaient bleues. Ce qu'elle venait de vivre n'avait donc rien de réel. L'homme hocha la tête, comme s'il lisait dans ses pensées.

— C'est toi qui me fais voir tout ça ?

— Moi ? Pourquoi te jouerais-je un tour pareil ? Essaie plutôt de te concentrer pour te tirer de là. Ressaisis-toi, Eivy.

— Je ne peux pas.

Il eut l'air vaguement agacé.

— Dis-moi, ajouta-t-il, quand te décideras-tu à l'utiliser ?

— De quoi ?

— Mais ton pouvoir, bien entendu.

— Je ne suis pas un monstre.

— Qui t'a donc mis cette idée en tête ? Ouvre les yeux, Eivy.

Le regard du jeune homme se teinta d'une ombre en clair-obscur. À son oreille, le cristal brillait d'une lueur de plus en plus vive. Écoutant son intuition, Eivy tendit une main tremblante pour toucher sa boucle d'oreille. Un éclat soudain l'aveugla. Le monde devint blanc.

Ouvre les yeux. Elle plissa les paupières et réalisa qu'elle était toujours sur le rocher plat couvert de mousse. Ses doigts, qu'elle pensait avoir refermés sur la boucle en cristal, étaient crispés sur les irrégularités de la roche. Le jeune homme aux yeux vairons avait disparu.

Le corps d'Eivy pesait une tonne et elle n'arrivait pas à bouger d'un pouce. Ses yeux luttaient pour se fermer, mais elle résista. Elle avait mal au cœur et la tourbière tanguait autour d'elle.

C'est alors qu'elle aperçut Edwin.

Il était tombé à genoux, à quelques mètres. Ses lunettes avaient glissé par terre. L'herboriste fixait le vide, les yeux remplis de larmes.

— Lyran, murmurait-il en secouant la tête.

Que leur arrivait-il, à tous les deux ? Animée par une force désespérée, Eivy se hissa sur ses avant-bras. Tous ses muscles la faisaient souffrir. En essayant de descendre du rocher, elle dégringola par terre. Le nez dans l'herbe, elle aperçut une petite tache orange briller sous la pierre.

Sa vue se brouilla, mais elle secoua vigoureusement la tête. Il fallait qu'elle reste lucide. Eivy concentra son attention sur la tache et réalisa qu'il s'agissait d'une fleur. Elle était minuscule et ses pétales formaient une corolle parfaitement ronde. La jeune fille roula sur le dos et réunit toutes ses forces pour appeler l'herboriste.

— Edwin ! C'est une illusion… la cousine des songes !

Il se tourna enfin vers elle et hocha la tête, abasourdi.

Eivy ferma les yeux et sombra dans l'inconscience.

Quand elle s'éveilla, son corps engourdi était bercé par un mouvement régulier. Elle avait la langue pâteuse et une douleur sourde martelait ses tempes.

Elle ouvrit les paupières et aperçut une dent de poisson se balancer au bout d'une cordelette. Ce pendentif lui rappelait quelque chose… Elle regarda plus loin et vit que le jour déclinait. Edwin boitillait devant, soutenu par Tariz. Ils s'en étaient sortis.

Et elle, où se trouvait-elle ? Eivy mit plusieurs secondes à réaliser qu'elle était dans les bras de Kiam. Il la portait tout en marchant. Quelque chose en elle se crispa à cette idée, mais Eivy était trop épuisée pour adopter ses vieux réflexes. L'épreuve de la cousine des songes avait été rude, et elle n'aspirait qu'à se laisser aller, pour une fois, sans se méfier ni garder ses distances avec les autres.

Elle reposa sa joue contre l'épaule de Kiam. Sa peau était douce et chaude, elle sentait un mélange de terre et de sel. Eivy ne tarda pas à se rendormir.

Il faisait nuit quand elle se réveilla pour de bon. Sa tête et ses muscles étaient encore douloureux, mais elle se sentait mieux. Elle était couchée au pied d'un arbre et l'archer dormait juste à côté. Son torse se soulevait tranquillement au rythme de sa respiration. Eivy le regarda pendant quelques instants, puis elle se redressa pour discerner ce qui les entourait.

La lune éclairait le paysage d'une douce lueur. À quelques mètres s'étendait une eau noire dans laquelle se reflétait le ciel nocturne. Une odeur de moisi s'en échappait. Ils avaient donc avancé jusqu'au marécage… ce qui voulait dire qu'ils s'étaient rapprochés du temple de la déesse. Et de la carte, par la même occasion. Eivy sentit son cœur s'accélérer à cette idée. Malgré cette journée douloureuse, elle avait avancé dans la bonne direction.

Elle se figea quand elle discerna une forme sombre dans l'eau, jusqu'à ce qu'elle comprenne qu'il s'agissait d'une branche.

Edwin était assis de l'autre côté du tronc.

— Où est le Zabelin ? demanda-t-elle en le rejoignant.

— Ah, tu es réveillée. Tariz est dans l'arbre, il a voulu prendre le premier tour de garde. Comment te sens-tu ?

— Ça peut aller, dit-elle. Et toi, tu ne dors pas ?

L'herboriste lui adressa un faible sourire. Il avait mauvaise mine et ses traits étaient tirés. Elle remarqua que sa main droite serrait une éprouvette. La cousine des songes était emprisonnée à l'intérieur. Eivy eut un mouvement de recul à la vue de la fleur. Le souvenir de sa vision l'envahit comme un goût de sang.

— Ne crains rien ! s'empressa de préciser Edwin. Ses émanations ne peuvent t'atteindre si les pétales sont enfermés.

De la buée recouvrit ses lunettes.

— Cela n'aurait jamais dû arriver, Eivy. Je suis tellement désolé.

— De quoi ?

— Comme tu étais juste au-dessus de cette maudite fleur, tu as eu beaucoup de fièvre. C'est de ma faute, je ne l'ai pas vue. Les cousines des songes ne poussent jamais si près de l'eau, normalement. L'équilibre de cette île est complètement perturbé !

Il retira ses lunettes et se frotta les yeux. La jeune fille haussa les épaules.

— Bah, ce n'est pas de ta faute. Et puis comme ça, tu as mis la main sur la plante à ramener au capitaine, tu vas pouvoir soigner ses blessures dues à la pierre d'ao'ki.

Cet argument n'eut pas l'air de soulager sa conscience.

— Et tu as aussi passé un sale quart d'heure, ajouta-t-elle.

Edwin détourna le regard.

— Je vais rajouter quelques pousses d'utroed autour de l'arbre, dit-il en se levant.

Il attrapa une poignée d'herbes sèches dans sa sacoche et les disposa entre les racines. Une odeur rance s'en dégagea instantanément.

— Qu'est-ce que c'est ?

— Le meilleur moyen de repousser les reptiles.

Sa mâchoire se contracta tandis qu'elle imaginait un gros serpent zigzaguer vers eux.

— Tariz se fait plutôt du souci à propos des Attryades, précisa l'herboriste. Nous n'en avons pas croisé une seule depuis que nous avons pénétré dans le marécage.

Edwin s'était rassis à côté d'elle et fixait l'obscurité d'un air morne. Remontées jusqu'aux coudes, les manches de sa belle chemise étaient en piteux état. Elle lui demanda :

— Au fait, qui est Lyran ? Tu as prononcé son nom, sous l'influence de la fleur.

En le voyant blêmir, Eivy regretta sa question. Ils restèrent silencieux plusieurs minutes, à l'écoute des crapauds et des insectes qui peuplaient la nuit humide.

— Lyran était l'un des domestiques de mon père, finit-il par répondre d'une voix blanche.

— Tes parents ont des serviteurs ? s'étonna Eivy.

— À vrai dire, je n'ai jamais connu ma mère, elle est morte quand j'étais encore un nourrisson. À cause d'une fièvre contre laquelle aucun médecin n'a trouvé de remède… Mais oui, pour répondre à ta question, mon père a beaucoup de personnel. C'est l'un des plus riches marchands de Greybor. Il est dans les petits papiers du gouverneur.

L'expression de l'herboriste s'était assombrie à la mention de son père.

— Lyran avait douze ans quand il est entré à son service, continua-t-il. Nous avions le même âge, et nous sommes devenus les meilleurs amis du monde. C'était nouveau pour moi : avant lui, j'avais toujours été très seul. Entre les autres enfants et moi, ça ne collait pas. C'est l'une des nombreuses facettes de moi qui exaspéraient mon père.

— Il n'a jamais cherché à t'aider ?

— Non, loin de là. Il m'a toujours trouvé trop solitaire, trop émotif. Trop passionné par les plantes, aussi, ajouta Edwin avec un sourire triste. Il aurait souhaité un fils expansif, puissant et sûr de lui, qui accepte avec joie de reprendre le commerce familial. Mais rien ne m'ennuyait plus que cette perspective. Moi, je trouvais fascinant que l'on puisse sauver les autres grâce à l'herboristerie. Il n'a jamais accepté cela. J'ai grandi oppressé dans un carcan, sous l'ombre de sa déception constante. Pendant des années, personne ne me comprenait. J'avais l'impression de venir d'un autre monde.

La jeune fille se sentit touchée par les paroles d'Edwin. Elle n'aurait jamais cru qu'ils puissent éprouver des sentiments si proches, même si les visions d'Eivy n'avaient rien à voir avec la solitude ressentie par l'herboriste.

— Mais avec Lyran, c'était différent, ajouta-t-elle.

— Oh oui, ça l'était. Lui, il m'acceptait sans réserve. Il n'a jamais trouvé ma passion bizarre, ni envahissante. Sans doute parce qu'il était tout aussi décalé que moi… Je t'ai dit que Lyran était un domestique, mais au fond de lui, c'était un artiste. C'est infiniment plus juste de parler de lui en ces termes-là.

La voix d'Edwin s'était réduite à un murmure. Il continua néanmoins à raconter :

— Il avait la peau claire et de grands yeux mélancoliques. Sauf quand il riait. Dans ces moments-là, son regard brillait comme le reflet des étoiles sur l'eau sombre. J'étais captivé par la manière dont il pouvait passer d'une émotion à l'autre en un instant. Tout résonnait dans ses tripes, tout le faisait vibrer intensément. Je n'ai jamais connu personne de plus vivant que Lyran. Ni de plus talentueux.

— Que faisait-il ?

— Il passait ses journées à dresser la table et à nettoyer le sol, mais ce qui l'animait vraiment, c'était la poésie. Lyran débordait d'imagination et savait faire sonner les mots comme personne. Autant dire que sa vie ne lui convenait pas. Il voulait avoir le droit d'être lui-même, de choisir ce qu'il faisait de ses journées et qui il pouvait aimer. Il rêvait d'échapper à son quotidien de serviteur et de voir autre chose du monde. Mais tu sais à quel point l'horizon de Greybor est bouché.

— Oh oui.

Ils se regardèrent avec une compréhension mutuelle, puis Edwin replongea dans ses souvenirs.

— Deux ans après l'arrivée de Lyran chez nous, mon père a eu un fils avec sa nouvelle épouse. Il s'est complètement désintéressé de mon sort en apprenant qu'un autre héritier viendrait prendre la relève de l'entreprise familiale. J'étais devenu invisible à ses yeux. Ce furent mes années les plus heureuses. J'ai enfin pu me plonger dans l'étude des plantes pour devenir herboriste. On m'a relégué dans un grenier isolé, qui me servait aussi d'atelier pour mes recherches. Le soir, après son service, Lyran me rejoignait en douce. Nous pouvions passer des heures à parler. Parfois, nous nous contentions de rester silencieux l'un à côté de l'autre. Tandis que je prolongeais mon étude tard dans la nuit, lui écrivait. Nous nous endormions l'un contre l'autre, avec pour seul témoin la lueur des bougies qui éclairaient sa peau si douce.

Edwin jeta un coup d'œil à Eivy. Dans son regard, l'appréhension le disputait au défi. La jeune fille lui répondit par un faible sourire. Elle sentait la tristesse nouer son estomac, à mesure qu'elle entrapercevait l'issue de l'histoire qui avait marqué la vie de l'herboriste. Eivy savait quel sort on réservait aux hommes qui s'aimaient, à Greybor.

— Tout cela n'a pas duré, dit-il. Au fil des années, tandis que je m'épanouissais dans mon apprentissage, Lyran, lui, allait de plus en plus mal. Aux yeux du monde, il était et resterait toujours un domestique. Il réalisait douloureusement qu'il ne pourrait jamais consacrer sa vie à son art. Et il ne supportait plus le secret qui empoisonnait notre relation. Cet interdit le rongeait de l'intérieur. Il me suppliait de partir avec lui. Moi, j'avais bien trop peur. Si nous étions découverts en train de fuir ensemble, notre histoire éclaterait au grand jour… J'avais déjà surpris les regards suspicieux d'autres serviteurs. Nous risquions la prison, pour cela. J'ai donc refusé, jusqu'à ce que la situation devienne intenable.

— Que s'est-il passé ?

— Lyran a commencé à dépérir. Son teint se faisait plus pâle, et son regard plus mélancolique. La lumière chatoyait de moins en moins souvent dans ses yeux. Lui qui n'avait jamais été bien épais maigrissait à vue d'œil. Mes remèdes ne fonctionnaient pas. J'ai réalisé avec effroi que je risquais de le perdre. Alors, j'ai accepté de planifier notre départ…

Il se perdit quelques instants dans ses pensées, le front plissé, puis continua :

— J'avais déjà été approché par un truand des bas-fonds, Milo, qui trempait dans tout un tas de magouilles. Il s'intéressait à ma connaissance des plantes et voulait que je fabrique des mélanges hypnotiques, pour je ne sais quelle utilisation tordue. J'ai toujours refusé, bien entendu. Mais je savais où le trouver. La mort dans l'âme, je suis allé à sa rencontre. Il m'a dit qu'il connaissait un docker pouvant organiser notre passage sur un bateau marchand vers Farlung, une cité bien plus libre que Greybor. Mais le prix à payer était à la hauteur de cet espoir. J'ai dû voler de l'or à mon père pour satisfaire les exigences de ce vaurien. Cela me révulsait, mais la vie de Lyran était en jeu, alors je l'ai fait.

Edwin serra ses genoux. Les os de ses doigts saillirent sous sa peau.

— Quand Milo m'a vu arriver avec Lyran, il a compris pour nous deux. Il a ri en prétendant qu'il s'en fichait. Que tout ce qui lui importait, c'était l'or avec lequel je comptais acheter notre passage. À vrai dire, c'est tout ce qui m'importait aussi.

— Mais cela n'a pas marché, dit Eivy, songeuse.

Le souvenir de sa propre escapade ratée se superposait douloureusement au récit d'Edwin.

— Milo a empoché l'or, mais il a aussi prévenu la garde de notre tentative de fuite, sans doute pour toucher la prime. Je ne sais pas s'il a gagné un supplément pour avoir révélé que Lyran et moi étions amants, ou s'il l'a fait juste par cruauté.

Le visage d'Edwin fut traversé par la colère. Eivy ne l'avait jamais vu sous le coup de cette émotion, qui n'en était que plus saisissante.

— Lorsque les deux gardes ont débarqué dans la ruelle où nous attendions notre passage, Lyran est devenu fou. Il n'aurait pas supporté la prison. Il les a attaqués avec son couteau de fortune. Les gardes l'ont passé au fil de l'épée, et il s'est effondré comme une poupée de chiffon. La lueur que j'aimais tant a définitivement quitté son regard. Ce qui s'est passé ensuite est flou. J'étais dans un état second. Je me rappelle vaguement m'être jeté sur le corps de Lyran et l'avoir serré dans mes bras. Mais il était déjà loin, et je ne pouvais plus le faire revenir.

— Les gardes t'ont arrêté ?

— J'avais emporté des bagages avec moi contenant mes mélanges de plantes. J'étais toujours agenouillé devant le corps de Lyran lorsque l'un d'entre eux m'a saisi par l'épaule. J'avais le cœur broyé. La douleur m'a donné de la force. J'ai attrapé l'une de mes valises et je l'ai frappé avec. Les charnières de la valise se sont rompues sous le choc, et la poudre contenue dedans s'est répandue dans l'air. Un nuage poussiéreux a envahi la ruelle, et les gardes se sont mis à tousser frénétiquement. J'en ai profité pour m'enfuir. J'ai couru un moment dans les bas quartiers sans être capable de réfléchir. Je ne sais plus ce que j'ai fait exactement, mais je pense avoir erré dans les rues plusieurs heures. Quand j'ai entendu des hommes parler d'un pirate qui recrutait dans une taverne du coin, j'y ai vu ma seule échappatoire. La suite, tu la connais. Je suis parti, mais sans lui.

Le silence retomba sur le marécage. Eivy se tut. Pour l'avoir vécu avec ses parents, elle savait qu'il n'y avait rien qu'elle puisse dire pour le soulager d'une telle perte. Elle hésita un instant, puis posa sa main sur celle de l'herboriste, qui la serra doucement. Il n'ajouta rien de plus, mais elle eut la sensation qu'il trouvait un peu de réconfort à son contact.

Ils restèrent immobiles pendant plusieurs minutes.

Les yeux d'Eivy s'étaient habitués à l'obscurité. Elle détailla le marécage, cherchant vainement un sens à tout ce qu'ils avaient vécu. Quelques nénuphars s'épanouissaient sur l'immense flaque et une grenouille nageait entre eux. Son corps trapu filait prestement sur la surface luisante. Plus loin, un arbre prenait naissance dans les eaux noires. Ses longues branches touffues retombaient mollement contre le tronc.

Le sang de la jeune fille se glaça. Tapie derrière les feuillages, une paire d'yeux était en train de les fixer. Elle finit par distinguer un corps noueux contre l'écorce. La créature avait la tête en bas et les pieds accrochés à une branche. Elle ne tarda pas à disparaître dans un bruissement de feuilles. Eivy se tourna vers Edwin et comprit à son expression qu'il l'avait vue aussi.

— On dirait que les Attryades sont plus proches qu'on le pensait, murmura-t-il.

Chapitre 11

Une tache de sang imprégnait la terre humide. Edwin se pencha dessus et l'examina méticuleusement. En le voyant faire, Eivy glissa la poignée de baies qu'elle était en train de grignoter dans sa poche.

— Le sang est frais, décréta l'herboriste, les lunettes au bout du nez.

Une brume épaisse s'était abattue sur le marécage. Kiam soupira en lançant un coup de pied contre une pierre. Les bras croisés, le Zabelin scrutait la tache d'un air grave. Son humeur n'avait cessé de s'assombrir depuis qu'ils avaient quitté leur campement de fortune, quelques heures auparavant.

— On est en plein milieu du marécage, dit-il, et toujours aucune Attryade en vue. Celle que vous avez aperçue cette nuit agissait bizarrement. Elles ne sont pas craintives sur leur propre territoire, d'habitude.

— Elles connaissent cet endroit comme leur poche, frangin. Elles savent où se cacher en cas de danger.

— Je sais, mais va savoir de quoi Slivengan est capable avec sa pierre.

Un poisson rayé fila dans l'eau et disparut sous une barrière de hautes herbes. En le suivant du regard, Eivy vit une tache sombre briller derrière les feuillages. Elle avança de quelques pas pour mieux la voir. Des deux mains, elle écarta les herbes et y aperçut une traînée de sang.

— Il y en a encore ici.

Tariz s'approcha et examina la tache.

— La victime a dû essayer de fuir par là, précisa-t-il en entrant dans les fourrés.

Ils avancèrent lentement à travers les feuillages en suivant le sillon rouge. Le poids lancinant d'un mauvais pressentiment grandissait dans le cœur d'Eivy. Un bruit fusa sur sa gauche. Elle tourna la tête, mais ne vit rien. Les baies qu'elle avait avalées un peu plus tôt avaient laissé un goût aigre sur sa langue. À moins que ce soit la peur...

Maintenant, ses jambes étaient immergées jusqu'aux mollets. Les herbes étaient immenses et masquaient les alentours. De plus en plus épais, le brouillard réduisait encore le champ de vision. En écoutant le clapotis de ses pieds dans l'eau, Eivy réalisa que le marais était trop silencieux.

Le Zabelin écarta le rideau d'herbes qui barrait le chemin.

Devant eux s'étendait une plaine boueuse que la brume avait figée dans une torpeur grise. Quelques arbres à la silhouette fantomatique se dressaient dans le brouillard. Les sourcils froncés, Tariz avança en fixant un point au loin. Eivy l'imita et finit par distinguer un corps gisant sur un rocher, à une trentaine de mètres. Elle fronça le nez. La brume l'empêchait d'en voir davantage.

À mi-chemin, le corps immobile lui apparut plus nettement. Ce n'était pas celui d'une Attryade. De petite taille, il avait la peau verte et épaisse. C'était un Zabelin, qui baignait dans son sang, et dont les yeux fixes étaient rivés au ciel. Kiam et Tariz se précipitèrent vers le cadavre.

Qu'était-il arrivé à ce malheureux, et que se passait-il ici ? La zone semblait pourtant désertée par les pirates de Slivengan… Et Eivy comprenait pourquoi. Cet endroit était oppressant, sans parler du brouillard qui masquait la vue.

Elle s'éloigna pour observer les alentours. Il y avait un arbre, un peu plus loin sur sa droite. Aurait-elle une meilleure visibilité en grimpant sur ses branches ? Sous ses pieds, la boue se fit étonnamment compacte.

— Attention Eivy ! s'alarma Edwin, derrière elle.

Trop tard. Sa jambe gauche s'enfonça brusquement dans le sol. Elle s'appuya sur son pied libre pour la dégager, mais il s'embourba à son tour jusqu'au genou. Prise de panique, elle remua les jambes et fut aspirée jusqu'aux cuisses.

— Ne bouge plus ! s'écria l'herboriste. Ce sont des sables mouvants !

Eivy sentit la peur l'envahir. La terre dense écrasait ses jambes et se dérobait sous ses pieds. Un élan viscéral lui ordonnait de gigoter pour tenter de s'extirper de là, mais elle savait que c'était le plus pernicieux des pièges. Si elle s'agitait, elle était morte.

Avec un effort de volonté, elle s'efforça de ne plus bouger d'un pouce. Ses jambes étaient toujours coincées, mais au moins elle ne s'enlisait plus.

L'herboriste grimpa dans l'arbre et rampa sur une branche. Au moment où il lui tendait la main, la branche craqua et il manqua de tomber dans la boue. Edwin réussit tant bien que mal à s'accrocher aux aspérités du tronc pour regagner le sol.

Un feulement aigu retentit dans le marécage. Ils levèrent les yeux et virent une silhouette émerger des hautes herbes desquelles ils venaient. La brume la masquait. Quand elle fut plus près, Eivy put enfin la discerner nettement.

Une Attryade.

Sous sa peau blanchâtre, son corps était long et maigre. Sa chevelure humide couvrait sa poitrine. Elle était uniquement vêtue d'un pagne de feuilles tressées, surmonté par une ceinture végétale qui pendait autour de ses hanches. De fines écailles parcouraient ses chevilles et ses pieds. Elle s'accroupit sur un rocher, à une dizaine de mètres de l'archer et du Zabelin, et les scruta de son regard délavé.

Eivy fut prise d'un nouvel accès de panique, et dut se faire violence pour rester immobile dans les sables mouvants. Au loin, elle vit Tariz quitter le cadavre, les yeux remplis de larmes. Kiam le suivait. Ils avancèrent vers la créature et le Zabelin prit la parole.

— Je suis soulagé de te voir, Attryade. Nous nous rendons au temple pour…

— Silence ! siffla-t-elle.

Avec un mouvement arachnéen, elle rampa au sommet du rocher pour toiser Tariz.

— Pourquoi ces humains sont-ils ici ?

— Ce sont mes amis, ils ne te feront aucun mal.

La créature émit un grognement sourd. Son regard brillait d'une étincelle venimeuse.

— Les humains creusent l'île, ils détruisent tout. Il faut qu'ils meurent !

— La haine t'aveugle, les humains ne sont pas tous les mêmes. Fais-moi confiance, je te parle en ami !

L'Attryade plongea son regard trouble dans celui de Tariz.

— Les Zabelins sont avec les humains, ils ne sont plus nos amis.

D'autres silhouettes apparurent dans la brume. Des dizaines d'Attryades émergeaient des hautes herbes, furtives et silencieuses.

Elles se placèrent en demi-cercle, comme pour leur barrer le passage. Et si les Attryades les avaient attirés ici sciemment, avec le sang du Zabelin ?

Eivy tourna la tête et regarda derrière elle. Par là, les eaux étaient trop profondes pour qu'ils puissent s'échapper.

— C'est une embuscade ! cria-t-elle.

Kiam se tourna vers Eivy. Il écarquilla les yeux en voyant qu'elle était coincée dans la boue, mais un choc, tout près de lui, manqua de le faire tomber à la renverse.

L'Attryade venait de bondir sur Tariz, qui s'écroula sous son poids. Ils roulèrent au sol. La créature mordit le Zabelin à l'épaule. Il poussa un hurlement et réussit à dégainer sa masse, avec laquelle il la frappa. Le corps de la créature roula dans l'eau brune, le crâne fracassé. Tariz regarda son arme, horrifié. Les autres Attryades se mirent à feuler. Leurs sifflements acérés se multipliaient dans la brume.

— Nous ne sommes pas vos ennemis, hurla-t-il.

Les créatures commencèrent à lui envoyer des projectiles. Une grosse pierre manqua de peu l'oreille du Zabelin.

Kiam et Tariz se précipitèrent vers un arbre et grimpèrent sur les premières branches. Les Attryades se ruèrent dans leur direction. Ils durent se résoudre à dégainer leurs arcs et à tirer. Les flèches en atteignirent quelques-unes, mais la plupart des créatures se faufilèrent derrière les rochers. Deux d'entre elles réussirent à atteindre l'arbre des archers.

— Couvre-moi, frangin ! s'exclama le Zabelin en sautant à terre.

Il se campa sur ses jambes trapues. Avant que la plus proche ne se jette sur lui, il lui envoya un coup de masse qui la projeta au sol. Kiam tira sur la seconde et la tua sur le coup. Mais une autre Attryade surgissait déjà devant eux.

— Elles sont beaucoup trop nombreuses ! souffla Eivy.

Son souffle s'accélérait dangereusement. Elle réalisa qu'elle était maintenant prisonnière de la boue jusqu'à la taille. Edwin tenta de la rassurer :

— Calme-toi, Eivy ! Kiam et Tariz font barrage, elles ne peuvent pas nous atteindre...

C'est à ce moment précis qu'une créature jaillit du brouillard et s'élança sur l'herboriste. Elle était petite, mais mue par une énergie furieuse qui la rendait dangereuse. L'Attryade le plaqua sur le dos et griffa furieusement son torse. Alors qu'elle allait planter ses dents dans son cou, il plia les jambes et les propulsa pour la rejeter en arrière.

La créature percuta le sol dans un bruit sourd. L'herboriste attrapa une pierre et se tourna vers elle. Mais l'Attryade ne bougeait plus : elle fixait quelque chose entre ses pieds écailleux. Ses yeux pâles étaient terrifiés. Une petite fiole en terre cuite s'était brisée dans sa chute. Elle s'était détachée de sa ceinture et gisait par terre, en mille morceaux. Une odeur infecte s'éleva des débris.

L'Attryade recula, les yeux rivés sur la fiole. C'était le pas de trop : son pied s'enfonça dans les sables mouvants. Quand la boue happa sa jambe, elle fut prise de panique et commença à se débattre. Plus elle gigotait, plus la terre visqueuse aspirait son corps. En quelques secondes, elle s'y enfonça jusqu'au cou.

Ses yeux exorbités aperçurent Eivy au moment où son visage disparaissait dans la terre. La jeune fille sentit une main agripper sa jambe. Des doigts fiévreux se cramponnaient à son mollet. Mais la boue était si glissante que la main finit par lâcher prise. Une bulle éclata à l'endroit où l'Attryade venait d'être engloutie.

Remuée par l'agitation de l'Attryade, la boue avait recommencé à aspirer Eivy. Celle-ci ne devait surtout pas bouger. Malgré ses efforts, les sables mouvants lui arrivaient maintenant à la poitrine… Elle sentit sa montre à gousset s'engluer dans la terre visqueuse.

— Fais quelque chose ! cria-t-elle à Edwin.

Celui-ci fouillait frénétiquement dans sa sacoche, comme s'il pensait pouvoir la tirer de là avec une éprouvette ou une décoction. Elle fut secouée d'un rire nerveux.

C'est alors qu'elle aperçut Kiam. Toujours perché sur son arbre, il bandait son arc dans sa direction. Son œil ouvert la fixait, imperturbable. Il la visait. Il n'allait quand même pas…

La flèche fonça sur Eivy.

Elle passa au-dessus de sa tête et vint se planter dans l'arbre.

La jeune fille écarquilla les yeux : une corde pendait à son extrémité. Edwin bondit dessus. Il détacha le cordage et le noua solidement à une branche. Puis il lança l'autre extrémité à Eivy, qui l'attrapa au vol. Elle s'y cramponna désespérément.

L'herboriste attrapa un morceau de corde et tira.

Les sables mouvants tentaient de retenir le corps d'Eivy dans leur gosier visqueux. Elle s'agrippa de toutes ses forces. Ses muscles chancelèrent. Edwin attrapa son bras pour la soutenir. Au terme d'un ultime effort, elle réussit à se hisser sur la berge.

Eivy s'écroula sur les racines, essoufflée. Elle était couverte de boue, ses bras tremblaient et ses jambes pesaient une tonne, mais elle était en vie. À bout de nerfs, Edwin s'assit à côté d'elle.

La jeune fille jeta un coup d'œil à Kiam et Tariz, et vit qu'ils peinaient à freiner l'assaut des Attryades… Ils avaient besoin d'aide, ce n'était pas le moment de s'effondrer. Elle avança en rampant mais l'herboriste l'arrêta.

— Attention, ne touche pas à ça !

Les débris de la fiole s'étalaient devant elle.

— Qu'est-ce que c'est ?

— Je ne sais pas. Mais l'Attryade était plutôt secouée quand sa fiole s'est brisée. C'est plus prudent de ne pas y toucher.

Une substance malodorante gisait entre les morceaux de terre cuite. L'herboriste sortit de sa sacoche une tige enrobée de cuir et la plongea dans le liquide. Rien ne se produisit, mais un relent fétide s'éleva des débris. Edwin fut pris d'un haut-le-cœur et se détourna.

— J'ai l'impression qu'il y a du poisson pourri, là-dedans.

Il retint sa respiration et se pencha à nouveau sur le liquide.

— Et sans doute aussi des algues séchées. Rien de bien toxique en tout cas. Cela n'explique pas pourquoi l'Attryade était effrayée. À moins que…

L'herboriste jeta un coup d'œil anxieux aux alentours avant de reprendre :

— La macération d'algues et de poisson attire les crocodiles. Je suis prêt à parier que les Attryades en ont toujours une fiole sur elles en cas de mauvaise rencontre.

— Comment ça ?

— Eh bien, sans vouloir t'effrayer, les marécages grouillent de sales bestioles. Si une Attryade se retrouve face à un crocodile, elle n'a aucune chance de s'en sortir. À part si elle possède une fiole comme celle-là.

Eivy fit une moue dubitative.

— Mais si, réfléchis : il lui suffit de lancer le flacon au loin pour qu'il se brise et attire la bête le temps de fuir. Moi, c'est ce que je ferais, à leur place.

— Si c'est le cas, heureusement qu'il n'y avait pas de crocodile.

— Ici, les marais sont trop peu profonds. Là-bas, par contre…

Tout en parlant, Edwin montra du doigt les eaux bordant la plaine, derrière l'archer et le Zabelin. Son regard se figea. Leurs compagnons étaient en mauvaise posture.

Eivy aperçut Tariz repousser d'un coup de pied l'Attryade qui mordait sa jambe. Trois furies l'encerclaient. Hors d'haleine, il faisait de grands moulinets avec sa masse pour les tenir à distance. Kiam était descendu de l'arbre et affrontait deux autres créatures. Son carquois était vide. L'une d'entre elles bondit sur lui. Il l'assomma de justesse d'un coup d'arc.

Eivy essaya de se mettre debout, mais son corps ne lui répondait plus. La lutte dans les sables mouvants avait épuisé ses ressources. Elle pensa à l'archer et au Zabelin, qui avaient besoin d'aide, mais aussi à la carte, et au trou qu'elle comblerait dans son cœur en lui révélant qui elle était. Eivy ne risquait pas de la trouver si elle se laissait abattre. Cette idée lui donna le courage de se redresser.

Elle récupéra la corde de Kiam et se tourna vers l'herboriste.

— Allons-y !

L'herboriste acquiesça et ils coururent vers leurs compagnons.

Vue de près, la situation était encore pire qu'Eivy l'imaginait. Tariz était à bout de forces. Son épaule ruisselait de sang et son torse était couvert de morsures. Des corps d'Attryades jonchaient tristement le sol, mais cela n'arrêtait pas les furies qui leur tournaient autour.

Eivy eut à peine le temps de voir une ombre se faufiler derrière l'arbre et se jeter sur le dos de Kiam. Il hurla quand elle planta ses crocs dans sa nuque. La jeune fille se précipita vers eux. La créature ne l'avait pas vue, elle se contorsionnait pour attaquer l'archer à la carotide. Eivy l'attrapa par les cheveux, et l'Attryade se mit à grogner.

Elle devait la poignarder, mais son bras refusait de bouger. Eivy ferma les yeux et imagina qu'elle se trouvait face au meurtrier de ses parents. La lame s'enfonça toute seule dans le flanc de la créature, qui s'effondra sur le sol en convulsant.

Eivy et l'archer échangèrent un bref regard. Il avait les joues maculées de sang et de boue. Un cri lui fit tourner la tête. Elle aperçut Edwin aux prises avec une autre furie. L'herboriste renversa l'Attryade, dont le crâne percuta une pierre.

Ces créatures étaient faibles et elles ne savaient pas se battre, mais une étincelle furieuse brillait dans leurs yeux. Un éclat rouge, quasiment invisible, interpella Eivy. Elle eut alors la certitude que la pierre d'ao'ki les avait rendues folles. Le cristal n'était pas ici mais son influence s'étendait partout. Rien ne pourrait les raisonner.

Elle se cacha derrière le tronc et scruta l'horizon. Une nouvelle vague de créatures se préparait à l'assaut. Leurs silhouettes se faufilaient dans la boue, rampaient contre les rochers, s'insinuaient derrière les arbres. Plus loin dans la brume, d'autres Attryades émergeaient des hautes herbes. Elles étaient beaucoup trop nombreuses, et finiraient par les avoir à l'usure…

C'est alors qu'elle vit l'herboriste ramper entre les cadavres pour récupérer les fioles cachées dans leurs ceintures.

— Aide-moi ! cria-t-il.

— Qu'est-ce que tu fabriques ?

— Il faut qu'on récupère les fioles sur les cadavres pour attirer les crocodiles.

— Tu es sérieux ?

— Regarde autour de toi. Elles arrivent par dizaines, on est sûrs d'y passer si on ne tente rien !

Eivy resta perplexe quelques secondes avant d'acquiescer. C'était la seule chance qui leur restait, s'ils voulaient rester en vie.

Elle se faufila entre Kiam et Tariz et s'accroupit au-dessus des corps inertes pour récupérer leurs fioles. L'une des Attryades était encore en vie et lui agrippa le pied. Eivy trébucha, mais l'herboriste la rattrapa avant qu'elle tombe.

Les créatures avaient acculé Tariz contre un arbre.

— Vite, cria Edwin, on n'a plus le temps.

Ils coururent à quelques mètres et jetèrent les fioles dans une touffe d'herbe. Puis l'herboriste sortit de sa sacoche un flacon rempli d'un liquide ocre qu'il lança sur les fioles.

— Cache-toi derrière l'arbre, ça va exploser !

Une détonation sourde déchira le marécage. Eivy glissa et se retrouva à genoux dans la boue. Tous se tournèrent, hébétés, vers la colonne de fumée qui s'élevait du sol. Une odeur pestilentielle se répandit dans l'air.

Edwin se plia en deux pour vomir. Les Attryades avaient cessé de se battre et fixaient le feu d'un air hagard. Kiam lança un regard plein d'incompréhension à Eivy. Tariz s'effondra par terre, exténué. Le temps semblait suspendu dans le brouillard.

Il reprit vie quand le marécage fut secoué par un rugissement guttural. Le cri rocailleux résonna dans l'air humide. D'autres grognements sauvages ne tardèrent pas à lui répondre. Qu'avaient-ils fait ? Eivy resta pétrifiée. À travers la brume, elle aperçut d'énormes formes immergées avancer dans les eaux profondes. Les crocodiles arrivaient.

Kiam se leva dans l'immobilité générale. Il fit signe à ses compagnons de se mettre debout. C'était la première fois qu'elle voyait le regard de l'archer exprimer tant d'effroi.

Chapitre 12

La précipitation de Kiam déclencha la panique des Attryades, qui se dispersèrent en feulant. Quelques-unes grimpèrent dans les arbres, mais la plupart se ruèrent vers les hautes herbes pour fuir au plus vite. L'archer attrapa deux cadavres et les traîna à côté du feu, puis il récupéra les flèches qui transperçaient leur poitrine.

— Qu'est-ce que tu fais ?

— J'appâte les crocodiles pour nous faire gagner du temps.

Kiam et Edwin aidèrent Tariz à se lever. Eivy allait les rejoindre quand une pierre percuta son épaule. Le choc la fit tomber à genoux. Une immense Attryade la fixait, accroupie sur un rocher. Son regard brillait d'une étincelle écarlate. La créature se pencha pour attraper une autre pierre.

Eivy évita de peu le projectile, qui passa à quelques centimètres de sa casquette. Elle rampa précipitamment jusqu'à un cadavre. Par chance, elle trouva une fiole intacte dans sa ceinture, et la lança de toutes ses forces sur la furie pour la faire fuir. Mais celle-ci l'attrapa d'une main et grimaça un sourire.

Un sifflement fendit l'air et la fiole explosa. La créature ne souriait plus. Sa main était transpercée d'une flèche et la décoction ruisselait le long de son bras. L'Attryade se précipita en direction des hautes herbes sous le regard médusé d'Eivy.

— Allez, dépêche-toi ! dit Kiam en jetant son arc sur son épaule.

La jeune fille se mit à courir derrière ses compagnons. Dans son dos, un rugissement effroyable retentit. Les crocodiles étaient sortis de l'eau.

— Ne vous retournez pas, prévint Tariz. Ça doit pas être beau à voir...

Eivy ne put s'empêcher de jeter un coup d'œil en arrière, et aperçut deux crocodiles se partager les cadavres que Kiam avait laissés à côté du feu. Un troisième s'était lancé à la poursuite de l'Attryade, attiré par la fiole ayant explosé dans sa main. La bête mesurait trois mètres et sa longue queue était hérissée de pics. Dans sa précipitation, l'Attryade trébucha sur un rocher et s'écroula par terre. Le crocodile ouvrit une gueule béante qui se referma sur sa proie dans un craquement. Révulsée, Eivy détourna précipitamment les yeux.

Elle réalisa alors qu'ils ne se dirigeaient pas vers les hautes herbes : ils couraient en direction des eaux profondes, au nord-est de la plaine.

— Il y a un chemin praticable par là, précisa Tariz, qui avait repris du poil de la bête.

Eivy l'observa, interloquée. Il avait l'intention de leur faire longer l'étang aux crocodiles.

— On n'aurait pas plutôt intérêt à grimper dans un arbre ? demanda-t-elle.

— Pour regarder pousser les bourgeons en attendant que les bestioles lèvent le camp ? Grâce à votre petite magouille, tous les reptiles du coin vont rappliquer ici. Et si on va au sud, les Attryades finiront par nous tomber sur le râble. Le petit chemin dont je vous parle mène vers le nord, tout droit au temple de la déesse. C'est aussi la direction de la crique, pour votre carte.

Ce dernier argument acheva de la convaincre. Ils traversèrent la plaine en quelques minutes et rejoignirent le bord de l'eau. Tariz les guida sur un sentier de terre bordé de mousse et d'arbres touffus. Le sol était un peu moins visqueux que dans la plaine, et Eivy apprécia de pouvoir avancer sur un terrain stable.

Ils marchèrent en silence pendant plus d'une heure. De gros oiseaux gris surgissaient de temps à autre de la brume. Des arbres tordus continuaient de ponctuer le paysage humide, émergeant de l'eau telles des créatures inquiétantes. Eivy gardait un œil méfiant rivé sur la surface de l'étang, mais à son grand soulagement, il n'en surgit ni crocodiles ni Attryades. Peu à peu, l'eau devint moins profonde, jusqu'à se réduire à de larges flaques malodorantes.

Kiam finit par prendre la tête du groupe tandis que Tariz boitillait derrière, soutenu par l'herboriste. La morsure que la première Attryade avait infligée au Zabelin le faisait beaucoup souffrir.

Le marécage était à présent derrière eux, mais ce n'est que lorsque le soleil se coucha qu'Edwin fit signe à Kiam de s'arrêter.

— Il faut faire une pause pour la nuit. Je voudrais soigner ses plaies, et il a besoin de repos.

— Je vais repérer un arbre assez grand pour qu'on puisse se caler, dit Kiam. Ce sera pas difficile à trouver, dans le coin.

Ils ne tardèrent pas à s'installer au pied d'un arbre gigantesque aux branches robustes. Tandis que Kiam contrôlait les alentours, l'herboriste commença à soigner les plaies de Tariz.

Assise sur une racine, Eivy les observait. Elle avait les coudes sur les genoux et les yeux à moitié cachés par les cheveux emmêlés qui jaillissaient de sa casquette. La jeune fille était impressionnée par le changement qui s'opérait chez Edwin quand il avait quelqu'un à soigner. Il s'occupait de son patient d'un air calme et posé. Les plantes et potions défilaient entre ses doigts experts. Bientôt, l'épaule du Zabelin fut nettoyée et couverte d'un bandage.

— Quel gâchis, marmonna Tariz. Slivengan les a rendues folles, avec sa foutue pierre.

Comme lui, Eivy sentait le poids de cette journée peser sur ses maigres épaules. Un oiseau se mit à hululer, tout près. La nuit étendait son ombre sur le paysage, transformant la moindre touffe d'herbe en forme inquiétante. Kiam n'était toujours pas revenu. Elle décida de grimper dans l'arbre pour avoir une meilleure visibilité sur les environs.

Eivy se mit sur la pointe des pieds pour attraper la ramure et grimper dessus. Les muscles de ses bras protestèrent, mais ce n'était rien comparé à ce qu'elle avait vécu dans les sables mouvants. Elle continua son ascension jusqu'à ce qu'elle tombe sur une grosse branche. Il y avait largement assez de place pour qu'elle s'y installe.

La nuit était voilée de brume, renforçant l'irréalité des dernières heures. Eivy avait du mal à croire à tout ce qui s'était passé. Un tourbillon d'images cruelles se mit à défiler dans sa tête. L'étincelle de folie dans les yeux des Attryades… La violence qu'ils avaient dû déployer pour se défendre… Les corps des créatures jonchant le sol… Sans parler des crocodiles. Elle avait la sensation qu'elle ne pourrait jamais plus porter le même regard sur le monde, après ça. Eivy était même étonnée qu'ils s'en soient sortis tous les quatre.

Pourtant, ils étaient encore en vie. Ils avaient réussi à traverser le marécage, et la carte était de plus en plus proche.

Un craquement de brindilles retentit. C'était Kiam, qui la rejoignait sur la branche.

— On te lâche dans la jungle trois jours et tu prends déjà le réflexe de grimper aux arbres, plaisanta-t-il. T'es sûre que t'as pas du sang zabelin ?

— Qui sait ?

Les fossettes de l'archer s'animèrent tandis qu'il s'installait à côté d'elle. La faible lueur de la lune se reflétait dans ses yeux noirs. Il avait une coupure sur la pommette et le corps plein d'ecchymoses. La proximité de Kiam lui rappela le contact de son épaule chaude, sur laquelle elle s'était endormie quand il la portait.

— Comment as-tu atterri chez les Zabelins ? demanda-t-elle.

— Quand j'avais trois ans, le père de Tariz m'a trouvé seul sur la plage, à la fin du marché. Je me rappelle pas ce qui s'est passé avant. Je connaissais juste mon nom.

Eivy le considéra gravement. Quel genre de père ou de mère pouvait bien abandonner son fils sur une île ? Elle connaissait la douleur de perdre ses parents, mais ne savait pas ce qu'on pouvait ressentir en ignorant tout d'eux. D'un autre côté, Kiam avait eu de la chance d'être tombé sur les Zabelins. Quand ses parents à elle avaient été assassinés, personne ne s'était préoccupé de son sort, à Greybor.

— Tu connais Tariz depuis un sacré bout de temps, finit-elle par dire.

— Ça, c'est sûr. Quand je suis arrivé ici, je le suivais partout. Il pouvait pas se débarrasser de moi. Je le harcelais pour qu'il m'apprenne à grimper aux arbres.

— Il a fini par céder ?

— Tu parles. Monter sur les dernières branches était sa solution préférée pour me semer. Mais à force de le regarder grimper, j'ai fini par comprendre le truc. Après ça, j'ai passé pas mal de temps perché sur un arbre à guetter la mer. Je voulais être sûr de voir arriver le bateau de mes parents, le jour où ils reviendraient me chercher. Awda dit que c'est comme ça que j'ai attrapé le virus de la piraterie.

Eivy resta silencieuse. À présent, elle voyait d'un autre œil la manière dont Kiam grimpait au mât du *Red Stone* et s'installait sur le nid-de-pie, le regard aimanté à l'horizon. C'était à croire que derrière chaque pirate se cachait une fêlure, un passé doux-amer.

Son regard se posa sur le tatouage qui couvrait le biceps de Kiam. Dans la continuité d'une cicatrice sillonnant son bras, il représentait une flèche à double tête entrelacée d'une liane. À le voir si à l'aise avec les Zabelins, elle en avait presque oublié qu'il n'était pas des leurs. Une question lui vint spontanément aux lèvres.

— Qu'est-ce que ça fait de grandir au milieu d'un peuple si différent de soi ?

— J'étais petit, j'ai pas vraiment réalisé. La vie des Zabelins est devenue la mienne. Ce qui est dur, c'est de ne pas savoir d'où je viens. Ça fait comme un vide.

Leurs yeux se croisèrent, et Eivy eut l'impression de comprendre intimement ce qu'il ressentait. Le regard de l'archer brillait avec intensité. Ses yeux semblaient plus noirs que la nuit elle-même. Leur profondeur avait quelque chose de vertigineux.

Kiam finit par se redresser. Il sauta sur la branche inférieure en faisant trembler ses feuillages.

— Tu devrais redescendre de ton perchoir, ajouta-t-il. La journée a été fatigante et celle de demain sera pas mieux. Quelques heures de repos nous feront pas de mal.

Eivy prit appui sur le tronc et atterrit maladroitement sur la branche du dessous, où elle découvrit Kiam en train d'ôter les branchages agglutinés contre l'arbre. Elle haussa les sourcils d'étonnement. Une cavité d'un mètre de large était creusée dans le bois.

— Les Zabelins savent s'y prendre pour aménager des refuges temporaires dans les arbres, expliqua l'archer. Ce sera plus stable, pour dormir. Tu seras en sécurité ici.

Dubitative, Eivy se glissa dans le tronc. Elle rentrait dans la cavité jusqu'à la taille. La jeune fille s'allongea sur le côté et posa sa tête contre un lambeau d'écorce.

— C'est plutôt confortable, reconnut-elle en sortant du refuge. Que font les autres ?

— Edwin a pris le premier tour de garde et Tariz dort à côté de lui. Il a vraiment besoin de se reposer, après ce qu'il a encaissé aujourd'hui. Je vais aller faire un somme aussi.

Eivy se tendit à l'évocation des blessures du Zabelin. Pendant quelques minutes, elle avait presque oublié les derniers jours qu'ils venaient de passer. Le tourbillon d'images l'envahit à nouveau, d'autant plus puissant qu'elle l'avait remisé au fond de son esprit. La lutte dans les sables mouvants… L'Attryade qu'elle avait dû poignarder… Le visage souriant de Jin…

— Tout va bien ? s'inquiéta Kiam.

— C'est juste que la journée a été rude.

L'archer l'observa quelques instants et avança la main vers son visage. Il repoussa doucement la mèche qui cachait ses yeux. À son contact rassurant, quelque chose se dénoua dans la poitrine d'Eivy. Ses émotions remontèrent, prêtes à jaillir.

Lorsqu'elle étouffa un sanglot, Kiam s'approcha pour la prendre dans ses bras. Elle s'y réfugia et laissa ses larmes couler en silence. L'odeur de terre et de sel de l'archer avait quelque chose d'enivrant. Elle resta contre lui de longues minutes, jusqu'à ce que ses émotions s'estompent. Au rythme de la respiration de Kiam, elle comprit que sa douleur à lui s'apaisait aussi.

Lorsqu'elle le quitta pour se coucher dans le refuge, le sommeil la trouva aussitôt.

À son réveil, le ciel était déjà bleu et la matinée bien entamée.

L'archer nettoyait son arc et ses flèches. Assis sur les racines de l'arbre, il affichait un air calme et concentré qu'elle ne lui connaissait pas encore. Il lui sourit en la voyant réveillée. Eivy y répondit brièvement, troublée par leur proximité de la veille. La jeune fille n'était pas habituée à montrer ses faiblesses.

Quelques poissons grésillaient sur une broche de fortune. Edwin se tenait à l'écart, écœuré par leur fumet. Il était complètement absorbé dans son manuel d'herboristerie, à tel point que ses lunettes descendaient sur le bout de son nez.

Tariz fit signe à Eivy de le rejoindre pour manger un morceau de poisson, qu'elle accepta sans se faire prier. Alors qu'elle commençait à le dévorer, elle réalisa que le Zabelin l'observait. Ses yeux intelligents brillaient d'une lueur intriguée.

—Sacré appétit pour une crevette, plaisanta-t-il. Je me demande si tu nous caches d'autres surprises, derrière cet air secret.

—À quel genre de surprises penses-tu ? demanda-t-elle, sur ses gardes.

Il la jaugea un instant avant de répondre.

—Déjà, tu m'as l'air drôlement déterminée à trouver cette carte. Je doute qu'il ne s'agisse que de faire plaisir à ton capitaine. Et j'ai l'impression qu'il y a quelque chose de différent, chez toi, mais j'aurais du mal à dire quoi.

—Sans doute mes oreilles. Elles ne sont pas vertes, et nettement plus courtes que les vôtres.

Tariz s'esclaffa, son poisson à la main. Son rire franc était si communicatif qu'Eivy ne put s'empêcher de sourire à son tour.

Le reste du repas se déroula dans une bonne humeur relative. Le Zabelin ne lui posa plus de questions gênantes, et ils discutèrent avec un naturel qui la surprit.

Eivy prit ensuite le temps de se débarbouiller dans une rivière proche. À mesure qu'elle ôtait les traces de boue séchée de sa peau et de ses vêtements, elle avait l'impression d'évacuer les bribes d'émotions difficiles qui subsistaient encore de la veille. La jeune fille termina par sa montre à gousset, si crasseuse qu'elle ne la reconnaissait plus.

Lorsque le soleil fut haut dans le ciel, ils se mirent en route pour le temple de la déesse. Tariz leur avait dit que les pirates de Slivengan ne s'aventuraient pas ici, et que les Attryades s'étaient regroupées dans le marécage.

Eivy n'était pas rassurée pour autant. Sous ses mèches brunes, son regard restait aux aguets. Elle avait hâte qu'ils en finissent avec le temple pour se concentrer sur la carte, et elle craignait qu'ils soient ralentis par une rencontre fâcheuse.

Fort heureusement, le Zabelin avait vu juste : ils atteignirent leur destination sans mauvaise surprise, au bout de deux heures.

Lorsque le temple fut proche, Eivy sentit quelque chose changer, tel un appel silencieux résonnant dans l'air. Elle avait du mal à se concentrer sur autre chose. C'était d'autant plus perturbant que ses compagnons, eux, n'avaient pas l'air de percevoir quoi que ce soit. La sensation s'accentua quand ils arrivèrent à destination.

Une étendue d'eau miroitait au soleil, à travers les branchages.

— Nous y voilà, annonça le Zabelin.

Ils écartèrent les feuillages et avancèrent de quelques pas. Un lac d'un vert pâle était caché entre les arbres. Le temple se dressait en plein milieu de l'eau. On pouvait apercevoir des visages sculptés sur sa façade grise. Une plante grimpante y courait, s'insinuant entre les fissures. Ce sanctuaire avait quelque chose de fascinant. À sa vue, un sentiment d'étrangeté pulsa dans le cœur d'Eivy, comme si une partie d'elle-même pouvait communiquer avec cet endroit.

— On va passer par les pierres, faites gaffe à pas glisser, dit Tariz en s'avançant vers la berge.

Suivi par Kiam, le Zabelin bondit sur un gros caillou qui émergeait de l'eau. Sa surface polie était couverte d'algues vertes. En regardant bien, la jeune fille en aperçut d'autres, qui formaient un chemin sinueux jusqu'au temple.

Malgré l'atmosphère paisible de l'étang, Eivy et Edwin hésitaient à les suivre. Comme s'il avait lu dans leurs pensées, Tariz ajouta :

— Vous en faites pas, il n'y a pas de crocodiles dans le coin. Et c'est un lieu sacré : même si les Attryades se pointaient ici, elles ne chercheraient pas l'affrontement dans leur sanctuaire.

Ils finirent par acquiescer. À la suite d'Edwin, Eivy s'élança sur la première pierre. Sa surface était si visqueuse qu'elle manqua de tomber. En sautant sur les suivantes, elle prit garde à équilibrer le poids de son corps pour atterrir correctement.

Juste devant, Edwin dérapa et se retrouva assis sur la pierre. Il se releva et essora le tissu trempé de son pantalon. En attendant qu'il avance, la jeune fille regarda l'eau de plus près. De gros nénuphars s'épanouissaient mollement à sa surface. La silhouette ondoyante d'un poisson bondit hors de l'eau pour gober une mouche.

La suite du trajet se fit sans encombre, et ils atteignirent bientôt l'entrée du temple. Celui-ci s'ouvrait sur l'extérieur grâce à une embrasure rectangulaire.

Quand ils entrèrent, Eivy sentit une aura mystique l'envelopper comme un parfum. Une plante prenait naissance dans un bac sculpté à même le mur. Ses pétales roses fleurissaient sur les pierres et se faufilaient entre les brèches pour continuer leur course sur la façade extérieure. À travers cette effusion végétale, elle discerna un réseau de vasques et de fontaines taillées dans le mur. De l'eau y circulait et son ruissellement résonnait dans l'air frais.

Ses compagnons se groupèrent au fond du temple.

Eivy allait les rejoindre quand un gazouillis tout proche attira son attention. Sur le mur de gauche, un oiseau perché dans une alcôve la fixait. Il était petit, mais elle n'en avait jamais vu d'aussi beau. Une fissure laissait passer un rayon de soleil qui éclairait son plumage vert moiré. L'ambre de ses yeux scintillait dans la lumière. Elle tendit la main vers lui, mais il s'envola au moment où elle allait le toucher. Une bourrasque s'engouffra par l'embrasement du sanctuaire, et fit tourbillonner les pétales qui jonchaient le sol.

— D'où viens-tu ? chuchota une voix quasiment imperceptible.

Eivy tressaillit et regarda précipitamment autour d'elle. Il n'y avait personne. Toujours occupés à l'autre bout du sanctuaire, ses compagnons n'avaient rien entendu. Elle leva les yeux vers l'endroit où se tenait l'oiseau, quelques secondes auparavant.

Elle aperçut alors un visage de femme sculpté dans l'alcôve. C'était l'effigie de la déesse. La pierre était érodée, mais son regard restait étonnamment vivace.

Eivy comprit enfin l'origine de la sensation étrange qu'elle ressentait, depuis qu'elle approchait du temple. Entre les yeux de la déesse était incrustée une opale laiteuse parcourue de reflets irisés. C'était encore sa connexion avec les pierres qui avait perturbé ses perceptions. L'opale scintilla, et Eivy se sentit irrésistiblement attirée par elle.

La jeune fille leva les doigts vers l'opale avant de les baisser brusquement. Elle n'avait pas intérêt à ouvrir les vannes de sa faculté étrange et incontrôlable. Qui savait ce qu'elle verrait ou ressentirait, en touchant une gemme appartenant à un lieu si étrange ? Eivy enfonça ses ongles dans ses paumes. Avec un peu de chance, en lui révélant d'où elle venait, la carte lui permettrait de comprendre ce qui lui arrivait.

En attendant, mieux valait faire profil bas.

Eivy eut soudain l'impression que l'effigie la regardait vraiment. C'était comme si la créature de pierre essayait de lire en elle. Malgré la fraîcheur du temple, elle avait chaud et respirait de plus en plus vite. Elle ne parvenait pas à détacher ses yeux de l'envoûtant regard sculpté. Le métal de sa montre à gousset lui parut soudain lourd et glacé. Son médaillon pesait sur sa peau moite. Pendant une fraction de seconde, le sourire insondable du jeune homme aux yeux vairons lui revint en mémoire.

Une main se posa sur son épaule et Eivy tressaillit.

C'était Kiam.

— Qu'est-ce que tu fais ? demanda-t-il, les sourcils froncés.

— Rien, j'observe le temple, répondit-elle en essayant de masquer son trouble.

La dernière chose dont elle avait envie, c'était que l'archer se mette à la trouver louche.

— Tu devrais pas rester seule ici, dit-il en jetant un coup d'œil à la déesse sculptée, qui avait retrouvé une expression neutre.

Il l'entraîna avec lui, et ils rejoignirent les autres.

Une porte en pierre se découpait sur le mur du fond, mais elle était fermée et n'avait pas de poignée. Le Zabelin et l'herboriste l'examinaient.

— C'est la porte de la salle de pierre, expliqua Edwin devant l'air interrogatif d'Eivy. Tariz doit y entrer pour invoquer la déesse.

— Le souci, ajouta le Zabelin, c'est qu'elle est fermée. Les Attryades ont l'habitude de l'ouvrir, mais nous sommes un peu fâchés, ces derniers temps.

En observant la porte de plus près, Eivy distingua à son sommet une gravure représentant trois motifs : une Attryade, un poisson et un ver. Un levier en bois était incrusté dessous.

— Qu'est-ce qu'on attend pour le faire pivoter ? s'impatienta Kiam. La porte s'ouvre sans doute comme ça.

Le front de Tariz se plissa sous l'effet de l'hésitation.

— Ce n'est pas une décision à prendre à la légère, frangin. Je n'ai aucune idée de ce qui se passera si je touche à ce levier. Ça me paraît un peu trop simple, mais c'est vrai qu'on n'a pas de temps à perdre.

Le Zabelin réfléchit encore quelques instants, puis il empoigna le levier et le tira à fond vers la droite. Il se mit à grincer, puis émit un « clac » sonore.

Les murs du temple tremblèrent.

— On dirait bien que ça marche, dit le Zabelin.

— J'en doute, répondit Edwin, les yeux rivés au sol.

Eivy baissa la tête, et vit qu'un filet d'eau verte s'infiltrait par l'embrasure du temple. Bientôt, elle eut les pieds trempés. Son sang se figea. L'édifice était en train de couler, et le niveau de l'eau montait dangereusement.

Chapitre 13

La porte de la salle était toujours hermétiquement fermée. À présent, des trombes d'eau pénétraient par l'embrasure du temple. Le front de Tariz était plissé sous l'effet du désarroi. Eivy et Edwin échangèrent un coup d'œil inquiet.

Le Zabelin empoigna à nouveau le levier et le remit en place, mais le torrent continua à se déverser dans le temple. Les fontaines sculptées dans les murs débordaient, et leur eau verte rejoignait le flot ininterrompu qui s'engouffrait par l'entrée du sanctuaire. Eivy et ses compagnons étaient maintenant immergés jusqu'aux mollets.

— Frangin, dit Kiam, va falloir sortir, ça devient dangereux.

Le Zabelin secoua la tête.

— Pas question d'abandonner maintenant !

— Allez vous mettre à l'abri, dit l'archer aux deux autres. Tariz est sur les nerfs, faut que je lui parle.

Eivy lui jeta un coup d'œil irrité. Il y avait forcément quelque chose à comprendre, pour ouvrir cette fichue porte. Elle examina un instant la gravure qui surplombait le levier, mais cela ne l'aida pas à éclaircir ses pensées. La jeune fille avait l'impression qu'un élément crucial lui échappait, qu'une pièce manquait au puzzle.

Le Zabelin avait la tête dans les mains et fixait la porte close d'un air hagard. Ce n'était pas étonnant qu'il craque, après ce qui était arrivé à son peuple et aux Attryades. L'archer posa la main sur son épaule. Edwin regardait le niveau de l'eau monter avec inquiétude.

Eivy serra les poings et se dirigea vers l'effigie de la déesse. Le poids de l'eau ralentissait de plus en plus ses mouvements. Dans son dos, Tariz s'emporta, et sa voix couvrit le vacarme environnant.

— Fiche-moi la paix, je ne pars pas sans avoir ouvert cette porte !

Elle s'arrêta devant le visage sculpté dans la pierre. Malgré la tension, elle sentait toujours l'appel de l'opale, comme si un fil ténu les reliait. Sa main trembla.

Un nouvel éclat de voix la tira de ses pensées. Eivy se tourna vers le Zabelin, qui n'avait pas l'air d'aller mieux. Il allait finir par se noyer.

La situation devenait désespérée. Eivy n'avait plus le choix : il fallait qu'elle écoute son intuition. Malgré cette certitude, la jeune fille dut prendre sur elle pour repousser son appréhension et poser sa main sur l'opale.

L'effet ne se fit pas attendre. L'aura mystique qu'elle avait pressentie en entrant dans le temple s'empara de son être. C'était comme si cette atmosphère ne se trouvait plus seulement autour d'Eivy, mais dans chacune des fibres de son corps.

Sa vue se troubla d'un coup.

Elle s'attendait à voir une personnification de la déesse, mais c'est l'un de ses propres souvenirs qui s'imposa à elle. Elle se revit sur le rocher couvert de mousse où la cousine des songes l'avait fait délirer. Comme ce jour-là, elle aperçut le jeune homme aux yeux vairons. *Dis-moi, quand te décideras-tu à utiliser ton pouvoir ?*

Ces mots lui éclaircirent les idées comme un seau d'eau froide en plein visage.

Les doigts toujours sur l'opale, elle inspira un grand coup et insuffla une véritable intention à son geste. C'était comme si, une fois sa peur maîtrisée, son esprit savait déjà comment faire. Eivy ne se contentait plus de percevoir le magnétisme de la pierre, elle lui transmettait le sien. Leurs auras se confondirent. C'était aussi grisant que déroutant.

D'instinct, elle réalisa que l'opale était la clé de voûte du temple. Eivy commença à prendre conscience des origines du sanctuaire, de son but et de la raison pour laquelle il avait été créé. Mais au moment où elle se sentait proche de découvrir comment ouvrir la porte, un autre souvenir la frappa de plein fouet.

Eivy avait sept ans, et ses parents venaient de comprendre que quelque chose ne tournait pas rond, chez elle. La fillette avait subtilisé un bracelet à sa mère pour se déguiser. Lorsque ses petits doigts avaient touché le quartz du bijou, elle avait su que celui-ci venait de son arrière-grand-mère. Les bribes d'une conversation passée avaient jailli dans sa tête. Elle avait perçu les sentiments de sa mère, la dernière fois qu'elle avait porté le bracelet. Eivy avait abordé le sujet innocemment, lors du repas, et ses parents s'étaient figés.

Tandis que le regard de sa mère s'était durci, celui de son père s'était voilé. Il semblait à la fois triste et en colère. Eivy n'y comprenait rien, mais elle sentait qu'il adressait à sa femme un reproche silencieux. Celle-ci ne céda pas. C'est ce jour-là qu'elle lui avait recommandé de toujours garder ses impressions pour elle, lorsque lui venaient de drôles d'idées au contact des pierres. Devant la rudesse inhabituelle de sa maman, la fillette s'était sentie terriblement honteuse. Le souvenir de ce sentiment lui tordait toujours le ventre, dix ans plus tard.

L'intérieur du temple se reconstitua dans le champ de vision d'Eivy. Sa connexion avec l'opale s'était rompue avant qu'elle ait pu ouvrir la porte. Et elle avait beau essayer à nouveau, cela ne marchait plus. Le temple, lui, continuait de couler.

Eivy n'avait pas été assez forte. Elle serra les poings de frustration, mais resta calme. Ce n'était pas le moment de se laisser abattre. Elle en avait appris suffisamment pour comprendre ce qui lui échappait. Le temple avait tout de même eu le temps de lui transmettre la pièce manquante du puzzle. À présent, à elle de le compléter.

Eivy se tourna au moment où l'herboriste la rejoignait.

— Ce n'est pas un simple levier, Edwin. C'est une énigme !

Il la regarda comme si elle avait perdu la raison, mais la suivit quand elle se précipita vers les deux autres. L'eau lui arrivait maintenant aux hanches, et sa traversée du temple en fut considérablement ralentie, mais Eivy se sentait déterminée.

Devant la porte, Kiam essayait toujours de raisonner Tariz. Quand il la vit, il lui jeta un regard noir.

— J'ai déjà assez de mal avec lui, va te mettre à l'abri.

Eivy l'ignora et se concentra sur la gravure. Elle tâcha de faire le vide dans son esprit et leva le nez pour observer le motif. Ou plutôt, l'énigme.

Une Attryade, un poisson et un ver. Cela ressemblait à une sorte de pyramide de la vie. L'Attryade mangeait le poisson, qui lui-même mangeait le ver… Eivy pressentait que son raisonnement était juste, mais incomplet. L'eau glacée frôlait son ventre et ses jambes étaient engourdies. Elle se mordilla la lèvre en plissant le nez. Que mangeait le ver ? Et qui mangeait l'Attryade ?

La solution lui sauta soudainement aux yeux. Elle s'exclama :

— Ce n'est pas une pyramide, c'est un cycle ! L'Attryade mange le poisson, qui mange le ver, mais ensuite le ver mange l'Attryade quand celle-ci est revenue à la terre. La boucle est bouclée… Tariz, il faut activer le levier plusieurs fois, et dans le bon sens, pour ouvrir la porte.

Kiam écarquilla les yeux et une étincelle s'alluma dans le regard de Tariz.

— Bien sûr ! s'écria le Zabelin.

Il attrapa le levier et le fit pivoter pour qu'il passe de l'Attryade au poisson, puis au ver. Ensuite, il le ramena directement sous le dessin de l'Attryade. Après un long grincement, le « clac » retentit à nouveau. Les murs du temple se remirent à trembler.

Mais cette fois-ci, la porte de la salle de pierre se débloqua. Elle commença à remonter dans un crissement assourdissant. Tariz poussa un cri de joie. Edwin et Kiam soupirèrent de soulagement. Eivy se tourna et vit que le niveau de l'étang avait cessé d'augmenter.

Un bruissement tout proche attira l'attention d'Eivy. Tariz était en train de déballer le petit paquet qu'il gardait précieusement dans sa poche depuis leur départ. Il écarta ses feuilles et en extirpa le morceau de bois flotté gravé d'un cercle qu'elle avait déjà aperçu dans la cabane. Les mains du Zabelin tremblaient.

— On y est pour de bon, murmura-t-il.

La porte était maintenant grande ouverte. La salle de pierre s'étendait derrière, longue et obscure.

— Nos chemins se séparent ici, dit Tariz. Il faut remettre le fétiche à sa place pour invoquer la déesse. Et je dois le faire seul.

— On reste avec toi, répliqua aussitôt Kiam.

— Hors de question. Tu sais ce que je risque en faisant appel à elle. Que tu sois là ou pas n'y changera rien, tu ne pourras pas m'aider. Mais tes compagnons, eux, ont besoin de toi pour trouver la carte.

L'archer le fixait en serrant les poings.

— Maintenant, écoute-moi, frangin, reprit Tariz. On est tout au bout du marécage. Sortez de l'étang et marchez vers les falaises qu'on aperçoit derrière les arbres. Vous devriez être à la crique d'ici une bonne heure. Si votre carte est vraiment cachée là-bas, vous la trouverez rapidement, c'est pas bien grand.

— On se débrouillera.

— Écoute-moi jusqu'au bout. Invoquer la déesse me prendra du temps. Plusieurs heures, voire plus. Mais quand elle se réveillera, vous ne serez plus à l'abri sur la côte.

Tariz leva le bras pour presser l'épaule de Kiam et plongea ses yeux dans les siens.

— Il y a un canot caché derrière le rocher du Awri. À la tombée de la nuit, vous devez le prendre et vous éloigner de l'île. Avec ou sans carte, fichez le camp. Et, au pire, si vous êtes bloqués sur la côte, tu sais où te réfugier.

Kiam le regarda un moment sans rien dire, puis il finit par acquiescer douloureusement.

Edwin s'était approché d'Eivy, qu'il considérait d'un air soucieux. Il allait lui parler lorsque le Zabelin les interpella.

— Merci pour les soins, l'herboriste. Sans toi, je ne serais jamais arrivé jusque-là. Quant à toi, jolie crevette, bravo pour l'énigme. Tu as bien mérité de la trouver, ta carte.

Tariz la prit dans ses bras et la serra contre lui. Elle lui rendit son accolade maladroitement.

— Veillez sur Kiam, murmura-t-il à son oreille. Empêchez-le d'agir comme un idiot.

Le Zabelin s'éloigna avec un sourire triste et rejoignit l'archer.

— Attendons-le dehors, décida Eivy.

Le niveau de l'eau avait baissé et ne gênait plus leurs mouvements. Ils pataugèrent pour sortir du temple.

Kiam les rejoignit une dizaine de minutes plus tard, les poings serrés et les yeux dans le vague. Ils passèrent par les pierres pour sortir de l'étang. Tous trois restaient silencieux, mais un sentiment de tristesse et d'incertitude était palpable dans l'air. Tariz n'avait pas laissé planer de doute sur sa volonté d'affronter le danger seul, toutefois, l'archer devait se faire violence pour l'abandonner là. Eivy réalisa qu'elle s'était aussi attachée au Zabelin, et que la situation lui laissait un goût amer.

Kiam ouvrit la marche. Le chemin qui menait aux falaises traversait une portion de jungle. Ils s'y engagèrent, bientôt entourés par des arbres aux troncs tortueux et aux racines envahissantes. Une odeur végétale saturait l'air. Les frondaisons tamisaient l'horizon d'une lumière verdoyante, masquant les nuages gris qui commençaient à s'accumuler dans le ciel.

À en croire la prédiction de Sylmara, la carte les attendait, à quelques kilomètres. Cette idée redonna de l'élan à Eivy.

Elle se sentait encore chamboulée par ce qu'elle avait vécu dans le temple en touchant l'opale de la déesse. Pour une fois, l'intuition qu'elle avait eue avait été utile. C'était une perspective nouvelle et perturbante. Et ce n'était pas tout : lorsqu'elle était entrée en contact avec la pierre, la jeune fille s'était perçue différemment. Elle avait senti une force couver en elle, ce qui l'effrayait et l'exaltait à la fois. Cette expérience avait encore accru son besoin de comprendre qui elle était et d'où elle venait.

L'herboriste accéléra le pas pour marcher à sa hauteur, la tirant de ses pensées. À son expression, elle vit tout de suite qu'il était tracassé par quelque chose.

— Vide ton sac, Edwin, dit-elle avec un sourire en coin.

Il s'assura que Kiam était loin devant et se lança :

— C'est juste que j'ai eu une impression étrange, quand tu as touché l'opale. Tu sais, celle qui était incrustée dans la sculpture du temple.

Le sourire d'Eivy s'effaça. L'herboriste reprit :

— Je sais que c'est idiot, mais j'ai cru la voir briller. Et toi, tu avais l'air dans un état second… Cela m'a fait penser à Dent Rouge et à sa pierre. Est-ce que tout va bien pour toi ?

— Bien sûr, qu'est-ce que tu vas t'imaginer ?

Il n'eut pas l'air convaincu et insista :

— Tu sais que tu peux me faire confiance. Je t'ai raconté des choses intimes sur ma vie. N'hésite jamais à en faire autant.

Eivy sentit l'incertitude nouer son estomac. Elle fut tentée de se confier à Edwin, de lui parler du phénomène mystérieux qui la touchait, qu'elle craignait et qui l'animait pourtant de plus en plus fort. Elle eut envie d'évoquer ses doutes concernant ses origines. Et bien sûr, de lui parler de cette carte dont elle espérait tant, sans avoir aucune certitude sur ce qu'elle allait lui apporter.

Mais alors qu'elle entrouvrait les lèvres, elle pensa au rejet qu'elle risquait. Comment l'herboriste réagirait-il en découvrant la vérité ? Serait-il effrayé ou rebuté par elle ?

Devant eux, Kiam s'arrêta soudain, mettant fin à leur conversation. En tendant le cou, la jeune fille vit qu'un monceau de pierres barrait le chemin.

Ils ne tardèrent pas à arriver à son niveau.

— Elles ont dû se détacher de la roche, dit Edwin.

Il pointa du doigt les falaises qui commençaient à émerger de part et d'autre du sentier.

— Oui, mais pas toutes seules, répondit Kiam. On approche du site de fouille de Slivengan. J'ai l'impression qu'il a semé un sacré bazar dans le coin.

L'archer monta sur l'éboulis, et son pied s'enfonça brusquement au milieu des pierres. Il le retira en pestant. En voyant un filet de sang couler de sa cheville, l'herboriste ouvrit sa sacoche et commença à fouiller dedans.

— C'est rien, dit Kiam. On va couper par le bosquet, ce sera plus rapide.

Il quitta le sentier. Edwin haussa les épaules et lui embraya le pas.

Le bosquet était peuplé d'arbres imposants dont les branches tombantes balayaient le sol. Elles formaient un rideau de plus en plus dense, qu'il fallait sans cesse repousser pour avancer. L'une des lianes resta accrochée au bras d'Eivy. Elle la décolla avec une grimace de dégoût : une épaisse sève jaune suintait de ses fibres visqueuses. Edwin s'arrêta, intrigué. Il rajusta ses lunettes et observa la plante, puis il sortit une éprouvette de sa sacoche.

— Edwin, on est censés faire vite.

— Cette espèce m'a l'air particulière, il faut que j'en ramène un échantillon.

Il n'avait même pas levé le nez dans sa direction. Quand il réalisa qu'elle l'attendait, il s'excusa, mais ne bougea pas.

— Je vous rejoins, ajouta-t-il. J'en ai pour quelques minutes.

Eivy capitula et reprit son chemin pour rattraper Kiam. La densité des branches tombantes réduisait sa visibilité. Ses mains ne cessaient de repousser les lianes, dont certaines étaient enduites de sève. Elle avait hâte qu'ils sortent de là pour arriver à la crique.

Les larges épaules de l'archer apparurent enfin : il se tenait près d'un arbre et regardait le sol d'un air perplexe.

Il tourna brusquement la tête quand Eivy le rejoignit.

— Non, pas par là ! prévint-il.

Trop tard. La racine que frôlait son pied s'accrocha à sa cheville et la fit trébucher. Elle tomba lourdement. Kiam la rattrapa de justesse et ils s'écroulèrent contre le tronc de l'arbre. Le temps de reprendre ses esprits, elle réalisa que la racine enlaçait toujours son pied. Elle essaya de l'arracher, mais le bois noueux resserra son étreinte. Une douleur fulgurante traversa sa cheville.

— Arrête, ça sert à rien, dit Kiam.

Eivy réalisa que les pieds de l'archer étaient eux aussi prisonniers des racines.

— Qu'est-ce que c'est que ça, encore ? s'agaça-t-elle.

— C'est bizarre, j'ai jamais vu ces arbres s'attaquer à des Zabelins ou à des hommes. Ils se contentent des oiseaux, normalement. Je sais pas trop ce qui se passe, mais plus tu remues et plus ça serre. Alors reste tranquille si tu veux pas te faire broyer les os.

— Merci pour les détails.

Il glissa la main sur la ceinture d'Eivy. Avant qu'elle n'ait le temps de protester, il attrapa la dague qu'elle gardait contre sa hanche.

— Et voilà comment on vole une petite voleuse. Je te devais bien ça, vu que t'as essayé de piquer mon pendentif sur le bateau. Nous sommes quittes.

Les fossettes s'animèrent sur les joues de Kiam. Eivy ne put s'empêcher de s'esclaffer, malgré la situation improbable dans laquelle ils s'étaient fourrés.

— Qu'est-ce que tu vas bien pouvoir faire de cette dague ? le taquina-t-elle. Tu n'es bon qu'à manier un arc.

— Et toi qu'à mijoter un rhum louche pour droguer des types sans défense… Quoique, tu m'as impressionné, dans le temple. Le coup de l'énigme, c'était une idée de génie.

— Pourtant, à ce moment-là, tu n'avais pas l'air de me croire capable de vous aider.

L'archer se déroba avec une petite moue. Il orienta la dague vers son pied et entreprit de scier la racine qui l'enlaçait. Mais au moment où la lame toucha le bois, celui-ci se resserra sur son mollet. Il grimaça de douleur et abandonna sa tentative.

« Tac tac tac », fit un insecte caché dans l'arbre.

Un éclair éclata, tout près. Le ciel grisonnant s'était encore assombri, et la chaleur devenait de plus en plus lourde. Le temps virait à l'orage.

Le visage de Kiam se figea. Eivy suivit son regard. Suspendue à l'arbre d'en face, une Attryade les fixait d'un œil haineux. Il attrapa son arc et lui décocha une flèche, mais la créature disparut juste à temps derrière les branches. Un bruissement chuinta, tout proche, et l'Attryade surgit au-dessus d'eux. Kiam brandit la dague au moment où elle allait se jeter sur son cou. Elle rampa sur une branche en feulant.

— C'est toi qui as mis les pierres sur le chemin pour nous attirer ici ? cria-t-il. Tu crois qu'on n'a pas assez de problèmes à gérer ?

Il avait l'œil furieux. La créature se tapit derrière les feuillages. Un second coup de tonnerre retentit, et elle leva la tête vers le ciel. Il commençait à pleuvoir.

— Une tempête se prépare, siffla-t-elle avec un sourire vicieux. Vous feriez mieux de courir vous mettre à l'abri…

L'Attryade sauta à terre et lança une grosse liane dans leur direction avant de prendre la fuite. La tige les plaqua contre le tronc et s'enroula autour d'eux. La créature disparut derrière le rideau végétal.

Eivy n'était plus d'humeur à rire. Elle avait l'impression que les autres branches s'étaient rapprochées, comme si l'arbre se refermait sur eux. Elle tira sur la liane, mais celle-ci se resserra encore. La sensation d'être oppressée lui rappela douloureusement ce qu'elle avait vécu dans les sables mouvants. Une émotion pernicieuse, comme un serpent glacé, compressa sa poitrine. Eivy avait de plus en plus chaud, et sa vision se troublait.

Elle ferma les yeux un instant.

Quand elle les rouvrit, l'archer la scrutait avec inquiétude.

— Reste éveillée, Eivy, dit-il d'une voix anxieuse.

L'expression de ses grands yeux noirs l'aida à reprendre ses esprits. Elle se sentit touchée par le désarroi qu'elle lisait sur son visage. Il avait vraiment peur pour elle. Cette idée acheva de dissiper son malaise.

— Ne t'en fais pas, dit-elle en se redressant. C'était juste un vertige.

L'archer sembla enfin rassuré. Il soupira de soulagement et plongea son visage dans le cou d'Eivy, entre les cheveux qui dépassaient de sa casquette. Déconcertée, elle toucha sa joue pour qu'il tourne la tête vers elle. Ils se regardèrent avec une intensité troublante. Eivy n'avait jamais été aussi proche de personne.

— Éloignez-vous de l'arbre ! cria soudain la voix d'Edwin.

L'herboriste se tenait devant eux, le visage trempé par la pluie.

— La sève jaune, les branches tombantes, la proximité des marais… ce sont des arbres carnivores !

— Des arbres carnivores ? répéta Eivy, effarée. Ça existe, ça ?

— J'ai déjà lu quelque chose à ce sujet, mais je n'en avais jamais vu avant. Normalement ils piègent les petits animaux, mais la flore de l'île est détraquée à cause de la pierre de Slivengan, alors je ne suis plus sûr de rien.

— Et comment on sort de là ? demanda Kiam.

En comprenant que leurs pieds étaient prisonniers des racines, l'herboriste poussa un cri étouffé. Eivy eut l'impression qu'une décharge électrique transperçait son dos, sous la liane.

— Edwin, c'est normal que la sève me brûle ?

—Ce n'est pas de la sève, c'est un suc digestif!

« Tac tac tac », fit de nouveau l'insecte. Les branches se refermèrent encore un peu sur eux, et le cœur d'Eivy rua dans sa poitrine. Kiam essaya tant bien que mal de rester positif:

—T'inquiète pas, tu connais l'herboriste. Il en sait plus sur les arbres que la jungle elle-même. Il va forcément trouver une solution.

La réalité était moins rassurante que les paroles de l'archer. Ils ne voyaient quasiment plus Edwin. Son visage avait disparu derrière les feuillages. Eivy apercevait juste ses pieds, qui tournaient autour de l'arbre en évitant les racines.

Kiam s'impatienta.

—Va falloir que tu trouves un moyen de nous sortir de là!

—Ce bois est dur comme de la pierre, si j'essaie de le couper, il va se resserrer sur vous!

« Tac tac tac. » Une branche s'abattit sur eux. Eivy l'évita de justesse, au moment où elle réalisait que le bruit ne venait pas d'un insecte. C'était l'arbre lui-même qui le produisait.

—Edwin, tu entends ce craquement?

L'herboriste s'immobilisa pour écouter.

« Tac tac tac. »

—C'est le cœur de l'arbre, s'exclama-t-il d'une voix rendue plus claire par l'espoir. Si je le trouve, on a une chance de le détruire!

Une branche heurta le crâne d'Eivy et la sonna. Elle entendit vaguement l'archer crier:

—Tente un truc, n'importe quoi!

Les pieds d'Edwin s'immobilisèrent.

—Je l'ai trouvé!

Il jeta sa sacoche par terre et vida son contenu avant de s'emparer d'un flacon ocre. C'était celui qui avait fait exploser les fioles, dans la plaine aux crocodiles.

— Couvrez-vous la tête ! hurla l'herboriste en jetant le flacon entre les racines.

Eivy eut à peine le temps d'enfouir son crâne sous ses bras.

Une détonation déchira l'air et une pluie de bois brisé martela son dos.

Elle ouvrit lentement les yeux. Sa tête tournait et son oreille droite sifflait, mais elle était enfin libre de ses mouvements.

— Ça va ? demanda l'archer.

Elle acquiesça en le regardant enlever une écharde de son bras. Comme elle, il avait quelques égratignures sans gravité. Elle soupira de soulagement. Heureusement qu'Edwin avait plus d'un tour dans son sac. Elle se tourna vers l'herboriste, mais son sourire retomba aussitôt.

Étendu par terre, il avait perdu connaissance, et sa tête saignait abondamment.

Chapitre 14

Eivy se précipita vers Edwin, talonnée par Kiam. Un gros bout de bois était planté au-dessus de l'arcade sourcilière de l'herboriste. L'archer regarda autour de lui, puis il traîna Edwin sous un arbre dont la ramure le protégeait de la pluie.

— Il n'est pas dangereux, cet arbre ? demanda Eivy.

— Non, rien à craindre avec celui-là.

La jeune fille courut vers le contenu de la sacoche de l'herboriste, étalé par terre. Il fallait trouver de quoi arrêter le saignement. Elle fouilla nerveusement et s'empara d'un bandage avant de rejoindre ses compagnons.

Kiam retira le bout de bois du front Edwin, laissant jaillir un flot rouge de la blessure. Eivy appliqua le bandage, mais le tissu s'imbiba de sang et la plaie continua de couler. Une mèche de ses cheveux blonds s'englua de rouge. Ses yeux restaient clos.

— Ça ne suffit pas ! s'exclama-t-elle.

— C'est pas très profond, mais ça pisse le sang.

L'archer arracha le bas de son pantalon en lin pour confectionner un autre bandage. Eivy secoua la tête d'impuissance. Cela ne fonctionnerait pas, il perdait trop de sang. S'il était conscient,

Edwin, lui, saurait quoi faire. Elle repensa au doux visage de l'herboriste, qui s'animait quand il parlait de plantes et de remèdes.

Eivy se souvint alors de ce qu'il lui avait dit sur les larmes de sirène, ces fleurs bleues aperçues dans la tente du marchand de plantes. *Leur odeur est épouvantable, mais elles n'ont pas leur pareil pour stopper les hémorragies.*

Elle se rua vers le contenu de la sacoche et fouilla frénétiquement dans les affaires de l'herboriste. Par chance, une poignée de pétales bleutés se cachait dans une pochette en soie.

Sans trop savoir ce qu'elle faisait, Eivy vida son contenu sur la blessure d'Edwin. Au contact du sang, les fleurs se transformèrent en une pâte épaisse qui colmata la plaie. La jeune fille appuya délicatement dessus, et le sang s'arrêta de couler. Elle récupéra le bout de tissu de Kiam et banda son front.

Un éclair zébra le ciel et tonna dans l'air lourd. La pluie devenait torrentielle. À bout de nerfs, Eivy s'assit à côté de Kiam, qui essayait de réveiller Edwin.

L'herboriste finit enfin par cligner des paupières. Il se hissa sur ses bras et regarda autour de lui, hébété.

« Tac tac tac. » Eivy vit une racine provenant d'un autre arbre ramper vers les pieds du blessé. Elle attrapa sa dague, qui était tombée dans l'explosion, et la planta de toutes ses forces dans le bois pour l'arrêter. L'archer la regarda, alarmé.

— Faut qu'on s'en aille.

Edwin réussit tant bien que mal à se mettre debout, tandis qu'Eivy fourrait ses affaires dans sa sacoche. Kiam le soutint pour l'aider à marcher, et ils se mirent en route. Entre la pluie et les feuillages, leur visibilité était quasiment nulle. Eivy gardait les yeux rivés au sol pour éviter les racines, tandis que Kiam écartait les branchages avec son arc.

Elle sentait sa casquette trempée peser sur son front et sa chemise coller à la brûlure que la sève avait laissée sur son dos. À plusieurs reprises, elle évita de justesse une liane suspecte ou une racine cachée dans la boue. Les tentacules des arbres les encerclaient. Eivy avait l'impression que ce trajet ne finirait jamais.

Au bout d'une cinquantaine de mètres, le rideau végétal s'estompa. À travers la pluie, Eivy aperçut les rochers ocre de la côte. Ils s'en étaient enfin sortis.

Dès qu'elle fut libérée des arbres, un vent puissant frappa son flanc. Elle se campa sur ses jambes et plissa les yeux pour mieux voir ce qui les entourait.

Un terrain troué comme un gruyère s'étendait sur leur droite. C'était sans doute le site de fouilles de Slivengan. La pluie battante se mêlait à la terre rouge et s'engouffrait dans les immenses fosses que le capitaine avait fait creuser pour chercher la carte.

En désertant le site pour rejoindre le sud de l'île, les pirates avaient tout laissé en plan. Cordages, bouteilles vides et échafaudages en bois traînaient dans la boue, fouettés par le déluge. Un monticule d'arbres décapités gisait à l'orée du bosquet.

Eivy aperçut une silhouette se faufiler entre deux buissons.

— L'Attryade, dit Kiam. Elle nous suit depuis tout à l'heure.

— On ferait bien de se dépêcher, cria-t-elle pour couvrir le bruit du vent.

L'archer les guida vers les rochers qui surplombaient la mer. Il dégaina son arc, au cas où l'Attryade se déciderait à attaquer.

Eivy avança vers la pointe de la falaise. Sa silhouette fine se détacha sur l'horizon, le vent agitant sa chevelure de son souffle tempétueux. La carte devait être là, tout près. À cette idée, le cœur d'Eivy s'enflamma. Une bourrasque manqua de la faire tomber, et elle se mit à quatre pattes pour ramper le long de la roche. Une fois au bout, son regard embrassa le vide. La crique s'étendait sous ses yeux.

La gueule du loup.

Les rochers qui encadraient la crique comme deux rangées de dents étaient encore plus impressionnants vus de près. Eivy se cramponna à la falaise. Furieuse, la mer grise se déchaînait sur la côte. Ses vagues engloutissaient les récifs et les recrachaient avant de s'élancer de plus belle. Un éclair tonitruant relia le ciel et la mer.

Le ventre d'Eivy se serra cruellement. Et si elle s'était trompée ? Si elle avait mal interprété la prédiction de Sylmara ? La pluie martelait ses joues. Elle jeta un nouveau coup d'œil à la crique. Une carte, dans un endroit pareil ? Cet espoir lui semblait soudain illusoire.

Elle se tourna vers Kiam, qui la scrutait d'un air interrogateur. Adossé contre un rocher, Edwin faisait de grands efforts pour rester debout. Eivy se protégea le visage de ses bras pour atténuer la morsure du vent et essayer de clarifier ses idées. Mais rien ne lui venait d'autre à l'esprit que les prémices d'une désillusion cuisante.

Kiam la rejoignit.

— Comment une carte pourrait-elle être cachée ici ? dit-elle, rageuse. Les rochers, le sable, la crique tout entière doit être balayée par la mer à longueur de journée.

Les sourcils de l'archer se froncèrent.

— Ouais, ça me paraît compliqué.

Au moment où une vague explosait sur la côte, une nouvelle bourrasque heurta Eivy. Cette fois-ci, elle perdit l'équilibre. Kiam la rattrapa. Elle serra les poings et refoula les larmes de frustration qui piquaient ses yeux. Le vent sifflant dans les rochers se mêlait au vacarme de la mer et de la pluie. Elle avait envie de couvrir la voix des éléments en hurlant sa déception. Le vide creusé par tout ce qu'elle ignorait lui semblait encore plus béant, maintenant qu'elle avait cru approcher d'une explication.

Kiam baissa la tête et cria pour qu'elle l'entende :

— Par contre, elle pourrait être cachée dans la grotte.

Eivy leva la tête.

— Une grotte ?

— On allait y dormir, avec Tariz, quand il y avait trop de vent pour rentrer chez nous.

Il lui montra du doigt une masse rocheuse, en hauteur, à l'entrée de la crique. Elle ne se situait pas loin d'eux, mais il leur faudrait progresser dans les rochers pour y parvenir. Eivy plissa les yeux, et finit par y apercevoir l'entrée d'une caverne. En plein milieu de la gueule du loup.

L'espoir repointa le bout de son nez.

— Tu as raison, la carte pourrait être là-bas !

Un sourire illumina le visage de l'archer.

— Je fais signe à l'herboriste.

Edwin les rejoignit clopin-clopant, et ils s'engagèrent sur les rochers. Un sentier creusé par les éléments se dessinait dans la falaise. En temps normal, ils n'auraient eu aucune difficulté à descendre. Mais là, entre les bourrasques et la pluie qui trempait le sol, l'exercice était périlleux. Eivy s'agrippait avec les mains pour ne pas glisser. Les pierres acérées s'enfonçaient dans ses paumes. Elle jeta un coup d'œil inquiet à Edwin. Il avait perdu beaucoup de sang, lorsqu'ils étaient sous les arbres du bosquet. L'herboriste tenait mieux sur ses jambes mais il était toujours faible, et la descente avait l'air éprouvante pour lui.

Ils finirent par se rapprocher de la grotte. Son entrée se trouvait à quelques mètres au-dessus d'eux, mais il fallait escalader une pente escarpée pour y parvenir. Ils se réfugièrent dans une petite cavité rocheuse pour souffler une minute. Edwin s'effondra, épuisé.

—Je ne peux pas grimper là-haut, dit-il. Pas maintenant.

—Va bien falloir, répondit Kiam. Sinon, je raconte à l'équipage que tu t'es fait attaquer par un arbre. Ta réputation d'herboriste va en prendre un coup.

Edwin eut un petit rire, puis il se mit à fouiller dans sa sacoche. Il en sortit un flacon rempli d'un liquide translucide qu'il porta à ses lèvres. Il but quelques gorgées et grimaça. Ses lunettes glissèrent sur le bout de son nez.

—Allez-y, vous deux, dit-il en s'écroulant sur une pierre. J'ai avalé un remède qui devrait me requinquer un peu. Je vous rejoindrai quand il aura fait effet.

Kiam fronça les sourcils avant de se tourner vers Eivy.

—La tempête va empirer. Monte dans la grotte, tu seras en sécurité là-haut. Je te rejoins avec Edwin dès qu'il est en état.

—Je peux vous attendre.

Le vent poussa un hurlement suraigu.

—T'es coriace mais pas bien lourde, reprit l'archer. Tout à l'heure, t'as bien failli t'envoler une fois ou deux. Nous, ça ira.

—D'accord, je vais prendre un peu d'avance.

Eivy savait que sa décision était plus motivée par son désir de trouver la carte que par la peur d'affronter le vent grandissant, mais elle jugea bon de garder cela pour elle.

Lorsqu'elle courut vers la pente, le vent chargé d'eau de mer et de pluie mordit ses yeux. Elle serra sa montre à gousset pour se donner du courage, puis se hissa sur la roche.

Sa main attrapa une pierre et s'y cramponna. Son pied se logea dans un creux et elle commença à grimper sur le récif humide. Au fur et à mesure qu'elle escaladait les rochers, la tension montait. Elle sentait, plus qu'elle savait, que ce qu'elle cherchait ardemment était là-haut. Un ressort l'animait de l'intérieur. Il prodiguait à ses bras et ses jambes une force qu'elle ne se connaissait pas.

Une vingtaine de mètres plus bas, la mer cingla la crique avec une violence inouïe. Étourdie par le vacarme, Eivy s'agrippa à la roche. Elle baissa la tête et aperçut Kiam. Il attendait qu'elle soit arrivée pour se mettre à l'abri. La jeune fille reprit son ascension. Pierre après pierre, prise après prise, elle finit par se hisser devant la caverne. Une rafale la percuta, et sa puissance lui coupa le souffle. Elle se jeta dans la grotte au moment où le vent allait l'emporter.

La caverne était basse, mais profonde. Elle avança de quelques pas en observant fébrilement les ombres que projetaient les reliefs de la grotte. Un mauvais pressentiment la gagna subitement. Quelque chose ne tournait pas rond.

Elle comprit ce qui la dérangeait : il y avait trop de lumière dans cette caverne. Eivy chercha des yeux la source lumineuse. Elle la mena jusqu'à la roche qui masquait le fond de la grotte. Au moment où elle se penchait derrière, elle réalisa que la lumière était nimbée de reflets rouges.

Adossé à la paroi, Slivengan l'attendait.

Chapitre 15

— Te voilà enfin, dit-il. Je commençais à m'impatienter.

Elle se précipitait vers l'entrée de la caverne quand Slivengan tendit la main dans sa direction, faisant jaillir une lueur rouge. Eivy fut propulsée sur la paroi par une force invisible mais implacable. Elle s'effondra par terre, le souffle coupé.

La jeune fille ferma les yeux et se mordit la langue. Le cliquetis des bottes de Slivengan résonnait contre la roche. Il avançait vers elle sans se presser. Le bruit cessa et Eivy ouvrit les paupières. Souriant et immobile, le visage du pirate était quasiment collé au sien. Au-dessus de son sourire, ses yeux clairs étaient nimbés de reflets rouges.

— Je n'aime pas tes manières, jeune fille. Je t'attends ici depuis deux jours, et voilà que tu prends congé sans ma permission.

— Qu'est-ce que vous me voulez ?

Slivengan redressa la tête et retrouva son port altier.

— Mais quelle question ! Je veux la carte, ma chère. Celle que tu t'apprêtes à me donner.

— Je ne l'ai pas.

— Ne me prends pas pour un imbécile. Quand Sylmara m'a parlé de la gueule du loup, j'ai débarqué sur cette maudite crique et entrepris des fouilles. Est-ce que tu t'imagines ce que cela représente ? Des mois à creuser cette terre puante, tout cela pour rien. J'étais sur le point d'aller étriper cette sorcière de pacotille.

Il planta à nouveau ses yeux rouges dans les siens.

— Mais j'ai fini par comprendre que c'était inutile de chercher. Que la carte n'y était pas. Tout du moins, pas encore. Qu'elle viendrait à moi, ici même, avec toi ou l'un de tes deux compagnons. Je l'ai réalisé quand j'ai tué l'épéiste qui vous accompagnait.

Eivy serra les poings.

— J'ai vu sur son cadavre le tatouage indiquant qu'il faisait partie des pirates de Dent Rouge. Je me suis dit que si quelqu'un avait pu trouver la carte, ça ne pouvait être que cette vieille tête de mule. Et voilà qu'un membre de son équipage débarque dans la gueule du loup, à l'endroit même où je dois découvrir la carte.

Slivengan s'approcha encore un peu d'elle. Eivy frissonna de dégoût en sentant son souffle chaud contre son oreille.

— Épargne-toi des souffrances inutiles et donne-moi la carte.

— Je vous ai dit que je ne l'avais pas.

— Tu mens !

Le cri de Slivengan résonna contre les parois de la roche. Eivy se mit à ramper vers la sortie. Il posa le pied sur son dos pour l'empêcher de bouger. Elle essaya de se dégager, mais il était trop fort. Slivengan se mit à genoux et lui arracha sa casquette. Elle le vit déchirer sa visière et fouiller avidement à l'intérieur.

— Bon sang, ou la caches-tu ! vociféra-t-il en arrachant le col de sa chemise.

Le silence retomba soudainement dans la grotte.

Slivengan fixait sa montre à gousset avec une expression indéchiffrable. Du saisissement et une pointe de tristesse se lisaient dans ses yeux. Et peut-être autre chose, comme une vieille rancœur enfouie qui remontait à la surface.

— Où as-tu eu ceci ? finit-il par demander.

Eivy dut calmer ses tremblements pour parler.

— Ça vient de ma mère.

Slivengan resta bouche bée et se laissa glisser contre la paroi de la caverne. On aurait dit qu'il avait pris un coup sur la tête. Elle profita de ce brusque changement d'humeur pour tenter de fuir, mais il attrapa son poignet et le bloqua.

— N'y pense même pas.

Elle s'immobilisa, de peur qu'il soit pris d'un nouvel accès de colère. Dehors, la tempête faisait rage. Où en étaient Kiam et Edwin ? Elle pourrait peut-être trouver un moyen de les prévenir.

— Qu'es-tu venue faire sur cette île ? continua le pirate.

Eivy essaya de réfléchir. La meilleure manière de lui faire comprendre qu'elle n'avait pas la carte était sans doute de lui dire la vérité.

— Quelqu'un m'a envoyé chercher la même chose que vous.

— Il s'agit de Dent Rouge, n'est-ce pas ?

Elle acquiesça.

— Et pour toi, cette carte ne signifie rien du tout ?

Eivy pesa longuement ses mots avant de parler.

— En fait, elle signifie beaucoup, même si je n'ai aucune idée de ce qu'elle indique. J'ai grimpé jusqu'ici dans l'espoir de trouver cette carte et de découvrir ce qu'elle cache.

Slivengan la regarda avec étonnement avant de lui demander :

— As-tu déjà entendu parler des îles d'Othea ?

— Non, ça ne me dit rien.

— J'en étais sûr, siffla-t-il avec une grimace de dédain.

— Peut-être pourriez-vous… me parler de cet endroit ?

— Oui, je le peux. Des îles à perte de vue, des paysages sublimes, des territoires peuplés de créatures étranges et autant d'aventures à vivre… Tout est plus intense, à Othea, même ses éléments. Ses champs sont une explosion de senteurs, ses crépuscules ondulent dans le ciel comme des étoffes moirées, et ses profondeurs marines cachent des créatures dont tu ne soupçonnes même pas l'existence.

Eivy haussa les sourcils. La conversation prenait un tour inattendu.

— En réalité, reprit-il, je suis très bien placé pour t'en parler. À Othea, l'île de Kiraz prédomine sur toutes les autres. C'est la plus grande, la plus riche, la plus civilisée aussi. Eh bien sache que tu es en présence de l'héritier du royaume de Kiraz.

Il la regarda d'un air princier avant de continuer son récit.

— J'avais vingt ans quand j'ai quitté Kiraz. J'étais bientôt en âge de succéder à mon père à la tête du royaume, comme le voulait la tradition. Mais cela m'effrayait. J'étais jeune, et mon crâne était farci de rêves d'aventures. J'avais peur de monter sur le trône sans avoir profité de ma jeune existence. Maintenant, je sais à quel point j'ai été puéril. J'avais tout pour être heureux !

La bouche de Slivengan trembla. Eivy attendait qu'il continue son récit, captivée.

— J'ai décidé de fuir. Oh, pas définitivement ! Je souhaitais juste m'absenter un an ou deux avant de revenir à Kiraz pour devenir roi. Les choses se précipitèrent un matin d'automne. Alors que je passais devant ses appartements, j'entendis mon père parler à son conseiller d'une affaire sensible. Nos scientifiques venaient de découvrir une faille en mer, menant vers un monde encore inconnu de nous. Ce jour-là, j'ai décidé de constituer une équipe dans le plus grand secret afin de partir à la découverte de ce monde. J'ai tout de suite parlé de mon projet à Vea.

Eivy hoqueta de surprise. *Vea?*

—Elle était la fille du conseiller de mon père, continua Slivengan, et aussi la seule véritable amie que j'aie jamais eue. C'était une beauté, mais elle était plus attirée par les cartes aux trésors que par les robes de princesse. Je savais qu'elle serait partante.

Slivengan s'interrompit quelques secondes, un sourire nostalgique aux lèvres. Eivy le fixait avec intensité.

—Mon cousin Harrock s'est joint à nous. C'était un garçon bourru et taciturne, rompu au maniement des armes. Depuis notre plus jeune âge, nous nous entraînions ensemble. Nous étions souvent en désaccord, mais je lui faisais confiance et j'avais besoin d'un combattant comme lui à mes côtés. Hélas, cela ne suffisait pas. C'est alors que Vea m'a parlé de son ami Reijo.

En entendant ce nom, Eivy écarquilla les yeux.

—Je n'ai jamais aimé Reijo, dit-il. C'était un rêveur animé par des idées plus loufoques les unes que les autres. Et je n'appréciais pas la manière dont il regardait Vea.

Une grimace de haine déformait le visage du pirate.

—Mais Reijo avait un atout de taille : il savait créer une pierre d'ao'ki. Un cristal vibrant et doté d'une énergie puissante, qui entre en connexion avec celui qui le porte. Il venait d'une famille secrète aux pouvoirs troubles, comme on en rencontre parfois à Othea. Certains membres de la sienne savaient insuffler de la vie aux gemmes pour les doter de propriétés magiques. J'imagine que son don a tapé dans l'œil de Vea. Je ne vois pas ce qu'elle aurait pu lui trouver d'autre.

Eivy était sidérée par les paroles de Slivengan. *Une famille secrète aux pouvoirs troubles? Insuffler de la vie aux cristaux pour les doter de propriétés magiques? Un don?*

Elle regarda ses mains. Slivengan continua, sans se rendre compte du choc qu'elle était en train de vivre.

— « Cette pierre est dangereuse si on la garde trop longtemps sur soi », nous a dit Reijo. Mais, fixée sous le bateau, elle serait d'une efficacité redoutable. Celui-ci serait plus rapide, résisterait mieux aux tempêtes et, surtout, nous permettrait de traverser la faille sans risquer le naufrage. L'argument était si séduisant que j'ai fini par accepter Reijo. Aujourd'hui, je le regrette amèrement.

Un éclair rouge fusa dans les yeux de Slivengan.

— À nous quatre, nous nous croyions invincibles. Il faut dire que notre périple a bien commencé. Vea avait soutiré des informations à son père concernant la faille. De son côté, Reijo a travaillé pendant des mois sur les coordonnées qui nous permettraient de la repérer avec précision. Grâce à la pierre d'ao'ki, notre bateau était si rapide que nous avons pu traverser la faille sans nous faire attraper. C'est ainsi que nous avons débarqué dans le monde où tu es née, jeune fille.

— Dans… notre monde ?

— Le voyage s'avéra décevant. Nous avons vite compris à quel point ce monde était terne et sans intérêt. À quelques détails près, les îles que nous visitions se ressemblaient toutes. Et, pire encore : elles étaient dénuées de magie. Cet univers était bien pâle à côté de ce que nous avions toujours connu à Othea. Au bout de quelques mois, nous avons décidé de rentrer chez nous. Hélas, il y a eu un imprévu.

Une expression coupable traversa le visage tourmenté de Slivengan.

— Nous avons perdu la carte contenant les informations nécessaires à notre retour. Harrock était furieux contre moi. Pourtant ce n'était pas ma faute ! Il y eut une tempête épouvantable. Ce maudit bout de papier m'a filé entre les doigts et a disparu en mer.

Le regard de Slivengan se durcit.

— Quatre ans. Nous avons sillonné la mer pendant quatre ans pour tenter de retrouver notre chemin, en vain. Reijo a bien essayé de redessiner une carte. Mais ce bon à rien prétendait qu'il n'avait pas assez d'informations sous la main. Je savais dès le départ qu'il ne serait pas à la hauteur. Mes rapports avec Harrock n'ont cessé d'empirer. Même Vea s'est éloignée de moi. Elle me disait que j'avais changé, que j'étais devenu invivable. En réalité, c'est eux qui avaient changé ! Plus le temps passait, moins ils me respectaient, comme s'ils avaient oublié que j'étais leur prince. Et puis un jour, la situation a dégénéré.

Un éclair zébra le ciel, à l'extérieur de la grotte.

— Harrock et moi avons commencé à nous battre. Vea parvint à nous séparer, mais c'était trop tard. Quelque chose s'était brisé. C'est alors qu'elle m'a avoué qu'elle était enceinte de Reijo. La nouvelle me fit l'effet d'un coup de poignard. Dans mon obstination à retrouver le chemin de Kiraz, je n'avais pas vu à quel point elle s'était rapprochée de lui. « Nous ne reverrons plus jamais Othea », m'a-t-elle dit, les larmes aux yeux. Elle voulait arrêter de chercher la faille et s'installer ici pour élever son enfant. « Il faut renoncer et nous adapter à ce monde, ou nous ne connaîtrons jamais la paix », ajouta-t-elle. Bien sûr, j'ai refusé, mais personne n'en a tenu compte. Reijo s'est rangé du côté de Vea, et Harrock a décidé de poursuivre ses recherches seul. Cela faisait longtemps qu'il en rêvait, d'ailleurs. J'étais leur prince, et ils m'ont trahi.

Les mots de Slivengan tournaient en boucle dans la tête d'Eivy. *Il faut renoncer et nous adapter à ce monde, ou nous ne connaîtrons jamais la paix.* C'était étourdissant. Elle avait l'impression que l'énigme de sa vie perdait peu à peu ses contours flous.

— Avant de nous séparer, nous nous sommes partagé la pierre d'ao'ki. Vea ne voulait pas en entendre parler, alors nous l'avons scindée en trois, sachant très bien ce que cela signifiait : nous ne pourrions plus vivre les uns avec les autres. Une fois les fragments d'une même gemme attribués à différentes personnes, il leur faut peu de temps pour devenir incompatibles entre eux. Si les cristaux sont à nouveau réunis alors qu'ils se sont adaptés à leurs propriétaires respectifs, leurs énergies entrent en conflit et leurs pouvoirs s'annulent. Ignorant les recommandations absurdes de Reijo, Harrock a incrusté sa pierre à la place d'une dent qui lui manquait. C'était sa manière de nous faire comprendre qu'il ne voulait plus jamais nous revoir.

— Harrock est Dent Rouge ?

— Dans le mille, jeune fille. Tu comprends pourquoi nous désirons tous deux cette carte, à présent.

— Je croyais la carte perdue en mer.

— Oh oui, elle l'est. Mais écoute un peu la fin de l'histoire. Il a bien fallu que je me ressaisisse. J'avais gardé notre bateau, et j'ai dû recruter des pirates pour continuer à naviguer. Au fil des ans, mon équipage a gagné en puissance et en renommée. Je suis devenu riche et je semais la terreur partout où j'allais. Malgré cela, il y a deux choses que je ne parvenais pas à oublier : le royaume de Kiraz et Vea. Je ne pouvais rien faire pour le premier, mais pas pour la deuxième. En faisant des recherches, j'avais appris qu'elle s'était installée avec Reijo et leur enfant dans une ville portuaire, au nord d'ici. Alors, il y a cinq ans, j'ai décidé de leur rendre une petite visite.

Il y a cinq ans. Eivy se raidit.

— J'ai eu un mal fou à pénétrer dans Greybor. Cette ville a beau être aussi attirante que la plus crasseuse des cales, son gouverneur en contrôle l'accès d'une main de fer. Avec amertume, j'ai compris que Vea avait choisi cet endroit pour que je ne puisse pas la rejoindre. Mais c'était bien mal me connaître. J'ai fini par trouver un docker à soudoyer, qui m'a fait débarquer sur une crique éloignée des quais. J'ai enfermé ma pierre d'ao'ki à double tour sur le bateau, et je suis venu seul, en canot. Je ne sais pas trop à quoi je m'attendais. Peut-être à ce qu'elle se rende compte de son erreur, et qu'elle quitte Reijo pour moi. Certes, je n'étais pas devenu roi, mais j'avais acquis un certain statut.

Slivengan lança un regard acéré à Eivy.

— Mais elle m'a rejeté. Nous nous sommes disputés. J'ai découvert que pendant toutes ces années, Reijo n'avait jamais cessé de travailler sur une nouvelle carte pour rentrer à Othea. Je connaissais bien Vea, tu sais. Au regard qu'elle m'a lancé, j'ai tout de suite compris qu'il avait enfin réussi à localiser la faille. Mais elle a fait quelque chose dont je ne l'aurais jamais cru capable : elle a refusé de me fournir la nouvelle carte. « Tu es devenu dangereux, tu ne dois pas rentrer à Othea et encore moins régner sur Kiraz », a-t-elle dit. Quand elle a prononcé ces mots, je suis entré dans une rage folle.

Eivy avait l'impression qu'un étau compressait sa poitrine. De grosses larmes roulaient sur ses joues.

— C'est vous qui avez tué ma mère, finit-elle par articuler.

— Oui. Ainsi que ton père, quand il est rentré chez vous ce soir-là. Et je t'aurais achevée aussi si je t'avais trouvée. J'ai retourné la maison dans tous les sens, mais aucune trace de toi ni de la carte. Le lendemain, j'ai dû abandonner mes recherches, mais je ne suis pas parti les mains vides. J'ai découvert la pierre d'ao'ki de Reijo dans son bureau. Comme son propriétaire était mort, j'ai pu me l'approprier et la faire fusionner avec la mienne pour gagner en puissance.

Slivengan saisit son épée et dévoila l'affreuse gemme rougeoyante incrustée dans le pommeau, puis il tira si fort sur le médaillon d'Eivy qu'elle bascula en avant.

—Mais quand j'ai fouillé dans les affaires de Vea, je n'ai pas réussi à mettre la main sur sa montre à gousset. Sais-tu que c'est moi qui ai offert ce bijou à ta mère ? Je l'ai fait réaliser par le meilleur horloger de Kiraz pour l'anniversaire de ses dix-huit ans. Et il y a un secret que Vea, le fabricant et moi-même étions les seuls à connaître. Le médaillon a un compartiment caché. Je sais enfin où ta mère a dissimulé la carte.

—Il n'y a aucun compartiment caché.

—Elle ne t'a même pas mise au courant ?

Slivengan bascula la tête en arrière et fut secoué d'un rire inquiétant.

En voyant les cheveux du pirate balayer ses épaules, la jeune fille eut une impression de déjà-vu. Un souvenir enfoui dans sa mémoire refit surface.

Ce matin-là, quelqu'un avait frappé à la porte. En regardant par la fenêtre, Eivy avait aperçu un homme au port altier et à la longue chevelure blonde. *Maman, c'est un prince, tu crois ?* avait-elle demandé. Le sourire de sa mère s'était figé. Elle avait précipitamment ôté sa montre à gousset et l'avait passée autour du cou d'Eivy. *Garde ma montre avec toi pour toujours, ma chérie. File dans ta meilleure cachette, et n'en sors pas avant demain, sous aucun prétexte.* Sa mère avait souri pour l'encourager, mais ses yeux étaient remplis de larmes.

Elle avait retenu Eivy par la manche et avait ajouté : *J'ai eu tort de vouloir te couper de ce que tu es. Ce n'était pas une solution. Peut-être un jour me comprendras-tu.*

Et en effet, à présent, Eivy comprenait que ses parents aient voulu la préserver de la folie de Slivengan. Elle comprenait qu'ils l'aient poussée à cacher ses facultés pour s'adapter et ne pas attirer l'attention.

Garde ma montre avec toi pour toujours. Eivy fut submergée par la colère. Elle arracha le médaillon des mains de Slivengan, attrapa sa dague et se jeta de toutes ses forces sur le monstre qui avait tué ses parents.

Il ne fallut que quelques secondes au pirate pour l'immobiliser et la plaquer d'une main contre la paroi de la grotte. La lumière rouge qui jaillissait de ses doigts transperça la peau d'Eivy comme la plus aiguisée des lames. Une douleur fulgurante explosa dans son épaule.

Elle le vit attraper sa montre à gousset et planter ses ongles dans l'un des motifs ciselés qui ornaient le médaillon.

Le bijou s'ouvrit en deux dans un « clac » métallique. Un bout de papier plié s'en échappa. Eivy était abasourdie. Il y avait bien un compartiment secret, et une carte cachée dedans.

Les lèvres de Slivengan s'étirèrent en un sourire avide. Il avança la main vers la carte avant de stopper son geste. Son visage se figea dans un rictus d'angoisse. Une lueur écarlate rayonnait du médaillon ouvert : un minuscule fragment de pierre d'ao'ki était caché à l'intérieur.

Comment était-ce possible ? Eivy regarda le cristal sans comprendre. D'où venait-il, et depuis combien de temps était-il caché sous son nez ? Le métal de sa montre avait dû isoler la gemme, empêchant la jeune fille de sentir sa présence.

Le regard de Slivengan oscillait entre la pierre de son épée et celle de la montre. Peu à peu, la peur déserta son visage. Eivy avait cru comprendre que ces cristaux se détruisaient, s'ils étaient mis en présence l'un de l'autre. Pourtant, celui du pirate brillait toujours aussi fort : sa puissance ne faiblissait pas. Au contraire, elle semblait se rengorger en sentant la proximité de sa pierre jumelle, telle une flamme sur laquelle on souffle doucement.

—Ainsi donc, triompha Slivengan, cette pierre ne t'appartient pas. Quelqu'un l'a glissée dans le médaillon à ton insu… Elle est donc libre de rejoindre la mienne. Ta présence ici est une aubaine, petite ! Tu ne te contentes pas de me fournir la carte, tu m'apportes aussi de quoi accroître ma puissance. Quelle ironie de te voir détruire en une minute tout ce pour quoi tes parents sont morts !

Ces paroles déchirèrent la poitrine d'Eivy, qui sentit la colère gonfler en elle tel un raz-de-marée. La sensation emporta avec elle ses doutes et ses peurs. Plus rien ne comptait : ni la douleur écrasante de son épaule, ni le danger de mort qu'elle courait en s'opposant à Slivengan. Elle n'était plus que rage et désir de vengeance.

Au moment où le pirate tendait la main vers la pierre de sa montre, Eivy referma ses doigts sur le cristal rouge et le serra de toutes ses forces. Elle ressentit alors un sentiment d'appartenance à quelque chose de plus grand. La gemme la reliait à l'essence d'Othea. Un monde qu'elle ne pourrait jamais découvrir si elle mourait aux mains de Slivengan.

La pierre chauffa brusquement contre sa peau. Son aura était un concentré d'énergie pure et violente. Eivy sentit sa puissance irradier jusqu'à ses os. Puis ce sont ses émotions à elle qui infusèrent le cristal de leur force tempétueuse.

Eivy s'appropria la pierre d'ao'ki instinctivement, sans trop savoir ce qu'elle faisait. Mais quand la bascule se produisit, elle eut la certitude que le cristal était sien.

Un crépitement grésilla et une odeur de roussi envahit la grotte. La gemme de Slivengan et celle du médaillon étaient à présent reliées par un rayon violacé. Effaré, le pirate regardait le phénomène se produire avec impuissance. Une détonation retentit dans la caverne et couvrit le bruit du vent qui se déchaînait à l'extérieur. Au bout de quelques secondes, les deux gemmes étaient calcinées et le halo rouge qui entourait la silhouette de Slivengan avait complètement disparu.

Puis ce fut le silence.

Le visage du pirate était figé dans une expression d'incrédulité totale. Ses yeux ouverts fixaient le vide et ses bras pendaient mollement autour de son torse. Eivy se demanda s'il était mort en même temps que sa gemme.

Les yeux de Slivengan bougèrent soudain. Son regard était animé d'une étincelle de folie pure. Quand il se mit à marcher vers elle, Eivy se précipita vers la sortie de la caverne. Elle fut aussitôt assommée par une masse de pluie et de vent. Son épaule blessée était en feu.

Au moment où elle s'agrippait au sommet de la falaise, le pirate la rattrapa. Il la plaqua contre la roche et serra une main autour de son cou. Eivy replia ses jambes et les propulsa sur son ventre pour le faire lâcher prise.

Slivengan recula avec un hoquet de douleur. Sa silhouette imposante se découpait dans le ciel noir que déchiraient les éléments. La fureur tordait son visage tourmenté. Dans un vieux réflexe, il tendit les doigts dans sa direction, mais aucune lueur rouge n'en sortit. Le pirate regarda ses mains avec un sanglot.

Eivy en profita pour se ruer sur lui et le pousser de toutes ses forces.

Déséquilibré, Slivengan recula sur la falaise. Son pied droit rencontra le vide. Une bourrasque le frappa de plein fouet et il bascula en arrière, incapable de trouver une prise à laquelle se raccrocher. Son cri fut assourdi par le hurlement du vent. Le fracas de la tempête empêcha Eivy d'en entendre davantage.

Elle rampa au sommet du précipice pour regarder en bas. Le corps de Slivengan gisait plusieurs mètres en dessous tel un pantin désarticulé. L'un de ses bras formait un angle improbable, et sa tête baignait dans le sang.

C'était fini. Le monstre qui avait tué ses parents, Jin et tant de Zabelins ne briserait plus la vie de personne.

Malgré tout, elle tremblait de tous ses membres, sous le choc de ce qu'elle venait de faire. Elle repensa alors au sentiment d'appartenance et de complétude qu'elle avait éprouvé en s'appropriant la pierre d'ao'ki, et y puisa le réconfort dont elle avait besoin pour faire face.

C'est à cet instant qu'Eivy comprit que son pouvoir n'était pas une malédiction, mais un don pour qui savait s'en servir. Cette prise de conscience, plus encore que les révélations de Slivengan sur ses origines, apaisa le vide qu'elle ressentait depuis si longtemps.

En bas, elle vit vaguement les silhouettes de Kiam et Edwin se précipiter vers le cadavre de Slivengan.

La douleur de son épaule la rattrapa si fort qu'elle chancela. Elle eut à peine le temps de se traîner dans la grotte avant de perdre connaissance.

Elle y était toujours lorsqu'elle s'éveilla dans un brouillard de douleur et de fièvre. Des voix alarmées l'avaient extirpée de son vertige. L'archer et l'herboriste venaient de pénétrer dans la grotte. Ils se penchèrent sur elle. Eivy n'avait plus la force de se redresser. Un filet écarlate courait sur son bras et des étoiles dansaient devant ses yeux.

Ce n'était pas une blessure ordinaire.

Elle avait l'impression que la coupure provoquée par le halo de Slivengan continuait de consumer sa chair. Un spasme tordit son épaule et elle fut saisie d'un haut-le-cœur. Kiam ouvrit de grands yeux devant sa plaie. Il lança un regard inquiet à l'herboriste. Edwin se pencha sur elle et commença à l'examiner sans rien dire. Elle sentit la main de l'archer serrer la sienne.

Eivy réalisa brutalement que c'était la fin. Sa chair lui faisait intimement comprendre qu'elle ne pourrait jamais se remettre de cette blessure-là.

Une plainte remonta de sa gorge. Elle la refoula pour bloquer l'angoisse qui menaçait de l'envahir. La pensée de sa fin toute proche était encore plus douloureuse que le brasier qui consumait son épaule. Eivy ne voulait pas mourir maintenant, alors qu'elle venait de comprendre qui elle était. Avant d'avoir pu fouler la terre d'Othea.

Le mugissement du vent semblait exprimer ce qu'elle ressentait. Eivy tourna les yeux vers l'entrée de la grotte. Dehors, la tempête lacérait le ciel et la mer. On ne distinguait même plus l'un de l'autre. Un tourbillon noir s'abattait sur l'horizon comme un poing furieux.

— T'en fais pas pour ça, murmura Kiam. On est à l'abri, ici.

— La tempête… c'est la déesse, n'est-ce pas ? balbutia Eivy.

Puis elle sombra dans les ténèbres.

Chapitre 16

Eivy s'éveilla au son régulier des vagues qui caressaient la côte. Autour d'elle, tout était calme et lumineux. Où était-elle ? La jeune fille cligna des paupières pour mieux voir. Elle se trouvait dans une petite tente faite de voilages. La lumière crue du ciel filtrait à travers le tissu blanc. Il faisait chaud et il y avait du sable par terre : cela ressemblait à une plage.

Elle tenta de s'asseoir, mais une douleur aiguë se réveilla dans son épaule et la força à rester immobile. En tâtonnant, elle sentit sa montre à gousset autour de son cou. Son contact fit remonter ses souvenirs d'un coup.

La jeune fille se rappela amèrement Slivengan et ce qu'il lui avait révélé sur la mort de ses parents. Tremblante, elle revit ses mains le pousser sur la falaise… Mais elle se souvint également du moment où elle avait animé la pierre entre ses doigts. À cet instant, elle s'était sentie puissante et reliée à quelque chose de plus grand. Ce n'était pas seulement un autre monde qu'Eivy voulait connaître, mais ses origines et l'héritage de sa famille.

Un bruit de respiration attira son attention. Un Zabelin dormait dans un lit de feuillage, juste à côté du sien. C'était Tariz. Couvert de bandages des pieds à la tête, il était blessé mais en vie.

À sa vue, les sentiments d'Eivy à l'égard de la mort de Slivengan se durcirent. Elle avait fait ce qu'il fallait, dans l'intérêt de tous.

Eivy se rappela la force avec laquelle l'aura de la gemme s'était infiltrée en elle. Même si son pouvoir était encore bien mystérieux, au moins, elle savait qu'il ne s'agissait pas d'une tare dont elle devait avoir honte.

Que s'était-il passé depuis qu'elle s'était évanouie ? Et d'ailleurs, comment Eivy avait-elle pu survivre à la meurtrissure infligée par Slivengan ?

Une silhouette s'approcha de la tente et ouvrit le battant. Kiam apparut dans l'embrasure. En voyant qu'elle était réveillée, le visage de l'archer s'illumina.

— Comment tu te sens ? demanda-t-il.

— Pleine de questions.

Eivy fut étonnée par le timbre rauque de sa propre voix. Il s'assit à côté d'elle.

— La tempête s'est calmée, dit-elle.

— Ça fait deux jours qu'elle est finie. T'es restée endormie un petit moment. Mais Edwin dit que c'est guéri, faut juste que ça cicatrise.

— Comment a-t-il pu soigner ma blessure ?

— Il a utilisé la cousine des songes, celle qu'il devait ramener à Dent Rouge.

Eivy comprenait mieux comment elle avait pu s'en sortir. L'herboriste avait décidément plus d'un tour dans son sac… Elle espérait que cela ne se retournerait pas contre lui.

— Il pourra en trouver une autre, pour le capitaine ?

— Il va devoir s'en passer. La tempête a rendu pas mal de zones impraticables, sur l'île.

— Dent Rouge va être furieux.

Kiam haussa les épaules.

— Il dira qu'il n'en a pas trouvé.

Eivy regarda son bandage, pensive. Elle jeta un coup d'œil au Zabelin. Sa respiration paisible soulevait sa poitrine à un rythme lent.

— Et Tariz ?

— On l'a découvert inconscient sur la grande plage de l'est. Personne sait comment il a pu atterrir là-bas. Il était bien amoché, mais Edwin s'est occupé de lui. Il pense qu'il s'en sortira. Il vous a veillés jour et nuit, sans prendre le temps de dormir. Et maintenant que vous êtes hors de danger, il court partout pour soigner les Zabelins blessés. Ce type est dingue.

L'archer lui sourit. Ses fossettes pétillèrent. Il avait l'air soulagé, mais de larges cernes soulignaient ses yeux.

— Kiam, que s'est-il passé ici ?

Son visage redevint grave.

— Il paraît que le soir de la tempête, les hommes de Slivengan se sont comportés bizarrement. À mon avis, c'est arrivé quand la pierre de leur capitaine a brûlé. Ils devaient être accros à cette saleté de lumière rouge. Ils ont commencé à se disperser et à courir sur la plage. De toute manière, la tempête a fini par détruire leur campement. Awda et une vingtaine d'autres Zabelins sont descendus de la jungle pour les attaquer par surprise. Sans leur gemme, les pirates faisaient moins les malins. Et les rafales épargnaient les nôtres, alors qu'elles frappaient les hommes de Slivengan de plein fouet. C'est eux qui se sont fait écraser, cette fois.

— Ils sont tous morts ?

— Certains ont grimpé dans un canot pour rejoindre leur bateau. Il paraît qu'Awda s'est ruée sur eux en entraînant trois Zabelins avec elle. Ils ont détruit leur barque à coups de hache. Le navire n'a pas tardé à lever l'ancre. Il devait y avoir une trentaine de pirates de Slivengan, là-dedans. Mais vu l'état de la mer ce soir-là, ils ont sans doute coulé. Et ça m'est bien égal.

— Awda n'a pas été blessée ?

— Non, elle est en pleine forme. Depuis qu'elle a mené cette attaque, elle est devenue une sorte d'idole pour les Zabelins. Il y en a même qui l'appellent chef. Ça la rend folle, mais je sais qu'au fond ça lui fait plaisir.

Eivy commença à rire. La douleur paralysa son épaule et son sourire se transforma en grimace.

— T'en fais pas, dit-il, ça finira par passer. Pour le reste, tu sais presque tout. Les Zabelins se sont retranchés dans la jungle quand les vagues ont déferlé sur la plage. Ils ont pu se mettre à l'abri. Et, depuis que la tempête est finie, ils ont regagné la côte. Bien sûr, tout est à reconstruire, la tempête a mis l'île sens dessus dessous. Il faut renouer avec les Attryades et faire le deuil de ceux qui sont partis. Mais ils ont enfin de l'espoir. On a même découvert d'autres groupes de survivants, à l'ouest. Ils avaient trouvé refuge dans les grottes.

Kiam sembla soudain se rappeler quelque chose.

— En parlant de grotte, regarde ce que j'ai trouvé dans la caverne où tu t'es évanouie, dit-il en fouillant dans la poche de son pantalon.

Il lui tendit un bout de papier plié. Eivy l'ouvrit d'une main tremblante. Sur la vieille feuille brunie, elle reconnut l'écriture appliquée et le trait expert de son père. La carte représentait une zone maritime noircie de chiffres et d'annotations. C'était la faille menant à Othea.

Avec ferveur, la jeune fille parcourut le papier rugueux. Elle s'absorba dans sa lecture, s'efforçant de retenir les noms, les chiffres et les positions. Il était vertigineux de penser qu'un autre monde puisse se trouver à portée de simples notes, inscrites à l'encre et vieillies par le temps. Cela dit, leur complexité laissait entrevoir la difficulté d'un tel périple. Même avec une carte, Othea ne se laisserait pas trouver facilement.

Kiam la tira de ses pensées.

— Tu m'as pas dit ce qui s'était passé dans la grotte, avec Slivengan.

L'archer la fixait de son regard franc.

Eivy avait toujours eu la sensation qu'ils partageaient une proximité particulière. Elle sentait qu'elle pouvait lui faire confiance. Et elle avait envie, pour une fois, de se laisser aller et de se montrer telle qu'elle était.

Alors, Eivy lui raconta son histoire. Elle lui parla du monde de ses parents. Elle évoqua leur voyage, la pierre d'ao'ki, la montre à gousset, et même cette journée terrible où le prince blond avait frappé à la porte de chez eux. Finalement, d'une voix troublée, elle lui parla de son don, de ce qu'elle avait toujours cru à son sujet, et de ce qu'elle avait découvert dans la grotte.

Kiam l'écouta sans intervenir. Puis ils restèrent muets un moment avant qu'elle se décide à rompre le silence.

— Tu ne me crois pas.

— Si, je te crois.

Il avait l'air pensif.

— Il y a une rumeur, continua-t-il, qui dit que les Zabelins viennent d'un autre monde. Ils se seraient installés ici pour mener une vie plus tranquille. C'est peut-être vrai, après tout.

— Ça ne m'étonnerait pas.

— Et cette histoire de pierres… C'est pas risqué, pour toi ? On peut pas dire que ça ait réussi à Dent Rouge et à Slivengan.

— La gemme que j'ai animée a été détruite avec la sienne. Je sens une connexion avec les cristaux qui se trouvent sur ma route, mais je n'en porte aucun sur moi en ce moment, et tout va bien.

Eivy le considéra avec une pointe d'appréhension mais peu à peu, l'inquiétude de la jeune fille s'estompa. L'archer était toujours là. Il n'avait pas fui en apprenant la vérité. Elle réalisa que son regard sur elle n'avait pas l'air d'avoir changé. Quelque chose se dénoua dans son ventre.

— Tu te sens mieux depuis que tu sais ? demanda-t-il d'un ton hésitant. Je veux dire, depuis que tu sais d'où tu viens, et ce qui est arrivé à tes parents ?

Une ombre traversa le regard de Kiam.

— Il va me falloir du temps pour l'encaisser, mais je devais le savoir. Je vais pouvoir avancer, maintenant.

Ils furent interrompus par un bruit de trompe.

— Un navire approche de la côte, commenta l'archer. T'inquiète pas, c'est le *Red Stone*. Les guetteurs l'ont aperçu ce matin. Le capitaine a dû apprendre que le bateau de Slivengan avait levé l'ancre. Il vient vous chercher.

— Comment ça, vous ?

— Je peux pas venir, Eivy. Il y a trop à faire, je dois aider les Zabelins à tout reconstruire. Et Tariz est encore inconscient. C'est mon frère, j'ai pas le droit de l'abandonner comme ça. Quand je suis arrivé sur cette île, j'étais seul au monde. Ils ont pris soin de moi, et dès que j'ai été assez grand pour le faire, j'ai pris soin d'eux. Qu'est-ce que je pourrais faire d'autre ?

Eivy le comprenait, mais elle ne pouvait s'empêcher de ressentir un pincement au cœur.

— Tu pourrais rester aussi, ajouta-t-il. La vie est douce, sur cette île. Enfin, quand elle n'est pas occupée par un pirate détraqué… Awda t'a à la bonne, ce qui est assez rare pour être signalé. Elle serait contente que tu vives ici. Et moi aussi.

Eivy resta muette, déconcertée par la proposition de Kiam.

Une part d'elle avait envie d'accepter. Ce qu'il lui avait révélé sur Awda la touchait, d'autant plus qu'elle aussi s'était attachée aux Zabelins. Ici, elle savait qu'elle trouverait ce qui lui avait cruellement manqué, ces dernières années : une famille, des personnes simples, honnêtes et chaleureuses sur qui compter. Et puis il y avait Kiam.

L'autre part d'elle-même n'était pas du même avis.

Ici, il y avait l'archer et les Zabelins, mais ailleurs, il y avait Othea. Sa main effleura le papier rêche de la carte avec une acuité nouvelle. Les reliefs qu'elle y devinait couraient sous ses doigts comme autant de promesses. Eivy appartenait à ce monde lointain, chaque fibre de son corps le lui criait. Elle n'était pas seulement tentée de s'y rendre, elle sentait qu'elle était faite pour cela.

Pour trouver Othea, Eivy avait besoin d'un bateau qui s'y rende, et celui-ci arrivait sur la côte, prêt à repartir. Si elle le ratait, elle n'aurait peut-être plus jamais l'occasion de rejoindre son monde.

Chapitre 17

La lame vint se planter en plein milieu de la cible. Alex bondit de joie, sous les acclamations des pirates qui avaient parié sur lui. Tandis qu'ils empochaient leurs gains, le petit lanceur de couteaux rejoignit Eivy en trottinant. Il avait les joues roses de fierté. Adossée au bastingage, les mains enfoncées dans les poches de son manteau, elle leva le nez pour le féliciter.

— Bien joué, Alex !

Le gamin avait rejoint le *Red Stone* lors d'un abordage, quelques jours auparavant. Pendant qu'Eivy cherchait la carte sur l'île du Zeban, l'équipage avait attaqué et pillé un riche navire marchand.

Alex était âgé de douze ans. Il appartenait à une troupe de cirque qui avait fait faillite. Son maître l'avait vendu au capitaine du navire marchand, qui l'utilisait pour toutes les missions dangereuses à bord. Le gamin avait été le seul membre de l'équipage épargné par Dent Rouge. Il faut dire que malgré son jeune âge, il savait lancer des couteaux avec une précision implacable. Voilà qui avantagerait les pirates du *Red Stone* lors des prochains abordages.

Eivy commençait à apprécier ce petit blond futé aux allures de lutin, dont la présence lui changeait les idées.

Un crissement lui fit tourner la tête. C'était Paulo, le musicien, qui traînait une caisse sur le pont. Il se hissa dessus et attrapa le violon qu'un pirate lui tendait. Il battit la mesure avec son pied et se mit à jouer, sous les cris enthousiastes de l'équipage.

Un fantôme, dangereux comme un diable
Yo ho, ou une bouteille de rhum
A rejoint les pirates sur le sable
Yo ho, sans une bouteille de rhum

La voix éraillée du chanteur lui vrillait les tympans. Eivy s'isola plus loin, talonnée par Alex. La houle imprimait son mouvement à la coque et faisait craquer le bois. L'un des veilleurs grimpait gauchement au mât pour prendre son tour de garde.

Il t'envoûte pour te voler ton âme
Yo ho, et ta bouteille de rhum
Et te tue sans avoir besoin d'arme
Yo ho, ni de bouteille de rhum

Eivy tripota distraitement la mèche brune qui couvrait ses yeux. Le bateau avait quitté l'île des Zabelins la veille. Cela faisait un drôle d'effet de reprendre ses habitudes au sein de l'équipage après tout ce qui s'était passé là-bas... Sans parler de la mort de Slivengan et de ce qu'elle avait appris sur la fin tragique de ses parents. En quelques jours, le monde d'Eivy avait basculé, mais les pirates du *Red Stone*, eux, ne se rendaient compte de rien. La vie continuait ici comme si rien ne s'était passé.

Alex la tira de ses pensées :

— Quand tu lances, oublie ton couteau. Il n'existe même pas. La lame fait partie de ton bras. L'astuce, c'est de concentrer toute ton attention sur l'objectif.

Le gamin envoya son arme, qui se planta à nouveau dans la cible. Ses yeux pétillèrent. Il jeta un coup d'œil aux pirates, mais ceux-là n'avaient rien vu. Ils s'étaient mis à jouer aux dés à côté de Paulo, comme tous les soirs à la tombée de la nuit. Le gamin se renfrogna.

— Un jour, c'est moi qui zigouillerai le fantôme avec mes couteaux, et je deviendrai une légende sur le bateau tout entier !

Cette affirmation parvint à arracher un sourire à Eivy. Une rumeur grotesque circulait dans l'équipage : les pirates prétendaient qu'il y avait un fantôme à bord du *Red Stone*. Certains l'avaient aperçu la nuit dernière, dans l'ombre du mât. D'autres entendaient des bruits étranges sous le pont. Eivy se demandait surtout quel alcool ils avaient récupéré sur le navire marchand.

— Ou alors, continua Alex, je pourrais faire un spectacle pour montrer de quoi je suis capable. Ils m'applaudiront encore plus que Paulo, tu verras !

Le gamin s'était mis en tête d'attacher Eivy à une planche et de lancer des couteaux autour d'elle pour impressionner les pirates.

— N'y pense même pas, Alex.

— Allez Eivy, s'il te plaît ! Tu risques rien, promis juré.

Le vieux Buster surgit de l'escalier avec une fournée de galettes brûlantes. Il les déposa sur les marches pour les faire tiédir à l'air frais. L'avantage des abordages sur les navires marchands, c'est qu'ils permettaient de se réapprovisionner.

Le gamin dévora le plateau des yeux et ne tarda pas à se jeter sur une galette.

— Dégage de là, salopiaud ! cria le vieux en essayant de récupérer le biscuit.

Eivy en profita pour se faufiler derrière le cuistot en attrapant deux des galettes les moins calcinées. Puis elle s'éclipsa dans le couloir, laissant Alex et Buster à leurs chamailleries.

Elle s'arrêta devant la première cabine et toqua doucement. Edwin lui ouvrit. Il jeta un coup d'œil inquiet dans le couloir avant de lui faire signe d'entrer.

— C'est bon, chuchota-t-il, tu peux venir.

L'herboriste était hirsute et avait boutonné sa chemise de travers.

Le capitaine était entré dans une rage folle en apprenant qu'il n'avait pas trouvé de cousine des songes. Il lui avait interdit de sortir de sa cabine jusqu'à nouvel ordre. *Le temps de réfléchir au châtiment adéquat*, avait-il précisé.

La jeune fille lui tendit une galette.

— Ce n'était pas la peine, Eivy. Tu prends des risques en venant me voir.

— Il faut bien que tu manges quelque chose.

— Je pourrais me contenter de mes fruits séchés.

— Ne t'inquiète pas, le capitaine est resté cloîtré dans sa cabine tout l'après-midi. Depuis qu'il a récupéré la carte, il a autre chose à faire que de surveiller mes allées et venues.

Edwin dévora sa galette en fouillant dans une caisse. Il en sortit la casquette d'Eivy. Elle ne l'avait pas revue depuis que Slivengan l'avait déchirée, dans la grotte.

— Je l'ai recousue ce midi, je voulais te faire la surprise.

— Oh, merci ! C'est gentil de t'être donné cette peine.

— Ça m'a changé les idées. Le reste de la journée, j'ai passé mon temps à me demander comment le capitaine comptait m'achever.

— Il ne va pas te tuer, Edwin. Un herboriste est bien trop précieux sur un bateau pirate. Au pire, il te forcera à manger deux ou trois poissons.

La plaisanterie n'eut pas l'air de le rassurer. Eivy soupira et s'affala sur un tonneau. Un vacarme retentit sur le pont. C'étaient les pirates, qui tapaient des pieds pour réclamer une autre chanson. Eivy tendit la deuxième galette à Edwin. Elle manquait d'appétit, ces derniers jours.

— Et toi, comment te sens-tu ? demanda-t-il d'un air inquiet.

— Mon épaule me fait de moins en moins mal.

— Et le moral ?

— Oh, fabuleux.

— Je connais ce sentiment, tu sais. C'est dur, mais ça finira par passer.

Eivy se raidit.

— De quoi parles-tu ?

— Eh bien, de toi et de Kiam. Quand j'ai perdu Lyran, j'ai…

— Ça n'a rien à voir, le coupa Eivy. Il n'y a rien entre Kiam et moi, et je comprends qu'il ait choisi de rester là-bas. Je suis fatiguée à cause de tout ce qu'on a vécu sur l'île, c'est tout.

— Excuse-moi, je me suis mal exprimé.

Une émotion qu'elle n'arrivait pas à comprendre remonta de sa gorge. Elle se leva brusquement et sortit de la cabine. Ils n'auraient jamais dû parler de l'archer. Eivy avait choisi de ne pas rester avec Kiam pour découvrir Othea, et elle ne regrettait pas sa décision. Alors, pourquoi fallait-il qu'elle soit de mauvaise humeur depuis qu'il avait disparu de son champ de vision ?

Eivy atteignait les marches quand un bruit suspect attira son attention. Cela ressemblait à un bruissement de métal. Le son était faible, quasiment inaudible, mais il lui rappelait vaguement quelque chose. Elle tendit l'oreille. Il venait du fond du couloir. À l'extérieur, il faisait nuit et Buster servirait bientôt le repas. Le dortoir était donc désert.

La jeune fille réalisa que la porte du capitaine était entrouverte. Elle avança de quelques pas. Pendant une seconde, elle repensa à la rumeur du fantôme et en eut des frissons. Sa propre frayeur l'exaspéra. Elle allait rebrousser chemin quand le bruit se fit de nouveau entendre.

Eivy savait pertinemment qu'il aurait été plus raisonnable de rejoindre les autres, sur le pont, mais elle poussa la porte, qui s'ouvrit en grinçant.

— Capitaine ? murmura-t-elle.

Une bougie diffusait une faible lumière dans la pièce. À côté de la porte, le bureau en bois massif croulait sous les livres et les papiers. La chaise était vide.

Dent Rouge gisait sur son hamac, complètement immobile. La lueur rouge qui l'environnait d'habitude avait disparu. Eivy s'approcha. Les yeux du capitaine étaient fixes. Il ne respirait plus. Prise de panique, elle recula. Puis elle s'arrêta net en réalisant qu'avec la mort du pirate, elle venait de perdre son unique chance d'aller à Othea.

La porte grinça. Quelqu'un venait de la refermer. Eivy se tourna et hoqueta de surprise : le jeune homme aux yeux vairons lui faisait face. Il lui sourit et lui fit signe de se taire.

Un mouvement attira son attention sur un immense sac de toile, contre le bureau. Elle réalisa que c'était juste la flamme de la bougie qui avait vacillé. Mais quitter des yeux le regard du jeune homme lui fit retrouver ses esprits.

— Que s'est-il passé, ici ? finit-elle par articuler.

— Ce serait un peu compliqué à t'expliquer.

Toujours aussi souriant, il avait parlé sur un ton amical, presque chaleureux, mais son regard était indéchiffrable. Voulait-il la tuer ? Eivy n'arrivait pas à réfléchir de manière rationnelle.

— Pour me faire pardonner, continua-t-il, je t'accorde trois questions. J'y répondrai, tu as ma parole.

Il l'encouragea d'un hochement de tête. Entre ses longs cheveux bruns, on apercevait la goutte en cristal qui pendait à son oreille. Son visage aux traits fins avait l'air parfaitement détendu. Comme lorsqu'elle l'avait vu la première fois, il dégageait quelque chose d'étrange, de presque surnaturel. Il ne portait pas d'arme, mais n'en avait pas l'air moins dangereux.

— Qui es-tu ? finit-elle par demander.

La question eut l'air de l'amuser.

— Eh bien, voilà qui est pragmatique. Je m'appelle Ako, j'ai vingt ans et je suis chasseur de primes.

Eivy s'attendait à tout sauf à ça. Elle s'était toujours figuré les chasseurs de primes comme des individus patibulaires, plutôt costauds et armés jusqu'aux dents.

— Tu n'en as pas l'air.

— Là d'où je viens, expliqua-t-il, pas besoin d'utiliser ses poings ou son épée pour tuer quelqu'un. Il existe des possibilités infiniment plus subtiles. Mais c'est un vaste sujet. Est-ce que c'est ta deuxième question ?

Elle réfléchit quelques secondes avant de faire non de la tête. Son regard se posa sur le corps sans vie du capitaine.

— Pourquoi l'as-tu tué ?

Il laissa échapper un petit rire.

— À ton avis, qu'est-ce qui pousse un chasseur de primes à tuer un homme ?

— L'argent, répondit-elle, honteuse d'avoir bêtement gâché sa deuxième question.

— Allez, comme tu m'as rendu un fier service, je veux bien t'en dire un peu plus.

— Je ne me rappelle pas t'avoir rendu de service.

— Et pourtant. Te souviens-tu de la pierre d'ao'ki qui a anéanti celle de Slivengan ? Je l'ai glissée dans ton médaillon, et tu as fait le reste.

Eivy ouvrit de grands yeux. Elle se rappela le jour où il avait tripoté sa montre à gousset, sous la tente du marché. Il lui avait bien semblé apercevoir un éclat de lumière rouge. Elle le regarda, stupéfaite.

—C'est toi qui l'as mise là ? Mais pourquoi ?

—D'un côté, je savais que Slivengan te trouverait et tenterait d'ouvrir ton médaillon. De l'autre, je voulais détruire sa pierre pour pouvoir le tuer. La solution s'est imposée d'elle-même. Et tu as brillamment fini le travail, comme je l'espérais. C'est vrai que j'aurais pu m'occuper de Slivengan moi-même, mais ça aurait été délicat. La puissance de sa gemme était énorme et aurait pu perturber certaines forces en ma possession. J'y ai déjà passé l'après-midi avec Dent Rouge, pourtant sa pierre était nettement moins dangereuse.

Tout en parlant, Ako s'était nonchalamment assis sur une caisse, à côté du sac de toile. Il avait évoqué le meurtre qu'il venait d'accomplir avec désinvolture, comme s'il racontait le déroulement de son dernier repas.

—Il y a eu un coup d'État, à Kiraz. Le roi se faisait vieux, et il ne s'est jamais remis de la disparition de son fils unique. Ça n'a pas été difficile pour ses opposants de prendre le pouvoir. Mais je t'épargne les détails, cette histoire est ennuyeuse à mourir. Quoi qu'il en soit, mon client voulait être sûr que l'héritier légitime ne pointerait pas le bout de son nez pour revendiquer le trône. Il m'a donc payé pour trouver et tuer Slivengan et ses trois compagnons. Enfin, ceux qui ont survécu. Ainsi que leur éventuelle progéniture.

Les yeux vairons d'Ako se fixèrent sur Eivy.

Son sang se glaça.

—Alors, tu vas…

—Non, je n'ai pas l'intention de te tuer. Je préfère compter sur ta discrétion pour faire profil bas. Et à vrai dire, Dent Rouge n'est pas l'unique raison de ma venue ici. Il y a autre chose qui m'intéresse sur ce bateau. Ou plutôt, quelqu'un.

Eivy déglutit.

— Tout à l'heure, continua-t-il, je te disais qu'il y avait des manières plus subtiles de tuer qu'en maniant des armes. Eh bien sache que ma méthode à moi, c'est d'utiliser des pierres.

Instinctivement, la jeune fille regarda ses propres mains. Ako était-il en train de lui dire qu'ils avaient le même pouvoir, et que celui-ci servait à ôter la vie en échange d'une prime ?

— Ton pouvoir et le mien sont différents, dit-il comme s'il lisait dans ses pensées. Hélas, je suis bien incapable d'animer un cristal pour lui insuffler mon énergie. Je me contente d'utiliser les pierres pour lancer des sorts. C'est une vieille pratique familiale, plutôt obscure, dont je te passe les détails.

Eivy le toisa, méfiante.

— Bien. As-tu une troisième question ?

La jeune fille allait lui demander des précisions sur leurs pouvoirs respectifs quand son regard fut attiré par le sac de toile. Quelques taches sombres en maculaient le tissu. Elle réalisa ce qui la mettait mal à l'aise : ce sac n'était pas là, avant.

— Qu'est-ce qu'il y a, là-dedans ? demanda-t-elle.

Ako ne souriait plus. Il la regarda sans rien dire, le dos voûté et les mains sur les genoux.

— Au moins, la réponse va être rapide, finit-il par déclarer en défaisant les liens du sac.

Autour de son poignet, des bracelets en métal tintèrent. Il tira sur la toile et dévoila le corps d'un homme inanimé.

Horrifiée, Eivy reconnut Kiam. Un filet de sang s'échappait de son nez et de sa bouche. Elle étouffa un cri et recula de quelques pas.

— Tu n'aurais pas dû lui dire d'où tu venais, Eivy. Je ne peux pas me permettre de laisser ce genre de traces derrière moi.

— Il n'avait rien demandé à personne. Il voulait juste mener une vie simple avec les siens. Tu n'avais pas le droit !

Pour la première fois, l'expression d'Ako se fit glaciale. Eivy détourna les yeux et s'aperçut que l'archer respirait encore. Elle s'agenouilla au-dessus de lui.

— Kiam, est-ce que tu m'entends ?

Ako s'était levé et fouillait sur le bureau du capitaine.

— Est-ce qu'il va s'en sortir ? demanda-t-elle, paniquée.

— Qui sait ? S'il arrête de se ruer sur moi dès qu'il reprend conscience, il a toutes ses chances.

Il trouva un papier et l'examina avec attention. Toujours agenouillée, Eivy posa sa main sur le cou de Kiam et soupira de soulagement en sentant la régularité de son pouls.

— Comment as-tu su que je lui avais tout raconté ? siffla-t-elle, l'estomac noué. Et d'ailleurs, par quel moyen as-tu pu savoir qui j'étais, et que je vivais à Greybor ?

— Désolé, mais tu as épuisé ton stock de questions.

Eivy enfonça ses ongles dans ses paumes. Elle se rappela l'effrayante pierre noire qu'elle avait touchée, sous la tente d'Ako, au marché. Les forces auxquelles le jeune homme faisait appel dépassaient tout ce qu'elle avait expérimenté jusque-là. Sans oublier qu'il avait des relations très haut placées. Il n'était pas surprenant qu'il soit au fait de tant de choses.

La jeune fille se figea en réalisant qu'Ako regardait la carte menant vers Othea.

— Ces notes sont un vrai casse-tête, dit-il. Pourtant, j'en ai vu passer, des cartes. Je ne sais pas si celle-ci finira par nous mener à la faille, mais il va me falloir un bon moment pour la déchiffrer.

— Nous allons toujours à Othea…, balbutia Eivy.

Il tourna la tête, étonné.

— Bien entendu. D'ailleurs, je ne t'ai toujours pas demandé, Eivy. Es-tu partante pour me suivre là-bas ? Veux-tu m'accompagner à Othea ?

La jeune fille regarda le corps évanoui de Kiam et refoula la marée de colère qui gonflait en elle. Ses yeux se portèrent sur la carte qu'Ako tenait entre ses doigts. *Sa* carte, pour laquelle elle s'était tant battue.

Elle ne pouvait faire confiance à cet homme, c'était évident. Il l'avait manipulée dès leur première rencontre. Sans parler de ses pouvoirs glaçants ni de son comportement envers Kiam... Mais d'un autre côté, si Ako avait voulu faire du mal à Eivy, il n'aurait pas tant attendu. Rien ne l'empêchait de se débarrasser d'elle immédiatement après Dent Rouge. C'était peu probable qu'il l'ait laissée survivre pour s'attaquer à elle maintenant.

Avec un pincement au cœur, la jeune fille réalisa qu'elle avait besoin de lui pour aller à Othea. Maintenant que Dent Rouge était mort, il fallait bien que quelqu'un d'expérimenté déchiffre la carte. Eivy allait devoir composer avec lui pour atteindre son but.

Elle serra les poings et détourna les yeux de Kiam.

— S'il le faut pour aller à Othea, je te suivrai.

Le regard du jeune homme resta rivé à la carte, mais son sourire s'élargit.

Deuxième partie

Chapitre 18

Assise en tailleur, Eivy fixait l'ambre suspendue à la cordelette. Le visage d'Ako semblait impassible. Il attendait. La jeune fille posa ses doigts sur la pierre, et ses reflets de miel scintillèrent doucement à son contact. Elle serra l'ambre dans sa main.

Ako l'avait choisie avec soin : la gemme ne lui transmit aucun souvenir, ni aucune impression désagréable. Sa puissance n'avait certes rien en commun avec celle de la pierre d'ao'ki, mais elle lui communiquait une aura chaleureuse et paisible, semblable au ronronnement d'un feu dans l'âtre. Le genre d'atmosphère contre laquelle elle aurait pu se pelotonner pendant des heures… Mise en confiance, Eivy tenta d'impulser son énergie à l'ambre. Son bras se crispa tandis qu'elle insistait. Rien ne se produisit.

La jeune fille lâcha la pierre et prit sa tête entre ses mains. L'agacement et la déception rivalisaient dans son ventre. En face d'elle, le regard d'Ako était toujours insondable. Ne laissait-il jamais rien paraître ?

Malgré les soirées passées en sa compagnie, Eivy ne parvenait toujours pas à le cerner ni à lui faire confiance. Et c'était mieux ainsi. Cela dit, elle appréciait qu'il l'aide à développer son pouvoir, même si, pour l'instant, leurs tentatives étaient vaines.

Oh, bien sûr, Eivy sentait toujours la proximité intime des gemmes, et pouvait percevoir leur aura d'un simple contact. En cela, rien n'avait changé. Mais elle était incapable de se les approprier pour modifier leur énergie, comme elle l'avait fait dans la grotte avec Slivengan. Cela lui avait pourtant semblé facile, à ce moment-là, presque instinctif...

C'était rageant. Pendant des années, elle avait lutté contre son pouvoir, tentant de le faire refluer sans qu'il daigne céder d'un pouce. Et maintenant qu'elle cherchait à l'embrasser pour devenir pleinement elle-même, maintenant qu'elle avait besoin de le voir se déployer, il se bloquait comme un enfant capricieux.

La jeune fille se leva brusquement, excédée par la frustration. Ako, lui, resta immobile. Elle fit quelques pas pour se dégourdir les jambes.

Comme toujours, la cabine du jeune homme aux yeux vairons était plongée dans une pénombre que l'encens rendait brumeuse. Seules quelques bougies l'éclairaient d'une lueur spectrale. Les affaires de Dent Rouge étaient encore éparpillées un peu partout. Depuis qu'il avait pris la place du capitaine, Ako s'était contenté de suspendre plusieurs cristaux au plafond avec des cordelettes. Ceux-là oscillaient inlassablement, bercés par les mouvements du bateau.

Voilà deux mois que ce dernier dirigeait le navire. Le jeune homme prétendait avoir vaincu Dent Rouge en duel de sang : cette déclaration rendait toute accusation de meurtre délicate à prouver. Ako avait pris la tête des quarante-six pirates du *Red Stone* pour les mener à la destination prévue. Il était d'ailleurs le seul à en connaître le chemin. Personne d'autre ne savait lire la carte pour Othea. L'équipage avait peur d'Ako. Tout le monde ignorait comment il était venu à bout du redoutable Dent Rouge, et cette victoire enveloppait le jeune homme d'une aura de mystère. Sans oublier que les pirates du *Red Stone* voulaient aller à Othea, bien plus qu'ils regrettaient leur impitoyable capitaine défunt. Et seul Ako pouvait les y conduire. Ces sentiments ambigus alourdissaient l'ambiance sur le bateau. Un mélange de crainte et d'hostilité grandissait chez certains membres de l'équipage.

L'encens piqua les yeux d'Eivy, à moins que ce soit la fatigue... Ce qui n'aurait rien eu d'étonnant. Elle passait ses journées à accomplir les tâches ingrates que Neil, le quartier-maître, exigeait d'elle. Et ensuite, elle retrouvait Ako pour tenter vainement de faire éclore son pouvoir. Elle en sortait épuisée et découragée. Eivy n'avait plus qu'à se réfugier dans la cabine d'Edwin, qui dormait déjà dans son hamac, et à manger le repas froid que l'herboriste lui avait ramené. Puis elle se roulait dans un coin pour se laisser assommer par le sommeil.

Cela lui évitait au moins de trop penser à la froideur blessante de Kiam, qui ne lui pardonnait pas d'avoir pactisé avec l'ennemi. Sans parler de la faille vers Othea, qui n'apparaissait toujours pas à l'horizon... Ako lui avait confié que la complexité de la carte rendait la distance restante difficile à évaluer.

Eivy étouffa un bâillement, mais l'heure n'était pas encore au repos. Ako avait abandonné son expression impassible pour adopter le sourire déstabilisant qu'il arborait parfois. La plupart du temps, Eivy n'y répondait pas. Elle avait besoin de lui mais n'avait pas oublié ce qu'il avait fait à l'archer.

— Sais-tu pourquoi un bateau possède des voiles ? dit Ako de sa voix claire.

— Parce qu'il a besoin du vent pour avancer, répondit-elle d'un ton suspicieux.

— En effet. Son impulsion vient du souffle de l'air. Si l'équipage cherchait à le faire se mouvoir grâce à la quille, il resterait sur place jusqu'à ce que mort s'ensuive. La quille ne sert qu'à contrebalancer la force du vent sur les voiles pour empêcher le bateau de chavirer.

— Merci pour ce cours de navigation.

— Tu es comme un bateau, Eivy. Sauf que tu cherches la force du mauvais côté. Ce n'est pas en te creusant les méninges que tu vas réussir à éveiller ton pouvoir. Il te faut relâcher la pression et laisser parler tes tripes. Cela a fonctionné dans la grotte parce que Slivengan a provoqué en toi des émotions fortes. C'est ça, le vent. Ton cerveau ne te servira qu'à garder le contrôle. Lui, c'est la quille.

Eivy pencha la tête sur le côté.

— Le fait est que je n'y arrive pas. J'essaie de toutes mes forces, mais ça ne vient pas. Et toi, même si tu n'en montres rien, tu dois bouillir de l'intérieur. Je suis sûre que nos séances te tapent sur les nerfs.

— Tu sous-entends que je trouve ta compagnie désagréable ?

Elle détourna les yeux, de plus en plus agacée.

— Je pourrais t'aider, reprit-il. Il me semblait préférable de ne pas te le proposer tout de suite, mais tu as l'air dans une impasse, alors… Je pourrais te permettre de lâcher prise, pour que tu te sentes libre d'utiliser ton pouvoir.

— Comment ?

— Avec un petit sort.

— Et il faudrait que je te fasse confiance.

— Oui, c'est un prérequis. Sache toutefois que tu seras en pleine possession de tes moyens. Les décisions que tu prendras seront de ton fait. Et l'effet ne durera qu'une minute ou deux.

Eivy soupira en regardant les parois boisées de la cabine. La jeune fille n'avait pas envie de laisser Ako utiliser ses sorts sur elle, mais elle ne pouvait plus supporter son blocage. Il fallait que les choses évoluent. De toute manière, s'il avait eu de mauvaises intentions, il n'aurait pas attendu si longtemps.

Eivy capitula d'un hochement de menton.

Ako se redressa et sortit de sa poche une pierre sombre aux reflets verts, dont la surface lisse reflétait la lumière des bougies. Il précisa :

— Une fois que le sort aura fait effet, dirige-toi vers la gemme qui t'attire spontanément.

Le jeune homme prit doucement la main d'Eivy, qui sursauta au contact de ses doigts chargés de bagues. Il frôla sa paume avec la pierre, puis ferma les yeux et murmura un chapelet de paroles incompréhensibles.

Au début, elle eut l'impression que rien ne changeait, mais peu à peu, son corps se relâcha. Ses épaules se détendirent, et avec elles, le nœud douloureux qui contractait sa nuque. Ses pensées devinrent légères comme des bulles, et un sourire vint effleurer ses lèvres.

Ako avait fait un pas de côté pour la laisser seule face aux gemmes. Eivy avança vers elles, s'efforçant de ne pas vaciller sous l'effet de la douce euphorie qui s'était emparée d'elle. Son regard papillonna d'une pierre à l'autre. Toutes étaient attirantes, du minéral incandescent aux reflets de cuivre à celui, bleu intense, dont l'aura était aussi pure qu'un glacier.

Mais ce n'étaient pas ces pierres dont Eivy voulait percer le secret.

Elle pivota pour faire face à Ako. Un pas de plus, et elle fut tout près de lui. Puis elle glissa une main dans ses cheveux bruns pour toucher la goutte en cristal, à son oreille.

Il se détourna au moment où elle allait entrer en contact avec le bijou. Déséquilibrée, Eivy tomba sur lui, et ils s'effondrèrent sur le sol dans un craquement sonore. Le choc de la chute fit dégriser Eivy, qui retrouva aussitôt son état normal.

Elle se redressa vivement pour se dégager de lui. Ako la regardait d'un air surpris, presque déstabilisé, et elle eut l'impression de lire enfin une émotion spontanée sur son visage. Eivy se sentait honteuse, mais elle ne pouvait s'empêcher d'être tout aussi intriguée. Pourquoi craignait-il tant qu'elle touche à son cristal ? Sa curiosité prit le pas sur le reste :

— Pourquoi t'être détourné ? De quoi as-tu si peur ?

— Et toi Eivy, quel est le sens de ton attitude ? Tu ne cesses de me lancer des regards noirs avant d'essayer de toucher à ce que j'ai de plus personnel. Que cherches-tu ?

— Je ne sais pas. Peut-être à savoir pourquoi tu t'intéresses à mes capacités. Je ne pense pas pouvoir me fier à toi, alors je me pose des questions.

— Voilà qui est sage de ta part.

Ce disant, il se redressa complètement. Son expression s'était faite glacée, et elle se rappela soudain à quel point cet homme était dangereux. Elle frissonna en réalisant que, depuis plusieurs semaines, elle passait ses soirées dans la cabine de celui qui avait tué Dent Rouge et neutralisé Kiam comme s'il s'agissait d'un enfant.

— C'est la fin de nos entrevues, dit-il, je crains de ne pouvoir t'aider davantage. Tu as peut-être besoin de faire maturer ton pouvoir toute seule.

La mâchoire crispée, Eivy jeta un dernier regard aux pierres. Réussirait-elle un jour à maîtriser son pouvoir ? Peut-être que cela viendrait plus facilement lorsqu'ils auraient enfin rejoint Othea. Elle serra les poings, puis quitta la cabine sans demander son reste.

Sa déception était grande, mais Eivy tenta de voir le bon côté des choses : son accrochage avec Ako lui permettait de sortir plus tôt que d'habitude. Le soleil se couchait à peine. Elle pourrait manger chaud et en compagnie d'Alex et d'Edwin, pour une fois.

À la poupe, le pas lourd de Neil faisait gémir les planches. Quand il la vit émerger de l'escalier, il lui lança un regard fielleux, ce qui accentua la mauvaise humeur d'Eivy.

Pourquoi le quartier-maître l'avait-il à ce point dans le nez ? Le seul membre du *Red Stone* qu'il détestait plus qu'elle était le jeune homme aux yeux vairons.

À défaut de pouvoir s'en prendre au capitaine, il profitait de son poste de quartier-maître pour passer ses nerfs sur les mousses chargés de l'entretien du bateau. Il avait attribué cette mission à Eivy et au muet. Tandis qu'ils briquaient pendant des heures, la large silhouette de Neil arpentait le pont, telle l'ombre d'un prédateur ailé. Tout en lui était massif : ses cheveux en broussaille qui se mêlaient à sa longue barbe, l'expression orageuse de ses yeux tombants, ses poings lourds comme des tonneaux et son nez busqué, semblable au bec d'un rapace.

Eivy se figea en voyant Neil fondre sur elle. Le quartier-maître allait sans doute en profiter pour lui attribuer une nouvelle corvée avant le repas. Qu'allait-il lui demander, cette fois-ci ? De nettoyer une tache incrustée dans le bois du pont ou d'éplucher des patates à s'en faire saigner les doigts ? Lui obéir pour ne pas faire de vagues devenait de plus en plus difficile.

Par bonheur, le son traînant de la cloche résonna dans l'air frais.

— L'est huit heures ! brailla Buster, le cuistot.

La jeune fille soupira de soulagement en voyant Neil s'immobiliser à regret. Le quartier-maître rebroussa chemin, non sans lui lancer un dernier coup d'œil menaçant.

Fishin'Jack se dirigeait déjà vers Buster, suivi par le muet. Ce dernier avait la démarche chaloupée des pirates habitués à marcher sur le pont vacillant d'un bateau. Le jeune homme attrapa un bol de bouillon et un biscuit de mer, avant de s'isoler sur la poupe pour déjeuner en solitaire. Il portait une veste en cuir sur un gilet de laine rouge. Un grand chapeau couvrait ses cheveux et mangeait la moitié de son visage. Eivy lui enviait ce couvre-chef, qui le protégeait sans doute parfaitement du froid.

Depuis qu'ils avaient traversé le Détroit du Cyrope, un vent glacial s'était abattu sur le *Red Stone*. Les joues d'Alex, le petit lanceur de couteaux, en étaient rouges du matin au soir. L'habileté du gamin lui avait valu un poste aux voiles. Quand il n'était pas perché là-haut, il était fourré dans la cale ou dans une chaloupe. Cela faisait enrager Neil, bien entendu.

Eivy se mit à parcourir le pont à la recherche d'Alex et d'Edwin, ignorant les regards suspicieux que lui jetaient les pirates. Sindre, le charpentier du bateau, claqua la langue de désapprobation sur son passage. Ses entretiens avec Ako n'avaient pas amélioré sa popularité sur le *Red Stone*… mais Eivy n'y prêtait pas grande attention. Elle était habituée aux réactions hostiles. Et puis son esprit était focalisé sur le désir de rejoindre Othea et de maîtriser ses pouvoirs. Leur animosité lui importait peu.

Un juron la tira de ses pensées. C'était Sam, le navigateur, dont le nez pointu était penché au-dessus du cadran de sa boussole. Le vent jouait avec l'étoffe de soie jaune qui retenait ses cheveux clairsemés. Eivy tiqua : il n'emportait pas ses outils de navigation sur le pont, d'habitude.

— La boussole ne marche plus ! siffla-t-il tandis que trois hommes le rejoignaient, les sourcils froncés.

La jeune fille allait les contourner lorsqu'elle tomba nez à nez avec Kiam. Il parut surpris en la voyant. Sans son habituel air distant, elle réalisa à quel point il avait mauvaise mine : ses yeux étaient cernés et une barbe naissante assombrissait ses joues. Avec une pointe au cœur, Eivy se rappela qu'il n'était pas là de son plein gré.

Pour une fois, Kiam ne chercha pas à fuir son regard. Ses yeux noirs étaient voilés par le ressentiment, mais ils restaient rivés aux siens. Il lui fit signe pour qu'ils s'isolent contre le bastingage.

— Je m'attendais pas à te voir sortir si tôt de la cabine de l'autre, dit-il sans chercher à cacher son ton hostile.

— Je n'y vais pas par gaieté de cœur. Ako m'aide à travailler sur les pierres…

— C'est ce qu'Edwin m'a dit, la coupa-t-il sèchement. Mais les gars de l'équipage, eux, voient les choses autrement. Ils pensent que t'es de mèche avec lui. Ou pire.

— Tu n'es pas les gars de l'équipage.

— Moi non plus, je comprends pas comment tu peux passer tant de temps avec lui, mais c'est pas le problème. J'essaie de te faire comprendre quelque chose de plus important.

L'archer jeta un regard circulaire autour d'eux avant de baisser le ton :

— Eivy, quelque chose se prépare. Personne peut piffer Ako, à part toi, et la faille vers Othea n'apparaît toujours pas. Certains commencent à penser qu'elle n'a jamais existé. J'ai entendu des choses, aujourd'hui. Ako est en sursis, sur ce bateau, et c'est pas moi qui vais lui venir en aide. C'est dangereux pour toi que les autres t'associent à lui.

La jeune fille écarquilla les yeux et échangea un long regard avec Kiam. Elle y perçut les vestiges de leur proximité d'avant. Le visage de l'archer se referma, et il s'éloigna dans un craquement de planches.

— Écoute mon conseil et tiens-toi loin de lui, ajouta-t-il avant de lui tourner le dos.

Eivy resta immobile, accoudée au bastingage. Le vent jouait avec ses cheveux emmêlés. Ce bref échange avec Kiam l'avait décontenancée. Les membres de l'équipage projetaient-ils vraiment de s'en prendre à Ako ? Certains fomentaient des mutineries à chaque gorgée de rhum, sans jamais passer à l'action. Pourtant, l'archer avait semblé vraiment inquiet pour elle.

Une main sur son dos la fit tressaillir. Elle fit volte-face et découvrit Edwin. Il avait posé deux bols de bouillon sur le pont. L'herboriste avait dû l'apercevoir de loin, et était allé chercher à manger avant de la rejoindre. Les yeux bienveillants d'Edwin pétillèrent derrière ses lunettes cerclées d'écaille.

— Alors comme ça, vous vous reparlez ? questionna-t-il en s'asseyant.

La jeune fille haussa les épaules.

— Ce n'était pas franchement jovial, il m'en veut toujours.

— Tu sais, il ne va pas très bien depuis sa confrontation avec Ako.

Eivy tourna la tête vers l'herboriste. Une vieille question lui brûlait les lèvres.

— Que s'est-il passé exactement, quand Ako a ramené Kiam sur le bateau ? Est-ce qu'il te l'a raconté lorsque tu l'as soigné ?

Edwin fit non de la tête.

— Tu sais bien qu'il n'est pas du genre à se confier. Et je crois que lui-même reste assez confus à ce sujet. Mais si tu veux mon avis, il n'y a rien eu d'exceptionnel. Il n'était pas de taille à rivaliser avec Ako. Quand Kiam s'en est rendu compte et qu'il a cessé de lutter, le capitaine l'a laissé rejoindre l'équipage.

— Mais il n'arrive pas à le digérer.

— Certaines personnes vivent mieux la défaite que d'autres. Je pense qu'il ne supporte pas cette position de faiblesse. Elle lui fait honte. C'est la raison pour laquelle il est devenu distant.

— Toi, il te parle toujours.

— Peut-être a-t-il plus peur d'affronter ton jugement que le mien.

Eivy réfléchit tandis que le fumet du bouillon lui réchauffait les joues. La défaite de Kiam expliquait-elle le comportement de l'archer à son égard ? Il lui en voulait forcément aussi pour ses visites régulières au capitaine. Et elle pouvait le comprendre, après ce qu'Ako avait fait à l'archer. Eivy avait tant besoin de savoir ce dont elle était capable que ce désir avait écrasé tout le reste. Le jeune homme aux yeux vairons était le seul qui puisse l'aider à comprendre son pouvoir, comme il était le seul capable de lui ouvrir les portes d'Othea. Cette idée lui rappela les propos inquiétants tenus par l'archer.

— Kiam a sous-entendu que les pirates allaient tenter quelque chose contre Ako.

Le front d'Edwin se plissa.

— Cela ne m'étonnerait pas le moins du monde. Ako est plus jeune que la grande majorité des membres de l'équipage. Ils ne le connaissent pas, ne l'ont jamais vu combattre. Ils n'ont aucune raison de le respecter, et encore moins de lui obéir. Personne n'a encore rien tenté parce que lui seul peut nous conduire à Othea. Mais cela ne les freinera pas éternellement.

— Ils n'ont aucun honneur.

Edwin lui jeta un coup d'œil étonné, qui se transforma bien vite en regard suspicieux.

— Ne te fie pas aux apparences charmeuses d'Ako. Il utilise les pirates du *Red Stone* autant qu'ils se servent de lui. Sais-tu pourquoi il communique si souvent avec le navigateur, et jamais avec le quartier-maître ? Il a juste besoin d'un bateau robuste et de sa main-d'œuvre pour passer la faille vers Othea. Ako se fiche de nous. Il ne veut pas perdre de temps en faisant une escale, ou en tentant un abordage. Mais les membres du *Red Stone* n'ont pas embarqué sur le bateau pour sillonner les mers en buvant du bouillon. Je suis étonné qu'il n'y ait pas déjà eu de mutinerie. Quant à toi, tu devrais te méfier de lui et de vos petits entraînements. Je ne suis pas sûr que cette histoire de pierres soit sans danger.

— Sois tranquille, je n'irai plus. Mes capacités n'ont pas évolué et il ne veut plus perdre de temps avec moi.

Eivy avait parlé d'un ton sec pour mettre fin à la conversation. Son pouvoir était un sujet compliqué à aborder avec Edwin. Celui-ci se méfiait des gemmes depuis qu'il avait été confronté à celle de Dent Rouge, et il trouvait risqué qu'Eivy cherche à améliorer ses capacités. La jeune fille n'avait pas besoin de l'appréhension de son ami pour compliquer les choses… Elle le faisait suffisamment toute seule.

La nuit précédente, Eivy avait encore fait un cauchemar. Elle avait cru se réveiller dans le lit de son enfance, avec une drôle de sensation dans les yeux. En se regardant dans un miroir, elle avait découvert une pierre rouge dans chacune de ses orbites. Soudain, elle n'arrivait plus à se rappeler son nom, ni même qui elle était. Elle ne voyait plus le monde qu'à travers l'aura incandescente des gemmes. Sa mère était entrée dans sa chambre et avait hurlé d'effroi.

Eivy s'était réveillée en sursaut dans la cabine de l'herboriste, le corps tremblant et la peau trempée de sueur. Ce n'était pas la première fois qu'elle faisait ce rêve dérangeant, depuis sa confrontation avec Slivengan. Avec le recul, la façon dont elle avait fusionné avec la pierre d'ao'ki la perturbait autant qu'elle l'exaltait.

Un bruit de pas précipités sur le pont la tira de ses pensées. Eivy et l'herboriste levèrent le nez. C'était Alex. Malgré la morsure du vent, son teint habituellement coloré semblait livide. Le petit s'arrêta à côté d'eux et pointa le doigt vers la proue.

— Regardez !

Il n'y avait rien d'anormal, à l'avant du pont. Eivy plissa les yeux et finit par apercevoir ce qui perturbait le gamin. Loin devant, à la limite de leur champ de vision, une tache verdâtre ondulait au-dessus de l'eau. Le ciel autour d'elle semblait instable et orageux. En dessous, la mer écumait.

Le *Red Stone* avait déjà traversé des tempêtes, pourtant, c'était la première fois qu'Eivy voyait un phénomène de ce genre. Elle en eut des frissons. Juste à côté, la poitrine d'Alex se soulevait à un rythme rapide, saccadé. Edwin, lui, fixait l'horizon, la bouche ouverte et les yeux ronds. Il enleva ses lunettes et les nettoya pour être sûr que sa vue ne lui jouait pas des tours.

La mer se mit à secouer violemment le bateau. Les rafales projetaient des gerbes d'eau salée sur le pont. Quelques gouttes cinglèrent le visage d'Eivy et piquèrent ses yeux. Elle les frotta avant de reporter son attention sur la tache. Celle-ci était constituée de formes mouvantes et vaporeuses, comme un tourbillon de fumée verte. Propulsé par le vent, le *Red Stone* fonçait droit dessus.

Eivy aurait dû s'en douter dès l'instant où Sam avait dit que la boussole s'était arrêtée. Le moment qu'elle attendait depuis des mois était sur le point de se produire. Il prenait un caractère bizarrement réel et dangereux. La jeune fille sentit son cœur battre à tout rompre, telles les ailes d'un oiseau prenant son envol.

Elle s'adressa à Alex, en haussant le ton pour couvrir le bruit grandissant du vent.

— Va vite trouver Ako pour lui dire que la faille vers Othea vient d'apparaître. Et mets-toi à l'abri, j'ai l'impression que ça va secouer !

Chapitre 19

Le bateau semblait irrésistiblement happé par la tache verte, qui ne cessait de s'élargir. Les voiles gonflées de vent, il filait à grande vitesse dans sa direction. Eivy était tétanisée par la vue spectaculaire qui lui faisait face.

Le *Red Stone* ne tarda pas à pénétrer dans la zone orageuse, et une rafale de pluie s'abattit rageusement sur le pont. La foudre déchira le ciel et cingla la mer dans une explosion sonore. Simultanément, unc vague heurta la coque de plein fouet. Comme si elle avait été réveillée par ce signal, la cloche se mit à sonner l'alerte. Mais le hurlement du vent la réduisait à un tintement ridicule. La mer noire enflait tout autour du navire. Bringuebalé par les flots, le *Red Stone* paraissait minuscule face à la puissance des éléments.

Eivy se mordit la lèvre. Dans son désir obsédant d'aller à Othea, elle n'avait même pas envisagé que le passage puisse être périlleux. À ce moment précis, elle avait pourtant l'impression que le bateau finirait broyé comme un moustique, et dans un futur proche.

Quelque chose clochait, elle le sentait comme l'eau qui fouettait son visage.

Elle échangeait un regard inquiet avec Edwin quand un ressac puissant ébranla le navire. Eivy perdit l'équilibre et glissa sur le bois humide. À quatre pattes, elle eut juste le temps de s'agripper aux irrégularités d'une planche avant que la coque ne se cabre. Une vague déboula sur le pont. Elle cogna son visage, et une goulée salée s'engouffra dans sa gorge.

Malgré la toux qui la secouait, la jeune fille parvint à ne pas déraper davantage. Elle se pencha pour vomir l'eau de mer qui se tortillait dans son ventre. Un craquement impressionnant retentit, mais il fut vite assourdi par une bourrasque glacée. Désorientée, la trachée en feu, Eivy leva la tête dans la nuit.

Un grondement caverneux roula dans les nuages.

La pluie striait son champ de vision. Elle plissa les yeux et finit par apercevoir une forme mouvante. C'était Edwin. Il se tenait près de l'escalier et tâtonnait, à genoux. Il avait perdu ses lunettes… L'herboriste mit la main sur sa monture, qui s'était coincée sous un tonneau. Une seconde plus tard, deux pirates le saisirent pour l'entraîner dans le couloir. À leur précipitation, Eivy comprit que des hommes étaient gravement blessés. Les secousses avaient dû provoquer un accident à l'intérieur. Cette réalité lui remit les idées en place. Elle rampa vers la lumière qui provenait de l'escalier. Eivy parvint à se redresser devant la première marche.

Le couloir grouillait de pirates. Il y régnait un tumulte fiévreux. Le muet la bouscula et se précipita à l'extérieur. Yashil et le bosco l'imitèrent. Ils rejoignaient le pont pour tenter de maintenir le bateau à flot. D'autres poussaient Edwin vers la cabine principale : les blessés devaient être là-bas. L'herboriste se tourna vers elle et lui jeta un regard alarmé. Eivy courut derrière lui.

Une grande main aux doigts noueux la bloqua devant la porte. En levant les yeux, elle reconnut le visage furibond de Neil.

— Qu'est-ce que tu fous ? vociféra-t-il. À ton poste !

Il la saisit par le col et l'entraîna vers l'escalier. Ils gravirent les marches et Eivy se retrouva à nouveau dehors. Le quartier-maître lança un puissant coup de pied dans un tonneau pour le propulser devant elle.

— Allez, occupe-toi du sel !

Eivy le toisa tandis qu'il se détournait vers d'autres pirates. Était-il sérieux ? Alors qu'elle campait sur ses jambes pour rester debout, un éclair illumina le navire. Elle vit Kiam grimper au mât, suivi par Saïdi, un autre gars chargé des voiles. Neil leur hurlait des directives. C'était de la folie.

Elle se précipita vers le quartier-maître et l'attrapa par le bras.

— C'est beaucoup trop dangereux, ils doivent redescendre ! cria-t-elle pour couvrir le bruit du vent.

Neil la repoussa d'un coup de coude qui l'atteignit dans les côtes.

— Tu crois que ça m'amuse ? On est tous foutus si les voiles font péter le mât, alors dégage de mon chemin ou je te balance dans ce merdier ! hurla-t-il en hochant le menton vers la mer.

Un nouveau choc la déstabilisa. Le bateau se mit à pencher à bâbord dans un grincement inquiétant. Eivy leva le nez vers le mât et chercha Kiam des yeux, mais elle ne vit rien. Il fallait qu'elle s'occupe pour ne pas basculer dans la panique. La jeune fille plongea les mains dans le tonneau de sel et en attrapa deux grosses poignées qu'elle répandit sur les planches.

Eivy se courba pour pousser le tonneau plus loin. Ses vêtements trempés lui collaient à la peau. En forçant sur ses bras, elle parvint à le déplacer d'un mètre. Tandis que la pluie fouettait son visage, une vague balaya le pont dans un bruit de succion.

L'eau dispersa le sel qu'elle avait répandu au sol. Tapisser les planches avec du sel s'avérait utile, par temps d'orage, afin d'éviter aux hommes de glisser, mais c'était dérisoire lors d'une tempête comme celle-là. Si ça se trouve, le quartier-maître cherchait juste un prétexte pour la mettre en danger.

Au-delà du bastingage, la mer bouillonnait, s'élevait, se ruait sur le bateau. Eivy n'arrêtait pas de glisser. Le chaos assourdissant qui tourbillonnait tout autour commençait à s'infiltrer en elle. Elle ne savait plus si la cadence qui martelait son crâne était due à la pluie ou aux battements de son cœur.

L'inclinaison du pont à bâbord s'accentua brutalement. Le tonneau céda sous la pression et se rua contre le bastingage. Sans réfléchir, Eivy courut pour tenter de le retenir. Elle comprit son erreur lorsque ses doigts se refermèrent sur la rampe. La jeune fille s'y cramponna de toutes ses forces pour résister à l'attraction du vide qui happait sa poitrine. Son cœur bondissait, affolé, comme s'il craignait d'être précipité en avant. Au-delà du bastingage, la mer lui faisait face. Eivy gardait les paupières fermées, mais elle sentait son parfum iodé envahir ses poumons. Elle hurla. Son cri fut absorbé par celui du vent.

Elle ouvrit les yeux, et ce qu'elle vit la frappa d'horreur.

Le *Red Stone* était engagé sur un maelström si colossal qu'il débordait de son champ de vision. Le tourbillon géant s'enfonçait à une profondeur vertigineuse. Une brume verdâtre écumait du gouffre béant, qui semblait charrier les flots noirs, le ciel et ses nuages dans une danse infernale. Eivy eut l'impression que le grondement du vent émanait de l'abîme, qu'il sortait directement du ventre de la mer.

Tout était fini.

Elle ne découvrirait jamais Othea.

À cette idée, le visage d'Ako lui revint en mémoire.

La jeune fille se tourna instinctivement vers la barre. Il était là. Le capitaine tentait de garder le contrôle du navire, son long manteau ondulant dans l'obscurité. Il n'avait pas abandonné.

Les mains cramponnées au bastingage, Eivy fixait désespérément Ako. Elle essayait de percevoir un signe prouvant qu'il maîtrisait la situation. La foudre explosa une nouvelle fois, éclairant brièvement le navire. Il lui sembla qu'une silhouette tapie dans l'ombre rampait vers le capitaine. Eivy ferma les yeux et secoua la tête. Ce n'était pas le moment de délirer.

Un cri glaçant attira son attention, beaucoup plus près. Elle leva le nez. Le corps d'un homme dégringolait du mât. Il percuta le bastingage dans un bruit sourd, à quelques mètres d'Eivy, avant d'être englouti par la gueule béante des flots. Les yeux ronds, elle fixa le bout de tissu qui s'était accroché à la rampe dans sa chute. C'était l'étoffe de soie violette que Saïdi portait habituellement à la taille pour masquer ses armes. Horrifiée, elle quitta le bastingage au moment où une vague déferlait sur elle. La jeune fille courut de toutes ses forces vers le mât et s'écroula derrière.

Toute la membrure du *Red Stone* craquait. La vision d'Eivy était de plus en plus fragmentée. Par bribes, elle vit qu'on envoyait Alex remplacer Saïdi aux voiles. Ce nouveau péril l'alarma, mais ses genoux cédèrent lorsqu'elle essaya de se lever. Elle aperçut une autre silhouette descendre du mât en toute hâte. C'était Kiam.

À mi-hauteur, l'archer se pencha vers elle et cria quelque chose. Le vacarme empêcha la jeune fille d'entendre quoi que ce soit.

Un choc heurta la tête d'Eivy, et elle sombra dans les ténèbres.

Le jour s'était levé lorsqu'elle reprit connaissance. Sa gorge la brûlait, et une douleur sourde martelait son crâne. Des sons indistincts fusaient, sur sa gauche. Elle tourna le nez. Le visage d'Edwin était penché au-dessus du sien. Un ciel d'un bleu encore sombre le surplombait. Une odeur âpre provenait du tissu enduit de pâte brune que l'herboriste tenait entre les mains. Un cataplasme de ratonciles. Il utilisait généralement ce remède pour ranimer les patients évanouis.

Les événements de la nuit passée lui revinrent brusquement en mémoire. Eivy essaya de se lever, mais tous ses muscles se raidirent.

— Reste tranquille, dit Edwin d'une voix douce.

Il examina le crâne de la jeune fille. Ses doigts frôlèrent ses cheveux, à l'endroit où elle avait mal. Elle grimaça de douleur.

— Tu t'en sors bien. Juste une belle bosse et quelques égratignures. On verra ça plus tard, il faut que je m'occupe des autres.

Eivy remarqua que l'herboriste avait enlevé son manteau. Le fond de l'air restait frais, mais le vent glacial d'avant la tempête avait disparu. Le regard de la jeune fille glissa sur les multiples poches qu'Edwin avait cousues sur son gilet pour garder ses plantes à portée de main.

— Est-on à Othea ? demanda Eivy d'une voix enrouée.

L'herboriste fit non de la tête, l'air contrarié.

— Que s'est-il passé, Edwin ?

— Je n'étais pas là, répondit-il en se levant. Il paraît qu'une caisse mal arrimée a dégringolé. Elle a failli te percuter de plein fouet, mais un cordage a détourné sa trajectoire. Ta tête a juste heurté l'un de ses coins.

Il lui sourit faiblement avant de s'éloigner. Eivy le regarda partir, médusée. Elle se fichait bien de savoir ce qui avait cogné son crâne. Qu'en était-il de Kiam, d'Alex et des autres ? L'herboriste avait sciemment éludé sa question. Dans sa précipitation à partir, il avait même oublié de récupérer son cataplasme. Eivy parvint à se redresser malgré la raideur de ses muscles.

À sa droite, au-delà du bastingage, une mer calme se déroulait à perte de vue. La tempête était finie. Ils étaient donc sortis du maelström.

Elle regarda à gauche. Le pont du *Red Stone* avait subi de lourds dégâts. Une foule de débris envahissait les planches défoncées. À quelques mètres du mât, un trou béant s'ouvrait sur le dortoir. Un bout de voile grisâtre trempait dans une flaque d'eau. Un pan du bastingage avait littéralement explosé. Elle se leva dans l'odeur de bois mouillé qui saturait l'air.

Il devait y avoir une dizaine de pirates sur cette partie du pont. Le bosco essayait de se mettre debout en prenant appui sur ses mains. À côté de lui, le corps d'un homme était immobile, couché sur le ventre. La peau de sa nuque semblait bleuie et gonflée.

Edwin était penché au-dessus d'un pirate qui gémissait, derrière le mât. Tout autour de lui, le pont avait pris une couleur de brique. La jeune fille s'avança et eut un haut-le-cœur à la vue de sa jambe sanguinolente. Émergeant de ses chairs, un gros bout de bois était planté dans sa cuisse. Il délirait. Eivy reconnut l'accent de Paulo.

— Quand l'avez-vous trouvé ? demanda l'herboriste.

— On vient juste de le découvrir sous une voile déchirée, répondit Sam.

Elle réalisa que le navigateur se tenait derrière elle. Il regardait Paulo, l'air sinistre et les bras croisés. Un petit groupe s'était formé autour d'eux.

— Il faut s'occuper de lui tout de suite, déclara Edwin. Amenez-moi ma sacoche et le tissu que j'ai fait bouillir tout à l'heure. Dites aussi à Sindre de venir avec sa scie.

Eivy allait suivre ses directives quand trois hommes se précipitèrent pour s'en charger. Hébétée, elle regarda Sam s'approcher du corps mutilé de son ami. Un mouvement attira son attention, sur sa droite.

Kiam marchait vers elle. Ses yeux sombres se posèrent sur Eivy. Elle se sentit envahie d'un soulagement irrépressible.

— Je t'ai vue te réveiller, dit-il à voix basse. On était en train de déblayer la poupe. Edwin m'a dit que t'avais rien de grave, mais j'étais content de te voir debout.

Cela ne ressemblait pas à Kiam de parler de ce qu'il ressentait. Eivy le fixa en fronçant les sourcils. Une lueur triste, désolée, brillait dans le regard franc de l'archer.

— Où est Alex ? demanda-t-elle.

Pendant une seconde, il eut l'air désemparé.

— On l'a pas retrouvé.

— Est-ce que tu l'as vu tomber du mât ?

L'archer fit non de la tête.

— Vers la fin, ça s'est tellement déchaîné qu'on voyait même plus à un mètre.

— Je suis sûre qu'il est caché quelque part sur le bateau, grogna-t-elle, refusant obstinément d'envisager le pire.

Ils furent interrompus par un hurlement strident. Paulo était sorti de sa torpeur. Le violoniste essayait d'arracher le bout de bois qui traversait sa cuisse. Sam et l'herboriste tentaient de l'immobiliser. Kiam se précipita pour les aider, vite rejoint par deux autres membres de l'équipage.

Eivy avait la nausée. Elle s'éloigna des cris glaçants de Paulo. La jeune fille ne pouvait rien faire pour lui, cependant, elle comptait fouiller le navire de fond en comble pour retrouver Alex.

La jeune fille se dirigeait vers la poupe quand elle aperçut la silhouette du muet. Il était assis contre le bastingage. Elle fut soulagée de voir qu'il était en vie. Même s'ils n'avaient jamais vraiment noué de relation, elle s'était habituée à sa présence discrète. Il fixait quelque chose vers l'extrémité du bateau. Eivy suivit son regard.

Il y avait un homme allongé sous la barre.

Le bosco et Fishin'Jack, le tonnelier renfrogné à la jambe de bois, avaient les yeux rivés sur le corps. L'air tendu, ils se concertèrent du regard. Eivy s'approcha pour mieux voir.

Couché sur le dos, les yeux fermés, Ako était étendu sur son long manteau. Celui-ci s'ouvrait sur sa chemise déchirée. Quelques pierres étaient suspendues à son cou, contre sa peau nue. Le capitaine avait une ou deux ecchymoses et un peu de sang dans les cheveux. Rien de bien grave, en apparence, mais sa parfaite immobilité était inquiétante. Son visage semblait serein. Les paupières ainsi closes, il avait quelque chose d'angélique.

Le regard de la jeune fille fut attiré par une lueur émanant de sa chevelure. La goutte en cristal qu'il portait à l'oreille était toujours parcourue de reflets bleus. Eivy eut alors la certitude qu'Ako était en vie. Elle glissa une main dans son cou, et sentit son pouls palpiter contre ses doigts.

La voix du bosco s'éleva derrière elle.

—Allons chercher Neil, qu'il nous débarrasse de ce démon une bonne fois pour toutes.

Fishin'Jack acquiesça bruyamment, et tous deux s'éloignèrent d'un pas nerveux. Eivy se leva pour les suivre. Alors qu'ils s'enfonçaient dans l'escalier, elle s'arrêta sur le pont. Paulo s'égosillait toujours à côté du mât. Elle serra les dents et s'efforça de ne pas regarder dans sa direction. Ses yeux balayèrent les planches où elle s'était réveillée, une quinzaine de minutes plus tôt. Le cataplasme de ratonciles gisait par terre. Elle attrapa le bout de tissu et regagna la barre.

Pour avoir déjà vu Edwin à l'œuvre, elle savait ce qu'il fallait faire. Eivy s'agenouilla à côté d'Ako et effleura sa peau lisse. Elle y appliqua le cataplasme en appuyant fermement. L'odeur âpre des plantes lui monta au nez. Elle aperçut du sang vers l'épaule droite du capitaine, sous sa manche déchirée. Ce n'était pas le plus urgent. Eivy jeta un coup d'œil anxieux vers l'entrée de l'escalier : ils pouvaient débarquer d'une seconde à l'autre.

Une main attrapa son poignet. Ako s'était redressé sur un coude. Une étincelle sauvage, menaçante, assombrissait ses prunelles claires. Il finit par se calmer en la reconnaissant. Ses yeux vairons se posèrent sur le cataplasme qu'elle tenait. Il lâcha doucement son poignet et observa ce qui l'entourait, le visage blême. Ses traits se crispèrent de douleur. Dans un cliquetis de bracelets, il leva la main pour toucher la blessure qu'il avait à la tête.

Le regard d'Ako se figea dans une expression de stupeur. D'un geste lent, comme s'il redoutait ce qu'il allait y trouver, il souleva les lambeaux de tissu qui couvraient son épaule droite. La lumière du petit matin éclaira sa peau ensanglantée. Eivy plissa les yeux. L'éclat rouge qu'elle avait pris pour une blessure n'en était pas une.

Il s'agissait d'un immense M tracé avec du sang sur l'épaule du capitaine. La lettre avait séché et s'effritait par endroits, mais sa forme restait claire et nette.

Ako fixait son bras, le regard terrifié. Il ne se souciait pas de ses blessures, ni de l'état critique du bateau. Eivy n'avait jamais aperçu un tel effroi sur le visage du jeune homme. D'ailleurs, jusque-là, elle ne l'avait jamais vu perturbé par quoi que ce soit.

— Neil arrive, dit-elle pour le secouer. L'équipage est remonté contre toi.

Ako s'arracha à la contemplation de la lettre et plongea ses yeux dans les siens. Le capitaine avait toujours l'air soucieux, mais la terreur qui crispait ses traits, une seconde auparavant, avait disparu. Eivy fut rassurée de voir qu'il se maîtrisait à nouveau.

Il se leva, balayant du regard les quelques pirates groupés autour d'eux. Certains avaient les yeux rivés sur le M qui rougeoyait sur son bras. Ako le couvrit avec un pan de sa chemise pour le dissimuler. Il remercia Eivy d'un hochement de tête quasiment imperceptible. Puis il s'éloigna et disparut dans l'escalier au moment où Neil en émergeait avec les deux autres.

La tension ambiante était si épaisse qu'on pouvait presque sentir sa texture appesantir l'air. Le large menton du quartier-maître se crispa comme jamais, mais il laissa passer le capitaine.

Fishin'Jack rompit le silence glacial qui pesait sur le pont.

— Il va se terrer dans sa cabine, notre brave cap'taine. Faut croire qu'il a honte de nous avoir menés dans ce merdier.

Eivy avait la conviction que le désarroi d'Ako était davantage dû au mystérieux M qu'aux dommages subis par le *Red Stone* et son équipage, mais, comme d'habitude, elle se garda bien de donner son avis.

En la voyant, Neil lui lança un regard brûlant de haine. Avait-il compris qu'elle était responsable du brusque réveil d'Ako ? Il n'était pas assez malin pour ça, mais les autres finiraient par le lui raconter.

Eivy l'ignora et retourna à ses recherches. Elle se fichait de Neil, et ses menaces silencieuses lui paraissaient bien tendres à côté de la disparition d'Alex.

On retrouva le gamin vers midi, recroquevillé dans une crevasse profonde. Celle-ci était masquée par un pan de bastingage qui s'était enfoncé dans les planches. Le pirate qui débusqua le petit s'appelait Perk. Avant la tempête, Eivy ignorait jusqu'à son prénom : elle avait juste remarqué qu'il était ivre du matin au soir.

Alex n'était pas tombé du mât. Au plus fort de la tourmente, il avait réussi à en descendre. Mais, s'il était d'une agilité exceptionnelle, le gamin n'en était pas moins petit et léger. Une fois sur le pont, une vague puissante l'avait traîné jusqu'au beaupré, où l'attendait la crevasse. Il s'en tirait avec de multiples coupures sans gravité.

Paulo n'avait pas eu cette chance. Il était mort avant qu'Edwin ait pu tenter quoi que ce soit. Son accès de panique avait eu raison de ses dernières forces. Le violoniste était très apprécié, dans l'équipage. Sa disparition affectait la plupart des hommes. Le sauvetage miraculeux du gamin n'estompa que temporairement l'accablement général.

Les funérailles eurent lieu au coucher du soleil. Six pirates avaient perdu la vie lors de la tempête. Saïdi était tombé du mât et avait été englouti par les flots, sa dépouille devait déjà nourrir les poissons. Un autre s'était noyé à même le pont, pris au piège par les cordages. Sans parler de Paulo, dont chacun avait pu assister à l'agonie. Trois autres hommes étaient morts dans la cabine du fond, dès le début de la tempête. Une alcôve délabrée s'était effondrée sur eux. De ceux-là, Eivy ne connaissait que le vieux Wyatt, qui venait fréquemment voir Edwin à cause de sa santé fragile.

La vie de pirate ne manquait pas d'inconvénients, mais il fallait admettre que les funérailles en mer étaient infiniment plus simples, et plus belles, que celles organisées sur la terre ferme.

Lorsque la lumière du soleil empourpra l'horizon, tous se rassemblèrent devant le bastingage. On n'entendait plus que le chuchotis des vagues et le craquement de la coque. Après quelques paroles d'hommage, les corps furent déposés dans l'eau avec les objets auxquels les défunts tenaient le plus. Sam amena le violon de Paulo. L'or du soleil donnait à son bois des reflets de feu. Eivy regarda l'instrument s'enfoncer lentement dans les profondeurs de la mer.

L'équipage attendit quelques minutes avant de se disperser. Le recueillement laissa peu à peu place à une colère sourde, silencieuse, qui se lisait sur chacun des visages. Ako s'était tenu en retrait durant le rituel. Il semblait avoir perdu son flegme

Ce soir-là, le repas serait servi plus tard à cause des funérailles. Mais ça n'avait pas d'importance. Les oiseaux rôtis représentaient un plat de choix à côté du salmagundi de Buster. Kiam avait dû se donner du mal pour les faire griller sans être vu.

Il lui tendit le plus beau des deux volatiles. Eivy l'attrapa et commença à grignoter sa peau croustillante. En dessous, il n'y avait pas beaucoup de chair, et elle était un peu sèche, mais son goût se révéla délicieux. Cela faisait bien longtemps qu'elle n'avait rien avalé d'aussi bon.

— T'as l'air d'avoir drôlement faim, dit Kiam.

Elle s'interrompit, son oiseau grillé à la main.

— Je n'ai rien mangé depuis des lustres, marmonna-t-elle.

— C'est vrai que l'ambiance était pas vraiment à la ripaille.

— Est-ce que tu sais comment on est sortis du maelström, d'ailleurs ?

— Sam m'en a parlé vite fait. Il a fini par rejoindre l'autre, à la barre, le soir de la tempête.

— L'autre ?

— Le type qui nous sert de capitaine.

— Ah, Ako.

— Ouais. À un moment, il a dit que la faille était bloquée. Il l'a répété plusieurs fois, comme s'il y croyait pas. Et c'est seulement là qu'il a essayé de faire sortir le bateau du tourbillon. C'est pas un exploit, d'ailleurs. Sam affirme qu'on peut facilement dévier d'un gros maelström si on est encore sur le courant extérieur.

Kiam continua son récit, mais Eivy n'y prêtait plus attention. La faille était bloquée. Elle savait qu'ils n'avaient pas réussi à atteindre Othea, mais il ne lui était pas venu à l'idée que le passage puisse devenir impraticable. À cette idée, elle se sentait désemparée. Qu'allait-elle faire de sa vie, si Othea lui était désormais inaccessible ?

— Tu m'écoutes plus, Eivy.

— Bien sûr que si.

— T'as décroché à partir du moment où j'ai parlé de la faille. Donc, t'es encore en train de penser à Othea.

Eivy se retrouva prise au dépourvu.

— C'est d'Othea dont vous discutez, avec Ako ?

Le ton de l'archer se voulait désinvolte, mais il n'avait jamais été doué pour jouer la comédie.

Ils furent interrompus par un vacarme soudain. Des pirates hurlaient. Leurs cris exprimaient une sorte de hargne, d'excitation vengeresse. Eivy et Kiam se regardèrent sans comprendre. Ils se mirent debout d'un même mouvement et coururent rejoindre les autres.

Les membres de l'équipage étaient entassés au centre du pont dans un tumulte fiévreux. Tous avaient les yeux rivés sur Ako et Neil. Les deux hommes se toisaient, au milieu de la foule. Ils avaient enlevé leurs vestes.

— Que se passe-t-il ?

— Neil a provoqué le capitaine en duel de sang ! chevrota Buster.

Un combat à mort. Eivy écarquilla les yeux.

Il faisait nuit, mais les lanternes que portaient certains pirates éclairaient les deux hommes. Le quartier-maître tenait sa puissante masse à la main droite. Il fixait Ako d'un air dominateur. Celui-ci lui rendait son regard sans se laisser impressionner. Son beau visage semblait calme et concentré.

Eivy se raidit en réalisant qu'Ako n'avait pas d'arme. Le capitaine lui parut soudain terriblement vulnérable face à la masse de son adversaire. Elle sentit la main de Kiam serrer la sienne.

— Va y avoir du carnage ! brailla un pirate.

Eivy se dégagea de la main de l'archer et se faufila dans la foule avant qu'il ne puisse la rattraper. Il fallait qu'elle tente quelque chose, n'importe quoi. Elle essayait de réfléchir tout en bousculant les pirates pour se rapprocher des combattants. Perk ronchonna sur son passage, et Fishin'Jack lui envoya un coup avec sa jambe de bois.

Alors qu'elle se trouvait à quelques mètres d'Ako, quelqu'un sonna la cloche pour marquer le début du duel. Eivy s'immobilisa. C'était trop tard. Ses ongles s'enfoncèrent dans ses paumes.

Tout autour, les hommes s'étaient tus.

Un bruit de gorge retentit, un peu plus loin. C'était le quartier-maître. Il grognait tout en faisant de grands moulinets avec son arme. En face de lui, Ako n'avait pas bougé. Eivy jeta un coup d'œil à la masse de Neil. Il allait lui broyer les os.

Mais, contre toute attente, il ne chargea pas. Il resta campé sur ses cuisses épaisses. Ses grondements cessèrent et ses moulinets faiblirent. Son regard semblait absent.

Dans la foule, les pirates commencèrent à chuchoter, interloqués. Le quartier-maître était de plus en plus amorphe. Il ressemblait à une coquille vide. Les yeux clairs de son adversaire étaient toujours rivés aux siens.

Eivy réalisa que le pouvoir d'Ako contrôlait la volonté de Neil. Elle essayait de digérer cette révélation quand le quartier-maître secoua la tête. Il reprenait ses esprits. Un pirate hurla pour l'encourager.

Neil darda des yeux ronds sur le capitaine.

— C'est quoi ce bordel, qu'est-ce que t'essaies de me faire ? Je sais pas ce que t'es, comme genre de monstre, mais ton putain de tour marche pas sur moi !

Ako recula de quelques pas. Neil souleva son arme et se rua sur lui.

Chapitre 20

Le quartier-maître prit son élan, et sa masse fondit sur Ako. Eivy réalisa qu'elle ne respirait plus. Elle voulait qu'il reste en vie, et pas seulement parce qu'il était lié à Othea. Sans qu'elle comprenne pourquoi, ses tripes se révoltaient à l'idée qu'il puisse se faire écraser par Neil. Mais le jeune homme se baissa juste avant l'impact, avec une rapidité et une souplesse étonnantes. Il parvint à éviter le coup. L'arme de Neil percuta le pont et s'enfonça dans les planches avec vacarme. Des éclats de bois voletèrent autour d'eux.

Eivy recommença à respirer.

Il tira sur sa masse pour essayer de la dégager. Ako s'éloigna et glissa une main dans la poche droite de son pantalon. Il en sortit une poignée de petites pierres d'un noir luisant.

Fishin'Jack éclata de rire. D'autres l'imitèrent, sous l'œil satisfait de Neil, qui tentait d'extirper sa masse tout en surveillant son adversaire. Sa large silhouette éclairée par les lanternes paraissait encore plus impressionnante que de jour.

Ako ne se préoccupait pas des moqueries. Rapide et habile, il tourna autour du quartier-maître en déposant ses pierres en cercle. Le rictus qui étirait les lèvres de Neil disparut.

— Qu'est-ce que tu fous, démon ?

Le jeune homme s'arrêta en face de son adversaire. Il le fixa pendant une seconde, puis se mit à sourire.

Sous l'effet de la surprise, Neil lâcha le manche de sa masse. Ako enfouit la main dans sa poche gauche. Il en sortit un bout de roche anguleux d'un noir de suie. Le temps d'un battement de cœur, il avait levé le bras et effleuré le front du quartier-maître avec la pierre. Neil poussa un juron et lui envoya un coup de poing qu'Ako n'eut aucune difficulté à esquiver.

Le jeune homme s'éloigna à nouveau. L'autre se pencha au-dessus de sa masse, toujours coincée dans les planches. L'angoisse agrandissait son regard et saccadait sa respiration. Il attrapa le manche et le tira de toutes ses forces.

Le bois émit un long grincement.

Eivy observait le visage de Neil quand un détail l'interpella. Une tache sombre maculait son front. Elle venait sans doute de la pierre noire avec laquelle Ako l'avait effleuré.

Un craquement sonore la fit sursauter. Deux planches volèrent en éclat. Le quartier-maître avait extirpé sa masse du pont. Avec un cri victorieux, il la brandit des deux mains et pivota tout en cherchant Ako des yeux.

— Montre-toi, sale gosse, que j'en finisse avec toi !

— Je suis là, répondit la voix d'Ako.

Le jeune homme était adossé au mât. Quelques mètres le séparaient de son adversaire.

Neil allait charger dans sa direction quand Ako leva la main droite. La pierre noire se trouvait toujours au creux de sa paume. Il se mit à murmurer des sorts.

Le quartier-maître s'arrêta brusquement. Les traits de son visage s'affaissèrent. La tache sombre que Neil portait sur le front était parcourue d'irisations vertes, qui scintillaient à la lueur des lanternes.

Ako avança d'un pas, la main en avant. Eivy réalisa qu'un faisceau de lumière reliait sa pierre à la tache de Neil. Les autres pirates ne semblaient pas en avoir conscience et regardaient Ako d'un air ahuri.

Le quartier-maître ouvrit de grands yeux.

— Jenny…, articula-t-il d'une voix blanche.

Il secoua la tête tout en fixant Ako, puis lâcha sa masse, qui retomba sur le pont dans un bruit sourd. Tout autour, les pirates s'interrogeaient du regard. Seul le bosco, à gauche d'Alex, semblait comprendre ce que marmonnait le quartier-maître.

— Reprends-toi, mon vieux, cria-t-il à l'adresse de Neil. Jenny est morte, elle risque pas de se pointer ici !

Il n'eut pas l'air de l'entendre. Sa respiration se faisait de plus en plus saccadée. Ses yeux exorbités fixaient le vide.

Du haut de ses douze ans, Alex semblait terrorisé. Eivy tenta de rejoindre le gamin, mais Sindre lui barra le passage, l'œil mauvais. Les cheveux blonds et gras du charpentier encadraient son visage joufflu. D'un hochement de menton, il désigna l'épée qu'il portait à la ceinture. À cet instant, elle aurait pu la lui faire avaler.

— C'est qui, Jenny ? demanda Alex d'une voix tremblante.

— Neil était capitaine d'un rafiot, il y a des années, répondit le bosco. Je faisais aussi partie de la bande. Cette fille, Jenny, avait voulu rejoindre l'équipage. Il l'a envoyée en éclaireur sur un navire marchand avant d'aborder. Elle était rusée, il pensait qu'elle se ferait pas repérer. Mais ça a foiré. Le navire nous a balancé un projectile. Oh, il a pas fait de dégât… C'était la tête de Jenny. Le lendemain, les autres ont viré Neil. Il lui a fallu des années pour se remettre de cette histoire. Faut croire que ça le hante encore.

Le chauve reporta son attention sur le quartier-maître. Celui-ci était au bord du malaise. La sueur engluait sa peau et dessinait des formes grisâtres sur sa chemise.

— Je sais pas ce que ce démon lui fait voir, ajouta le bosco, mais si c'était pas un duel de sang, je lui aurais déjà planté mon sabre dans les tripes.

La pierre toujours tendue devant lui, Ako avança d'un mètre. Neil paniqua. Il pivota et se mit à marcher à reculons vers le bastingage. Le capitaine lui emboîta le pas.

— Ressaisis-toi, Neil ! brailla un pirate.

Tous deux se rapprochaient d'Eivy. À présent, elle pouvait sentir la transpiration du quartier-maître et entendre son souffle haletant. Elle remarqua que les lèvres d'Ako remuaient.

— C'était pas ma faute, Jenny ! bredouilla Neil en reculant.

Le faisceau lumineux se faisait plus intense. Une aura malsaine s'en dégageait. Instinctivement, les autres pirates s'écartèrent.

— Neil, éloigne-toi de la pierre ! hurla le bosco.

Haletant, le quartier-maître fit quelques pas de côté, mais la lueur le suivit. La trace sur son front attirait le faisceau lumineux.

L'éclat des lanternes dessinait des ombres inquiétantes sur le visage d'Ako. Eivy eut l'impression que son œil droit, habituellement bleu, devenait gris, comme le gauche.

Elle se sentait vaseuse. Sa tête pesait de plus en plus lourd. Il aurait été plus raisonnable qu'elle s'écarte des deux hommes. Les autres pirates avaient reculé, eux. Mais un sentiment irrésistible la poussait à rester. Elle brûlait d'envie de savoir ce que chuchotait Ako. Et il fallait qu'elle s'approche, juste un peu, pour voir si son œil droit était vraiment devenu gris.

Eivy fit un pas en avant.

Le monde s'assombrit autour d'elle. Le ciel et le pont du *Red Stone* s'estompèrent. Un voile obscur aux reflets verts altérait sa vision, à la manière d'un filtre. Elle n'entendait plus le clapotis de la mer, et les cris des pirates lui parvenaient assourdis. Eivy se figea. Un froid étrange l'enveloppa de la tête aux pieds.

Elle aperçut vaguement Ako. Il chuchotait toujours. Comme elle pouvait presque comprendre ses paroles, elle avança encore un peu.

La sensation de trouble s'accentua brutalement. Le voile sombre se changea en fumée noirâtre. Un vrombissement sourd s'en échappa. Le *Red Stone* avait disparu.

Ako n'était plus là.

Une jeune fille avait pris sa place.

Elle devait avoir trois ou quatre ans de plus qu'Eivy. Ses cheveux blonds frisés retombaient sur ses épaules, et elle portait des vêtements dépareillés de pirate. Une lueur de défi animait ses yeux noirs.

Eivy tenta de garder son calme.

— Tu es Jenny, n'est-ce pas ?

L'autre renifla avec dédain et cracha par terre. Elle ouvrit la bouche, comme pour parler, mais un murmure indistinct s'en échappa. Elle chuchota d'une voix sifflante. Petit à petit, ses paroles devinrent audibles.

— J'suis morte par ta faute, susurra-t-elle.

Les volutes de fumée s'infiltraient à travers ses cheveux blonds. Ses yeux rougirent. Un rictus haineux retroussa ses lèvres.

— Un bon cap'taine m'aurait jamais envoyée là-bas toute seule.

La tête de Jenny bascula en arrière. Un gros ver sortit de sa bouche et rampa le long de son menton. Une entaille rouge apparut sur sa gorge.

Des frissons parcoururent l'échine d'Eivy. Elle ferma les yeux et plaqua les mains contre ses oreilles. La fumée s'enroula autour d'elle. Son contact glacé se mit à imprégner tous les pores de sa peau. Les volutes s'insinuaient en elle, diffusant sur leur passage une impression de tristesse, de profond désespoir. Elle allait tomber à genoux lorsqu'elle entendit la voix d'Ako.

Ressaisis-toi, Eivy. C'est une illusion, et elle ne t'est pas destinée. Éloigne-toi du faisceau lumineux.

Elle recula de quelques pas. Sous ses pieds, l'air sembla d'abord résister, comme s'il était devenu solide. Mais il finit par céder, et elle se retira. La lueur des lanternes lui apparut enfin. Les cris des pirates parvenaient à nouveau jusqu'à ses oreilles. Elle regarda autour d'elle. Le ciel et le bateau occupaient son champ de vision. Il n'y avait plus aucune trace de la fumée noirâtre.

Jenny avait disparu.

Eivy essaya de calmer sa respiration en se concentrant sur ce qui l'entourait. Elle comprit alors pourquoi les pirates criaient si fort.

Ako avait repoussé Neil contre le bastingage. Recroquevillé de toute sa masse, le quartier-maître tremblait. Des gouttes de sueur roulaient sur son front. Il gémissait tout en fixant le capitaine, les yeux hagards. Eivy se mordit la lèvre. Malgré son aversion pour Neil, elle détestait le voir dans cet état.

Implacable, Ako continuait de brandir sa pierre face à lui tout en murmurant. Le jeune homme semblait déterminé. Il n'y avait pas la moindre trace de compassion sur son visage.

— Bon sang, relève-toi, Neil ! vociféra un pirate, juste à côté d'Eivy.

Elle se tourna pour observer les membres de l'équipage. La stupeur se lisait dans les regards. Certains fulminaient de rage, d'autres paraissaient juste effrayés. Sous son grand chapeau, le muet serrait les poings. Le bosco fixait Ako avec un mélange de haine et d'horreur. Bayn avait posé la main sur sa hache. Yashil se tenait en retrait contre le bastingage, son éternel sourire figé dans une expression mi-choquée, mi-amusée.

Eivy savait qu'ils ne pouvaient rien tenter pour aider leur quartier-maître. Il y avait peu de règles, à bord du *Red Stone*, mais celles des duels de sang étaient inviolables. Les pirates les respectaient religieusement.

Ako avança d'un pas. Il s'accroupit pour se placer face à Neil. C'en était trop pour le pauvre homme, qui hoqueta pitoyablement. Sa respiration n'était plus qu'un râle saccadé. À bout de nerfs, il se redressa contre le bastingage. Ses mains tâtonnèrent pour attraper la rampe.

Le quartier-maître se tourna lentement vers la mer. Il passa une jambe par-dessus bord, et sauta. Son corps massif dégringola comme une pierre et s'engouffra dans l'eau salée.

Le bruit de sa chute fut étouffé par les cris des pirates. Le pont trembla sous leurs pas précipités. Eivy courut vers le bastingage.

L'écume bouillonnait à l'endroit où Neil avait sauté. Les profondeurs s'étaient déjà refermées sur lui, mais une lueur verte scintilla quelques instants avant de disparaître dans les flots noirs.

Des hommes appelèrent Neil en le cherchant des yeux. Sous le choc, Eivy s'éloigna de la foule et s'adossa au mât. Elle était partagée entre l'horreur de ce qui venait de se produire, et le soulagement de savoir qu'Ako avait survécu. Après tout, c'était Neil qui avait provoqué ce duel à mort, et le capitaine n'avait fait que se défendre avec ses propres armes… Elle prit une lente inspiration pour remettre ses idées en place.

C'est alors qu'elle aperçut Ako.

Il avait profité de la confusion générale pour s'écarter des autres. L'expression impitoyable qu'il arborait face à Neil s'était évaporée. Son teint pâlissait à vue d'œil. La pierre noire avait laissé des traces sombres sur sa chemise et sur ses doigts. Eivy plissa le front. À présent, elle en était sûre : son œil droit devenait gris.

Une légère brise se leva et ébouriffa les longs cheveux bruns du jeune homme. Ako tituba vers le cercle de cailloux qu'il avait formé, au début de son combat contre Neil. Si quelques pierres avaient bougé, la plupart étaient toujours en place.

Le capitaine entra dans le cercle et ferma les yeux. À son oreille, la goutte en cristal se mit à briller. Son bleu se fit intense, éclatant. Eivy n'avait jamais vu le bijou aussi lumineux.

Ako se redressa de toute sa stature. Quelques couleurs regagnèrent ses joues. Lorsqu'il ouvrit les paupières, son œil droit avait retrouvé sa teinte bleue.

Les pirates cessèrent de crier. Plusieurs minutes s'étant écoulées depuis la chute de Neil, ils avaient fini par admettre qu'il ne sortirait pas de là vivant.

À présent, tous les regards étaient tournés vers Ako.

Le capitaine attendit quelques secondes, puis avança devant les hommes, la tête haute. Toute trace de faiblesse avait disparu de son visage. Ses prunelles se durcirent lorsqu'il balaya la foule des yeux.

— Que le veilleur de nuit rejoigne son poste. Les autres peuvent aller dîner. Si je vois sur le pont quelqu'un qui n'a rien à y faire, je m'occuperai personnellement de son cas.

Un silence de plomb s'ensuivit. La plupart des hommes paraissaient stupéfaits. Le bosco se détacha de la foule et avança vers Ako, son sabre à la main. Les yeux vairons du capitaine se posèrent sur lui. La lueur des lanternes y projetait des ombres aiguisées.

Après quelques secondes d'hésitation, le chauve rengaina son arme. La mâchoire contractée, il se dirigea à grands pas vers le couloir. Une poignée d'autres gars l'imitèrent.

La foule commença à se disperser. Eivy aperçut Edwin, au loin. Il lui lança un regard anxieux en tripotant la monture de ses lunettes. Alex marchait dans son sillage, les yeux encore écarquillés de stupeur. Peu après, elle vit Kiam, dont les sourcils étaient dangereusement froncés. Bloqué par la foule, il peinait à la rejoindre. Eivy quitta le mât pour avancer vers lui quand elle réalisa qu'Ako l'observait.

Le capitaine fit un pas vers elle et murmura :

— Rejoins-moi dans ma cabine, je dois te parler.

Alarmée par l'urgence de son ton, elle le suivit.

Chapitre 21

Au moment où Eivy pénétrait dans la cabine derrière Ako, Kiam la rattrapa et passa une épaule dans l'embrasure de la porte. Le capitaine leva un regard acéré vers l'archer, mais c'est l'expression d'Eivy qui convainquit Kiam de s'immobiliser. La situation était déjà tendue, inutile de la compliquer davantage.

— Je dois avoir une conversation avec Ako, dit-elle entre ses dents. Je te rejoins dès qu'on a fini.

— T'as vu ce dont il est capable ? Et t'as déjà oublié ce que je t'ai dit, l'autre fois ? Tu te mets en danger en t'affichant avec lui. Pas moyen que je te laisse seule avec ce type.

— Ce n'est pas à toi d'en décider, répondit-elle d'un ton plus cassant qu'elle l'aurait voulu.

Kiam la fixa longuement avant de capituler à contrecœur. Il finit par reculer et claquer la porte, non sans jeter un regard assassin à Ako. Pendant leur courte confrontation, celui-ci avait gardé les yeux rivés sur ses affaires, qu'il était en train de fourrer dans un sac, mais son demi-sourire n'avait pas échappé à Eivy.

Le silence qui s'abattit sur la pièce avait quelque chose d'irréel, après les heures qu'ils venaient de vivre.

— Franchement, Eivy, ces gens sont des brutes, déclara Ako.

Elle mit plusieurs secondes à comprendre qu'il parlait de Kiam. La jeune fille sentit quelque chose se crisper dans son estomac.

— Kiam n'est pas une brute.

— Oh, mais je ne parle pas spécialement de lui. Les brutes, ce sont les Hakiwuls, le peuple dont il est originaire. Ils ont une sorte de rituel, à chaque fois qu'un garçon vient au monde. Un sorcier plante le bout d'une fine dague sous son oreille, et il l'entaille en descendant le long de son bras, jusqu'au majeur. Les nouveau-nés les plus faibles perdent trop de sang et n'y survivent pas. J'ai toujours trouvé cette coutume sordide.

Eivy le regarda sans comprendre.

— Tu fais fausse route, répondit-elle. Kiam a été élevé par les Zabelins. Il a été abandonné sur leur île à l'âge de trois…

Elle s'interrompit, abasourdie.

Ces derniers temps, les larges épaules de Kiam étaient dissimulées sous son pull en grosse maille. Cela dit, il se baladait souvent torse nu, à l'époque où il faisait chaud. Elle avait remarqué qu'il portait une cicatrice de ce genre. Ako pouvait-il vraiment connaître les origines de Kiam, alors que celui-ci les ignorait depuis toujours ?

— Je vois que tu commences à comprendre. Et puis, entre nous, ce n'est pas qu'une question de cicatrice. Il y a aussi sa carrure, ses cheveux bruns, ses yeux noirs et son agaçante tendance à vouloir en découdre pour un regard de travers. Kiam est un Hakiwul, j'en mettrais ma main à couper.

— Mais qui sont-ils ? D'où viennent-ils ?

— C'est un peuple de guerriers qui sillonne les mers, à Othea.

La conversation prenait un tour de plus en plus surprenant.

— Si Kiam est originaire d'Othea, comment aurait-il pu atterrir ici ? L'île des Zabelins fait partie de ce monde. Je croyais que trouver un passage entre les deux était extrêmement compliqué. Mes parents n'ont jamais réussi à rentrer chez eux.

— Difficile ne veut pas dire impossible, fit remarquer Ako. Les Hakiwuls sont des guerriers sanguinaires, mais aussi des navigateurs exceptionnels. Ce sont deux des raisons pour lesquelles je n'aimerais pas me trouver sur leur chemin.

— Mais pourquoi l'auraient-ils abandonné ici ?

— Va savoir.

Il balaya l'air de la main pour mettre un terme à la conversation, dévoilant les bagues qui ornaient ses longs doigts.

Quelque chose se débloqua dans le crâne d'Eivy. La dernière remarque du capitaine avait levé le voile sur un mystère qui la taraudait depuis longtemps.

— C'est pour ça que tu as laissé Kiam en vie ? Pour te servir de lui, au cas où le *Red Stone* croiserait le chemin de ce peuple ?

— Disons qu'il vaut mieux avoir plus d'une corde à son arc.

— Kiam ne voudra jamais t'aider.

— Qu'est-ce qui te fait penser que je vais lui demander son avis ?

Eivy le toisa tandis qu'il continuait de ranger ses affaires. Kiam devait être au courant de ce qu'Ako lui avait raconté, elle le lui dirait dès qu'elle sortirait d'ici. La jeune fille allait demander au capitaine ce qu'il lui voulait, lorsqu'il se tourna vers le fond dc la cabine pour enlever sa chemise tachée par la pierre noire.

Eivy ne put s'empêcher de lui jeter un coup d'œil. Quelques hématomes parcouraient sa peau pâle, sans doute dus à la violence de la tempête. Une cicatrice plus ancienne se dessinait au bas de son dos. Le regard de la jeune fille remonta jusqu'à son bras droit. Il n'y avait plus aucune trace du M ensanglanté sur son épaule.

— Tu es bien silencieuse, Eivy, dit-il en enfilant une chemise propre.

Il se tourna et lui sourit.

— Le M sur ton bras a disparu.

Ako s'assit sur une chaise en face d'elle, dos au bureau. La lueur d'une bougie éclairait ses traits, et elle réalisa à quel point ils étaient tirés. Le duel l'avait beaucoup plus impacté qu'il le laissait paraître.

— Si le M a disparu de mon bras, c'est parce que je l'ai nettoyé. Le problème n'est pas résolu pour autant. Mais j'ai un souci plus urgent à régler.

Elle haussa un sourcil interrogateur.

— À vue de nez, continua-t-il, je dispose d'un ou deux jours, peut-être moins, avant que l'équipage se décide à venger Neil.

— Est-il vraiment mort ? J'ai vu une sorte d'éclat à la surface de la mer, quand il est tombé.

— Ce n'était qu'une rémanence de la pierre avec laquelle je l'ai manipulé. C'est une réaction courante quand l'un de mes talismans entre au contact de l'eau. Les traces noires du cristal que j'ai appliqué sur son front ont suffi à créer cette réaction lumineuse, mais Neil ne fait plus partie de ce monde, tu peux me croire.

— Dans ce cas, pourquoi ne te débarrasses-tu pas de ceux qui te menacent de la même manière ?

— Maîtriser un homme est une chose, venir à bout d'une cinquantaine en est une autre. C'est une chance qu'ils ne l'aient pas réalisé tout à l'heure. Il faut croire que mon petit numéro a porté ses fruits. Mais ils ne sont pas complètement stupides, enfin, pas tous. Certains ne tarderont pas à passer à l'action.

Ses yeux clairs s'égarèrent un instant. Eivy y perçut de la lassitude, une sorte de mélancolie qui la toucha de manière inattendue.

Une petite pierre opalescente, suspendue non loin de là, la tira de ses pensées. Ako ne lui avait jamais proposé de la tester, pendant leurs entrevues. Le jeune homme capta aussitôt son regard.

— Cette gemme t'attire ?

— Je ne sais pas.

— C'est une pierre de lune. Un minéral de lumière, qui peut révéler ce que l'on camoufle au fond de soi.

Un espoir germa soudain dans son crâne.

— Pourrait-elle m'aider à débloquer mon pouvoir ?

— Peut-être, mais je ne te laisserai pas la toucher. Je crains que tu ne sois pas prête pour une approche aussi frontale.

Eivy se rembrunit au souvenir de la conversation tendue qu'ils avaient échangée, la dernière fois qu'elle était venue dans sa cabine.

— Pourquoi m'as-tu fait venir, ce soir ?

— Parce que je vais partir.

— Pour aller où ?

— À Othea.

Eivy écarquilla les yeux. Son cœur s'emballa.

— Tu penses que la faille est toujours accessible ?

— Hélas non, mais il existe un autre moyen de passer, sur une île. C'est une information secrète que je tiens d'un ami très haut placé. Il m'a dit qu'elle se trouvait à proximité de la faille. Nous ne sommes donc pas bien loin.

Il fit une pause avant de continuer.

— Pour tout te dire, Eivy, c'est une option dangereuse et plus qu'incertaine, mais tant pis. Ce monde commence à me taper sur les nerfs.

Elle n'en croyait pas ses oreilles.

— Il y a une faille vers Othea sur la terre ferme ?

— Pas vraiment. Sur cette île, certaines personnes ont le pouvoir de me faire rejoindre Othea. Je vais donc partir à leur rencontre. Et, honnêtement, je m'en passerais bien.

Ako se mit à réfléchir, le regard dans le vague. Une volute d'encens ondulait lentement devant son visage. Eivy crut voir une ombre bouger, derrière lui. L'ambiance de cette cabine était étrange, presque mystique. Elle avait l'impression d'y sentir une présence.

— Pour accéder à ce passage, reprit Ako, j'ai besoin d'être accompagné d'une autre personne originaire d'Othea. Je me suis dit que ça pourrait t'intéresser. Et puis au fond, je n'ai peut-être pas abandonné l'idée de t'aider à développer ton pouvoir… J'ai aussi pensé à l'archer, puisque je suis certain que c'est un Hakiwul. Mais je ne crois pas que ma compagnie soit à son goût. Et il risque de peser lourd, dans un sac de toile. Je préfère voyager léger.

La plaisanterie n'était pas du goût d'Eivy, qui le toisa d'un regard froid.

— Je te laisse la nuit pour réfléchir. Il faut quand même que tu saches que ça risque d'être dangereux. Je n'ai aucune certitude quant à nos chances de réussite. Et le péril ne viendra pas seulement des personnes dont je te parlais. La décision t'appartient, Eivy.

— Tu t'inquiètes à propos du M qu'il y avait sur ton bras ?

— C'est possible.

Ako lui jeta un long regard pénétrant.

— Je vais y réfléchir, dit Eivy.

Au fond d'elle, la jeune fille connaissait déjà sa réponse. Elle avait pris sa décision à l'instant même où Ako s'était confié. L'idée de rejoindre Othea allumait toujours le même feu dans son ventre, elle ne cesserait jamais d'essayer de rejoindre le monde d'où elle venait. Et elle soupçonnait le jeune homme aux yeux vairons d'en avoir parfaitement conscience. À l'idée d'abandonner Kiam, Alex et Edwin, sa gorge se noua, mais Eivy savait où l'attendait son destin.

Quelqu'un frappa à la porte.

Le visage d'Ako s'était pétrifié. D'un geste de la main, il lui fit signe de rester immobile. Il se redressait, les yeux rivés sur le battant, lorsque la silhouette de Sindre s'éleva derrière le bureau. Eivy n'eut pas le temps de crier.

Il asséna un coup de masse sur le crâne d'Ako. Le corps inanimé du capitaine s'effondra sur le ventre. Eivy se campa sur ses jambes, sa dague à la main. Au même instant, la porte s'ouvrit avec fracas : le bosco et Fishin'Jack déboulèrent à l'intérieur.

— Vous auriez pu vous bouger, dit Sindre. Ça fait une demi-heure que je suis plié sous ce foutu bureau. J'ai failli me débrouiller tout seul, sans attendre votre signal.

— Arrête de te plaindre, répondit sèchement le bosco, qui tâtait le pouls d'Ako. Virez les pierres qu'il a dans les poches, et ligotez-le.

— T'es sûr qu'il est dans les vapes ? demanda Sindre.

Le chauve retourna le corps Ako d'un coup de pied. Eivy se précipita vers eux.

— Qu'est-ce que vous faites ?

— On va lui faire payer pour son crime, répondit le bosco. Et, crois-moi, il va regretter d'être venu au monde.

— C'était un duel de sang, et c'est Neil qui l'a provoqué : vous ne pouvez pas le condamner pour ça.

— Il ne s'est pas battu comme un homme ! Neil n'aurait jamais dû mourir de cette manière-là. Et d'ailleurs qu'est-ce que tu fous ici, toi ?

Le silence retomba dans la pièce et Eivy se raidit.

— Oh oh oh ! s'exclama Fishin'Jack. La petite pirate est amoureuse de son capitaine ? Qui aurait cru que derrière cet air revêche se cachait un vrai cœur de pucelle ?

— Arrêtez vos conneries, intervint Sindre. Elle était avec moi, elle m'a aidé à faire diversion. Et puis bougez-vous, je préfère qu'on l'enferme dans la cale avant qu'il se réveille.

Il attrapa les bras d'Ako et commença à le traîner sur le sol.

Avant de passer la porte, le bosco la foudroya du regard.

— Toi, ne te mets plus jamais sur mon chemin.

Le silence retomba brutalement dans la cabine.

Eivy s'assit contre le mur. Les battements de son cœur martelaient ses tympans. Un mélange de rage et d'impuissance bouillonnait dans ses tripes. L'odeur de l'encens d'Ako exacerbait son trouble. La pièce était encore imprégnée de la présence du jeune homme. Pourtant, il n'y était plus, et n'y retournerait sans doute jamais. Il serait bientôt enfermé dans la cale, sans arme pour se défendre, et promis à une mort atroce.

Eivy se demanda comment les événements avaient pu basculer à une telle vitesse. Ako ne possédait-il pas un don pour maîtriser les autres ? Pourquoi la présence de Sindre, caché sous son propre bureau, avait-elle échappé à sa vigilance ? Elle se souvint alors des traits tirés du capitaine. Le duel l'avait épuisé. Il n'était pas dans son état normal.

Elle colla son poing contre sa bouche pour ne pas hurler. L'idée de partir avec Ako n'avait jamais été aussi tentante qu'à cet instant. Pourtant, Othea lui paraissait à nouveau inaccessible. Le creux douloureux s'accentua dans son ventre. Elle avait l'impression d'être prisonnière du *Red Stone*, comme un poisson dans un filet. Et encore, elle pouvait s'estimer heureuse : si Sindre n'était pas intervenu, elle se serait retrouvée enchaînée dans la cale avec Ako. Pourquoi le charpentier lui avait-il sauvé la mise ?

Eivy était si crispée qu'elle en avait mal au ventre. Ruminer ne servait à rien. Elle bascula la tête en arrière pour se calmer. L'atmosphère enfumée de la cabine lui rappela une autre soirée, plusieurs mois auparavant.

C'était à Greybor, dans une taverne miteuse et malfamée. Cette nuit-là, elle avait tenté de voler la bourse de celui qu'elle considérait comme le plus redoutable des pirates. Elle n'avait pas de véritable arme, aucune technique et pas d'alliés. Juste sa volonté. Avec le recul, Eivy savait bien que c'était de la folie pure. Pourtant, le résultat était là : elle avait réussi à s'échapper de Greybor. Si elle était restée prostrée dans son coin sans se mettre en danger, elle serait toujours terrée dans cette ville miteuse. À moins qu'elle n'y soit morte.

Eivy se redressa calmement. Elle savait ce qu'il lui restait à faire. Non, Ako n'était pas un ange, mais elle n'allait pas l'abandonner à son sort. Et elle ne tirerait pas un trait sur Othea tant que le sang pulserait dans ses veines. Mais elle n'allait pas partir sans dire adieu à ceux auxquels elle s'était liée pendant son aventure.

Ses joues se réchauffèrent lorsqu'elle entra dans la cabine principale. La tiédeur ambiante et l'odeur du bouillon y diffusaient une torpeur réconfortante. Eivy repéra tout de suite Edwin. Il mangeait en solitaire, loin des autres, au fond de la pièce. C'était une aubaine. Elle pourrait lui parler sans craindre d'être entendue.

Quand Eivy s'approcha, elle comprit pourquoi les pirates se tenaient à l'écart. Plongé dans un livre, l'herboriste grignotait un biscuit de mer tout en touillant une bassine remplie d'hortafles. Ces fleurs dégageaient une odeur épouvantable. Il n'y avait qu'Edwin – et son amour des plantes – pour manger à côté sans en être gêné.

Il émergea de son grimoire au moment où Eivy s'assit en face de lui.

— Ah, te voilà, dit-il. Kiam se faisait un sang d'encre.

— On se demande bien pourquoi, déclara la voix de l'archer.

Kiam venait d'arriver. Il fronça le nez en regardant la bassine d'hortafles, puis attrapa un tabouret et s'assit à côté d'eux.

— Ils viennent d'enfermer ton petit capitaine dans la cale, Eivy. Tu peux t'estimer heureuse d'avoir quitté sa cabine avant qu'ils viennent le chercher. Je t'avais pourtant dit que ça finirait comme ça. Pourquoi es-tu toujours si bornée ?

Eivy tripota la chaîne de sa montre à gousset en ignorant ce énième coup de sang de l'archer. Elle n'avait pas beaucoup de temps pour agir, et le moment n'aurait pu être mieux choisi. Tous trois étaient réunis autour d'une table isolée. Il fallait qu'elle se lance.

— En fait, j'étais avec Ako lorsqu'ils l'ont assommé.

Edwin lâcha son biscuit. Kiam prit sa tête entre ses mains, dépité.

Eivy ne se laissa pas abattre. Elle se pencha sur la table, prit une grande inspiration et leur raconta tout. La jeune fille leur parla de l'île mystérieuse permettant de rejoindre Othea, de la proposition d'Ako, puis de l'arrivée du bosco et des autres. Ils semblaient abasourdis mais ne l'interrompirent pas. Eivy finit par évoquer la folie qu'elle avait l'intention d'accomplir. Puis elle planta ses prunelles dans celles de l'archer, et lui dévoila tout ce qu'elle savait sur les Hakiwuls, et sur les suppositions d'Ako concernant ses origines.

La jeune fille regrettait de devoir aborder ce sujet à brûle-pourpoint. L'archer avait été abandonné quand il était tout petit, il ne savait pas d'où il venait. Cette révélation avait de quoi le perturber. Mais elle ne savait pas où elle serait le jour suivant, et ne voulait pas risquer sa vie sans lui en avoir parlé.

Un blanc gênant s'ensuivit.

La bouche d'Edwin était grande ouverte. Ses lunettes avaient glissé sur le bout de son nez. Kiam la regardait avec stupéfaction. C'est l'herboriste qui brisa le silence.

— Tu… tu veux libérer Ako et t'enfuir avec lui ? As-tu seulement une idée du sort réservé aux traîtres ? S'ils te prennent la main dans le sac, ils te tueront.

— Ils ne le découvriront pas si je me prépare correctement.

— En une nuit ?

— Il le faut bien. Je ne peux pas continuer à vivre ici sans tenter de rejoindre Othea. Il n'y aura peut-être jamais d'autre occasion.

Le regard de l'herboriste se figea. Le désir d'ailleurs d'Eivy lui rappelait cruellement celui de Lyran, cela se lisait dans ses yeux. De son côté, Kiam était toujours aussi sonné. Il semblait en proie à une cascade d'émotions contradictoires. Edwin rajusta ses lunettes et essaya de paraître déterminé, malgré la peur qui voûtait sa posture. Il annonça :

— Si tu pars, je viens avec toi.

— Edwin, je ne veux pas que tu risques ta vie pour moi. Ako a dit que ce serait un voyage dangereux.

— Plus périlleux que les abordages, les mutineries et les tempêtes à bord ? Tu n'es pas la seule à souhaiter quitter le *Red Stone*, Eivy. Et depuis le temps que tu m'en parles, je commence à avoir envie de découvrir Othea.

Ils échangèrent un sourire complice, et l'amitié qu'elle y perçut réchauffa le cœur d'Eivy. L'herboriste semblait sincère et, finalement, il croyait à la réussite de son projet. Sa confiance raffermit la volonté de la jeune fille.

Kiam sortit soudain de son mutisme :

— T'as un plan ?

Pour la première fois depuis bien longtemps, il n'y avait plus trace de vague à l'âme dans les yeux de l'archer. La tristesse avait été remplacée par une volonté féroce et une faim de réponses, qui résonnaient comme l'écho de ce que la jeune fille ressentait.

— Moi aussi j'ai quelque chose à trouver à Othea, dit-il. Alors y a intérêt à ce qu'on puisse y aller sans se faire prendre. Même s'il faut faire sortir l'autre rat de sa cale pour ça.

Chapitre 22

Eivy ne connaissait le supplice de la quille que de nom. Il s'agissait d'attacher un homme sous la coque et de le tirer jusqu'à ce qu'il ressorte de l'autre côté pour que les patelles arrachent la peau de son dos. On enfonçait un chiffon dans sa bouche pour éviter une noyade trop rapide.

L'équipage avait décidé d'infliger ce châtiment à Ako. Le jeune homme devait le subir le lendemain matin, le temps que Bayn effectue les réparations nécessaires au bon déroulement de l'exécution. Cela ne laissait pas une grande marge à Eivy pour mettre son plan en pratique.

Elle avait veillé toute la nuit, avec Kiam et Edwin, pour en peaufiner les détails. Seule la tension nerveuse lui permettait de rester debout. Ils passeraient à l'action le soir même, et Eivy serait de corvée sur le pont la majeure partie de l'après-midi. Elle ne disposait donc que de la matinée pour préparer ce qui devait l'être.

Deux pirates traversèrent le couloir en discutant gaiement. Eivy envia leur insouciance. Depuis le lever du soleil, elle avait l'impression que les minutes passaient à la vitesse de bulles qui éclatent. La jeune fille attendit qu'ils aient rejoint le pont. Elle jeta un regard furtif vers l'escalier et poussa la porte de la cuisine.

Comme prévu, Buster n'y était pas : il faisait un point avec le bosco sur les provisions.

Elle se faufila dans la pièce imprégnée de l'odeur du rhum aux épices. Il ne restait plus aucun légume sur le plan de travail. Les dernières épluchures avaient fini dans le bouillon, plusieurs jours auparavant.

Un grincement la fit sursauter : Kiam apparut dans l'encadrement de la porte, se glissa à l'intérieur et referma le battant. L'archer avait profité du calme matinal pour se raser et raccourcir ses cheveux. Il avait retrouvé toute son énergie, et, avec elle, son sourire solaire. Cela dit, avec sa large carrure, il ne paraissait pas très à l'aise dans la toute petite cuisine.

Eivy allait le taquiner quand des bruits retentirent dans le couloir.

Des hommes quittaient le dortoir pour rejoindre le pont. Quand ils s'engagèrent dans l'escalier, elle respira à nouveau.

— Alors, chuchota-t-elle, ont-ils désigné le veilleur de ce soir ?

— Doran.

Il fallait que ça tombe sur lui. De tous les pirates affectés à tour de rôle au nid-de-pie, Doran était le seul à ne manifester aucun attrait pour la boisson, ce qui n'allait pas lui faciliter la tâche.

— On abandonne l'idée du rhum, dit-elle. Tu connais son point faible ?

Kiam haussa les épaules.

— Il croit aux histoires de Buster, répondit-il sans conviction.

Eivy tripota nerveusement le tissu rêche de sa casquette. Doran était effectivement superstitieux, et plutôt trouillard. Qu'allait-elle faire avec ça ?

— Je trouverai bien quelque chose pour attirer son attention, se résigna-t-elle. Retournons avec les autres, Bayn ne va pas tarder à descendre réparer la coque.

L'archer acquiesça et se dirigea vers la porte. Eivy considéra son dos en hésitant.

— Kiam ? Tu es sûr que ça ira, ce soir, quand tu iras libérer Ako ?

Il la scruta un instant avant de s'esclaffer :

— T'as peur que je l'étrangle avec ses cordes au lieu de le détacher ? T'inquiète pas, je sais que ce type est notre billet d'entrée pour Othea. Et, s'il me gonfle trop, je l'assommerai juste une fois. Ou deux.

Il fit basculer le battant avec son épaule et disparut dans le couloir.

Eivy enfonça les mains dans ses poches. Fidèle à lui-même, Kiam n'avait pas l'air spécialement nerveux, malgré les risques qu'il s'apprêtait à prendre.

Elle carra les épaules pour se ressaisir. Il était trop tard pour remettre son plan en question. Eivy attrapa un sac en toile vide dans la cuisine, et ouvrit la porte afin de rejoindre l'escalier.

Quand elle déboucha sur le pont, le ciel était bleu et la mer étonnamment calme. De loin, elle reconnut la longue barbe blonde de Bayn. Il devait rafistoler une brèche à bâbord, ce matin. Une si belle occasion ne se présenterait pas deux fois.

Bayn avait enfilé son harnais. Celui-ci était relié à un cordage solidement arrimé. Il escalada le bastingage dans un grincement de bois et commença à descendre, sous l'œil attentif de deux pirates. Eivy avança dans leur dos. La hache de Bayn se trouvait sur un tonneau. Sa lame étincelait au soleil. La jeune fille jeta un coup d'œil aux ornements sculptés sur son manche.

Bayn était apprenti chez un charpentier naval, autrefois. Il avait rejoint le *Red Stone* après avoir commis un crime, pour échapper à la pendaison. Dans sa fuite, la seule chose qu'il avait pu emporter était cette hache, un vestige familial dont il ne séparait jamais. Il fallait bien admettre qu'elle était unique en son genre.

Bayn lui apportait un soin quasi maniaque. Il ne la quittait des yeux qu'en cas de force majeure. Enfiler un harnais pour descendre sur la coque faisait partie de ces rares occasions. Si Eivy voulait subtiliser la hache, c'était maintenant ou jamais.

Elle leva la tête vers le mât. Kiam y était adossé et capta tout de suite son hochement de menton discret. L'archer se redressa et marcha dans sa direction. Quand il passa à côté des deux hommes qui surveillaient la progression de Bayn, il dévia de sa trajectoire pour percuter l'épaule de l'un d'entre eux.

— Doucement, gamin.

— T'as quelque chose à dire ?

— Regarde où tu marches, c'est tout.

L'archer s'arrêta pour lui faire face. Eivy avança sans bruit et se pencha au-dessus du tonneau.

— T'es au milieu du passage, répondit Kiam au pirate.

— Tu t'es levé du mauvais pied, l'archer ?

Quand Eivy souleva l'arme, elle se révéla si lourde que le tonneau grinça. Par bonheur, aucun des deux hommes ne se retourna. L'intervention de Kiam accaparait toute leur attention. La jeune fille fourra son butin dans le sac.

Elle s'apprêtait à reculer quand une main se posa sur son épaule. Eivy étouffa un juron. C'était Alex. Le gamin la regardait avec des yeux ronds.

La jeune fille l'attira jusqu'à l'escalier. Du coin de l'œil, elle remarqua que l'archer avait repris son chemin. Eivy reporta son attention sur Alex.

— Toi et ta manie de t'approcher furtivement…

— Pourquoi t'as piqué sa hache, Eivy ?

— Parce que j'en ai besoin pour quelque chose de très important. Il faut que tu me promettes de n'en parler à personne. Je risque ma vie, sur ce coup-là.

Le gamin écarquilla les yeux. Il la fixa pendant quelques secondes, la bouche entrouverte, avant d'acquiescer d'un hochement de tête. L'excitation ne tarda pas à poindre dans son regard.

— Qu'est-ce que tu prépares ? Je vais t'aider !

La jeune fille observa les joues roses d'Alex, son nez retroussé et ses cheveux en pagaille, qui accentuaient son allure de lutin. Elle repensa aux risques qu'ils allaient prendre en libérant Ako. Sans parler du passage vers Othea, qui n'aurait rien d'une balade en poney.

— Je te raconterai plus tard, mentit-elle. Je ne peux rien te dire pour le moment.

— Pourquoi ?

Eivy plissa les yeux.

— Retourne à ton poste, Alex, tu me fais perdre du temps.

Il lui jeta un regard penaud avant de s'éloigner de mauvaise grâce. Sous sa casquette, Eivy observa le gamin rejoindre le mât. Son cœur se serra. Elle contracta les poings pour se recentrer sur ce qu'elle avait à faire.

La jeune fille s'enfonça dans le couloir désert et se dirigea vers la cabine du capitaine. Les affaires d'Ako y étaient peut-être toujours. Eivy devait dénicher une carte, une boussole, ou n'importe quel objet susceptible de les aider à se repérer, une fois qu'ils auraient pris la fuite.

Elle se demanda si la pierre de lune qu'elle avait aperçue dans la cabine y était encore. Si elle la voyait, elle l'emporterait sans hésiter. Eivy s'était retrouvée si choquée, quand Ako avait été assommé, qu'elle n'y avait pas pensé. Elle s'en mordait les doigts.

La jeune fille colla son oreille contre le bois de la porte. Il n'y avait aucun bruit. Eivy attrapa la poignée et poussa le battant.

Avec déception, elle constata qu'il ne restait plus aucune gemme accrochée au plafond. Elle était déjà au milieu de la pièce quand elle réalisa que Sindre se trouvait derrière elle. Il l'avait suivie. La stupeur lui coupa le souffle. Eivy lâcha son sac, qui cogna le sol dans un impact sourd. La porte se referma toute seule.

Le pirate blond fondit sur elle et lui bloqua les mains. Elle essaya de lui mettre un coup de genou, mais il se positionna pour qu'elle ne puisse pas l'atteindre. Il comprima tant ses poignets qu'elle ne put les dégager.

— Je savais que tu finirais par te pointer dans le coin, dit-il à voix basse.

Eivy ne pouvait pas crier : si les membres du *Red Stone* la découvraient là, ils comprendraient qu'elle mijotait quelque chose, et ne tarderaient pas à trouver la hache de Bayn dans le sac. Ce lourdaud était en train de ruiner son plan.

— Qu'est-ce que tu me veux ? cracha-t-elle.

Sindre neutralisa ses deux poignets d'une seule main et glissa l'autre dans la poche de son pantalon. Il en sortit un bout de roche d'un noir de suie. C'était l'une des pierres d'Ako. Le charpentier avait dû profiter de la confusion générale pour la subtiliser, la veille au soir. Il admira le minéral d'un air avide en le faisant rouler entre ses doigts.

— Tu vas me montrer comment on se sert de ça, finit-il par déclarer.

Eivy haussa les sourcils.

— Comment veux-tu que je le sache ?

Il lui adressa un sourire entendu.

— Ne fais pas l'innocente. J'étais là quand tu discutais avec Ako. Il a parlé de ton pouvoir. Tu connais forcément une chose ou deux sur cette pierre magique.

Eivy sentit ses nerfs lâcher. Elle s'exclama :

— Qu'est-ce que tu crois, imbécile ? Qu'il suffit de réciter un sort pour que cette pierre lance des éclairs ?

Le sourire de Sindre s'effaça, et ses doigts se resserrèrent douloureusement autour des poignets d'Eivy.

—Je crois que j'ai pas été assez clair. Si tu refuses de me montrer comment on s'en sert, je raconte aux autres que tu viens d'Othea et que tu complotais avec Ako. Ils n'hésiteront pas à te réserver le même sort que lui.

—Et moi, je leur dirai que tu as volé la gemme d'Ako et que tu veux t'en servir pour devenir capitaine. Car c'est bien ça : tu veux l'utiliser pour prendre l'ascendant sur l'équipage, n'est-ce pas ? Cette histoire devrait beaucoup intéresser le bosco. D'ailleurs, comment vas-tu justifier ton mensonge ? Hier soir, tu as prétendu que je t'avais aidé à faire diversion.

Une hésitation traversa le regard de Sindre, et Eivy profita du relâchement de ses doigts pour dégager l'une de ses mains. Vive comme une anguille, elle lui arracha la pierre noire. Elle eut à peine le temps de sentir son aura sombre l'envahir. Le pouvoir d'Ako, étrange et inaccessible, résonnait comme un écho lointain au fond du minéral.

Eivy ne parvint pas à lui insuffler de l'énergie, mais sa connexion avec la gemme la fit scintiller entre ses phalanges. Elle comptait là-dessus pour impressionner son adversaire. La jeune fille brandit sa main devant elle en adressant un regard féroce au pirate, espérant le faire fuir. Elle ne tarda pas à regretter sa tentative.

Quelque chose bascula dans les yeux de Sindre. Eivy allait crier quand la main droite du jeune homme se referma sur son cou. Une douleur soudaine irradia jusqu'à ses poumons. Eivy ne pouvait plus respirer. Dans la panique, elle lâcha la pierre et s'agrippa aux doigts calleux de Sindre, mais il ne bougea pas d'un pouce.

—Sorcière, grogna-t-il. Tu me feras pas mourir comme Neil.

Un voile flou ponctué de taches noires s'abattit sur la vision d'Eivy. C'est à peine si elle aperçut la lame qui fendait l'air pour venir se planter dans le bras du charpentier. Il hurla de douleur et libéra la jeune fille, qui s'effondra sur le sol, les paumes autour de la gorge. Son souffle était saccadé et sa trachée brûlait comme si elle avait avalé des flammes.

Haletante, elle leva le nez.

Alex se tenait devant la porte : il l'avait suivie.

Le regard affolé du gamin passa d'Eivy au bras de Sindre, transpercé par l'un des couteaux de cirque que le petit emportait partout avec lui.

Des pas précipités retentirent dans le couloir. Sam entra dans la pièce, accompagné de Fishin'Jack et du bosco. Dans la confusion, Eivy réalisa qu'ils secouraient Sindre. Sam attrapa le gamin par le bras et le traîna dehors.

Tandis que les autres sortaient, le bosco se pencha sur elle.

— Qu'est-ce que tu trafiques, toi, encore ? Je t'avais demandé de rester tranquille. On enferme le gosse pour agression sur un membre de l'équipage. J'espère pour toi que t'avais une bonne raison de traîner par ici, sinon je t'envoie rejoindre les deux autres au fond de la cale.

Elle voulut répondre, mais sa gorge enflammée ne parvint qu'à émettre un son rauque.

— Tu perds rien pour attendre, s'impatienta le bosco. Sindre nous racontera tout quand l'herboriste aura stoppé l'hémorragie.

Il passa la porte et disparut dans le couloir.

Chapitre 23

— C'est pas ta faute, Eivy, murmura l'archer.

Kiam se tenait à côté d'elle, accoudé au bastingage. Le soleil était à son zénith, et les pirates déjeunaient de part et d'autre du pont. L'écume formait des résidus mousseux qui s'accrochaient à la coque. Eivy faisait osciller la chaîne de sa montre à gousset pour calmer ses nerfs.

Une toux douloureuse la plia en deux, mais cela n'était rien à côté de la fureur qui grondait derrière ses tempes. L'archer avait beau prétendre le contraire, Alex était prisonnier à cause d'elle. Elle l'imagina attaché au bois humide de la cale. La jeune fille contracta ses poings tremblants.

— J'irai le chercher en même temps qu'Ako, chuchota Kiam. Au fond, ça change pas grand-chose au plan.

Les paroles de l'archer ne l'atteignaient qu'à moitié.

— Il faut que tu gardes la tête froide, insista-t-il. On doit agir comme prévu. C'est le seul moyen de le tirer de là.

Il avait raison.

Eivy se tourna vers lui pour acquiescer. Elle eut l'impression que le voile de confusion qui troublait ses pensées s'estompait un peu. Ça allait fonctionner, il le fallait.

En sortant de sa torpeur, elle réalisa que l'herboriste était absent.

— Où est Edwin ?

— Il y a une petite complication.

— Vas-y, lâche le morceau.

— Quand il a appris où ils avaient emmené Alex, il a refusé de soigner Sindre. Du coup, deux pirates se sont incrustés dans sa cabine et l'empêchent de sortir jusqu'à ce que l'autre soit sur pied. Ce qui va demander un moment, vu qu'il a perdu pas mal de sang.

— Dis-moi que tu plaisantes.

Kiam secoua la tête en signe de dénégation. Un sourire fugace fit pétiller ses fossettes.

— Edwin a pris de l'aplomb, hein ?

— Il aurait mieux valu qu'il fasse profil bas. Comment va-t-il s'échapper avec nous, s'il est séquestré dans sa cabine ?

— On improvisera pour le faire sortir. Les choses se passent pas toujours comme prévu, faut savoir s'adapter.

Ce disant, il s'éloigna pour aller manger un morceau. Eivy se mordit nerveusement la lèvre. La soirée s'annonçait compliquée.

Le soleil se couchait quand trois pirates commencèrent à préparer l'exécution d'Ako, programmée le lendemain matin. Les autres se dirigeaient vers la cabine principale pour prendre leur repas.

Eivy repéra rapidement Doran. Il était assis à la poupe et touillait distraitement son bol de bouillon. Comme il était de veille au nid-de-pie, ce soir-là, il n'irait pas dîner à l'intérieur.

Doran était un pirate roux aux yeux inquiets et au sourire partiellement édenté. *Il croit aux histoires de Buster*, lui avait confié Kiam. Cela voulait tout dire. Doran n'était pas connu pour sa jugeote, et sa superstition faisait bien rigoler les autres membres de l'équipage. Eivy allait devoir tabler là-dessus.

Le pirate sortit de sa rêverie quand elle s'adossa à côté de lui.

— Dure journée, dit Eivy, qui avait passé l'après-midi à nettoyer le pont.

Il la regarda un instant, une lueur craintive dans l'œil. Eivy avait toujours senti qu'il était mal à l'aise en sa présence. Peut-être même lui faisait-elle peur. Il allait falloir qu'elle en joue, mais sans forcer le trait.

Doran reprit contenance et désigna du menton les pirates qui préparaient l'exécution.

— Demain sera un meilleur jour, avec la mort du démon.

Un rire nerveux dévoila les trous de sa dentition et secoua son bol. Eivy s'accroupit pour se mettre à sa hauteur, et chuchota :

— Je ne suis pas sûre qu'on soit tirés d'affaire, une fois qu'ils l'auront tué. Ça pourrait même être pire. Tu as vu le M qu'il avait sur le bras ?

Doran lui jeta un regard angoissé.

— Le M de Meyrin ? souffla-t-il. Celui de la malédiction ?

— Ah, Buster t'en a parlé aussi. Tout à l'heure, le cuistot m'a dit que Meyrin avait pris Ako pour cible, et qu'il serait mécontent si l'équipage se chargeait de la mise à mort à sa place. Il risque de hanter le bateau un petit moment, après ça. Et de se venger copieusement, j'en ai bien peur.

Doran ouvrit une bouche de carpe. Il retrouva sa langue au bout de quelques secondes :

— Je vais pas me laisser impressionner par un fantôme.

Eivy planta ses prunelles dans les siennes et le fixa d'un regard perçant.

— Tant mieux. C'est rassurant de voir qu'il y a des hommes forts pour surveiller le navire. Moi, je ne partage pas ta tranquillité d'esprit. Il paraît que Meyrin est plus rapide que le vent et qu'il n'a pas besoin d'arme : il trancherait ses adversaires en deux d'un seul regard. On dit qu'en tendant l'oreille, on peut entendre les cris de ses victimes dans le bruit des vagues. Et qu'avant chacune de ses apparitions, une puanteur épouvantable se répand dans l'air. Elle représente les centaines de cadavres en décomposition à qui il a ôté la vie.

Un long silence s'ensuivit.

— Je vais te laisser, dit Eivy en se redressant, tu ne vas pas tarder à prendre ton tour de garde. Régale-toi bien !

Doran posa son bol de bouillon sur les planches, blanc comme un linge.

Il faisait nuit quand Eivy rejoignit l'escalier. La tension crispait sa nuque comme si elle était prise dans un étau. Elle tendit l'oreille en passant devant la cabine de l'herboriste, mais reprit son chemin lorsque quatre pirates débouchèrent dans le couloir. Ils la doublèrent pour entrer dans la pièce principale. Un brouhaha émaillé de cris et de rires s'en échappait. Kiam était là-dedans, à attendre son signal.

La jeune fille se dirigea vers le dortoir désert. Elle souleva la latte bancale qu'elle avait repérée dès son arrivée sur le *Red Stone*.

La hache de Bayn y était toujours dissimulée.

Par bonheur, ni Sindre ni le bosco n'avaient remarqué le sac de toile qui gisait dans la cabine du capitaine, le matin même, après leur confrontation. Dès leur départ, Eivy avait eu la présence d'esprit de courir le cacher dans le dortoir. Peu après, Bayn remontait sur le pont et réalisait que sa hache avait disparu. Il était entré dans une rage folle. L'événement avait causé un sacré bazar sur le bateau.

Il faut dire que le vol était un sujet délicat à bord. Les pirates ne faisaient confiance à personne au sujet de leurs biens personnels.

La plupart les gardaient sur eux, même en dormant. Le bosco ne se séparait jamais de son sabre et le muet portait en permanence son grand chapeau en cuir, qui le protégeait si bien du froid.

Eivy récupéra le sac et remit la latte en place. Elle resta agenouillée un instant et enfonça ses ongles dans ses paumes. Si elle réussissait, il y avait encore une chance pour qu'elle rejoigne Othea. Si elle échouait, c'était la mort pour ses compagnons et elle.

Elle ramassa le sac contenant la hache et sortit du dortoir. Dans la cabine principale, le dîner battait son plein. Le pont, lui, était quasiment désert. Seule la silhouette de Doran se dressait dans le nid-de-pie, en haut du mât.

Eivy se tapit dans l'ombre du gréement et se faufila vers la proue. Le seau d'hortafles couvert d'un linge qu'Edwin laissait macérer se trouvait là, à l'écart, pour ne pas importuner l'odorat des membres de l'équipage. La jeune fille détacha les cordes qui le maintenaient en place. Elle attrapa le seau d'une main et regagna la base du mât, en bénissant l'obscurité qui masquait sa silhouette.

Une planche craqua bruyamment sous ses pieds. Doran redressa la tête. Eivy colla son dos contre le mât.

— Y a quelqu'un ? brailla le veilleur.

La fin de sa phrase avait pris une inflexion aiguë. Il avait peur. Et il n'était pas le seul. Le cœur de la jeune fille battait à tout rompre. Elle pria pour que le seau encombrant qu'elle tenait à la main ne trahisse pas sa présence.

Au grand soulagement d'Eivy, Doran finit par reprendre sa position initiale.

Il était temps d'entrer en action.

Avant chacune des apparitions de Meyrin, une puanteur épouvantable se répand dans l'air, avait-elle dit au veilleur, plus tôt dans la soirée. Le moment était venu de voir s'il avait retenu la leçon. La jeune fille vida le contenu visqueux du seau à un mètre du mât. L'odeur des hortafles retourna son estomac, et Eivy s'éloigna vivement.

Deux tonneaux étaient postés près du couloir. Elle s'accroupit derrière en serrant le seau vide d'une main, et le sac en toile de l'autre.

La réaction de Doran ne se fit pas attendre.

— Qu'est-ce que… cette odeur… à l'aide !

Des grincements suivis de pas précipités résonnèrent dans la nuit. Le veilleur était descendu du mât et déboulait sur le pont. Il disparut dans l'escalier en criant :

— Aux armes ! Meyrin nous attaque !

Dès qu'il eut quitté de son champ de vision, Eivy sortit de sa cachette et se précipita vers le mât. Elle ouvrit le sac et jeta la hache de Bayn par terre.

Des bruits de pas retentirent dans le couloir. Eivy eut juste le temps de détaler avant que les premiers pirates ne débarquent. Elle courut à la poupe et se pelotonna derrière le gouvernail. Une goutte de sueur roulait le long de sa nuque. Elle tendit l'oreille pour entendre ce qui se passait vers le mât. À en juger par les exclamations et les craquements du bois, trois ou quatre hommes s'étaient regroupés sur le pont.

— Si tu m'as fait venir pour rien, Doran, tu vas avoir affaire à moi.

— Mais l'odeur…

— C'est vrai que ça sent le rat crevé.

— On nous attaque ? demanda un nouveau venu.

Eivy se figea. C'était la voix de Bayn.

— Non, c'est encore Doran qui délire.

— Je vais vérifier là-haut, décida un homme.

Le bois grinça. D'autres membres de l'équipage affluaient sur le pont. Le moment qu'Eivy attendait se produisit alors.

— C'est ma hache ! s'exclama Bayn. Qu'est-ce qu'elle fout là ?

Dans la voix du jeune homme, la surprise ne tarda pas à se muer en rage.

— Doran, espèce de raclure !

Le veilleur couina d'incompréhension. Au bruit qui se répercuta sur le pont, Eivy réalisa qu'il tentait de fuir. Un cri aigu suivi d'un coup lui signifia que Bayn l'avait rattrapé.

— Doucement, gamin ! rugit le timbre grave du bosco. Tu n'as aucune preuve, alors lâche-le !

— Arrête de te prendre pour le capitaine, toi ! répondit la voix de Sam, manifestement imbibé.

— Répète ça, pour voir ?

La rumeur enfla soudainement, empêchant Eivy d'entendre la suite. Un mélange de cris, de craquements et de bruits sourds provenait de l'escalier. On aurait dit que les pirates sortaient massivement sur le pont pour voir ce qui se passait.

La jeune fille fut stupéfaite par la vitesse à laquelle le vacarme s'amplifia. Elle décida de s'extirper de sa cachette. Avec l'agitation qui régnait un peu partout, sa présence ne risquait plus de paraître suspecte.

Lorsqu'elle émergea du gouvernail, elle ne put s'empêcher d'écarquiller les yeux. La quasi-totalité de l'équipage était entassée sur le pont, et s'égosillait dans un tumulte étourdissant. On aurait dit que la tension accumulée depuis des semaines avait saisi cette occasion pour exploser. Un capitaine ou un quartier-maître digne de ce nom aurait peut-être réussi à calmer tout ce petit monde. Faute de quoi, l'équipage commençait à ressembler à une meute enragée.

Au centre de la foule, Sam et le bosco se tournaient autour en se lançant des regards acides. À quelques mètres d'eux, Skorji, un grand bonhomme au teint rougeaud, s'était interposé entre Bayn et Doran. Il avait toujours eu une dent contre le premier, et profitait de l'occasion pour régler ses comptes.

Le bosco envoya un coup de poing en direction de Sam au moment où Skorji se jetait sur Bayn. Tout autour, la foule poussait des cris hargneux. Le pont craquait comme si le *Red Stone* était aux prises avec une tempête.

Eivy se faufila vers l'entrée du couloir. Un homme qui en chargeait un autre fusa sur sa droite. Elle évita l'impact de justesse en se plaquant contre la paroi. La jeune fille vit alors Perk tituber en direction de l'escalier et crier avec entrain :

— Roni, sors de là !

Quelques secondes plus tard, ce dernier déboula dans le couloir.

Eivy sentit son cœur s'accélérer. Roni était l'un des deux pirates affectés à la garde d'Ako, et il venait de déserter son poste. Le plan fonctionnait.

Elle dévala l'escalier et porta ses deux mains à sa bouche. La jeune fille inspira une grande bouffée d'air et siffla trois fois. En priant pour que Kiam l'entende à travers le vacarme qui enfiévrait le bateau, elle se rua vers la cabine de l'herboriste. Eivy tambourina la porte.

— Ouvrez ! s'exclama-t-elle. Il y a des blessés !

Elle attrapa la poignée et tenta de l'actionner, en vain. Elle pesta : ils avaient enfermé Edwin à clé. Elle soupira nerveusement et s'éloigna du couloir.

Kiam devrait aller enfoncer la porte de l'herboriste, une fois qu'il serait revenu avec les deux autres… Elle réalisa que la réussite du plan reposait désormais sur les épaules de l'archer. La jeune fille se hâta de regagner le pont.

Un cri de douleur retentit, un peu plus loin. Skorji donnait visiblement une bonne leçon à Bayn. Alors qu'Eivy se faufilait dans la foule, une main tatouée agrippa son bras. C'était Yashil. Il lui sourit, et ses yeux chargés de khôl se plissèrent.

— Où est-ce que tu cours comme ça, toi ?

La jeune fille lui envoya un coup de coude dans les côtes et prit la fuite vers la proue. Son sang fouettait ses tempes. Bousculant tout sur son passage, Eivy parvint à sortir de la foule.

Elle atteignit l'extrémité du *Red Stone*. Les quatre marches du petit escalier lui permirent de grimper sur le gaillard d'avant. Eivy se faufila jusqu'au bout du navire, où le cabestan et les lourdes pièces du gréement la dissimulaient aux regards.

Eivy reprenait son souffle quand un homme apparut dans son dos. Elle étouffa un cri et se tourna pour discerner son visage. À en juger par ses traits tendus et son œil aux aguets, il n'était pas plus rassuré qu'elle.

— Edwin !

L'herboriste remit ses lunettes en place avant de poser sa sacoche sur le pont.

— Comment as-tu fait pour te débarrasser des autres ?

— Ma cabine est pleine de plantes, Eivy. La mixture de longue lune plongerait n'importe quel homme dans un profond sommeil. J'ai collé un mouchoir sur mon nez afin de ne pas l'inhaler. Sindre et les deux autres, eux, l'ont respirée à pleins poumons. Cela n'a pas été difficile, la mission de Kiam était bien plus ardue.

L'herboriste jeta un regard circulaire à l'espace étroit où ils se cachaient.

— Il n'est pas encore arrivé ? demanda-t-il, l'air anxieux.

Une sensation désagréable s'insinua au creux du ventre d'Eivy. Et si l'archer n'avait pas réussi à venir à bout du garde ?

Un bruit de pas la fit sursauter. Quelqu'un avait grimpé sur le gaillard d'avant. Une seconde après, la silhouette de Kiam se découpa sur le ciel noir. Une bouffée de soulagement la gagna.

L'archer portait un lourd tonneau qu'il posa sur les planches. Il ôta son couvercle. Alex en émergea, pâle et tremblant, avant de sauter dans les bras d'Eivy. Il s'agrippa si fort à elle qu'il écorcha la peau de sa nuque.

— Comment ça s'est passé ? dit-elle en levant la tête vers Kiam.

L'archer avait le visage grave et quelques égratignures dans le cou.

— C'était un dur à cuire, mais j'ai été plus rapide. Je l'ai bâillonné et attaché en bas. Si on se bouge, il nous posera pas de souci.

— Où est Ako ?

— Il était plus dans la cale quand je suis arrivé.

Ils furent interrompus par un bruit suspect. Quelqu'un avançait dans leur direction en sifflotant. L'intrus contourna le cabestan et leva le nez vers eux. C'était Perk. Il eut un mouvement de recul en les voyant.

— Le… le gamin, bredouilla-t-il. Vous avez libéré le gosse.

Il ouvrait la bouche pour crier quand une silhouette encapuchonnée apparut derrière lui pour lui asséner un coup de rame sur le crâne. Perk s'étala de tout son long sur les planches.

Ako ôta l'étoffe noire qui masquait son visage.

Il posa ses yeux vairons sur eux tout en enjambant le corps inerte du pirate.

— Eh bien, on dirait que vous avez vu un fantôme.

Eivy l'observa, sidérée. Elle allait lui demander comment il avait réussi à s'échapper, mais se ravisa en apercevant le sac qu'il tenait à la main. Ako avait visiblement pris le temps de récupérer ses effets personnels.

Il n'avait jamais vraiment été en danger. À quoi jouait-il ? Pourquoi l'avait-il laissée se débrouiller pour organiser leur fuite ?

— Tu as donc fini par accepter ma proposition, Eivy.

Elle acquiesça d'un signe de tête. Le jeune homme balaya les autres du regard.

— Tes amis sont venus te dire au revoir ?

— Ils m'accompagnent.

Ako souriait toujours, mais quelque chose se durcit dans ses prunelles. Il haussa un sourcil tout en la fixant. Un cri de douleur et une salve d'acclamations fusèrent dans son dos. Un pirate avait dû en vaincre un autre, au centre du pont.

Le jeune homme aux yeux vairons finit par capituler.

— Dans ce cas, allons-y. Autant quitter l'équipage du *Red Stone* pendant qu'il est occupé, je déteste les adieux larmoyants.

Il avança pour se pencher sur le bastingage, puis passa une jambe dans le vide et s'élança.

Eivy rejoignit la rampe. Le canot de sauvetage était suspendu par d'épais cordages, deux mètres en dessous. Ako prit place sur le banc du milieu.

Elle sauta à son tour. Ses bottes claquèrent contre le bois froid et humide. Les trois autres ne tardèrent pas à l'imiter. Une fois qu'ils furent tous installés, Kiam attrapa la poulie et desserra les nœuds. Il fit jouer les cordages pour que l'embarcation entame sa longue descente vers la mer.

Quand Eivy entendit les grincements occasionnés par la manœuvre, elle craignit que quelqu'un les repère. Mais le raffut sur le pont suffit à étouffer les bruits de leur fuite. Lorsque le canot toucha les flots, elle laissa échapper un soupir de soulagement.

Tout le monde attrapa une rame, et ils commencèrent à progresser dans la nuit.

Sur le *Red Stone*, l'agitation était à son paroxysme. L'écho du tumulte revêtait un caractère presque irréel, à cette distance.

Ako se tourna vers elle.

— C'est toi qui es à l'origine de ce chaos ?

— En partie.

Il éclata de rire.

— C'est parfait, Eivy. Je n'en attendais pas moins de toi.

Kiam jeta à Ako un regard où l'irritation se mêlait à une forme de surprise. Eivy ne répondit rien. Un mélange d'émotions contradictoires bouillonnait dans son ventre. Elle était soulagée qu'ils s'en soient sortis, mais gardait une certaine amertume en repensant à la pierre noire, qu'elle n'avait pas réussi à animer face à Sindre. Cela dit, la perspective de rejoindre Othea surplombait tout le reste. Ils avaient changé de cap pour éviter la tempête. Maintenant, il leur fallait manœuvrer pour trouver le passage vers l'autre monde.

— Où va-t-on ? demanda Edwin.

— Sur une île nommée Salberune.

Le clapotis de l'eau adoucissait les grincements réguliers du bois. La lumière de la lune rendait le teint d'Ako plus pâle et son regard encore plus étrange que d'ordinaire. Eivy se surprit à détailler les traits parfaits de son profil.

Peu à peu, ils s'éloignèrent du navire. Le tumulte leur parvenait assourdi, comme étiré par la distance qui les séparait désormais du bateau. Eivy pivota pour observer la carrure imposante du *Red Stone* planté dans les flots noirs.

Une silhouette attira alors son attention.

Accoudé au bastingage, à l'angle du gaillard d'avant, quelqu'un les regardait partir. Eivy allait prévenir les autres quand elle reconnut le chapeau que l'homme portait. C'était celui du muet.

Les yeux de la jeune fille se posèrent sur le dos de Kiam. Son arc y était solidement attaché, à côté de la corde dont il ne se séparait jamais. Que se passerait-il, si elle parlait ? Décocherait-il une flèche au mousse afin de l'empêcher de les dénoncer ?

Eivy se tourna à nouveau pour garder le muet à l'œil. Toujours immobile, celui-ci n'avait pas l'air de vouloir prévenir qui que ce soit. Il lui fit alors un petit signe de la tête, comme pour la saluer. La jeune fille le lui rendit avec méfiance.

Elle décida de graver cette image dans sa mémoire pour se souvenir que le quotidien n'était pas si sombre, à bord du *Red Stone*.

Ils s'éloignèrent progressivement. La silhouette du muet se transforma en point noir, avant de s'effacer complètement dans la nuit.

Chapitre 24

Les falaises escarpées de Salberune se dressaient dans l'aube. Juste derrière, un soleil fantomatique émergeait péniblement dans le ciel voilé. Le petit groupe venait à peine de débarquer sur l'île. Eivy s'enfonça un peu plus dans son long manteau pour se réchauffer.

Le cri des goélands était assourdi par le bruit du vent et des vagues se fracassant sur la côte. Au bout de celle-ci, un ponton croulait sous de vieilles barques de pêche. La jeune fille le quitta des yeux pour observer les falaises. Leurs flancs d'un noir bleuté se faisaient abrupts, comme écorchés. Ils semblaient avoir surgi des profondeurs pour barrer le passage aux intrus.

Était-ce vraiment sur cette île que se cachait le passage vers Othea ?

Eivy accéléra le pas pour atteindre les premières marches du petit escalier enfoncé dans le ravin. Ako la précédait. Les autres ne tardèrent pas à suivre. Ils commencèrent leur ascension dans l'odeur âpre des algues qui imprégnait l'air.

Kiam n'avait pas l'air très à l'aise dans cette atmosphère froide et brumeuse. L'herboriste lorgnait chaque marche avec suspicion, à la différence d'Alex, qui ressemblait plus que jamais à un cabri. Elle l'observait avec amusement quand quelques pierres s'effritèrent sous ses pieds. Eivy les suivit des yeux tandis qu'elles plongeaient dans le ravin, et en profita pour risquer un regard en biais vers la plage.

Leur canot abandonné rétrécissait à vue d'œil. *Inutile de l'attacher, nous ne repasserons pas par ici*, avait dit Ako. Cette idée avait fait tambouriner le cœur d'Eivy. À quoi pouvaient bien ressembler des personnes capables d'ouvrir un passage vers Othea ? Elle y songeait quand son pied dérapa. Son genou gauche percuta la pierre, esquivant de peu l'angle acéré de la marche. Ako se tourna vers elle.

— Évite de te blesser, tu vas avoir besoin de tes jambes. La suite de notre voyage ne sera pas de tout repos.

Eivy le considéra tandis qu'il reprenait son ascension. Une question lui brûlait les lèvres.

— À ce propos, tu ne nous as toujours pas dit ce que signifiait le M, sur ton bras.

Les épaules du jeune homme se figèrent.

— Il est peut-être temps, murmura-t-il, comme pour s'en convaincre lui-même.

Eivy ne voyait pas son visage, mais le ton de sa voix s'était assombri.

— Il s'agit du M de Meyrin.

— Celui dont parlait Buster ?

— C'est possible, il connaît un tas de légendes de ce goût-là.

— Ce sont des histoires à dormir debout, intervint Edwin, dont le pragmatisme résistait visiblement à l'ascension difficile de la falaise.

Ako émit un rire sans joie.

— La plupart, en effet, mais pas celle-ci.

— Comment peux-tu le savoir ?

Le jeune homme tourna légèrement la tête. La goutte en cristal se balança dans ses cheveux bruns.

— Parce que j'ai connu Meyrin.

Eivy haussa les sourcils.

— Mais qui est ce Meyrin ?

— Autrefois, c'était un individu puissant que beaucoup redoutaient, à Othea. Un chasseur de primes qui utilisait une certaine forme de magie.

— C'est-à-dire ?

Ako hésita quelques instants avant de répondre.

— Des cristaux lui permettaient de canaliser l'énergie des autres, mais on s'éloigne du sujet. Il se trouve qu'un jour, quelqu'un a réussi à le piéger. Cette personne a épargné la vie de Meyrin, mais a brisé le talisman qui concentrait sa force vitale, pensant probablement que ça suffirait à le réduire à néant. Vous avez connu Slivengan et Dent Rouge. Un lien addictif se crée entre un homme et la pierre dont il tire sa magie. Normalement, il est dévasté si on la brise, et n'y survit pas.

— C'est ce qui s'est passé pour Meyrin ?

— Pas tout à fait. Il avait acquis trop de puissance, et manipulé trop de sorts dangereux pour être anéanti si facilement. Lorsque son cristal a été détruit, et, avec lui, sa force vitale, Meyrin est devenu une sorte d'hybride. Il n'est plus vraiment vivant, mais pas mort non plus. À vrai dire, depuis sa transformation, ce sont surtout les autres qui lui posent un problème. Meyrin n'a pas la capacité de s'approcher des humains, car l'énergie vitale qu'ils dégagent est trop puissante, en comparaison de la sienne, pour qu'il puisse supporter leur présence.

Eivy répliqua :

— Le Meyrin dont tu parles n'a pas l'air bien dangereux.

— Le souci, reprit Ako, c'est qu'en annihilant son humanité, sa transformation a aussi renforcé ses pouvoirs. Sa magie est plus libre, plus spontanée. Il n'a même plus besoin de cristaux pour l'exercer. Et la perte de sa substance vitale a allégé son enveloppe charnelle, ce qui lui permet de voyager aisément entre les mondes. Le Meyrin d'aujourd'hui n'a pas de frontières. C'est sans doute pour ça que sa réputation est arrivée jusqu'aux oreilles de Buster.

La dernière phrase d'Ako résonna étrangement dans l'air humide. Eivy réalisa qu'Alex s'était approché d'eux pour écouter. Kiam se murait dans un silence méfiant, et Edwin avait cessé de manifester son incrédulité en soupirant.

— Et le M de ton bras ? insista Eivy.

— J'y venais. À Othea, un vieux sorcier avait coutume de s'offrir les services de tueur de Meyrin. Il a été affligé en apprenant que ce dernier devait fuir toute forme de civilisation. Le magicien a donc créé un sortilège afin de pouvoir continuer à le faire assassiner sur commande. L'énergie mobilisée pour l'enchantement a permis à Meyrin de retrouver un semblant de force vitale. Grâce à lui, il a la capacité d'approcher une personne isolée. Mais le sortilège agit aussi comme un ordre immuable, qui le contraint à tuer la victime visée par le sorcier.

— Et le magicien fait tracer un M sur la peau de l'homme à abattre..., en conclut Eivy, dont le ventre s'était douloureusement noué.

— En effet, le M sanglant fait partie de l'enchantement. Une fois qu'il est inscrit, Meyrin pourchasse sa proie et l'attaque lorsqu'elle se retrouve seule, et hors de toute ville ou village, car il ne supporte pas la force vitale des groupes.

— Dans ce cas, intervint Edwin, l'individu traqué n'a qu'à s'installer dans une grande cité et y rester définitivement.

Ako eut un rire désabusé.

— Crois-moi, Meyrin peut être très inventif quand il s'agit de débusquer une proie. Il parvient toujours à la faire sortir de son trou.

Le jeune homme fit une pause avant de reprendre son récit.

— La situation est devenue critique à cause de l'un des serviteurs du sorcier. Il avait la langue bien pendue, et la formule du sort s'est ébruitée. D'autres se la sont appropriée. Depuis, l'enchanteur est mort, mais la malédiction de Meyrin a survécu.

Eivy avait du mal à y croire.

— Tu veux dire que n'importe qui peut lancer Meyrin aux trousses de quelqu'un d'autre en traçant une lettre de sang sur son bras ?

— Non, un enchantement est un processus bien plus complexe. Mais le M qui a été inscrit sur ma peau à bord du *Red Stone* n'est pas une plaisanterie. Il provient d'un sortilège authentique. J'ai immédiatement perçu sa puissance, et je la sens toujours.

— Je n'imagine pas l'un des pirates du *Red Stone* capable de lancer un tel sort.

Il se tourna vers elle. Une lueur inquiétante perlait dans son regard. Sous le ciel nuageux, son œil gauche paraissait encore plus gris.

— Et pourtant. Le sortilège ne s'est pas lancé tout seul.

Le silence retomba sur l'escalier. Eivy fut tentée de lui demander s'il soupçonnait un pirate en particulier, mais l'expression qu'elle avait perçue dans son regard l'en dissuada. Après tout, nombreux étaient les membres de l'équipage à avoir une dent contre Ako. Eivy connaissait peu les hommes avec qui elle avait vécu pendant des semaines, et ils ne l'intéressaient guère.

En revanche, l'histoire de Meyrin l'alarmait. L'idée qu'Ako soit menacé par un tel sortilège l'inquiétait plus qu'elle l'aurait voulu. Elle se mura dans le silence pour n'en rien laisser paraître.

En s'arrêtant brusquement, le jeune homme aux yeux vairons la tira de ses pensées. Trois marches défoncées rendaient la poursuite de l'ascension difficile. Devant eux, Alex parvint à escalader le ravin en prenant appui sur les pierres jouxtant l'escalier. Ako tendit la main à Eivy pour l'aider à accéder aux marches supérieures. Elle s'apprêtait à lui dire qu'elle pouvait se débrouiller seule quand elle entendit Kiam parler d'un ton méprisant qu'elle ne lui connaissait pas.

— En fait, tu te caches derrière nous pour sauver ta peau, c'est ça ?

Ils continuèrent leur ascension dans un silence aussi pesant que le ciel.

Le petit groupe atteignit le sommet de la falaise un bon quart d'heure plus tard. Eivy étira les muscles douloureux de ses cuisses. Devant eux s'étendait un espace rocheux tapissé de lichen. Seules quelques petites fleurs blanches émergeaient çà et là des taches de mousse. Un bois épais comme une forêt de varech débutait un peu plus loin.

Eivy se retourna pour voir Edwin, essoufflé, surgir de l'escalier. Les lunettes au bout du nez, l'herboriste observait les fleurs quand Alex les interpella. Il avait trouvé un chemin.

C'était un sentier approximatif qui serpentait vers l'intérieur de l'île. Ils l'empruntèrent et marchèrent quelques minutes, le long du bois, avant de tomber sur un village. Une pancarte blanchie par l'air salé indiquait Côte-Cendres.

— Nous allons faire escale ici, décida Ako.

— C'est là que se cache la faille vers Othea ? demanda Alex, les yeux agrandis par l'excitation.

— Non, je dois juste obtenir un renseignement. Profitez-en pour chercher à manger.

La bourgade était sombre et sinueuse telle une grotte s'ouvrant sur le ciel. Du clocher aux maisons, en passant par le muret qui encerclait les bâtisses, tout semblait construit à partir de la même pierre anthracite. On aurait dit un village sculpté dans une montagne humide.

En frôlant une demeure à laquelle il manquait un pan de mur, Eivy se demanda comment elle tenait encore debout.

Il ne devait pas être plus de six heures du matin, pourtant, ils croisèrent trois individus dès leur arrivée sur la place du village. Leurs sourcils étaient froncés sous leurs bonnets. Ils possédaient tous une longue barbe qui se mêlait à leurs vêtements de laine.

— Des pêcheurs, chuchota Edwin en désignant les bottes qui leur remontaient jusqu'aux genoux, au moment où les hommes tournaient à l'angle d'une ruelle obscure.

Une dizaine de bâtisses bordaient l'esplanade, dont celle d'un marchand qui ouvrait ses portes en bois brut. Courbée au-dessus d'un large filet de pêche, une vieille femme les regarda passer d'un œil inquisiteur. Son visage était buriné par le sel et le vent.

Ako sembla réfléchir quelques instants, le nez tourné vers la fontaine qui ornait le centre de la place. Des poissons aux traits rudimentaires avaient été sculptés dans la roche. L'eau clapotait mollement dans la vasque tachetée de mousse, résonnant dans le silence matinal.

— Je n'en aurai pas pour longtemps, dit-il, on se retrouve dans une heure à l'entrée du village.

Le jeune homme tourna les talons et s'éloigna d'un pas souple vers la ruelle où avaient disparu les pêcheurs.

Eivy et ses compagnons se concertèrent du regard. Edwin finit par désigner le marchand, dont la devanture était à présent grande ouverte.

— Si nous devons trouver à manger, voilà qui me semble tout indiqué.

— Ça peut attendre, répondit Kiam en s'étirant le dos. Je sais pas vous, mais moi, j'irais bien me poser un peu.

L'archer montra un autre bâtiment d'un hochement de menton. Ils s'approchèrent de sa porte ouverte. Sur la pancarte suspendue au toit, un dessin à moitié effacé représentait une chope de bière. L'idée de boire quelque chose de chaud titilla l'estomac d'Eivy.

Edwin dut s'en rendre compte, car il capitula.

— Allez-y, tous les deux, je m'occupe des provisions avec Alex.

— Mais je veux y aller, moi aussi ! protesta le gamin.

— T'es trop jeune, ils te laisseront pas entrer, répondit Kiam.

Le petit lança un regard implorant à Eivy, mais l'herboriste l'entraînait déjà dans son sillage. Elle se mordit la lèvre pour ne pas rire et se tourna vers Kiam.

— Alors comme ça, il est trop jeune pour s'asseoir dans une auberge ?

Kiam la gratifia d'un sourire rayonnant, et lui ouvrit la porte pour qu'elle entre avant lui. Un nuage de tabac les enveloppa. Sa fumée piqua les yeux d'Eivy et réchauffa ses joues.

L'auberge était lambrissée de planches en bois du sol au plafond. Seul le subtil chatoiement provenant de l'âtre l'éclairait. Un comptoir bordé de tonneaux jouxtait le mur, après la porte, et une femme aux cheveux grisonnants tressés en couronne s'y affairait.

Le reste de la pièce était meublé de tables de différentes tailles en bois brut, autour desquelles des pêcheurs bavardaient avec animation. Ils prenaient des forces avant leur journée de travail. Quand Eivy et Kiam se mirent à la recherche d'une place, les discussions s'interrompirent et les regards se tournèrent vers eux.

Ils finirent par s'installer côte à côte derrière une table, sur une banquette nichée dans une alcôve. Son rembourrage était complètement avachi, mais restait confortable. Au-dessus d'eux, un large filet de pêche décorait le mur. Kiam se débarrassa de sa corde, de son arc et de son carquois, puis déroula ses longs bras sur la table. Il était à l'étroit, mais semblait enfin détendu. Eivy se demanda si c'était la chaleur de la taverne ou l'absence d'Ako qui avait ôté l'enclume invisible pesant sur ses sourcils.

La serveuse faisant mine de ne pas les voir, l'archer se leva pour aller à sa rencontre, sous le regard aiguisé des pêcheurs. Ils ne devaient pas croiser beaucoup d'étrangers, dans le coin.

Kiam revint quelques minutes plus tard avec deux bols en terre cuite. Une délicieuse odeur sucrée s'en échappait. Il s'agissait d'un lait chaud agrémenté de crème fouettée et de caramel au beurre salé. La jeune fille saliva.

— Félicitations, l'archer. Comment veux-tu que j'aie toujours envie de changer de monde après avoir goûté à ça ?

— Pas à moi, Eivy. Je sais bien que rien ne pourra te détourner de ton objectif.

Ils s'esclaffèrent et trinquèrent bruyamment. Les boissons avaient dû lui coûter toutes les pièces qu'il lui restait, mais cela n'avait plus d'importance. Leur monnaie n'aurait sans doute aucune valeur, à Othea.

En attendant, elle attrapa une cuillère en bois et la plongea dans son bol. La crème avait la texture d'un nuage. Elle la dégusta jusqu'à la dernière goutte. Kiam, lui, buvait à grandes gorgées, sans se préoccuper de séparer la crème du reste.

— Mon premier lait chaud était nettement plus alcoolisé, dit-il d'un air amusé.

Eivy haussa un sourcil interrogateur au-dessus de son bol.

— C'était avec Jin et d'autres gars du *Red Stone*, pour ma première escale. Il faisait froid, il nous fallait quelque chose de réconfortant. Jin avait la manie d'ajouter du rhum partout.

La jeune fille laissa traîner ses yeux sur l'archer. Son pull en grosse laine était remonté sur ses coudes, et la crème avait dessiné une moustache de lait au-dessus de ses lèvres. C'était surprenant de le voir ainsi, quand on savait qu'il était originaire d'une tribu de guerriers sanguinaires. Elle avala une gorgée de lait en tournant son regard vers l'ossature de poisson fixée sur une planche, au milieu du mur d'en face. La chaleur qui enveloppait ses joues contrastait avec l'air froid du dehors.

— Dis-moi, demanda-t-elle, que penses-tu des Hakiwuls ?

Kiam tourna distraitement la cuillère en bois dans ses mains, et finit par répondre, les yeux fixés sur sa boisson :

— Depuis que je suis gamin, j'ai l'impression qu'il me manque quelque chose. Ou, plutôt, d'avoir oublié un truc important. Un peu comme quand t'arrives plus à te souvenir d'un mot alors que tu le sens juste là, prêt à sortir… Le truc qui me manque est à Othea. J'en suis persuadé depuis le soir où tu m'as parlé des Hakiwuls.

Un bruit de chaises qu'on racle sur le sol leur fit tourner la tête. Six pêcheurs se dirigeaient vers la sortie. Eivy avait presque oublié leur présence. Elle les regarda partir en finissant son bol à regret. Kiam leur jeta un coup d'œil puis pivota vers Eivy, un sourire au coin des lèvres.

— L'autre truc dont je suis persuadé, c'est que t'as un appétit redoutable, pour un si petit gabarit. Et que le lait chaud te rougit les joues.

— Tu peux parler, toi, avec ta moustache ! répliqua-t-elle en effleurant du doigt le lait au-dessus de sa bouche.

Ils échangèrent un éclat de rire suivi d'un long regard. Celui de Kiam était toujours aussi profond. Eivy finit par détourner les yeux. Elle se demandait bien ce qu'Ako était venu chercher dans ce village.

Depuis que le groupe de pêcheurs avait quitté la taverne, l'ambiance était beaucoup plus calme. Les quelques personnes restantes discutaient à voix basse. On entendait le crépitement du feu et les tintements produits par la serveuse, qui faisait la vaisselle dans un baquet d'eau.

Eivy bâilla en s'affalant sur la banquette. Elle n'avait pas dormi de la nuit, et la chaleur du lait la rendait somnolente.

Kiam la réveilla quasiment lorsqu'il lui demanda :

— Tu sais ce que tu vas faire, à Othea ?

— Une bonne sieste, finit-elle par répondre en étouffant un bâillement. Et chercher à comprendre d'où je viens, quelles sont mes origines. Un peu comme toi, j'imagine.

Elle entendit l'archer sourire. Il sembla hésiter un instant, puis leva un bras pour l'attirer contre lui. Eivy se blottit sur son pull. Sa laine rêche avait quelque chose de rassurant. La jeune fille sentait la chaleur de son corps émaner du tissu. L'odeur de sa peau se mêlait à celles du lait et du tabac qui emplissaient l'auberge.

Elle fermait les paupières quand les doigts de l'archer se figèrent sur son bras. Les épaules du jeune homme se contractèrent.

Eivy ouvrit les yeux.

Kiam fixait le fond de l'auberge. Dans une alcôve semblable à la leur, quelqu'un les observait. La pénombre et la configuration du renfoncement ne permettaient pas de discerner ses traits. L'individu était vêtu d'une cape qui couvrait en partie son visage, ce qui le distinguait des pêcheurs présents dans l'auberge.

Eivy était certaine qu'il n'était pas là à leur arrivée.

Le regard rivé sur eux, l'étranger porta tranquillement un cigarillo à sa bouche avant de recracher un nuage de fumée. Il avait calé sa jambe droite sur une chaise. Quelque chose, en lui, alarma

Eivy. Il s'agissait peut-être de la fixité de son regard, ou bien de la manière désinvolte qu'il avait de fumer, impassible, malgré l'expression de plus en plus menaçante de Kiam. La carrure et les prunelles orageuses de l'archer ne suffisaient pas à l'impressionner.

Eivy repensa au monstre lancé aux trousses d'Ako, et ses doigts rejoignirent instinctivement la poignée de sa dague. Elle se rassura en se souvenant que Meyrin ne pouvait pas s'approcher des villages, ni même de deux personnes à la fois.

Les poings de Kiam se crispèrent. Il avait commencé à se lever quand Eivy posa sa main sur la sienne.

—L'heure est passée, dit-elle, allons retrouver les autres.

—J'ai un truc à voir ici, je vous rejoins sur la place.

—Laisse tomber, Kiam, c'est pas le moment de chercher la bagarre avec un rôdeur. Plus on passera inaperçus, plus facilement on accédera à Othea.

—C'est pas faux..., finit-il par dire après une longue hésitation.

Il récupéra ses affaires et Eivy remit sa casquette. Lorsqu'ils quittèrent l'alcôve, une étincelle moqueuse s'alluma dans le regard de l'étranger. La jeune fille glissa son bras sous celui de Kiam et le maintint jusqu'à ce qu'ils sortent de l'auberge.

Ils firent un détour par la boutique du marchand : Alex et Edwin n'y étaient plus.

—Ils doivent déjà nous attendre, supposa Kiam, dont l'humeur s'était assombrie.

Eivy acquiesça vaguement. Ils avaient quitté Ako moins d'une heure auparavant, mais elle avait prétendu le contraire afin de s'éloigner au plus vite de l'auberge. Après avoir jeté un dernier coup d'œil à la place, ils s'engagèrent dans un dédale de ruelles pour atteindre l'entrée du village.

Ils ne tardèrent pas à déboucher sur une venelle encombrée de débris, bordée par une maison délabrée. Eivy se souvint avoir croisé ce bâtiment, à l'aller. On apercevait la charpente de son toit et une partie de ses fondations.

Elle contournait les restes d'un tonneau quand une silhouette encapuchonnée surgit des ruines. L'individu s'élança et atterrit devant eux dans un nuage de poussière. Il se campa sur ses jambes pour leur barrer le passage. Eivy tourna précipitamment la tête, craignant une embuscade, mais il n'y avait personne d'autre dans la ruelle.

Fidèle à lui-même, Kiam se rua sur l'assaillant. Il attrapa ses poignets et le plaqua violemment contre le mur. Celui-ci riposta par un coup de genou à l'entrejambe, que l'archer esquiva de justesse. Kiam lui fit à nouveau percuter la façade.

Sa cape se décrocha et libéra une longue chevelure. L'étranger était une femme, à peine plus âgée qu'eux. Elle était grande et bien charpentée. Sa manière de regarder fixement, sans ciller, lui conférait une prestance écrasante. La tête haute et les épaules fières, elle se tenait comme si la rue lui appartenait.

La lueur qui brillait dans ses yeux verts inquiéta Eivy. Elle comprit que la jeune femme était dangereuse, plus encore qu'elle voulait bien le montrer.

Chapitre 25

L'archer était décontenancé. Il recula d'un pas sans relâcher l'étrangère, faisant bruisser la longue chaîne qui gisait dans les décombres.

L'inconnue examina Kiam sans pudeur. Un sourire insolent étira ses lèvres.

— Joli morceau, dit-elle. Quel âge as-tu, dix-huit, dix-neuf ans ?

— Qu'est-ce que tu nous veux ?

Le sourire de l'autre s'élargit. Elle plongea une jambe dans les débris qui jonchaient le sol, comme pour essayer de s'échapper. Eivy remarqua qu'elle était pieds nus malgré le froid. L'étrangère rabattit sa jambe pour la remettre en place, et en profita pour bousculer celle de Kiam en faisant cliqueter les décombres.

— Tu es rapide et tu as de la force, ajouta-t-elle. Mais tu as le défaut classique des archers. Tu surveilles ce qui arrive au loin, sans prendre garde à ce qui se trouve sous tes pieds.

Eivy baissa les yeux. L'extrémité de la chaîne qui gisait par terre était à présent enroulée autour de la cheville de Kiam. L'autre bout enlaçait la jambe de la jeune femme jusqu'à la taille. Elle allait crier pour le prévenir quand l'étrangère leva le genou.

La chaîne se tendit et l'archer bascula en arrière. Son dos percuta la caisse dans un craquement de bois.

Kiam se redressa presque aussitôt. Au moment où il attrapait son pied pour défaire le lien, la jeune femme s'abattit sur lui avec la rapidité d'un oiseau de proie. Un autre pan de chaîne cingla l'air dans un bruit métallique, et vint s'enrouler autour du poignet de l'archer. Son pied gauche et sa main droite étaient coincés. Il ne pouvait plus bouger.

— Relâche-le ! s'écria Eivy en la menaçant de sa dague.

L'autre ouvrit de grands yeux pour mimer la terreur, puis éclata d'un rire narquois.

— Range ton cure-dents. Je n'ai pas l'intention d'abîmer ton mignon petit sauvage. En fait, je voulais juste discuter quand il m'a sauté dessus. Il va falloir que tu lui apprennes à ne pas mordre sans raison.

Eivy n'aimait pas le ton de cette femme. Elle la détailla de la tête aux pieds. L'étrangère avait le teint hâlé des grands voyageurs. Cascadant sur sa silhouette androgyne, ses cheveux châtains étaient desséchés et roussis par le soleil. La longue chaîne dont elle s'était servie se trouvait toujours enroulée à sa taille, sur son pantalon en vieux cuir marron. Son extrémité gauche maintenait Kiam prisonnier, et l'autre pendait sur sa jambe droite. Son sourcil droit était barré d'une cicatrice, et ce détail mit Eivy mal à l'aise. Elle l'avait déjà vue quelque part.

— C'est toi qui nous observais, dans l'auberge ?

L'étrangère brandit les deux pans de sa chaîne et fit la révérence comme s'il s'agissait d'une robe de bal.

— Tu auras mis du temps à comprendre, ma jolie.

— Qui es-tu ?

— C'est une traqueuse, répondit la voix claire d'Ako.

Elles tournèrent la tête en même temps. Le jeune homme aux yeux vairons se tenait au bout de la ruelle. Pendant une fraction de seconde, une expression indéchiffrable traversa le visage de l'étrangère.

Ako avança dans leur direction. Il souriait, comme à son habitude, mais son regard était glacé. Il émanait de lui une aura d'autant plus menaçante qu'il semblait détendu.

Il s'immobilisa en face d'elles. Ses yeux clairs scrutèrent ceux de l'inconnue.

— La question n'est pas de savoir qui tu es, mais plutôt ce que tu traques. Cela doit en valoir la peine, pour t'avoir fait quitter Othea.

Il accorda un regard distrait à Kiam avant d'ajouter :

— Commence par détacher notre ami, il est un peu susceptible.

Elle poussa un soupir et s'exécuta avec lenteur. Visiblement, la susceptibilité de l'archer ne faisait pas partie de ses préoccupations. Lorsqu'elle l'eut libéré, elle revint se camper devant Ako.

— Je traque Meyrin. On m'appelle Jo, tu as sans doute entendu parler de moi.

— Meyrin ? Sacrée proie. Si tu n'y vois aucun inconvénient, nous allons devoir te quitter.

Il se détourna vers les autres.

— J'ai obtenu l'information que je voulais. En longeant la côte vers l'ouest, nous atteindrons notre destination dans trois jours.

— Eh, attends ! s'écria la jeune femme. Tu te doutes bien que je n'ai pas abordé tes compagnons par hasard. Meyrin est impossible à trouver quand on le traque. J'ai appris qu'il était à tes trousses, le gamin en a parlé devant le maraîcher. Laisse-moi t'accompagner, c'est ma seule chance de lui mettre la main dessus.

— Navré, mais je n'ai pas de temps à perdre avec une traqueuse suicidaire en quête d'un trophée pour parfaire sa collection.

— Tu te trompes, ce n'est pas ce qui m'intéresse.

— Ah oui, et que cherches-tu ? L'argent, la gloire, les sensations fortes ?

— La vengeance.

Jo avait parlé d'une voix tranchante. Ses pupilles étaient dilatées par la détermination. Le sourire d'Ako s'effaça quand il se tourna vers elle. Il l'observa un instant avant de reprendre la parole.

— Je ne sais pas auquel de tes proches Meyrin a ôté la vie, mais fais ton deuil, et passe à autre chose. Tu n'imagines pas l'étendue de ses pouvoirs.

La jeune femme réfléchit quelques secondes, puis glissa les doigts sous sa chemise. Elle en sortit une chaînette au bout de laquelle pendait une pierre pointue, longue comme son majeur, scintillant d'un bleu profond émaillé de blanc. Le minéral dégageait quelque chose de dangereux et vertigineux à la fois. L'envie de la toucher titilla Eivy, mais elle se rembrunit au souvenir de ses dernières tentatives misérables avec les cristaux.

— Emmène-moi avec toi et je te débarrasserai de Meyrin, insista Jo.

Ako s'approcha et regarda le pendentif d'un air surpris.

— Quel est ce cristal ? demanda Eivy.

— On l'appelle l'œil du typhon, murmura-t-il. Ces pierres sont d'une grande rareté, on les trouve uniquement sur l'une des îles les plus dangereuses d'Othea. Elles sont protégées par les Dragoards, des créatures peu amènes qu'il vaut mieux éviter de croiser, quand on tient à la vie. Bien peu de traqueurs peuvent se vanter d'avoir pu débusquer l'une de ces pierres.

Malgré l'humeur massacrante qu'il affichait depuis sa confrontation avec Jo, Kiam ne put s'empêcher de s'approcher pour voir.

— Comment comptes-tu utiliser ceci pour venir à bout de Meyrin ? interrogea Ako.

— Tu sais bien que ces pierres peuvent atteindre les créatures spectrales. Placée à l'extrémité de ma chaîne, celle-ci pourra tuer Meyrin.

Ako réfléchit quelques instants, indécis.

— Eh bien, finit-il par dire, je suppose qu'un combattant de plus ne sera pas de trop. Tu ne pourras pas prétendre que je ne t'ai pas avertie.

Une expression triomphale illumina le visage de Jo.

Elle se dirigea derrière un mur en ruines et en extirpa un baluchon, ainsi qu'une paire de bottes brunes qu'elle se hâta d'enfiler. La traqueuse récupéra ensuite sa cape, qui gisait toujours sur le tas de débris.

Que leur réservait cette nouvelle venue à la langue acérée ? Eivy refoula ses doutes et regarda sa montre à gousset. Ils avaient quitté Edwin et Alex une heure et demie plus tôt.

— Les autres doivent nous attendre, dit-elle.

— Je vais avoir une petite discussion avec le gamin, ajouta Ako. Il doit apprendre à tenir sa langue.

— On voyage avec le gosse et le type à lunettes ? soupira Jo en se tournant vers Ako. Maintenant que je suis là, as-tu vraiment besoin de t'encombrer d'eux ?

— Je t'autorise à me suivre, pas à me faire la conversation.

Ce disant, il accéléra le pas pour prendre un peu de distance. Jo le regarda s'éloigner avec dépit.

— Il est aussi sympathique qu'un Dragoard, dit-elle à Eivy. Je ne comprends vraiment pas ce que tu lui trouves.

La jeune fille eut l'impression de recevoir une gifle. Elle prit sur elle pour ravaler la réplique acerbe qui lui montait aux lèvres. Jo cherchait le conflit, et elle n'avait pas l'intention d'entrer dans son jeu. La route s'annonçait plus longue que prévu.

Ils empruntèrent un sentier creusé dans la roche bleue qui mordait les flots. À leur gauche, les falaises plongeaient à pic vers la mer. Plus haut, sur leur droite, la forêt des Lusèves s'étendait comme une ombre. Ako jugeait plus sûr de voyager en longeant la côte, où la vue était dégagée, que de traverser ces bois obscurs.

Une petite migraine taraudait Eivy. Elle était irritée par la plainte du vent, et l'odeur des algues l'écœurait. Les reflets de l'œil du typhon lui revenaient en tête, obsédants. La jeune fille réussirait-elle un jour à animer une pierre ? Elle se sentait écrasée par le ciel gris qui déversait sa mélancolie jusque dans le bruit des vagues. Sans compter que rien, pas même la morosité du paysage, ne parvenait à clouer le bec de la traqueuse.

— C'est à ce moment que la bête m'a échappé, ajouta celle-ci.

Alex, qui marchait à la tête du groupe avec Jo, poussa une acclamation étouffée.

— Comment elle a pu ?

— Le sang qu'elle a perdu lui a permis de glisser hors de ma chaîne. Elle s'est ruée sur moi, et j'ai dû l'affronter à mains nues.

Le gamin gloussa. Tandis que Jo continuait son récit, Eivy lança un coup d'œil exaspéré à Edwin, qui la précédait à côté de Kiam. L'herboriste lui adressa un sourire compatissant avant de continuer son chemin.

La présence de la forêt ombreuse, au-dessus du sentier, n'augurait rien de bon. Les minutes s'écoulaient lentement, aussi lourdes que le plomb du ciel. Plusieurs dizaines de mètres en dessous, les vagues percutaient les rochers, puis reculaient pour se lancer à nouveau à l'assaut de la côte. Encore et encore. La litanie des flots enveloppait Eivy dans une torpeur sourde. L'espace d'un instant, elle se demanda si c'était l'eau ou le gris des nuages qui rampait vers les falaises.

Une main agrippa fermement son bras pour la tirer en arrière.

Eivy écarquilla les yeux et croisa ceux d'Ako. Elle réalisa qu'elle s'était dangereusement approchée du précipice, et recula d'un pas.

Ako en profita pour se pencher à son oreille :

— Reste concentrée sur le sentier. Mieux vaut éviter de laisser ton esprit divaguer, en certaines circonstances.

— Que veux-tu dire ?

Il allait parler lorsqu'un bruit sec éclata dans l'air. Son cœur manqua un battement. Un pan de roche se détacha au-dessus d'eux et vint percuter le sentier, devant Eivy. Celle-ci fit un bond en arrière au moment où retentissait le cri de surprise d'Edwin. Pour la deuxième fois en une minute, le bras d'Ako la retint. Il lui fit signe de rester en retrait. Une pluie de pierres dégringola de la falaise qui les surplombait.

Lorsque le nuage de poussière se dissipa, Eivy aperçut enfin le visage de ses amis, de l'autre côté du sentier. Elle soupira de soulagement : tous étaient sains et saufs.

En revanche, un rocher barrait le chemin. En pensant à ce qui aurait pu se produire si l'un d'eux s'était trouvé à cet endroit lors de l'éboulement, un frisson glacé parcourut la colonne vertébrale d'Eivy. Jo avança et s'accroupit au-dessus du rocher. Elle fit lentement glisser ses doigts sur la pierre.

— Il est temps de couper par la forêt, déclara Ako.

Eivy se crispa, mais ne songea pas à le contredire. La côte était finalement loin d'être sûre… Ils firent demi-tour et tombèrent rapidement sur un crénelage permettant de grimper jusqu'au sommet des falaises. Jo et Kiam précédèrent les autres pour vérifier qu'il n'y avait pas de danger immédiat.

Alors qu'ils s'éloignaient, la traqueuse donna un coup de coude à l'archer.

—Toi et moi allons pouvoir faire connaissance, ajouta-t-elle. Je serai moins brutale que ce matin, tu as ma parole.

—T'as plutôt intérêt !

Ils rejoignirent les autres au bout de quelques minutes, et tous s'engagèrent sous les frondaisons. La forêt était aussi ténébreuse qu'elle en avait l'air. Son aile sombre se referma sur eux avec une rapidité incroyable.

—Il fallait vraiment qu'un éboulement nous tombe dessus, râla Eivy en scrutant le lichen bleu qui rampait sur le tronc d'un arbre.

—Tu ne prends quand même pas ça pour une coïncidence ? répliqua Jo.

—Comment ça ? s'inquiéta Alex.

La traqueuse bondit sur une pierre, et sa chaîne cliqueta. Elle prit son temps avant de répondre.

—Meyrin rôde autour de nous depuis un petit moment. Comme il ne peut pas s'approcher de notre groupe, il tente de se débarrasser de nous à distance.

—De se débarrasser de nous ? dit Edwin. Mais pourquoi ?

—Pour isoler Ako et pouvoir s'attaquer à lui, répondit-elle en baissant d'un ton pour rendre sa voix caverneuse.

—Arrête de jacasser, intervint le jeune homme aux yeux vairons. Il veut semer la confusion dans nos esprits, et tu le sais très bien.

Elle eut un rire narquois, et ils continuèrent à progresser en silence.

Eivy tripota nerveusement la visière de sa casquette. Ako n'avait pas contredit Jo, quand elle avait prétendu que Meyrin rôdait dans les parages. La jeune fille repensa à son absence, sur la falaise, et à ses pieds se rapprochant du vide. La traqueuse dut s'en rendre compte, car elle lui jeta un regard satisfait sous ses mèches roussies.

—Au fait, Jo, déclara-t-elle soudain. Puisque Meyrin rôde dans les parages, pourquoi ne vas-tu pas à sa rencontre ? Tu es là pour ça, non ?

—Patience. Je l'attaquerai dans le couloir, au seul endroit où il sera vulnérable.

Le couloir ? De quoi s'agissait-il ?

Eivy ravala ses questions et jeta un regard menaçant à Alex pour qu'il en fasse de même. Jo avait parlé avec emphase, en choisissant ses mots avec soin pour les intriguer. Inutile de lui donner une nouvelle occasion de palabrer.

Ils cheminèrent un petit moment dans les bois. Les troncs épais bloquaient l'accès à la lumière déjà faiblarde de l'île. L'obscurité était poisseuse, et l'air humide exhalait une odeur de moisi. La forêt des Lusèves était pleine de bruits. Au-delà de leurs pas foulant les brindilles, on entendait fréquemment le bourdonnement d'un insecte, ou le chuintement d'un petit animal fuyant sur leur passage. Eivy n'était pas à l'aise avec cet environnement impénétrable où la vie semblait masquée, hors de portée du regard.

Un roucoulement tout proche lui fit lever le nez. La jeune fille mit quelques secondes à discerner l'oiseau perché devant elle, à sa droite, sur la branche noueuse d'un arbre. Elle ralentit le pas. Ses plumes brillaient d'un noir intense, si profond qu'il détonnait dans la pénombre. Il avait une grosse tête, un bec puissant et de petits yeux qui luisaient comme de l'encre.

L'oiseau s'envola dans un bruissement d'ailes.

Eivy n'aurait su dire avec précision à quel moment le comportement de Jo commença à changer. La jeune femme ne parlait plus. Elle avançait vite, se penchant régulièrement pour observer le sentier, ou pour effleurer des doigts une pierre couverte de mousse. Sa chaîne cliquetait au rythme précipité de ses pas.

La traqueuse fuyait quelque chose. À moins qu'elle ne soit à sa poursuite ? Eivy repensa à Meyrin, et son cœur s'accéléra.

Elle s'attendait à une attaque à tout moment, mais la lisière de la forêt finit par apparaître sans qu'aucun drame se produise. Un bout de ciel se découpait au milieu de l'orée bleutée. Leur petit groupe ne tarda pas à émerger de la pénombre.

Ils se trouvaient au pied d'une butte grisâtre au flanc rocheux. Elle n'était pas très haute, mais sa pente se faisait raide. Un chemin contournait sa base pour serpenter vers l'intérieur des terres, à l'ouest.

Kiam avança vers le sentier, suivi par Alex et Edwin.

— Prenons plutôt par la colline, intervint Jo.

Ako acquiesça d'un signe de tête, mais l'archer ne l'entendait pas de cette oreille. Il considéra la pente raide et se tourna vers la jeune femme.

— Pourquoi ?

Jo s'approcha de Kiam et murmura quelque chose à son oreille. Eivy allait lui suggérer de s'exprimer à voix haute, pour qu'ils puissent tous en profiter, quand le taillis qui se trouvait dans son dos bruissa.

Aussi vive que la foudre, la chaîne de Jo cingla l'air. Eivy la sentit tournoyer à quelques centimètres de sa taille. Les mailles d'acier s'abattirent dans le taillis, dont s'échappa un cri rauque.

La traqueuse s'élança vers le buisson.

— Il y a quelqu'un là-dedans qui n'aime pas les messes basses, s'exclama-t-elle. Tu n'aurais pas dû t'approcher pour essayer d'entendre, mon gros !

Jo écarta les broussailles. La chaîne avait percuté un homme et le maintenait prisonnier contre un arbuste. Il portait une veste en peau, des bottes de pêcheur, et un filet était accroché à sa taille. Sa longue barbe grisonnante était hirsute. Il tenta de se dégager de la chaîne en grognant, mais elle ne desserra pas son emprise.

Jo s'accroupit à un mètre de l'intrus.

— Tiens donc, un éclaireur. Parle-nous un peu de tes copains.

Pour toute réponse, l'homme cracha à ses pieds. Ako s'approcha d'eux et fit signe à la traqueuse de s'éloigner. Elle lui jeta un regard agacé avant de céder.

Le jeune homme se pencha sur le prisonnier, qui fut pris d'un sursaut de panique à sa vue. Ako plongea ses yeux dans les siens. Le regard de l'étranger se troubla. Il essaya de lutter, mais ses prunelles se faisaient de plus en plus confuses.

— Combien êtes-vous ? demanda le jeune homme.

L'autre ferma les yeux en grimaçant. Ako se pencha plus près et réitéra sa question. Les traits de l'individu se figèrent peu à peu.

— Seize, répondit-il d'une voix blanche. Seize en plus du chef.

— Qui est votre chef ?

— Barrog. On l'appelle Peau de phoque, sur la côte.

Le visage de l'homme était de plus en plus inexpressif. Celui d'Ako, au contraire, semblait intensément concentré, comme s'il accomplissait un effort physique.

— Où sont les autres ?

— Derrière, dans la forêt. À cinq bonnes minutes.

— Pourquoi nous suivez-vous ?

— Les temps sont durs, dans le coin. La pêche suffit pas toujours à passer l'hiver, alors on s'attaque aux riches voyageurs. Au début, on voulait pas s'en prendre à vous, mais Barrog est rentré de sa ronde avec un air bizarre et nous a lancés à votre poursuite.

Il a dit de tuer tout le monde, sauf le type aux yeux vairons. On en a conclu que vous cachiez quelque chose de valeur sous vos nippes de vagabonds.

Ako haussa un sourcil.

— Et quel était votre plan ?

— À l'ouest, le sentier est truffé de pièges. Certains d'entre vous se seraient blessés à coup sûr. On aurait fini le travail nous-mêmes. Vous êtes six, dont deux femmes et un gamin. Inutile de réfléchir à un traquenard plus compliqué.

Jo renifla avec dédain.

— Combien avez-vous d'archers ? ajouta Ako.

— Trois.

Le jeune homme aux yeux vairons pivota vers Kiam.

— Tu sais ce qu'il te reste à faire, lui dit-il.

— J'ai pas d'ordre à recevoir de toi.

Ako soupira et s'adressa aux autres.

— Vous avez cinq minutes pour atteindre le sommet de la colline.

Chapitre 26

S*eize hommes en plus du chef*, avait dit l'éclaireur. Et ils avaient pour ordre de les tuer.

Eivy se précipita vers la colline, le cœur tambourinant. Au loin, l'éclaireur poussa un cri à glacer le sang.

Elle se lança à l'assaut de la pente, qu'elle commença à escalader en prenant appui sur les arbustes tordus et sur les bouts de roche qui émergeaient du flanc. Des pierres se détachèrent sous son pied droit. Elle manqua de déraper, mais parvint à se stabiliser et continua son ascension.

Eivy entendait le souffle de ses compagnons sans les voir. Son regard était rivé au relief de la colline qui lui faisait face. La poussière l'étouffait et la terre brune s'enfonçait douloureusement sous ses doigts. Elle leva le nez pour inspirer une bouffée d'air frais.

Plus haut, la silhouette agile d'Alex atteignait la moitié de la pente. Eivy se concentra sur cette image pour garder le cap. L'ongle de son pouce gauche se fendit sous la pression d'une pierre. Elle serra les dents et continua à grimper.

Quand Eivy parvint au sommet, ses muscles tremblaient de fatigue. Elle s'effondra à genoux, hors d'haleine. Edwin la rejoignit quelques secondes plus tard, suivi par Jo et Ako, qui étaient partis après les autres. Alex et Kiam avaient atteint le sommet en premier. Debout entre deux arbustes, le gamin fixait la forêt d'un air anxieux.

— Qu'est-ce qu'on attend pour fuir ? demanda la voix essoufflée de l'herboriste.

— Il nous faudra bien les affronter, répondit Ako, et cette butte nous donne l'avantage sur eux.

— Ils arrivent ! s'exclama soudain Alex.

Jo attrapa le bras du petit et le tira en arrière pour qu'il se cache derrière un buisson.

Trois hommes avaient émergé de la forêt. Ils firent signe à d'autres, qui les rejoignirent à leur tour. La plupart étaient barbus et avaient les cheveux longs. À en juger par les haches, gourdins et autres armes qui dépassaient de leurs fripes, ils avaient de quoi les anéantir.

— Ils sont là-haut ! brailla l'un d'entre eux.

Tous les regards convergèrent vers la colline.

Un bruissement proche fit sursauter Eivy. C'était Kiam, qui rampait derrière les broussailles pour atteindre un rocher. Il dégaina son arc et se redressa lentement en plaquant son dos contre la pierre.

Un œil fermé, le deuxième concentré sur sa cible, il tira une première flèche.

L'un des archers du camp adverse s'effondra.

Ses compagnons se mirent à vociférer. D'autres hommes sortirent de la forêt. À présent, ils étaient au complet. Tous se précipitèrent vers la pente.

Les muscles de Kiam se contractèrent, et il atteignit un deuxième archer à la poitrine. Une seconde après, une flèche siffla à quelques centimètres de son oreille.

— Reculez ! prévint Ako.

Eivy s'éloigna tout en jetant un regard en direction de Kiam. À genoux derrière le rocher, il tendit son arc et tira une troisième flèche, sans doute sur le dernier archer du camp adverse.

Les cris de leurs assaillants se rapprochaient : ils ne tarderaient pas à émerger de la pente. Le sommet de la colline était écrasé par le gris du ciel. Eivy détailla nerveusement les environs pour chercher une issue. D'épaisses broussailles sombres bordaient la crête, à l'ouest. Derrière elle, au nord, un promontoire charbonneux s'élevait vers les nuages.

Une main empoigna sa veste pour la traîner dans son sillage. En levant la tête, elle reconnut la chevelure de Jo.

— Eh, lâche-moi !

La traqueuse s'immobilisa à l'ouest de la butte.

— Reste dans mon dos et surveille mes arrières ! aboya-t-elle.

Jo fouilla dans son baluchon. Elle en sortit une lame triangulaire qu'elle fixa à l'une des extrémités de sa chaîne, et une grosse boule en métal qu'elle attacha à l'autre.

Plusieurs hommes émergeaient déjà à l'est de la colline en criant. Ils se précipitèrent sur Ako et Kiam.

Un nouveau groupe d'assaillants surgit tout près d'elles. Ils étaient quatre. Jo ne se laissa pas impressionner : elle avança pour toiser les étrangers. Eivy attrapa sa dague et raffermit sa poigne sur le manche pour cacher ses tremblements.

Les quatre hommes hésitèrent un instant, troublés par l'aura de puissance qui émanait de la traqueuse. Mais cela ne dura que quelques secondes. L'un d'entre eux finit par se jeter sur elle, suivi par un autre.

Jo fit virevolter sa chaîne, et la boule accrochée au bout s'écrasa sur le torse du premier assaillant. Un craquement retentit, et il s'écroula à genoux en hurlant.

Le deuxième se rua à son tour, sa massue au poing. L'autre extrémité de la chaîne bondit comme un serpent. La portée était plus courte et l'impulsion d'une rapidité redoutable. La lame fixée au bout taillada le visage de l'étranger. Il roula au sol et rampa pour se mettre à l'abri, une main sur son nez en sang.

Les mouvements de Jo gagnèrent en ampleur, et elle fit tournoyer sa chaîne dans un sifflement d'acier. Les deux assaillants qui restaient reculèrent précipitamment.

Eivy en profita pour scruter les alentours. Plusieurs individus arpentaient le nord de la crête. Elle réalisa avec effroi qu'ils cherchaient Alex et Edwin.

La respiration saccadée, Eivy balaya la colline des yeux. Son regard s'arrêta à l'est. Les hommes qui avaient attaqué Kiam et Ako gisaient à terre, mais deux autres leur tournaient autour en reprenant leur souffle. Voûté et hors d'haleine, l'archer brandissait une hache, sans doute récupérée sur l'un des corps.

Elle fronça les sourcils en voyant Ako reculer d'un pas.

Le jeune homme s'immobilisa à l'arrière de Kiam. Il sortit une petite pierre de sa poche et la dirigea vers l'archer. Que fabriquait-il ? Eivy courut vers eux. Elle était tout près de Kiam et d'Ako lorsqu'elle entendit ce dernier scander :

—*Artaru Berserker.*

Une étrange nuée noire s'échappa de la gemme. Elle flotta un instant dans l'air et prit la forme d'une bête aux crocs acérés. Le dessin se désagrégea lorsque le nuage sombre enveloppa les épaules de Kiam.

—Qu'est-ce que tu lui as fait ? cria Eivy.

Ako se tourna vivement vers elle et la repoussa en arrière.

—Ne t'approche pas de lui.

Le jeune homme aux yeux vairons avait les doigts rouges de sang. Une écorchure barrait sa joue gauche. Elle le dévisagea avant de reporter son attention sur Kiam.

L'archer resta immobile une seconde, puis se redressa brusquement. Les muscles de ses bras se contractèrent. Quelque chose dans sa posture alarma Eivy. Elle se tordit le cou pour apercevoir son visage, puis hoqueta de stupeur.

Une étincelle avide brûlait dans le regard de Kiam, et un large sourire étirait ses lèvres. Elle avait déjà vu l'archer en colère plus d'une fois, mais cette expression féroce lui était totalement inconnue. Il émit un grognement sourd qui lui glaça le sang.

Indifférent aux armes brandies par ses adversaires, il se rua vers eux. La fureur soudaine qui émanait de lui décontenança les deux autres, qui esquissèrent un mouvement de recul.

Dans un vacarme fracassant, la hache de l'archer percuta la masse du premier, la repoussa, et s'enfonça dans la poitrine de son propriétaire. Un éclair de sang jaillit.

Le deuxième s'était déjà jeté derrière Kiam pour le poignarder. L'homme allait frapper son flanc quand une lame venue de nulle part se planta dans son dos. L'étranger s'effondra sur le sol en criant. Eivy reconnut l'un des couteaux de cirque d'Alex. Elle réalisa que le gamin s'était réfugié dans un arbre, à deux pas de là.

Le vacarme avait attiré trois autres hommes, qui coururent à la rencontre de Kiam. Celui-ci se tourna vers eux et leur ouvrit grand les bras, un sourire carnassier aux lèvres. Du sang gouttait de ses cheveux et engluait sa hache de rouge. Le regard incandescent, il fonça dans leur direction.

Eivy était sidérée par ce visage furieux, transcendé, qu'elle ne reconnaissait plus. Elle se tourna vers Ako et s'enflamma :

— Tu lui as jeté un sort ! Comment oses-tu te servir de nous comme si nous étions tes pantins ?

— J'ai utilisé la pierre de lune, répondit-il en ouvrant la main sur la gemme iridescente qu'elle avait déjà vue dans sa cabine. Te souviens-tu de ce que je t'ai dit à son sujet ?

Malgré le sang qui battait contre ses tempes, elle se rappela le jour où ils en avaient parlé. *C'est un minéral de lumière, qui peut révéler ce que l'on camoufle au fond de soi.*

— Il n'est pas devenu quelqu'un d'autre, Eivy. La gemme n'a fait que révéler ce qui existe déjà au fond de Kiam. Lui aussi a des pouvoirs, même s'il n'en a pas encore conscience. N'oublie pas qu'il vient d'Othea.

Sur ces mots, il la quitta pour aller à la rencontre d'un nouvel assaillant. Eivy le regarda partir, stupéfaite. La pierre de lune gisait par terre. Il ne l'avait sûrement pas abandonnée là par hasard. La jeune fille s'en saisit et la fourra dans sa poche.

Un cri rageur au timbre bien connu la fit sursauter. C'était la voix de Jo. Eivy l'avait laissée seule. Elle s'élança vers l'extrémité de la butte pour la rejoindre.

La traqueuse avait mis un autre homme à terre et affrontait le dernier.

Il lui envoya un coup de massue, qu'elle para en bandant sa chaîne contre l'arme de son adversaire. Jo replia sa jambe droite sur l'abdomen de l'assaillant et le repoussa de toutes ses forces avec un hurlement féroce.

La respiration d'Eivy se figea. Une silhouette rampait dans les broussailles, à quelques mètres de Jo. C'était le blond à qui elle avait tailladé le visage plusieurs minutes auparavant. Il allait l'attaquer par-derrière.

— Eh ! cria Eivy pour stopper son assaut.

L'homme se détourna de la traqueuse et fonça sur la jeune fille. Eivy tenta de lui mettre un coup de pied, mais il attrapa sa botte et la fit basculer au sol. Son flanc percuta les broussailles.

L'individu agrippa son bras. Toujours à terre, elle tressauta sur le côté pour se dégager. Sa main gauche rencontra le vide, et elle se mit à rouler au-delà des buissons, sur la pente de la colline. Un rocher plat mit fin à sa dégringolade. Eivy avait la bouche pleine de terre.

Elle tentait de se relever quand le blond apparut au-dessus d'elle. La jeune fille tâtonna à la recherche de sa dague.

— C'est ça que tu cherches ? demanda-t-il en brandissant son arme.

Son regard était cruel et son visage barbouillé de sang. L'entaille que Jo avait creusée de son nez à sa joue suintait, ce qui ne l'empêcha pas de grimacer un sourire avant de se jeter sur Eivy. Elle lutta de toutes ses forces, mais sa petite carrure et son poids plume ne l'avantageaient pas.

De sa main gauche, il essaya d'arracher la chaîne de sa montre à gousset. Elle le mordit, et il retira sa main en poussant un juron.

Furieux, il orienta la dague vers sa poitrine et leva le bras. Eivy parvint à se décaler au moment où il frappait. La lame transperça son épais manteau, juste au-dessus de son épaule, et se heurta à la pierre.

Elle sentit l'acier glacé frôler sa peau. Cette sensation funeste lui fit percevoir la réalité avec une acuité nouvelle. Si elle ne faisait rien, elle allait mourir aux mains de cet homme.

Au moment où le pêcheur brandissait sa dague, elle glissa les doigts dans sa poche et les referma sur la pierre de lune, qu'elle sortit au grand jour. Il était temps que le minéral de lumière l'aide à se révéler.

Tout se passa en une seconde, sans qu'elle ait à forcer. L'aura de la gemme diffusa en elle une sensation pure et nacrée, semblable aux reflets de la lune sur l'eau. Eivy s'en empara et la fit sienne, elle la sentit se déployer dans chaque fibre de son corps. Puis la jeune fille lui insuffla sa propre force, qui anima le minéral d'un chatoiement nouveau.

Eivy n'était plus une enfant terrorisée. Elle se vit telle qu'elle était, et pas telle que sa mère redoutait de la voir.

Un éclat saisissant jaillit de la gemme et aveugla le pêcheur blond. Il hurla en collant ses mains contre ses yeux. La douleur lui fit lâcher la lame, qui tomba lourdement sur le manteau d'Eivy. Sous les paupières closes de l'homme, ses yeux saignaient.

Eivy en profita pour se dégager de lui, récupérer sa dague et détaler. Elle avait du mal à croire à ce qui venait de se produire. Dans sa tête, l'évolution subite de son pouvoir se superposait à la vision du sang de l'homme dans un tourbillon d'images indistinctes. Elle était encore trop choquée pour digérer ce qui s'était passé. Et il fallait avant tout qu'elle rejoigne ses compagnons pour voir s'ils allaient bien.

Un grondement rugit dans les nuages, au loin. Eivy mit quelques secondes à comprendre que l'orage était imminent. Ce bruit la ramena brutalement à la réalité. L'environnement sonore avait changé, depuis qu'elle s'était éloignée du centre de la crête. On entendait vaguement les impacts d'un unique combat. Partout autour, il n'y avait que le silence. Ce calme soudain provoqua en elle une terreur sourde. Qu'allait-elle découvrir de l'autre côté des broussailles ?

Lorsqu'elle émergea des buissons, la jeune fille aperçut tout de suite Jo. À genoux et les mains au sol, elle était à bout de forces mais ne présentait aucune blessure grave. Ses trois adversaires gisaient à terre.

L'un des vaincus remua. À en juger par son état, il avait le nez cassé, la mâchoire fracturée et une plaie sérieuse à la jambe. Il tenta de se redresser avec une grimace de douleur. La jeune femme lui lança un regard si impérieux qu'il se traîna au loin dans un nuage de poussière.

— Eivy ! cria une voix qu'elle connaissait bien.

— Edwin ? s'exclama-t-elle en cherchant l'herboriste des yeux.

Elle finit par l'apercevoir tout au bout de la crête. Sa silhouette était tassée sur les racines d'un arbre. La jeune fille courut dans sa direction.

Lorsqu'elle fut à quelques mètres, elle réalisa qu'on l'avait ligoté. Son œil droit était enflé et du sang s'échappait de ses lèvres.

— Que s'est-il passé ? demanda-t-elle en le détachant.

— Ils ont fouillé mon sac et découvert les remèdes. L'un d'entre eux a compris qui j'étais. Il a dit qu'un guérisseur pourrait toujours leur être utile.

Un mouvement lointain attira son regard. Eivy se tourna et aperçut Alex qui courait vers Jo. Elle soupira de soulagement. Le gamin avait dû rester tapi dans son arbre pendant le massacre.

Elle reporta son attention sur Edwin.

— Où sont les hommes qui t'ont ligoté ?

— Ils se sont battus avec Kiam.

La jeune fille eut un mouvement de recul, comme si on l'avait frappée à l'estomac.

— Ça va ? s'inquiéta l'herboriste.

Il parlait d'une voix pâteuse. Edwin avait sans doute perdu une ou deux dents sous les coups de ses assaillants.

— Tu as l'air blessé, dit-elle.

— Ce n'est rien Eivy. Il faut aller voir Kiam.

La douleur dans son ventre gronda encore. Le visage de l'herboriste était grave. Elle finit par acquiescer d'un signe de tête. Ils se levèrent et rejoignirent l'est de la butte.

Là-bas, tout n'était que sang et corps meurtris. Eivy n'aurait su dire qui de Kiam ou d'Ako était responsable de ce carnage.

Un homme gémit sur leur passage. Elle détourna les yeux de ses plaies béantes.

C'est au milieu des autres corps qu'Eivy découvrit celui de Kiam.

Il baignait dans une mare rouge.

Immobile, il était recroquevillé sur le ventre, la tête baissée. Elle le reconnut à son pull couvert de sang. Le matin même, elle s'était blottie sur sa laine. Eivy pouvait encore sentir la chaleur de l'archer contre sa joue. Elle s'agenouilla à côté de lui et regarda ses propres doigts s'enfoncer dans la terre.

Chapitre 27

Un éclair zébra le ciel d'une lumière acide.

Sous les doigts d'Eivy, la terre était devenue humide, presque boueuse, mais elle ne s'en rendait pas vraiment compte. C'est à peine si elle percevait l'eau qui trempait ses cheveux et faisait coller son manteau à ses omoplates.

Edwin se pencha sur la silhouette de Kiam et le tourna pour le mettre sur le dos. Sa tête retomba mollement sur le côté, dévoilant son visage aux paupières closes. Le sang figeait sa peau comme un masque de guerre.

Les traits de l'archer se crispèrent soudain. Cette vision redonna espoir à Eivy, et ses sens retrouvèrent leur acuité. Le ciel était chargé de pluie et ses vêtements mouillés glaçaient sa peau. Un bruit sourd résonna au loin.

Eivy observa nerveusement Edwin tandis qu'il tâtait le pouls de Kiam. En ruisselant sur le visage de l'archer, la pluie diluait le rouge qui masquait sa peau. Celle-ci retrouva peu à peu sa couleur normale, malgré les croûtes de sang qui s'accrochaient à ses sourcils et à la racine de ses cheveux. L'expression de l'herboriste restait grave.

— Est-ce qu'il va s'en sortir ? demanda-t-elle.

Edwin fit la moue, les lunettes dégoulinantes de pluie. Il réfléchit un instant avant d'attraper sa sacoche pour fouiller dedans.

— Tout ce sang n'est pas le sien. Ses blessures sont assez superficielles. Par contre, la transe dont il a été frappé l'a vidé de son énergie. Il s'est épuisé au combat, et son organisme est en train de lâcher. Il est très faible, mais s'il s'accroche suffisamment, je peux l'aider.

Edwin sortit de sa sacoche une fiole remplie d'un liquide verdâtre, et en fit couler quelques gouttes dans la bouche entrouverte de Kiam. La substance se mêla à l'eau de pluie qui ruisselait entre ses lèvres.

— Il faudrait le mettre à l'abri, ajouta-t-il en balayant la butte du regard. J'ai besoin d'être au sec pour préparer un cataplasme. Trouve Ako et dis-lui de venir nous aider à le porter.

La pluie striait le ciel et floutait leur champ de vision. Un éclair tout proche explosa. Eivy s'éloigna vivement, ses pieds s'enfonçant dans la boue qui engluait la colline. Elle courut jusqu'au sud de la butte, mais Ako ne s'y trouvait pas.

Et s'il avait été vaincu ? Eivy ne s'était jamais imaginé qu'il puisse tomber sous les coups d'hommes ordinaires, mais à cet instant précis, elle n'était plus sûre de rien.

Le doute s'insinuait dans sa poitrine lorsqu'elle perçut un cri étouffé, suivi d'un lourd impact. Le martèlement de la pluie l'empêcha d'en entendre davantage. Elle balaya la colline des yeux et finit par discerner deux hommes qui se faisaient face. Ako était l'un d'entre eux.

Elle fonça dans leur direction.

Ils se trouvaient à l'extrémité nord de la crête, là où le sommet s'élevait en promontoire. À son centre se dressait un rocher anthracite. Ako et l'individu s'affrontaient là.

Le jeune homme aux yeux vairons semblait éreinté. Son teint déjà pâle avait blêmi, et ses cheveux, d'ordinaire châtains, brillaient d'un noir profond sous la pluie. Ce contraste renforçait l'étrangeté saisissante qui émanait de lui.

Son adversaire était grand et musculeux. Il portait une longue barbe, ainsi qu'un manteau de fourrure grise. C'était Barrog Peau de phoque. Ako n'avait visiblement aucune prise sur sa volonté, car il paraissait en pleine possession de ses moyens. Le chef des pêcheurs était sans doute trop puissant pour se laisser manipuler comme Neil.

Il leva sa masse cloutée en rugissant et fonça sur Ako. Celui-ci parvint à esquiver le coup en roulant au sol. Hors d'haleine, Peau de phoque se redressa avec lenteur. L'eau qui imbibait son manteau pesait sur chacun de ses mouvements. Tandis qu'Ako se relevait, Barrog cracha par terre et s'adressa à lui d'une voix rauque.

— Arrête un peu de glisser comme une anguille, fiston. Je ne veux pas te tuer.

Ako eut un rire sans joie. Des ombres dansaient sur son visage. La jeune fille remarqua qu'il murmurait tout en dissimulant sa main droite derrière son dos. Dans ses doigts se trouvaient deux pierres dorées qu'il frottait l'une contre l'autre. De minuscules étincelles en jaillissaient.

— C'est vrai, répondit Ako, tu n'as pas l'intention de me tuer. Tu veux juste me briser les os et éliminer mes compagnons pour que Meyrin puisse m'atteindre. Dis-moi, par curiosité, comment t'es-tu transformé en chien servile ? Meyrin t'a-t-il promis une récompense, ou s'est-il contenté de te faire mouiller tes chausses ?

Le regard de Barrog se voila de haine. Il brandit son arme et se rua sur son adversaire. En trois bonds, Ako atteignit le point culminant du promontoire. Eivy eut à peine le temps de le voir jeter les pierres qu'il tenait à la main contre le grand rocher. Elles crépitèrent. Le jeune homme plongea au sol au moment où Barrog sautait au sommet pour l'atteindre.

Le ciel explosa dans un fracas incandescent. Eivy chuta en arrière et mit plusieurs secondes à comprendre ce qui venait de se passer : la foudre avait frappé le promontoire.

Le corps noirci de Barrog s'effondra sur le sol.

Pendant plusieurs secondes, Eivy fut incapable de bouger. Son oreille droite sifflait. Des taches aveuglantes dansaient devant ses yeux, encore imprégnés du brasier qui avait déchiré le ciel.

Ako émergea, à cinq mètres de là. Le jeune homme fit quelques pas pour se placer au milieu d'un cercle de cailloux, qu'il avait dû installer précédemment. Un gris froid, terrifiant, s'était abattu sur son regard. L'attention d'Eivy était aimantée à lui comme un papillon attiré par la flamme.

Le jeune homme ferma les yeux. La goutte à son oreille scintilla. Une lueur d'un bleu pur palpita dans le cristal. Quand il rouvrit les paupières, ses yeux étaient à nouveau vairons, et l'ombre de la mort avait quitté son visage.

Lorsqu'il rejoignit les autres, Eivy ne le suivit pas tout de suite.

Ako venait de contrôler le tonnerre. Elle ne savait pas que ses sorts pouvaient prendre une telle ampleur. Soudain, elle se demanda jusqu'où pouvait aller la magie d'Ako, et cette idée lui sembla aussi fascinante que terrifiante.

Elle décida de ne pas lui parler tout de suite de sa progression avec la pierre de lune. Tandis qu'elle y pensait, elle glissa la main dans sa poche pour toucher celle-ci. À son contact, ses idées se clarifièrent. Ce qui effrayait tant Eivy n'était pas l'idée qu'Ako puisse sombrer dans une magie obscure. Mais plutôt qu'elle-même soit capable de sombrer aussi, si elle se laissait aller. Elle serra fort les poings.

Il y avait plus urgent : trouver un abri pour Kiam.

Elle se redressa et courut vers les autres.

Jo dénicha un chemin à peu près sûr, au nord de la butte, en coupant par la forêt. Ils y découvrirent la carcasse d'une roulotte accidentée gisant dans un fossé, contre un vieux chêne. Elle était bien trop abîmée pour reprendre la route un jour, mais son toit et ses murs de bois se trouvaient à peu près intacts. Cet abri inattendu les protégerait de l'orage, tout en les dissimulant aux regards.

L'intérieur de la roulotte avait été mis à sac, et la nature reprenait ses droits. Sa paroi extérieure se tapissait de mousse, tandis que les branches du chêne se frayaient un chemin à travers son unique fenêtre.

Il n'y avait plus trace d'hommes ni de chevaux à proximité de l'épave. Ako en conclut que ses habitants avaient été attaqués par les pêcheurs avant de prendre la fuite, des années plus tôt.

Edwin confectionna un cataplasme pendant que les autres installaient Kiam sur un lit de mousse et de vieux coussins. L'atmosphère était pesante, si bien que Jo, Ako et Alex décidèrent d'aller attendre dehors, sous la ramure du chêne. Eivy préféra rester. Adossée à la paroi intérieure de la roulotte, elle regarda l'herboriste appliquer sa bouillie de plantes sur la peau de l'archer.

— Il va s'en sortir, déclara Edwin. Les battements de son cœur sont plus réguliers, et sa tension remonte. Il faut juste lui laisser du temps.

Le soulagement gagna Eivy.

— Je sors, ajouta-t-il en lui confiant une fiole. Il me faut quelques plantes supplémentaires. Si je ne suis pas revenu dans cinq minutes, donne-lui-en trois gouttes.

Elle acquiesça et le regarda se courber pour disparaître. Ses yeux se posèrent ensuite sur le corps immobile de Kiam. Edwin avait désinfecté ses plaies et recousu ce qui devait l'être. Sur son torse, le cataplasme commençait à sécher. Il craquelait par endroits et se soulevait régulièrement au rythme de sa respiration. Une odeur herbacée s'en échappait par vagues, mais elle ne parvenait pas à couvrir les relents moisis qui saturaient l'atmosphère.

Les traits de l'archer étaient calmes, détendus.

— Il paraît qu'il va mieux, déclara soudain la voix d'Ako.

Le jeune homme venait d'entrer.

— Ton sort a bien failli le tuer, assena-t-elle sans préambule.

— Parce que tu crois que nos assaillants ne l'auraient pas tué, eux, si je n'avais rien fait ? Ils étaient trop nombreux. Si je n'avais pas stimulé les capacités de Kiam, nous n'aurions pu les vaincre, et plusieurs d'entre nous seraient morts. Les Hakiwuls sont des guerriers légendaires, ils ont ça dans le sang. Son organisme a les ressources nécessaires pour supporter le Berserker. Sa vie n'a jamais été en danger à cause de mon sort.

— Ce n'est pas l'avis d'Edwin.

— Edwin est un bon herboriste, mais il n'y connaît rien à la magie.

Eivy se crispa. Ako avait toujours réponse à tout, et finissait immanquablement par la faire douter de ses certitudes. Après ce qui venait de se passer, elle ne supportait plus d'être dans le flou. Elle voulait savoir pourquoi ils étaient tombés dans ce bourbier.

— Comment Meyrin a-t-il convaincu Barrog de s'attaquer à nous ? dit-elle en le scrutant pour qu'il ne se défile pas.

— Je ne peux pas te donner de réponse certaine, mais je suppose qu'il a attendu que Barrog soit seul pour pouvoir l'approcher, et, qu'ensuite, il l'a hypnotisé. Quant à savoir s'il a joué sur ses peurs ou sur sa cupidité pour le manipuler… Meyrin ne manie pas toujours les mêmes cartes. Son influence s'adapte à la nature profonde de la personne.

— Toi aussi, tu hypnotises les gens pour les influencer, n'est-ce pas ? L'as-tu déjà fait sur moi sans que je m'en rende compte ?

Les yeux d'Ako se plissèrent. Eivy n'aurait su dire s'il s'était senti blessé, ou si sa remarque l'avait simplement agacé. Eivy regretta ses paroles acerbes. Ils avaient tous vécu un moment éprouvant, ce n'était pas la peine de retourner le couteau dans la plaie. Elle allait tenter de changer de sujet quand un mouvement attira son attention.

Kiam bougeait dans son sommeil. Eivy fit quelques pas pour se pencher au-dessus de lui. Il était toujours inconscient, mais ses joues avaient retrouvé des couleurs. La jeune fille déboucha la fiole qu'elle tenait à la main, et en fit couler trois gouttes entre ses lèvres.

Le rire d'Alex retentit au-dehors. Au même instant, Edwin entra dans la roulotte avec une brassée de plantes humides.

Elle se tourna et réalisa qu'Ako avait quitté les lieux.

— Eivy, sors de ton trou ! s'exclama Jo, quelque part à l'extérieur.

Intriguée, la jeune fille passa la tête par l'entrée de la roulotte. La traqueuse était penchée au-dessus d'une énorme malle. Juste à côté, Alex s'amusait à sauter dans une flaque. Eivy émergea de l'abri. L'averse avait cessé, mais la terre était boueuse et l'air sentait la nature gorgée de pluie.

Jo ouvrit le couvercle dans un « clap » sourd.

— D'où sort cette valise ? demanda Eivy.

— On l'a trouvée à quelques mètres, elle appartenait sans doute aux habitants de la roulotte.

La malle était remplie de vêtements roulés en boule. La jeune femme les souleva les uns après les autres. Elle ne tarda pas à soupirer de déception.

— Il n'y a que des fripes. Pas d'armes, ni d'or, ni de bijoux. Les pêcheurs sont déjà passés par là.

La traqueuse bascula en arrière, et s'assit lourdement à côté de la malle. Elle esquissa une grimace de douleur et massa son épaule meurtrie par le combat.

Eivy baissa les yeux pour examiner ses propres vêtements. Son pantalon était élimé et raccommodé à plusieurs endroits. Sa chemise n'avait pas meilleure allure sous son vieux manteau. Sans parler de la déchirure qu'avait causée le coup de poignard du pêcheur blond.

Eivy s'agenouilla à côté de Jo et commença à fouiller dans la malle. Elle en sortit une jupe plissée et une robe en soie qu'elle repoussa aussitôt. La jeune fille tomba ensuite sur un pantalon et une chemise masculine qu'elle examina attentivement.

La traqueuse éclata de rire.

— Tu as l'intention de te déguiser en bûcheron ?

— Nous atteindrons bientôt Othea, j'ai besoin de vêtements pratiques. Et se déguiser en homme peut être un atout, dans certaines circonstances.

— Il n'y a rien de moins pratique que des vêtements trop grands, et tu devrais faire une croix sur les déguisements de gaillard. Tu n'en as ni le physique ni la présence.

— Je ne vois pas ce que la présence vient faire là-dedans.

— Détrompe-toi. Il ne suffit pas d'enfiler les vêtements d'un homme pour en avoir l'air. Il faut aussi jouer sur le contexte : si tu montres aux gens ce qu'ils s'attendent à voir, ils se poseront moins de questions. Mais la présence reste la clé de tout.

Ce disant, Jo se leva et se mit à marcher autour de la malle. En quelques pas, sa démarche changea de rythme. Ses mouvements se firent plus amples. Elle se déplaçait réellement comme un homme. La traqueuse s'immobilisa et lui jeta un regard aiguisé.

Eivy haussa un sourcil. Les traits de la jeune femme s'étaient métamorphosés. La position de son menton, l'inclinaison de ses yeux, la manière dont elle plissait le front étaient totalement différentes. Un frisson désagréable parcourut Eivy sans qu'elle comprenne pourquoi.

— Je ne pense pas que tu sois capable de jouer la comédie, ajouta Jo. Ton truc à toi, c'est plutôt le mystère. Je me demande bien ce que cache ton petit côté étrange. D'ailleurs, pourquoi tiens-tu tant à aller à Othea ?

Elles échangèrent un long regard, et celui d'Eivy ne cilla pas devant les prunelles perçantes de la traqueuse. Il n'était pas question qu'elle vienne fouiner dans ses affaires.

Un bruissement d'ailes mit fin à leur affrontement silencieux. Un oiseau noir, semblable à celui qu'elle avait aperçu dans la forêt, venait de se percher sur l'une des branches du chêne. Il tourna sa tête au plumage sombre vers elle, et la scruta un instant avant de reprendre son envol. Eivy repensa à Meyrin, et détourna les yeux du volatile pour chasser cette idée désagréable.

Lorsqu'elle reporta son attention sur Jo, celle-ci s'était rassise pour fouiller dans la malle. Elle avait retrouvé sa posture et son expression habituelles.

— Essaie plutôt ça, dit la traqueuse en lui tendant un pantalon marron plus étroit.

Kiam se réveilla le lendemain après-midi.

Ako avait proposé d'utiliser l'un de ses sorts sur l'archer pour l'aider à se régénérer, afin qu'ils se remettent en route vers le passage pour Othea. Edwin n'y avait pas vu d'inconvénient. Il faut dire que l'herboriste n'était pas tout à fait à l'aise avec la situation de Kiam, qui dépassait le cadre de ses compétences.

Puisqu'un phénomène surnaturel avait plongé l'archer dans cet état, autant l'en faire sortir de la même façon.

Assise en tailleur dans un coin de la roulotte, Eivy observait la pierre que le jeune homme faisait osciller au-dessus du visage inconscient de Kiam tout en murmurant des sorts.

La mâchoire de celui-ci finit par se crisper. Il ouvrit les yeux et considéra les alentours d'un air hagard. Eivy le rejoignit d'un bond.

— Eh, te revoilà parmi nous, murmura-t-elle.

Il la regarda avec incompréhension.

— Eivy ? Que s'est-il passé ?

Le souvenir des événements de la veille afflua brutalement dans la mémoire de l'archer. Il essaya de se redresser, mais retomba sur les coussins avec une grimace de douleur.

— Reste tranquille, dit Ako.

L'archer réalisa alors qu'il se tenait à côté de lui. Il tendit le bras pour repousser la pierre et bloquer le poignet du jeune homme. Le sourire de celui-ci se fit glacial. Il se dégagea de la prise de Kiam d'un geste sec.

En dépit des protestations d'Eivy, l'archer parvint à se redresser. Il s'assit et planta ses prunelles noires dans celles d'Ako.

— Qu'est-ce que tu m'as fait, sur la colline ?

— Je t'ai aidé à sauver ta peau et celle de tes amis. Mais inutile de me remercier, je suis de nature généreuse.

— Tu m'as transformé en quelque chose qui n'était plus moi.

— Vraiment ? S'il ne s'agissait pas de toi, je suppose que tu n'as gardé aucun souvenir du combat, et que tu ne te souviens pas de la sensation de la hache dans ta main, ni du goût du sang sur tes lèvres. Ni de l'exaltation que tout cela t'a procurée.

Kiam se crispa, les poings contractés.

— C'était un carnage. Je contrôlais plus rien. Et j'aurais pu m'en prendre aux nôtres.

— Mais tu ne l'as pas fait, répliqua Ako d'un ton agacé. Tu vas devoir apprendre à te maîtriser, si tu veux rejoindre les Hakiwuls un jour. Ils utilisent souvent le Berserker, et ne s'attaquent pas à leurs compagnons pour autant. C'est un pouvoir puissant et utile, s'il est appréhendé de la bonne manière.

Eivy sourcilla. Une pointe d'envie brillait dans le regard d'Ako.

Le corps de l'archer se détendit lentement. En évoquant ses origines, le jeune homme aux yeux vairons venait sans doute de jouer l'unique carte capable de désamorcer la colère de Kiam.

— Ne lance plus jamais de sort sur moi.

Son ton se voulait menaçant, mais son timbre avait perdu de sa fureur. Il retomba sur les coussins dans un nuage de poussière.

Une ombre étouffa la faible lumière qui pénétrait à l'intérieur : Jo venait d'entrer, et sa haute silhouette masquait l'ouverture de la roulotte.

— Laissez-moi seule avec l'archer, dit-elle. Il faut qu'on parle de ce que ça fait d'avoir du sang sur les mains. Beaucoup de sang. Il y a des choses qu'on ne peut pas comprendre si on ne les a pas vécues dans sa chair, ajouta-t-elle en lançant un regard éloquent à Eivy.

Ako sortit sans se faire prier, soulagé d'en avoir fini avec Kiam. L'archer scruta la traqueuse pendant quelques instants, puis il lui fit signe d'entrer. Eivy capitula et quitta la roulotte à son tour. Sa bouche était sèche et son estomac noué.

Elle commençait à réaliser la portée des événements qui avaient frappé Kiam. L'archer n'avait pas seulement subi les effets d'un sort, il était en train de découvrir sa part d'ombre cachée. Contrairement à Jo, Eivy ne pouvait pas le suivre là où il s'était aventuré. Même si elle essayait, elle ne pourrait jamais vraiment le comprendre.

Et Eivy, quelles étaient les limites de sa part d'ombre ? Elle glissa la main dans sa poche et serra discrètement la pierre de lune. Sans la voir, elle savoura la douce lumière qu'elle sentait émaner d'elle.

Le lendemain, Eivy se réveilla de bonne heure. Elle enfonça sa casquette sur ses yeux pour tenter de se rendormir, en vain. Edwin, lui, était encore assoupi au fond de la roulotte végétale. Son visage reposait contre une porte de placard couverte de mauvaises herbes, qui ondulaient au rythme de son souffle lent. La jeune fille l'envia. Elle aurait préféré passer l'entièreté de cette journée endormie.

Les couchages de Jo et Alex se trouvaient vacants : la traqueuse s'était mis en tête d'apprendre au gamin à chasser. Eivy jeta un coup d'œil au corps assoupi de Kiam, au fond de la roulotte. L'archer avait trouvé des vêtements à sa taille dans la malle pour remplacer les siens, imbibés de sang. Il voudrait sans doute repartir aujourd'hui. Autant qu'il dorme un maximum avant de se remettre en chemin.

Eivy se redressa en silence et sortit de l'épave.

Dehors, la pluie prolongeait sa trêve, mais une brume grisâtre s'était abattue sur les collines environnantes. Le brouillard engluait leurs sommets de nuées maussades. Ce paysage était parfaitement assorti à l'humeur d'Eivy. Elle s'assit sur l'une des pierres bordant le chemin et posa son menton sur ses genoux. Ses cheveux bruns retombèrent en pagaille sur son visage.

La jeune fille observait le paysage d'un œil morne lorsqu'un cliquetis de bracelets lui fit tourner la tête. Ako se tenait à sa droite, adossé à la roche.

— Je n'ai pas répondu à ta question, l'autre jour. Sache que non, je n'ai jamais utilisé mes sorts pour t'influencer à ton insu.

Il se tourna et lui adressa un sourire amusé.

— Même si parfois, l'envie ne manque pas. Là, par exemple, je sens que quelque chose a changé en toi, depuis le combat. Et je me demande bien de quoi il s'agit.

Eivy se raidit. Elle fut tentée de rester évasive, mais elle sentait qu'il avait déjà compris. De toute manière, il n'avait pas laissé la pierre de lune à sa portée par hasard.

Elle sortit le minéral de sa poche. Il chauffa à son contact et elle lui insuffla une douce lumière tout en le plaçant sous le nez d'Ako. Le sourire de celui-ci s'accentua, et son regard fut traversé d'une émotion qu'elle ne sut décrypter. La lueur de la gemme renforçait le contraste entre ses deux yeux.

Eivy expliqua :

— C'est arrivé comme ça, sans prévenir, quand je me suis battue avec l'un des pêcheurs. Je ne comprends pas ce qui s'est passé pour que ça fonctionne enfin.

— Tu as vu l'archer débloquer ses propres capacités, et cela ne t'a pas fait fuir. Tu as continué à te soucier de son sort, parce que tu savais qu'il était ainsi et qu'il n'y pouvait rien. Peut-être que cela t'a fait comprendre que toi aussi, tu avais le droit d'être toi-même.

— Je l'ai réalisé il y a des mois, lorsque j'ai affronté Slivengan.

— Comprendre que l'on a le droit d'être différent est une chose, le ressentir dans ses tripes en est une autre. Tu t'es construite avec une image dépréciée de ton pouvoir. Croyais-tu vraiment réussir à l'accepter en un claquement de doigts ? S'affranchir de ce que nos parents attendent de nous est plus compliqué qu'il n'y paraît. Tu as le droit d'être toi-même, Eivy. Cette liberté-là est la plus fondamentale et la plus difficile à gagner qui soit.

La voix d'Ako n'était plus qu'un souffle et son regard se perdait dans le vide. Eivy se demanda s'il était vraiment en train de parler d'elle, ou s'il fouillait dans les strates douloureuses de sa propre histoire. Une mélancolie ténébreuse imprégnait son visage. À sa vue, elle sentit quelque chose vaciller en elle. Il capta son regard et s'y accrocha plus longuement que d'habitude.

—Au fait, bon anniversaire, Eivy. On n'a pas dix-huit ans tous les jours.

—Comment sais-tu que c'est aujourd'hui ?

—Je l'ai vu dans le registre du *Red Stone*, lorsque j'en étais l'heureux capitaine.

—Inutile d'en parler aux autres.

—Comme tu voudras. Je sais que tu aurais préféré commencer cette journée auprès de tes parents, mais tout n'est pas si sombre… Après tout, nous disposons du meilleur herboriste de l'île, d'un gamin plus bavard qu'une pie, d'une traqueuse inimitable et d'un archer bientôt sur pied. Et puis, j'ai un cadeau pour toi.

Elle plissa les yeux en le voyant extirper de sa poche une chaînette soutenant une pierre d'un mauve cristallin. Elle accrochait la lumière, se métamorphosant sans cesse au contact de l'air. Eivy ne put en détacher ses yeux. Le cristal dégageait une aura surnaturelle, mais elle n'arrivait pas à en cerner la tonalité. Cette particularité la surprit.

—Dis-moi Eivy, qu'est-ce que ça fait d'animer une pierre ?

—C'est une sensation étrange, comme si je lui insufflais une forme de vie. Enfin, c'est plutôt comme si je l'éveillais à ce qu'elle était déjà. As-tu déjà ressenti ça, avec tes sorts ?

—De la vie ? Non, pas vraiment. Mon pouvoir me fait plutôt côtoyer la mort.

—Tu es trop dur avec toi-même. Si tu n'avais pas été là, à Greybor, c'est peut-être moi qui serais morte. Tu me parlais de la liberté d'être soi-même, et tu avais raison. Mais la liberté est aussi celle de choisir comment tu utilises ton pouvoir.

Elle avança les doigts vers le cristal, mais il leva sa main libre et bloqua son poignet.

— Ce n'est pas ce que je voulais te donner, précisa-t-il en rangeant la pierre. Nous aurons bien le temps d'explorer les cristaux que tu ne connais pas, à Othea.

Il fouilla à nouveau dans sa poche et lui tendit une petite fleur blanche aux pétales duveteux.

— Tu m'offres une fleur ? s'amusa-t-elle.

Ils furent interrompus par des rires lointains suivis d'un bruit de raclement. Jo et Alex ne tardèrent pas à débouler sur le sentier. La traqueuse traînait le corps d'un chevreuil accroché à sa chaîne.

Lorsqu'ils furent à quelques mètres d'eux, le regard de la jeune femme se posa sur la fleur qu'Eivy tenait à la main.

— Vous avez l'air bien solennels, dit-elle.

Comme ils ne répondaient rien, Jo désigna du menton la proie qu'elle avait tuée.

— Et si vous veniez voir ce qu'on vous ramène ?

Ils se levèrent tandis que le gamin commençait le récit de leur matinée. La journée s'annonçait brumeuse, mais, au moins, ils mangeraient quelque chose de rassasiant.

Chapitre 28

Le petit groupe reprit la route le jour même, peu après midi. Comme Eivy s'en doutait, Kiam avait insisté pour partir rapidement. Son état n'avait cessé de s'améliorer depuis la veille. Plus la journée avançait, plus l'archer retrouvait des forces. Sa physionomie de guerrier et le cristal qu'Ako avait utilisé sur lui y étaient sans doute pour beaucoup.

Les environs, sauvages le matin même, se peuplaient progressivement. Des maisons de pierre étaient espacées par d'immenses lopins rocheux.

Avant de partir, Eivy avait fini par trouver de quoi se vêtir dans la malle. Le pantalon marron dégoté par Jo lui allait parfaitement. Elle y avait ajouté une chemise en meilleur état que la précédente.

Alors qu'elle observait distraitement la fleur qu'Ako lui avait donnée, Jo s'approcha d'elle furtivement.

— On rêvasse devant sa fleu-fleur ? Tu ne veux toujours pas me dire ce qui t'a valu ce petit cadeau ?

Kiam renifla de dédain. Eivy toisa Jo avec froideur, mais celle-ci se contenta de s'esclaffer. Allait-elle finir par la laisser tranquille ? La traqueuse portait bien son titre : quand elle tenait une proie, elle ne la lâchait plus.

À leur tête, Ako s'arrêta brusquement.

— On se rapproche de Bromerade. C'est la bourgade du coin. D'après mes sources, les Kuryens ont établi leur campement à moins d'une heure de là. Nous ne devrions pas tarder à les rencontrer.

— Comment ça, leur campement ? demanda Eivy.

— Il s'agit d'une troupe nomade. Les Kuryens donnent une représentation en ville, une fois par semaine, et se tiennent à distance le reste du temps. Mais nous n'aurons pas à assister à leur petit spectacle. S'ils se montrent coopératifs, ils peuvent nous faire passer à Othea en quelques heures.

— C'est une troupe de cirque ? s'exclama Alex.

— D'une certaine manière, répondit le jeune homme.

Eivy et Edwin échangèrent un regard étonné.

— Et s'ils refusent de nous aider ? demanda-t-elle.

— Alors il faudra les en convaincre, dit Jo en faisant cliqueter sa chaîne.

Cette perspective n'eut pas l'air de séduire Ako. Il observa le soleil couchant qui s'épanchait derrière l'horizon gris.

— Autant éviter de passer la nuit avec les Kuryens. Dormons ici, nous irons les trouver au petit matin.

Ils dénichèrent un bosquet, à cinquante mètres du sentier, et s'y établirent pour quelques heures. Les arbres formaient un rideau sombre qui les coupait du monde. Tandis que les rémanences du soleil cédaient sous la chape nocturne, Kiam alluma un feu avec des brindilles et des pommes de pin. Il s'assit sur un tronc mort, se débarrassa de sa corde et de son arc, puis sortit son silex et attrapa l'une des branches qu'il avait ramassées en chemin. Il entreprit de tailler une flèche.

Lorsque Eivy s'approcha, il garda les yeux rivés sur son ouvrage. Elle hésita à s'asseoir, et Jo sauta sur l'occasion pour s'installer à côté de lui, en la bousculant au passage. La traqueuse sortit sa chaîne pour la nettoyer. Elle donna un coup d'épaule à son voisin.

— Voilà à quoi on reconnaît les vrais combattants, ajouta-t-elle. Ils s'occupent de leurs armes avant de penser à manger. On ne sait jamais de quoi l'heure suivante sera faite. Il y a des choses que les novices ne peuvent pas comprendre.

Eivy leva les yeux au ciel et rejoignit Edwin, installé à quelques mètres de là. L'herboriste préparait une potion. La jeune fille se pencha sur les provisions et attrapa une pomme avec un peu trop de vigueur.

Edwin lui jeta un coup d'œil interrogateur. D'un regard, elle le dissuada d'essayer d'en savoir plus, et entreprit d'éplucher le fruit avec son couteau. L'herboriste retourna à sa potion.

— Je me demande ce que t'a fait cette pomme, la taquina Ako.

Il s'assit près d'elle, bientôt imité par Alex. Le jeune homme et le gamin venaient d'inspecter les environs pour vérifier que Meyrin ne préparait pas de mauvais coup. Celui-ci n'avait rien tenté depuis l'attaque de la butte.

Eivy releva le nez pour observer Ako du coin de l'œil. Les flammes dansantes soulignaient la perfection de ses traits, et rendaient le bleu de son œil droit plus vif. Sous ses longs cheveux bruns, la goutte en cristal chatoyait. Elle regardait l'écorchure qui barrait sa joue quand une crainte traversa son esprit.

— Meyrin ne risque-t-il pas de retourner les Kuryens contre nous, comme il l'a fait avec Barrog ?

— Cela m'étonnerait. Ils connaissent Meyrin et s'en méfient comme la peste. Et puis, pour se laisser influencer par lui, encore faudrait-il qu'ils se séparent, que l'un d'entre eux s'éloigne du campement. Ce qui a peu de chances de se produire : ils restent toujours collés les uns aux autres.

Eivy haussa les sourcils.

— Sont-ils originaires d'Othea ?

Il acquiesça.

— Autrefois, les Kuryens formaient une célèbre troupe aux pratiques plus que discutables. Ils ne vivaient que pour le prestige de la représentation, et n'hésitaient pas à faire preuve d'une cruauté sans pareille afin de satisfaire la curiosité des spectateurs. Aujourd'hui, il ne reste qu'une poignée de Kuryens, et leur renommée s'est dissipée dans le temps. C'est bien mieux comme ça, crois-moi.

— Comment nous feront-ils accéder à Othea ?

— Les Kuryens n'ont plus aucun pouvoir, mais, selon ma source, ils possèdent le Miroir d'Asgan. Il a la capacité d'ouvrir un passage vers d'autres mondes.

Alex écarquilla les yeux.

— C'est pas croyable. Personne n'essaie de le leur prendre ?

— La plupart des gens l'ignorent. Et même si c'était connu, je ne suis pas sûr qu'il y aurait grand monde pour tenter de se l'approprier. Tu sais, il y a toujours un prix à payer, quand on possède un objet magique de cette force. Le Miroir d'Asgan est aussi fascinant que dangereux. Son énergie est orientée vers le mouvement et le passage entre les mondes, elle ne supporte pas la stabilité. Si on le laisse trop longtemps au même endroit, il finit par altérer la terre sur laquelle il se trouve, et les hommes alentour.

Ako fit une courte pause avant de reprendre la parole.

— Le miroir a une emprise malsaine sur les Kuryens. Il les ronge, lentement mais sûrement. Certains sont morts, d'autres ont fui. Les recrues se sont faites de plus en plus rares jusqu'à disparaître. Aujourd'hui, ils ne sont plus que les fantômes de leur ancien prestige.

Il se tut, puis attrapa une pomme et croqua dedans.

— Comment ont-ils pu obtenir un tel objet ? demanda Edwin.

Ako lui adressa un sourire énigmatique.

— Peut-être les Kuryens se sont-ils approprié le miroir de leur propre initiative, par avidité, condamnant ainsi leur troupe. À moins qu'ils n'aient eux-mêmes créé le miroir, à l'époque reculée où ils maîtrisaient la magie. Au fond, qu'importe ? Ils ont la capacité de nous faire rejoindre Othea, et c'est la seule chose qui m'intéresse.

Le silence retomba sur le bosquet. On n'entendait plus que le crépitement du feu et le frottement régulier du silex de Kiam contre le bois. Si l'archer écoutait leur conversation, il n'en laissait rien paraître. À côté de lui, Jo fumait, impassible. Eivy jeta un coup d'œil à Alex et Edwin, qu'elle découvrit suspendus aux lèvres d'Ako.

L'herboriste rajusta ses lunettes avant de parler.

— Si les Kuryens sont aussi mauvais que tu le prétends, je les imagine mal nous faire passer d'un monde à l'autre sans réclamer de contrepartie.

— Qui a dit que je n'avais rien à leur offrir ?

Il fouilla dans son sac et en sortit une poignée de perles blanches. Le feu y faisait danser des paillettes vert et doré. Plus que de simples reflets, les irisations ondoyaient comme le soleil à la surface de la mer.

— C'est quoi ces trucs ? demanda Alex, les yeux écarquillés.

— Des larmes d'Osrayu. Les Pescailles, des hommes-poissons, les font extraire des coquillages qui peuplent certaines côtes d'Othea pour les vendre. Les Kuryens raffolent de ces perles. J'ai bon espoir qu'ils nous laissent passer en échange de celles-ci.

— Des hommes-poissons qui cherchent des perles dans des coquillages ? dit Eivy. On se croirait dans un conte.

— Ils n'ont rien de féerique. Les Pescailles pullulent, à Othea. Mais je te déconseille leur compagnie : ce sont de vraies plaies. La plupart du temps, ils se tiennent à carreau pour pouvoir vendre leurs perles, mais mieux vaut les éviter. Leurs esclaves en savent quelque chose.

— Leurs esclaves ? s'indigna Edwin.

— Ceux qu'ils utilisent pour extraire les perles. Ils attaquent de petites embarcations, ou pillent des villages isolés afin de faire des prisonniers. Les malheureux qu'ils exploitent survivent rarement plus de quelques années, alors ils ont continuellement besoin de nouvelle main-d'œuvre.

— De quoi ces Pescailles ont-ils l'air ? demanda Eivy.

— Ils ont deux bras et deux jambes, mais sont plus grands et musculeux que des hommes. Pour le reste, cela dépend. Certains ont la peau parcourue d'écailles, d'autres le dos hérissé de nageoires, et la plupart des yeux vitreux. Si tu as un doute, observe-les de dos.

Ako s'approcha d'Eivy et glissa sa main sous sa masse de cheveux bruns pour remonter le long de sa nuque.

— Ici, derrière leurs oreilles, ils ont des branchies qui leur permettent de respirer sous l'eau.

Il s'éloigna pour ranger les perles dans son sac.

Malgré le crépitement du feu, Eivy eut la sensation qu'un silence pesant s'était abattu sur le bosquet. Elle jeta un coup d'œil à ses compagnons. Alex s'était attaqué à une pomme et Edwin glissait une fiole dans l'une des multiples poches de son gilet.

Elle allait lui demander de quoi il s'agissait lorsqu'elle réalisa ce qui la mettait mal à l'aise. Le bruit du silex de Kiam avait cessé. Il n'était plus là. Seule sur le tronc, Jo continuait de nettoyer son arme en fumant.

Eivy se leva. Une vague de fumée l'enveloppa lorsqu'elle rejoignit la traqueuse.

— Où est-il ?

— Parti faire un tour, répondit-elle sans quitter sa chaîne des yeux.

— Je ne l'ai même pas entendu bouger.

— Il faut croire que tu étais captivée par autre chose.

Eivy eut envie de lui faire gober son cigarillo. Au lieu de quoi, elle se faufila derrière un buisson et contourna quelques arbres pour sortir du bosquet.

Les troncs encerclaient une petite clairière, juste devant elle. L'herbe clairsemée prenait une teinte indigo dans la nuit. Les broussailles masquaient leur campement, mais Eivy pouvait voir les lueurs du feu s'animer entre les branchages.

Kiam était assis là, contre une souche, à regarder le ciel étoilé. Il ne tourna même pas la tête lorsqu'elle le rejoignit.

Quelque chose avait changé, sur le visage de l'archer. Un frisson remonta le long de la colonne vertébrale d'Eivy. Elle songea à la mauvaise humeur que Kiam avait affichée, ces dernières heures, et qu'elle avait attribuée à ce qui s'était passé sur la butte. Et si elle s'était trompée ? Si c'était la proximité de Meyrin qui agissait sur lui ?

— Tu ne devrais pas t'isoler, lui dit-elle.

Il finit enfin par la regarder.

— Qu'est-ce que tu penses de moi, Eivy ?

— Ce que je pense de toi ?

— Depuis que tu m'as vu me battre sur la butte. Avec le Berserker et tout le sang qui a coulé. Ça devait pas être beau à voir.

— Aucun de nous n'était beau à voir. Nous avons tous fait couler le sang, et c'est ce qui nous a sauvés.

Il lui fit un sourire amer.

— Peut-être. Mais ce qui me perturbe, c'est que j'arrive pas à regretter ce qui s'est passé. Je me sens plus complet depuis le Berserker, comme si j'avais découvert une partie de moi qui me manquait. J'ai jamais rien vécu d'aussi déstabilisant.

Eivy ne sut que répondre. Ça devait être compliqué de gérer ses pulsions guerrières, quand on avait été élevé par un peuple aussi pacifique que les Zabelins. Peut-être se sentirait-il davantage compris si elle lui confiait ses propres doutes.

Eivy savait qu'elle pouvait faire confiance à Kiam. Elle glissa une main dans sa poche et serra la pierre de lune entre ses doigts.

— Tu sais, je ne suis plus vraiment la même non plus, depuis le combat. J'ai réussi à animer une gemme, et j'ai brûlé les yeux d'un homme avec.

Kiam n'eut pas l'air vraiment étonné.

— J'étais sûr que t'y arriverais. Et je me disais bien qu'un truc avait changé, chez toi. C'est pour ça que tu te rapproches d'Ako ?

Eivy resta silencieuse, décontenancée par sa question.

Ils se regardèrent pendant un long moment, et elle se sentit troublée par ses grands yeux noirs. Eivy eut envie de s'y plonger un peu plus profondément, mais le sourire d'Ako lui revint en mémoire, et son regard se voila.

Elle entendit Kiam soupirer. L'archer déposa un baiser sur son front et l'attira contre lui. Elle posa la tête contre son épaule et ferma les yeux. Eivy se sentait épuisée. Elle eut à peine conscience que sa casquette dégringolait, libérant un flot de cheveux bruns.

Un froissement de plumes venant des bois lui fit rouvrir les paupières. Elle discerna la silhouette d'un volatile qui les toisait du haut d'une branche. Sa tête était épaisse et son plumage d'un noir de suie. Il ressemblait à s'y méprendre à celui qu'elle avait repéré dans la forêt et près de la roulotte. Un deuxième oiseau, parfaitement identique, surgit de la nuit pour se percher à côté du premier. Il coassa avant de tourner la tête vers eux. Ses yeux luisaient comme deux puits sans fond.

— Kiam…, s'alarma-t-elle désignant les volatiles du menton.

— Ce sont que des oiseaux, Eivy. On a vu pire.

Un troisième volatile apparut dans le ciel. Il ne tarda pas à se poser sur la branche, ses grandes ailes noires encore ouvertes.

— Allons dormir près du feu, dit-elle à l'archer.

— Si tu y tiens.

L'aube pointait quand Eivy s'éveilla pour prendre son tour de garde. Alex, qui l'avait précédée, se coucha avec un gémissement épuisé. Il restait deux heures de sommeil aux autres avant de partir à la rencontre des Kuryens et d'Othea. Cette perspective lui permit de se mettre debout malgré la fatigue.

La jeune fille avança d'un pas approximatif. Elle contourna les buissons et s'assit au pied d'un arbre, en croisant les bras pour défier la fraîcheur matinale.

La brume affluait sur la clairière. Son écume vaporeuse s'insinuait entre les troncs, s'écoulait sur la terre, flottait dans l'horizon sylvestre. L'air froid lui picota les narines. Imprégnée de rosée, la forêt exhalait une odeur de résine et de verdure.

Elle tendait les bras pour s'étirer quand elle aperçut une tache bordeaux dans l'herbe. Mouvante, la brume jouait avec, comme les vagues charrient un objet rejeté par les flots. Elle plissa les yeux, mais ne parvint pas à comprendre de quoi il s'agissait.

Eivy se redressa et avança. Au bout de quelques mètres, la tache lui apparut clairement. Il s'agissait de sa casquette. La jeune fille porta instinctivement la main à ses cheveux. Elle l'avait oubliée là, la veille.

Elle se souvint de l'épaule réconfortante de l'archer en se dirigeant vers son couvre-chef. Celui-ci était imprégné de rosée fraîche. Elle fit la moue et fourra sa casquette trempée dans la poche de son manteau.

Le soleil se levait, et la forêt embrumée était traversée de rayons ardents. Au loin, une silhouette de pierre se dressait entre les arbres. Il faisait sans doute trop sombre, la veille au soir, pour qu'elle remarque sa présence.

Quand elle était petite, Eivy avait appris que l'on pouvait tomber sur des statues dans les forêts de certaines îles. Une tradition ancestrale les faisait ériger en hommage aux dames de haute naissance disparues en mer, pour que leur esprit se reconnecte à l'énergie terrestre.

La silhouette gracile attira sa curiosité. Jusque-là, elle n'en avait jamais vu de ses propres yeux. Mais, au moment où elle allait s'engager dans la forêt, Eivy repensa aux oiseaux noirs qui en avaient surgi la veille. Elle plissa le nez et rebroussa chemin.

C'est alors qu'elle l'entendit.

Son timbre était faible, ténu, quasiment imperceptible. On aurait dit une voix de femme qui murmurait des paroles réconfortantes. Un souffle de chaleur maternelle en émanait.

Viens à moi.

Bercée par une douce mélancolie, Eivy avança dans la forêt. Son corps était léger, comme s'il se fondait peu à peu dans les vapeurs du brouillard. Engourdies, ses pensées se concentraient sur la voix qui l'appelait. Celle-ci devenait plus audible au fil de sa progression.

Viens à moi.

Lorsqu'elle fut à quelques mètres de la statue, Eivy comprit qu'elle était de dos. Des éclats de mousse bleue parsemaient sa pierre érodée, comme un vestige des abysses. On distinguait tout de même les boucles de sa chevelure, le drapé de sa robe, et la finesse de ses doigts qui se perdaient dans la brume.

Une intuition traversa l'esprit d'Eivy, floue comme un poisson que l'on aperçoit sous la surface de l'eau. Ses pieds freinèrent dans le tapis de feuilles mortes. Pourquoi fallait-il qu'elle s'arrête ? Elle ne s'en souvint pas.

Viens à moi, répéta la voix, soyeuse et irrésistible.

La jeune fille reprit sa progression. Un amas végétal engloutissait le socle de la sculpture. L'odeur de lichen humide saturait l'air. Eivy contourna le piédestal. La figure de la statue lui apparut alors. Son regard était masqué par un ruban de lierre, et le temps avait effacé le relief de ses traits.

Elle n'avait pas de visage. Cette vision extirpa Eivy de sa torpeur. Qu'est-ce qui lui avait pris de s'éloigner autant ?

Elle reculait quand une vibration glacée la fit trembler jusqu'aux os. La douce voix s'était transformée en un grondement sourd, caverneux. Eivy n'eut pas le temps de crier.

Lorsque la silhouette de Meyrin émergea des arbres, elle tomba à genoux, tétanisée, incapable de fuir ou de prononcer un mot.

Chapitre 29

Dissimulé sous sa cape de velours pourpre, il s'immobilisa à quelques mètres de la jeune fille, comme pour mieux savourer sa peur. Eivy tenta de crier. Ses lèvres restèrent muettes. Son cœur martelait douloureusement sa poitrine, et les brindilles s'enfoncèrent un peu plus dans ses genoux. Lourdes comme du plomb, ses jambes refusaient de bouger.

Elle était prisonnière de l'influence de Meyrin. L'ampleur de sa puissance lui apparut alors, et l'estomac d'Eivy se retourna.

Il finit par écarter les pans de sa capuche. Ses yeux brillaient d'un gris vide et froid. Quelque chose d'inhumain animait ce regard qui la scrutait. Il esquissa un pas dans sa direction. Sa silhouette devint floue, puis il disparut de son champ de vision.

Haletante, Eivy pivota dans tous les sens pour le retrouver. Elle sentit alors sa présence glacée derrière sa nuque. L'air se mit à trembler sous l'effet d'un grognement sourd. Elle se plia en deux, les mains sur les oreilles, avant de réaliser que la vibration ne faiblissait pas. Il parvenait sans doute à la lui faire entendre sans émettre le moindre son dans la forêt.

Meyrin parla d'une voix rocailleuse.

— Je sens ta peur. Je m'en délecte depuis que tu as débarqué sur cette île.

Son timbre grave était voilé, comme si une autre voix se superposait à la sienne. Eivy tremblait de tous ses membres. Il marqua une pause, puis un mouvement d'une rapidité saisissante troubla l'air, à gauche de la jeune fille. Meyrin reparut devant elle. Son sillage charriait des relents de terre, d'encens et de moisissure.

Ses yeux gris se plantèrent dans les siens. Aiguisé comme un poignard, son regard semblait s'immiscer jusqu'aux tréfonds de son âme.

— Fais venir Ako à moi, dit-il. Aide-moi à me débarrasser de lui, et cette peur qui te torture disparaîtra pour toujours.

La voix qui doublait celle de Meyrin devenait plus forte. Quelque chose, dans son intonation, donna des frissons à Eivy. Il ne fallait pas qu'elle l'écoute.

Meyrin continua, implacable :

— Tu n'as plus besoin de lui pour te rendre à Othea. Il t'a confié ce qu'il savait sur la manière de s'y rendre.

La voix caverneuse s'était estompée pour laisser plus de place à celle qui la voilait. Eivy réalisa que cette dernière était plus aiguë.

Meyrin reprit de plus belle.

— Je lis en toi comme dans un livre ouvert. Ako ne cesse de mettre ta vie en danger depuis que tu l'as rencontré. Il t'a poussée à trahir l'équipage du *Red Stone* en fuyant. C'est un miracle que tu t'en sois sortie. Sans parler des pêcheurs, sur la colline. Ils étaient là pour Ako. Mais où se trouvait-il, lui, quand la lame du blond a manqué de perforer ta poitrine ? Penses-tu vraiment t'en tirer à si bon compte à chaque fois ?

Meyrin fit une courte pause avant de reprendre :

— Si tu restes avec lui, il causera la perte de tous ceux que tu aimes. Il a déjà risqué la vie de l'archer en lui jetant ce sort effroyable. Il s'en est sorti de peu. La prochaine fois, il n'aura pas cette chance. Tu as eu un aperçu de ce qui l'attendait, quand tu l'as cru mort, sur la crête. Tous tes compagnons finiront de la même manière.

La voix rocailleuse avait fini par disparaître au profit du timbre féminin qui se superposait à elle. Avec stupeur, Eivy comprit que c'était sa propre voix.

— Je ne fais que dévoiler tes propres pensées. Ce que je dis est vrai, tu le sais au fond de toi. Par la faute d'Ako, tes amis rejoindront tes parents. Ils finiront tous inertes, en sang. Pour leur sécurité, tu dois m'aider à me débarrasser de lui.

Un doute affreux s'insinua dans sa poitrine. Elle pensa à la bouille d'Alex, au visage bienveillant d'Edwin et au regard sombre de Kiam. Même l'inébranlable Jo lui parut vulnérable face au tourbillon de mystère et de danger qui environnait Ako, et qui risquait de tous les engloutir.

Peut-être fallait-il se débarrasser de lui.

Cette idée lui donna la nausée. Que lui arrivait-il ? Elle se souvint alors de ce qu'avait dit le jeune homme aux yeux vairons, dans la roulotte, à propos de Meyrin. *Son influence s'adapte à la nature profonde de la personne.* Il jouait sur ses peurs pour arriver à ses fins. Meyrin s'était invité dans ses émotions et y avait lu la crainte de perdre ceux auxquels elle tenait. À présent, il en jouait pour la monter contre Ako.

Mais il se fourvoyait. Jamais elle ne le trahirait de la sorte.

Elle sentait toujours la présence de Meyrin, mais sa silhouette avait disparu dans la brume, comme pour la laisser se débattre avec ses pensées. Sa cape pourpre réapparut lentement. Le grognement sourd qui vibra dans l'air glaça le sang de la jeune fille.

— Pauvre idiote. Tu as fait le mauvais choix. Je vous éliminerai les uns après les autres jusqu'à ce que je puisse l'atteindre. Et je vais commencer par toi.

Il leva une main dans sa direction, et esquissa un geste rapide, comme s'il jouait avec des fils invisibles. Les jambes d'Eivy picotèrent. Effarée, elle sentit un sursaut animer son pied droit. Elle tenta de glisser une main dans sa poche pour attraper sa pierre, mais son bras ne lui répondait plus. La jeune fille se redressa sans l'avoir décidé. Eivy résista de toutes ses forces, en vain. Elle se mit en mouvement comme une vulgaire marionnette.

Malgré elle, ses jambes entamèrent une course effrénée dans le tapis de brindilles et de feuilles mortes. Le vent fouettait son visage et son dos devint moite de sueur.

Elle ne voyait plus Meyrin, mais sa vibration caverneuse emplissait l'air, tout comme son odeur d'encens et de moisissure. La jeune fille pouvait sentir sa présence accompagner ses foulées incontrôlables.

Eivy filait à travers la forêt quand un aplat rocheux se dessina au loin. Aucun arbre ne se dressait au-delà. Il n'y avait que le ciel. C'était une falaise. Meyrin voulait donc la forcer à se précipiter dans le vide. Eivy tenta de hurler, en vain. Tandis que des larmes acides roulaient sur ses joues, le ciel se rapprochait inexorablement.

Ses pieds atteignaient l'aplat rocheux quand le grondement de Meyrin devint strident. Un mélange de haine et de souffrance en émanait : on aurait dit le feulement d'un animal à l'agonie.

Puis ce fut le silence. La vibration avait disparu, ainsi que la présence glacée qui harcelait les arrières d'Eivy. L'odeur suffocante s'était évaporée, elle aussi.

La jeune fille retrouva brutalement le contrôle de son corps. Emportée par son élan, elle trébucha et roula sur quelques mètres avant de s'immobiliser sur un rocher. Sous le choc, la pierre de lune roula de sa poche et tomba dans le précipice.

L'extrémité des pieds d'Eivy flottait dans le vide. Avec un hoquet de terreur, elle se hissa sur la butte pour s'éloigner du ravin. Elle s'écroula sur le dos, à bout de forces, trop chamboulée pour réfléchir. Son souffle était saccadé et ses muscles douloureux.

La forêt des Lusèves était redevenue calme, et l'air d'une pureté délectable. Eivy en inspirait chaque bouffée avec soulagement.

— Eivy ? fit une voix, au loin.

C'était celle de la traqueuse.

— Jo !

Ses pensées se remirent en route, et elle comprit ce qui venait de se produire. Meyrin avait été contraint de prendre la fuite en sentant la traqueuse approcher, brisant ainsi l'emprise qu'il maintenait sur elle. À en juger par son feulement douloureux, cet afflux d'énergie vitale avait dû meurtrir sa faible intégrité.

Eivy tourna lentement la tête vers la falaise. Sa pente abrupte plongeait sur des dizaines de mètres. Sa pierre de lune s'était écrasée quelque part là-bas. Si la traqueuse n'était pas arrivée à temps, la jeune fille aurait connu la même fin.

Quelque chose bougea entre les arbres, et le visage de Jo apparut. Elle s'accroupit et lui tendit la main pour l'aider à se redresser. Au regard de la traqueuse, Eivy comprit qu'elle avait saisi la gravité de la situation.

— As-tu vu Meyrin ? questionna la jeune femme.

— Oui. Il a disparu quand tu t'es approchée.

Jo sembla réfléchir un moment. Eivy serra les poings pour cacher les tremblements de ses doigts. Au bout de quelques instants, la traqueuse acquiesça d'un hochement de tête et se releva.

— Dans ce cas, heureusement que j'étais dans les parages. Les autres ne vont pas tarder à se réveiller, on devrait se dépêcher.

Eivy la fixa, surprise. Jo n'avait pas mis sa parole en doute une seule seconde. Elle ne s'était pas demandé ce qu'elle faisait si loin du campement, et n'avait même pas cherché à en apprendre davantage sur sa confrontation avec Meyrin.

Comme la traqueuse commençait à s'éloigner, elle se mit debout pour la rattraper, et elles entamèrent le chemin du retour ensemble.

Eivy frissonnait encore. Son corps gardait l'empreinte de l'épreuve qu'elle venait de vivre. Elle savait que Meyrin était puissant, mais elle n'avait pas envisagé qu'il puisse posséder une telle emprise. Elle maudit sa propre imprudence. Comment avait-elle pu s'éloigner ainsi du campement ? Encore fallait-il espérer que sa bourde soit exempte de conséquences. Sa mâchoire se contracta à l'idée qu'Ako puisse la soupçonner d'être sous l'influence redoutable de Meyrin.

Elle leva le nez vers Jo :

— Comment comptes-tu le vaincre ? Existe-t-il vraiment un moyen de venir à bout de Meyrin ?

Jo s'arrêta pour lui jeter un regard en coin, et un sourire de défi étira ses lèvres.

— Il existe toujours un moyen, Eivy.

Elle s'adossa à un arbre et replia sa jambe contre le tronc.

— Sais-tu comment on devient traqueur ?

— Je suppose qu'il faut attraper certaines proies difficiles.

— C'est plus complexe que ça. Un traqueur parcourt des dizaines d'îles pour apprendre le dénuement et le sentiment de sa propre vulnérabilité. L'urgence de la survie lui permet d'explorer ses ressources, mais aussi celles de la nature. Il y découvre des armes insoupçonnées. Les rencontres qui jalonnent sa route lui ouvrent les portes de savoirs anciens, parfois oubliés, mais utiles pour venir à bout de proies réputées indomptables. L'art de la traque ne se résume pas à poursuivre et attraper une prise. Il réside dans le cheminement qui a mené à découvrir comment la vaincre.

Jo se tut, le regard impérieux.

— Pourquoi as-tu choisi cette vie-là ?

— Je ne l'ai pas choisie, elle s'est imposée à moi. Comme la plupart des traqueurs, j'ai vécu des événements qui ont changé ma vision des choses, et je ne pouvais plus me contenter de mener une existence normale.

Eivy repensa à la conversation que Jo avait eue avec Ako, avant qu'il ne l'autorise à les accompagner. Meyrin avait tué l'un des proches de la traqueuse, d'où son désir de vengeance.

La mâchoire de Jo se contracta.

— Ce monstre a éradiqué toute trace de joie en moi. Lorsqu'il a brisé ma vie, je me suis fait la promesse de prendre la route jusqu'au jour de ma vengeance.

Le regard vert de Jo s'emplit d'une colère ardente, à la profondeur vertigineuse, qu'Eivy ne lui connaissait pas. La traqueuse reprit la parole d'une voix grave :

— Selon toi, pourquoi Meyrin est-il impossible à vaincre ?

— Parce qu'il manipule son adversaire. Il a le pouvoir d'influencer ses pensées, et aussi de contrôler ses mouvements.

— Mais encore ?

Eivy se souvint de sa terrifiante confrontation avec Meyrin, dans la forêt. Elle revit l'ombre de sa cape pourpre surgir de la brume.

— Il est anormalement rapide, finit-elle par ajouter.

— Exactement. C'est ce qui le rend si difficile à abattre. La destruction de son talisman d'énergie a dénaturé l'empreinte corporelle de Meyrin. Il est devenu léger et évanescent comme un fantôme, donc incroyablement preste.

La traqueuse glissa une main sous sa chemise et en extirpa l'énorme œil du typhon qui pendait au bout de sa chaînette. La pierre bleue parcourue de nuées blanches happa le regard d'Eivy comme un aimant. Elle eut du mal à s'en défaire pour reporter son attention sur Jo.

— À Othea, continua la traqueuse, on surnomme les Dragoards les chasseurs de spectres. Il n'existe pas de créature plus rapide que ces prédateurs. Il m'a fallu une année pour découvrir comment vaincre un Dragoard, et près de trois mois pour triompher de celui qui veillait sur cette pierre. J'ai failli y laisser ma peau, mais je ne le regrette pas une seconde. Ma récompense, je la porte autour du cou.

La traqueuse avança d'un pas et planta ses yeux dans ceux d'Eivy.

— Cette pierre parviendra à anéantir Meyrin, pour la simple et bonne raison qu'il s'agit d'un fossile. Quand les Dragoards meurent, ils fusionnent avec la roche si particulière de leur île. La magie qui prodigue une telle rapidité aux Dragoards subsiste en elle. On dit qu'un œil de typhon acéré peut vaincre un spectre, alors il viendra aussi à bout de Meyrin. C'est la seule arme qui en soit capable.

— Meyrin risque de contrôler tes mouvements, rappela Eivy.

— Bien pensé. Une bonne arme ne suffit pas, il faut l'utiliser à l'endroit et au moment adéquats. Derrière le Miroir d'Asgan, il existe un couloir, un passage intermédiaire que nous devrons emprunter avant de rejoindre Othea. Là-bas, le miroir perturbera la magie utilisée par Meyrin.

Eivy plissa les yeux, perplexe.

— Ce monstre utilise l'esprit des autres pour les manipuler, expliqua Jo, et cela lui demande une certaine énergie mentale. Or, le couloir est une projection que les gens se font du passage.

En réalité, il est intangible, mais nous avons tous besoin de nous en faire une image pour traverser. Meyrin n'échappe pas à la règle. Son esprit sera trop focalisé sur cette tâche pour pouvoir manipuler celui des autres. Tu peux me croire, dans le couloir, ses pouvoirs seront temporairement inefficaces. C'est à ce moment-là que je frapperai.

Depuis combien d'années Jo préparait-elle sa vengeance ? Quelle vie avait-elle dû mener pour caresser l'espoir de vaincre Meyrin ? Si Eivy avait su, quelques années plus tôt, qu'un dénommé Slivengan était responsable du meurtre de ses parents, aurait-elle emprunté le même chemin ? C'était difficile à dire. Mais, au fond d'elle, la jeune fille comprenait le feu qui brûlait dans les yeux de la traqueuse.

Le soleil grimpait dans le ciel lorsqu'ils approchèrent du campement des Kuryens. Pour le rejoindre, Eivy et ses compagnons avaient dû s'éloigner de la forêt des Lusèves, et emprunter un chemin côtier menant vers Bromerade. La troupe s'était établie à plusieurs kilomètres de la ville, à l'arrière d'une anse sauvage et isolée.

La mer roulait, couleur de plomb, et le ciel se voilait de nuées troubles. Ici, il n'y avait ni bois mystérieux ni maisons de pierre. Juste de la terre grise émaillée de rochers et bercée par le rugissement du ressac.

Kiam et Alex étaient partis en éclaireurs pour repérer le campement et vérifier que tout s'annonçait bien. Pendant ce temps, les autres cheminaient tranquillement sur la route pierreuse.

À la tête du groupe, Jo et Edwin tenaient une discussion animée à propos d'épines venimeuses. Eivy se tourna vers Ako, qui lui jeta un regard pénétrant. Cela faisait bien longtemps qu'il ne l'avait pas jaugée ainsi.

— Maintenant que nous sommes seuls, tu vas pouvoir me raconter ta rencontre avec Meyrin.

— Comment le sais-tu ?

— Pensais-tu pouvoir me le cacher ? Je sens son odeur sur toi comme s'il était parmi nous.

Eivy se mordit l'intérieur de la joue. S'il était déjà au courant, autant jouer cartes sur table. Elle rassembla son courage et lui avoua tout. La jeune fille évoqua la statue dans la forêt, détailla les tentatives de manipulation de Meyrin, et finit par lui raconter sa course incontrôlable jusqu'à la falaise.

Durant son récit, Ako ne la quitta pas des yeux. Lorsqu'elle eut terminé, il prit un moment pour réfléchir tout en marchant.

— Pourquoi ne pas m'en avoir parlé tout de suite ?

— J'avais peur que tu ne veuilles plus que je vienne à Othea.

Il haussa un sourcil.

— Eh bien tu t'es trompée. Si je t'ai proposé de m'accompagner, ce n'est pas pour me débarrasser de toi à la première difficulté. Pour en revenir à Meyrin, je suis désolé que tu aies eu à subir cela. C'est une chance que tu t'en sois sortie indemne. Inutile de te rappeler la nécessité de ne pas t'éloigner seule, maintenant que tu as eu un aperçu de ses pouvoirs.

Il planta ses yeux dans les siens.

— Et plus de cachotteries.

Venant de sa part, c'était un comble. Eivy maintint son regard, et un détail glaçant la frappa. Le gris des yeux de Meyrin était le même que celui qui avait envahi le regard d'Ako, après la mort de Neil et de Barrog.

Elle essayait de comprendre ce qui se cachait derrière cette curieuse coïncidence quand Kiam apparut au loin, devancé par la silhouette bondissante d'Alex. Le petit lanceur de couteau courait dans leur direction.

— Ils sont à dix minutes d'ici ! déclara le gamin.

— Et tout a l'air calme, ajouta l'archer.

Il passa son bras au-dessus des épaules d'Eivy.

— Othea, nous voilà, lui dit-il avec un sourire rayonnant.

À cette idée, le regard de la jeune fille se figea sur l'horizon. Cette simple pensée lui faisait oublier Meyrin et les doutes qui la tiraillaient. Rejoindre Othea valait bien toutes les épreuves que le destin mettrait sur sa route.

Chapitre 30

L'homme qui vint à leur rencontre portait un chapeau haut-de-forme. Il était vêtu d'une redingote surmontée d'un plastron rouge. Quand il s'approcha, Eivy lui jeta un regard oblique et remarqua que le tissu de sa veste était rapiécé à plusieurs endroits. Des favoris grisonnants descendaient sur ses joues, juste au-dessus de son menton fuyant.

Il observa Jo et Kiam avant de s'attarder sur la boucle d'oreille d'Ako.

— Quelle surprise, déclara-t-il d'un ton douceâtre, qui ne parvenait pas à masquer son hostilité. Il n'est guère courant de croiser une traqueuse, un Hakiwul et un marionnettiste dans ces modestes parages.

— Bonjour à toi, Senebert le magicien, dit Ako en souriant. C'est un honneur pour mes compagnons et moi-même de rencontrer l'un des Kuryens. Nous avons entendu le plus grand bien de votre troupe.

Senebert émit un petit gloussement. Son regard mielleux glissa rapidement sur eux. Une odeur poudrée émanait de son plastron de velours.

— Allons, mon jeune ami, parlons franchement. Révélez-moi le véritable motif de votre visite.

— Vous le connaissez déjà.

Le magicien feignit de réfléchir avant de s'exclamer :

— Je crains que vous ne soyez venus pour rien. Notre vieux miroir se fait capricieux, ces derniers temps.

Ako fouilla dans son sac. En le voyant faire, Senebert esquissa un mouvement de recul, mais le jeune homme n'en sortit que la poignée de larmes d'Osrayu. Leur blanc laiteux se mit à scintiller, et le magicien ouvrit de grands yeux. Il examina les perles pendant plusieurs secondes avant de se courber pour faire la révérence.

— Tout compte fait, je crois que nous allons bien nous entendre. Suivez-moi, je vais vous présenter au reste de la troupe.

C'est ainsi qu'ils pénétrèrent dans le campement des Kuryens.

Le passage vers Othea était là, tout proche. Eivy observa fébrilement les lieux. Une large estrade se dressait en hauteur, à son centre. Tout autour s'étirait un dédale de roulottes chamarrées. L'une d'entre elles était fermée par de gros barreaux. On apercevait un enclos à chevaux, un peu plus loin.

— C'est vraiment un magicien ? chuchota Alex.

— Juste un illusionniste, murmura Ako. Senebert se sert de son chapeau et de ses cartes pour émerveiller les marmots et obtenir quelques pièces de leurs parents.

— Pourquoi t'a-t-il appelé marionnettiste ? questionna Eivy.

— Un vieux surnom sans importance. Pour ces gens-là, tout n'est que spectacle.

Marionnettiste. Eivy songea à la manière dont Meyrin avait contrôlé ses mouvements. Elle conserva une expression neutre et continua sa progression. Jo la suivait de près, sa chaîne cliquetant au rythme de ses pas.

Ils approchèrent de l'estrade, où l'on avait posé un enchevêtrement de panneaux et de banderoles en tissu. Un lion rugissant était peint sur l'une d'elles. À quelques mètres de là, deux membres de la troupe discutaient, à moitié assis sur une énorme caisse.

La première était une blonde aux traits délicats et à la silhouette gracile. Elle portait une robe en tulle beige surmontée d'un gros châle, sans doute pour se protéger de la fraîcheur ambiante. Ses cils avaient été maquillés comme ceux d'une poupée, et deux ronds roses ornaient ses pommettes. Elle ouvrit de grands yeux en découvrant les intrus qui sillonnaient le campement.

Son compagnon lui ressemblait si peu que leur duo avait quelque chose de comique. Il s'agissait d'un immense gaillard au crâne rasé et au cou de taureau. Son visage était plâtré de blanc, ses yeux cerclés de noir, et un sourire factice était peint sur ses lèvres. Le rouge de ses commissures s'étirait jusqu'à ses joues. Il regarda fixement Kiam, et sa bouche se tordit en un rictus à glacer le sang. En retour, l'archer le toisa de son œil sombre.

Senebert rompit le silence.

— Voici Angeline, notre gracieuse funambule, et Torny, notre inimitable clown.

Ako les salua, et Edwin remonta nerveusement ses lunettes. Le vieux magicien s'éloignait déjà. Les autres le suivirent.

Senebert les mena vers une roulotte ocre aux moulures écaillées, qui jouxtait l'enclos des chevaux. Un cerceau violet à rayures jaunes était suspendu contre la façade. Un concert de coassements résonnait non loin de là.

Devant la porte ouverte, une rousse intensifiait le dessin de ses sourcils au crayon. Sa poitrine généreuse débordait de son corset. Une collerette de plumes noires entourait ses épaules et se perdait dans les boucles flamboyantes de sa chevelure.

— Kaia, notre indomptable dresseuse, déclara Senebert.

L'intéressée tourna la tête. Elle était borgne. Ses lèvres laquées de prune se plissèrent. La rousse les fixa d'un œil si tranchant qu'elle aurait pu faire passer Torny le clown pour un agneau.

Les coassements s'intensifiaient progressivement. D'où venait donc ce bruit ?

— Laissons Kaia à sa toilette, susurra le magicien en reprenant son chemin.

Une fois qu'ils eurent dépassé l'enclos des chevaux, il se tourna vers eux et ajouta :

— Mes camarades se préparent pour la grande répétition de ce soir. Nous proposerons un tout nouveau spectacle en ville dès demain.

— Un nouveau spectacle ? s'exclama Alex. Je veux voir ça !

Eivy et Kiam lui jetèrent un regard menaçant.

— Nous ne pouvons nous le permettre, dit Ako. Le temps presse, et il nous faut rejoindre Othea rapidement.

— C'est encore à cause de Meyrin ? râla le petit lanceur de couteaux.

— Ton imagination est bien fertile, aujourd'hui, remarqua Ako.

Le gamin se mordit la lèvre.

— Je vois, finit par ajouter le vieux magicien. Continuez votre balade, je vais annoncer votre venue à Mesfreia pour qu'elle prépare le miroir au plus vite.

— Je vous en serai reconnaissant, répondit Ako.

— J'y compte bien.

Senebert les salua d'un hochement de tête avant de leur tourner le dos, laissant derrière lui un écœurant sillage parfumé.

Jo s'approcha d'Alex et lui appliqua une pichenette sur le crâne.

— Qu'y a-t-il dans cette petite caboche ? grogna la traqueuse.

Le gamin protesta, mais Eivy ne l'entendait plus. Elle venait de localiser la source des coassements. Derrière l'enclos des chevaux se dressait une cage remplie d'oiseaux noirs. Ils étaient identiques à ceux qu'elle avait aperçus la veille, dans la clairière. Certains battaient des ailes dans un bruissement frénétique, comme pour essayer de s'envoler. D'autres restaient juchés sur leur perchoir, le regard morne et le bec abattu. Trois spécimens en liberté s'étaient posés au-dessus de la cage. Ils coassaient en scrutant les captifs, qui leur répondaient par des piaulements suppliants.

Le cœur d'Eivy se serra. Les mystérieux volatiles, si effrayants la veille, lui apparaissaient aujourd'hui sous un jour nouveau. Elle avança doucement vers eux. Le foin qui jonchait le sol crissa sous ses pas. L'odeur de la cage lui fit froncer le nez.

— Ils te font moins peur qu'hier ? murmura la voix de Kiam, dans son dos.

— Tu vas trouver ça bizarre, mais j'ai l'impression que ces oiseaux nous tournent autour depuis plusieurs jours, comme s'ils essayaient de nous faire passer un message.

— C'est pas si bizarre que ça. Peut-être qu'ils nous demandaient de venir libérer leurs copains.

La jeune fille lui donna un coup d'épaule, et il éclata de rire.

— Je plaisante pas, Eivy. Les Zabelins disent que les oiseaux sont beaucoup moins bêtes qu'on le pense.

Une voix inconnue s'éleva derrière eux.

— En tout cas, ceux-là ont des plumes magnifiques. Kaia s'en sert pour confectionner ses tenues de scène. La semaine dernière, il a fallu tuer vingt de ces volatiles pour créer sa collerette, et elle réclame déjà un bustier assorti.

Eivy et Kiam se tournèrent en même temps.

Un jeune homme à la silhouette dégingandée leur faisait face. Ses cheveux blonds balayaient sa chemise à losanges multicolores. Il leur fit un clin d'œil assorti d'un sourire éclatant.

— Mulligan, jongleur des Kuryens, pour vous servir. Senebert m'a demandé de vous distraire en son absence. C'est votre jour de chance, je finalise justement les détails de mon nouveau numéro. Préparez-vous à en prendre plein les mirettes.

Jo haussa un sourcil sarcastique qui manqua de faire s'esclaffer Eivy, mais la traqueuse retrouva son sérieux quand Mulligan extirpa trois couteaux de sa ceinture.

— Tout doux, dit-elle, une main sur sa chaîne.

— Ne crains rien, ma belle, répliqua le jeune homme. Ces joujoux font partie du spectacle. Adresse et précision guident chacun de mes gestes. Mes lancers atteignent toujours leur cible.

Mulligan rejeta sa longue chevelure en arrière et se mit à jongler avec les poignards. Les lames virevoltèrent au-dessus du jeune homme jusqu'à ce qu'il s'immobilise dans un mouvement théâtral. L'un des couteaux atterrit entre ses dents, et chacun des deux autres dans l'une de ses mains. Il en lança un vers un grand disque en bois, posé contre la façade d'une roulotte ornée de lampions. La lame atteignit sa cible dans un bruit sec.

Le jeune homme se baissa pour faire la révérence, les cheveux en avant.

Alex le rejoignit en applaudissant.

— Pas mal, pour un jongleur ! s'exclama-t-il.

Mulligan redressa un sourcil. Son sourire satisfait se mua en rictus.

— Que veux-tu dire, petit ?

Cette fois-ci, Eivy ne put réprimer un rire nerveux.

Alex fonça vers le disque en bois. Un grand soleil d'or y était peint. Le motif s'estompait par endroits, mais l'on percevait encore le petit cercle rouge qui signalait le centre de la cible. Le couteau de Mulligan était planté à quelques centimètres de celui-ci.

Le gamin récupéra l'arme et vint se placer à côté du jeune homme.

— Quand tu jongles, dit Alex, ton attention est concentrée sur tes couteaux, et c'est normal. Mais, pour bien lancer, tu dois penser à rien d'autre que ta cible.

En une fraction de seconde, le petit envoya le poignard, qui atterrit en plein milieu du cercle rouge.

— Dans le mille ! s'exclama Jo en ébouriffant les cheveux d'Alex.

Les bras croisés, Kiam se fendit d'un sourire goguenard. Ako, lui, avait les yeux rivés sur Mulligan. Une expression mesquine tordit furtivement le visage du jongleur, mais il retrouva presque aussitôt son air arrogant.

— Bravo, petit ! Le vent a joué pour toi, mais c'est un bon début.

Mulligan jeta un regard à Kiam, et aperçut l'arc attaché à son dos.

— On raconte que les archers sont d'une précision redoutable. Si tu venais nous montrer de quoi tu es capable avec un couteau et une cible ?

— Pourquoi pas, répondit Kiam en haussant les épaules.

Il rejoignit les deux autres sous les acclamations d'Alex.

Une odeur poudrée monta aux narines d'Eivy. Elle pivota et aperçut Senebert, qui s'était approché d'eux sans faire de bruit. Cette idée avait quelque chose de dérangeant.

Le magicien s'adressa à Ako d'une voix douceâtre.

— Mesfreia vous attend dans sa roulotte, au fond du campement. Notre cartomancienne a hâte de découvrir vos larmes d'Osrayu.

— Elle ne sera pas déçue.

Senebert s'inclina onctueusement avant de s'éclipser. Ako le regarda partir puis se tourna vers Eivy.

— Le moment est venu, et je vais avoir besoin de ton aide.

Elle acquiesça d'un signe de tête, le cœur battant. Le miroir était tout proche, et derrière lui, Othea les attendait. C'était vertigineux.

Comme Jo les observait d'un air suspicieux, Ako lui dit :

— Nous allons ouvrir le passage. Cela prendra quelques heures, mais j'espère bien quitter ce trou à rats dans la soirée. Tenez-vous prêts, et, surtout, gardez les Kuryens à l'œil.

Elle hocha gravement la tête.

La roulotte de la cartomancienne était installée à cinquante mètres des autres, derrière une avancée rocheuse. Eivy s'étonna de la distance qui la séparait du reste du campement.

— C'est à cause du miroir, expliqua Ako. Sa puissance est nocive sur le long terme. La plupart des Kuryens préfèrent ne pas dormir à proximité.

— Mais pas la cartomancienne.

— Apparemment.

Cette roulotte-ci semblait plus grande que les autres. Son bois pourpre était orné de peintures à demi effacées par le temps. On y apercevait la forme d'une lune et des signes mystérieux dont Eivy ne connaissait pas la signification. À l'avant de la roulotte, un escalier menait à une petite plate-forme encerclée par une balustrade. Un rideau sombre se balançait devant la porte ouverte.

Ako souleva délicatement le voilage.

L'intérieur baignait dans une semi-pénombre. À l'entrée, une étagère était couverte d'objets disparates. Eivy y aperçut un bougeoir ouvragé dont la cire était quasiment fondue, des pendentifs chargés de breloques et d'étranges plantes en cage. Une rangée de fioles prenait la poussière un peu plus bas. Le fond de la roulotte était masqué par un rideau de velours. Sur un tapis, d'immenses coussins jonchaient le sol, parfois surmontés de grimoires poussiéreux.

Deux personnes y étaient assises, séparées par quelques cartes éparpillées. La première était une femme d'âge mûr au visage émacié. Ses longs cheveux noirs contrastaient avec sa peau blanche, presque transparente, et avec le vert clair de ses yeux. Quelque chose de dur, de froid, se dégageait de son regard délavé. L'étoffe vaporeuse qui drapait ses épaules laissait entrevoir les os saillants de ses clavicules.

Le Kuryen qui lui faisait face était encore plus maigre. Il avait la peau mate et de petits yeux sournois. Des ombres creusaient son visage pourtant jeune, encadré par de fines tresses retombant jusqu'au bas de son dos.

Le parquet craqua sous les pieds d'Eivy quand elle suivit Ako à l'intérieur. Une odeur camphrée imprégnait l'ambiance sombre et étouffante de la roulotte. Alors qu'elle avançait, il lui sembla voir une ombre bouger entre les cheveux du jeune Kuryen.

Elle se raidit. Il capta son regard et émit un rire sifflant.

— Tu peux rejoindre les autres, Eso, intervint la femme d'une voix sèche.

Le jeune homme protesta avec un accent traînant :

— Laisse-moi assister à l'ouverture du passage, Mesfreia.

— Tu côtoies trop le miroir, ces derniers temps.

Comme il ne bougeait pas, elle ajouta :

— Si tu continues, je t'interdis l'accès à ma roulotte.

Eso finit par se lever en soupirant. Il se dirigea vers la sortie d'une démarche coulée, non sans jeter un regard dédaigneux aux deux nouveaux venus.

— C'était Eso, le charmeur de serpents ? demanda Ako une fois qu'il eut disparu.

— Qu'importe. Montre-moi les perles.

Ako dégaina la pochette et l'ouvrit afin d'en dévoiler le contenu à la cartomancienne. Celle-ci jeta l'étoffe qui couvrait ses épaules sur les coussins, puis s'approcha pour observer les larmes d'Osrayu. Un éclair d'avidité traversa son regard.

— Suis-moi, dit-elle en se dirigeant vers le fond de la roulotte.

D'un geste nerveux, la cartomancienne écarta le lourd rideau qui masquait le mur.

Un immense miroir se cachait derrière, mais ce n'était pas la somptueuse psyché à laquelle Eivy s'était attendue. Évasé vers le haut, son cadre orné de volutes était noirci, rongé par le temps. Une constellation de taches sombres parsemait la surface réfléchissante. Pourtant, un éclat pâle, presque lunaire, émanait de l'objet. En regardant mieux, elle comprit d'où venait cette clarté. La bordure en était incrustée de larmes d'Osrayu.

Ako s'avança et posa délicatement ses doigts contre les volutes d'or. Le miroir était plus grand que le jeune homme, et trois fois large comme lui.

— C'est donc à cela que vous servent les perles, murmura-t-il. À alimenter son énergie.

— Tout juste. Hélas, elles s'usent, et devront bientôt être remplacées. Tu comprends maintenant le prix de votre passage.

Il lui tendit la bourse contenant le précieux butin. Les doigts décharnés de Mesfreia se refermèrent sur la pochette comme des serres.

— Je suppose que tu vas te servir de tes pouvoirs pour accélérer l'ouverture du miroir ? demanda-t-elle d'une voix râpeuse.

— En effet. Nous ne pouvons nous permettre d'attendre plusieurs jours. Je vais faire mon possible pour que nous partions dans quelques heures.

— Dans ce cas, je te souhaite bon courage, dit-elle en se dirigeant vers la sortie.

— Vous ne restez pas ?

— Non. Le miroir accapare déjà bien assez mes forces. Je ne suis plus toute jeune, et je préfère éviter ses grosses fluctuations d'énergie.

Elle s'éclipsa sans rien ajouter.

Ako rejoignit Eivy, qui s'était adossée dans un coin de la roulotte. Elle ne pouvait détacher son regard du miroir, peinant à croire que le monde auquel elle appartenait se cachait là-derrière… Qu'allaient-ils découvrir de l'autre côté ?

Lorsque le jeune homme fut en face d'elle, Eivy réalisa que son beau visage, habituellement insondable, semblait nerveux.

— Nous y voilà, dit-il.

La pression accélérait la respiration d'Eivy.

— Que dois-je faire ? demanda-t-elle.

Il lui jeta un regard soucieux avant de porter la main à sa boucle d'oreille. Ses longs doigts blancs décrochèrent le bijou. À travers le cristal, la lueur bleue chatoya de plus belle.

— Je veux que tu veilles sur ma goutte pendant que j'activerai le passage.

— C'est tout ?

— Ce que je te demande est loin d'être anodin. Je t'ai raconté ce qui est arrivé à Meyrin lorsque son talisman a été détruit. Fais le lien. Ma force vitale est concentrée dans cette boucle. Si on la brise, c'en est fini de moi.

— Dans ce cas, pourquoi veux-tu te séparer de ton cristal ?

— La magie du miroir est puissante, elle a besoin d'un canal neutre pour fonctionner. Ce canal, c'est moi. Or, l'énergie contenue dans ma goutte risque d'interférer avec cette magie et de la bloquer. Je ne peux pas ouvrir le passage dans ces conditions. J'ai besoin de toi pour veiller sur ma boucle, le temps que le processus soit enclenché.

— Sur le *Red Stone*, tu ne voulais pas que je touche à ton cristal.

— Oui et c'est toujours le cas. Je vais poser la goutte à côté de toi, et tu garderas un œil sur elle de loin. Je serai trop absorbé par l'ouverture du passage pour pouvoir gérer ça. Mais, s'il se passe quelque chose de louche, ou si quelqu'un de suspect entre dans la roulotte, il faudra que tu m'en avertisses, quitte à venir me secouer.

Elle le regarda, étonnée.

— Tu m'as dit avoir besoin d'une personne originaire d'Othea pour accéder au passage.

— Je n'ai pas été tout à fait honnête avec toi. Cela m'a paru plus simple de te présenter les choses de cette manière. En réalité, je voulais que tu m'accompagnes car je te fais confiance. Et, crois-moi, ce n'est pas donné à tout le monde. Je ne laisserais cette boucle à personne d'autre, ici.

Eivy observa la lueur bleue scintiller dans le cristal. Elle refoula la curiosité presque avide qui la tiraillait à sa vue. Son envie de découvrir les secrets de la pierre d'Ako ne l'avait jamais vraiment quittée, depuis le *Red Stone*. Mais son désir de rejoindre Othea était plus fort encore, et elle n'avait aucune intention de trahir la confiance d'Ako.

— D'accord, je veillerai sur elle.

— Merci, Eivy. Je vais aller voir ce que ce miroir a dans le ventre. Tu devrais t'asseoir, ça risque de prendre un moment.

Elle se laissa tomber sur les larges coussins qui jonchaient la roulotte. Ako plaça la goutte sur une petite boîte en métal ciselé posée sur une table en bois, non loin d'Eivy.

Le jeune homme s'éloigna et s'assit devant le miroir. Il sortit de son sac une pierre suspendue à une cordelette. Elle reconnut celle dont il s'était servi pour réveiller Kiam.

Ako se mit à genoux et commença à faire osciller le pendentif en scandant des sorts. Eivy avait les yeux rivés sur la psyché, mais rien ne se produisait. La pierre continuait de se balancer, insensible aux minutes qui s'écoulaient lentement.

Elle jeta un coup d'œil à la goutte d'Ako, puis à l'entrée de la roulotte.

Tout était calme.

Alors qu'elle remuait les jambes pour s'asseoir en tailleur, l'étoffe de Sesmera glissa et dévoila des cartes éparpillées sur un coussin moiré. Elles étaient plus grandes que des cartes à jouer, et peintes à la main. L'une d'entre elles représentait un serpent s'enroulant autour d'un poignard. Des signes mystérieux encadraient l'illustration. Tout en bas, les mots *Le Danger* avaient été apposés dans une écriture calligraphiée.

Les yeux d'Eivy parcoururent une autre carte. Sur celle-là, on avait peint une lune pâle surplombant un puits. Le fond violet était piqueté d'étoiles. Plus bas, les lettres indiquaient *La Chute.*

Elle observa la carte suivante. On y découvrait un crâne surmontant sur une rose aux pétales sombres. Cette carte-ci s'intitulait *L'Adieu.*

Eivy fit la moue et la retourna, puis attrapa celle qui se cachait dessous. Elle se nommait *La Clairvoyance.* La jeune fille la posa sur le dessus pour l'observer. Elle représentait une femme dont le visage était couvert d'un voile translucide. Un troisième œil avait été peint sur son front.

Ces illustrations la laissèrent perplexe. L'art de Mesfreia était bien énigmatique. Eivy leva le nez vers Ako : il était intensément concentré, comme isolé dans une bulle, mais les oscillations de la pierre s'étaient alourdies. Le miroir paraissait plus lumineux. Il faudrait sans doute attendre plusieurs heures pour que le passage s'ouvre vraiment.

Eivy tourna la tête vers la boucle, qui était sagement posée sur le coffret. Elle effleura le métal ciselé de la boîte, puis retira son doigt. À quelques mètres, la voix d'Ako continuait de murmurer des sorts.

La jeune fille se souvint du jour où elle avait ranimé Ako, à bord du *Red Stone*. C'était juste après la tempête. Elle s'était servie d'un cataplasme de ratonciles pour le réveiller avant l'arrivée de Neil. Elle repensa ensuite à leur dernier soir sur le navire : afin de sauver Ako, elle avait imaginé un plan pour qu'ils fuient au nez et à la barbe de l'équipage. L'avait-il volontairement laissée se débrouiller seule pour voir si elle était digne de sa confiance ?

Elle y songeait lorsqu'un mouvement sinueux lui fit lever les yeux. La stupeur lui coupa le souffle : une couleuvre ondulait sur la petite table. *Le Danger.* En une fraction de seconde, le serpent s'enroula autour de la boîte en métal. Il la déséquilibra, et la goutte d'Ako se mit à rouler sur le bois. *La Chute.* Elle allait se fracasser par terre quand Eivy se rua sur elle.

Ses doigts se refermèrent autour du cristal bleu juste avant qu'il tombe. Dès que sa peau entra en contact avec le bijou, une tache de lumière verte s'imprima sur sa rétine. Une odeur d'herbe fraîche envahit ses poumons. Le rire d'un enfant résonna au loin.

La vision s'imposa à elle avec la force d'un raz-de-marée.

Chapitre 31

Pendant quelques secondes, Eivy eut l'impression d'être happée dans un tourbillon de sons et de couleurs. Elle était complètement désorientée. La jeune fille essaya de crier mais sa bouche ne produisait aucun son. Elle réalisa qu'elle ne pouvait parler, comme si elle naviguait au cœur d'un rêve.

Le tumulte cessa soudainement. La semi-obscurité de la roulotte avait disparu.

Eivy se trouvait en plein soleil, dans un champ que jouxtait une forêt de sapins. À ses pieds, l'herbe grasse était d'une densité frappante. Des fleurs colorées et des champignons de toutes les tailles s'y entremêlaient. L'ensemble dégageait un parfum végétal étourdissant. La jeune fille repensa à ce que Slivengan lui avait dit, sur la terre plus intense d'Othea. Où cette vision l'avait-elle menée ?

Une atmosphère lumineuse et mystique flottait dans l'air. Elle lui rappelait vaguement quelque chose, mais elle ne parvenait pas à comprendre quoi. Eivy avait seulement conscience de s'y sentir étrangement bien.

Un bruit la tira de sa rêverie.

Deux inconnus étaient assis devant elle. Le premier était un petit garçon de cinq ou six ans, aux jambes croisées et aux mains enfouies dans l'herbe. Il avait les cheveux bruns, le teint pâle et de grands yeux bleus brillants. Sa ressemblance avec Ako était frappante.

Ce détail permit à Eivy de comprendre que le cristal du jeune homme l'avait propulsée dans ses souvenirs. Cette vision-là n'avait rien à voir avec les impressions floues qu'Eivy avait déjà expérimentées, en touchant des pierres. La goutte d'Ako était imprégnée d'un tel pouvoir qu'elle la plongeait dans une réminiscence à la stabilité saisissante. Elle s'était introduite dans la mémoire du jeune homme, et ne savait comment en sortir.

Elle se figea en entendant le garçon s'esclaffer. C'était un rire spontané, plein de joie et de confiance. Pouvait-il vraiment s'agir de celui d'Ako ? D'ailleurs, le gamin qui lui faisait face n'avait pas les yeux vairons.

Le garçon observait une jeune femme, assise en face de lui. Encadré par de longs cheveux blonds, son visage était d'une beauté frappante. Ses traits fins et ses yeux bleus ressemblaient à ceux de l'enfant. Leur lien de parenté ne faisait aucun doute.

La blonde portait une robe évasée. Eivy jeta un coup d'œil à son tissu défraîchi, d'un beige si délavé qu'il était impossible d'en déterminer la couleur d'origine. Pourtant, à en juger par l'encolure et le drapé du jupon, il avait dû s'agir d'une très belle robe.

— Encore une fois, maman ! s'exclama l'enfant.

La jeune femme l'observa avec bienveillance.

— D'accord Artan, mais juste une fois, sinon tu seras trop fatigué pour rentrer.

Un éclair de joie traversa les prunelles du gamin. Il posa ses mains au sol et plissa le front. Tandis qu'il se concentrait, la blonde l'observait, mi-amusée, mi-admirative. Un craquement de brindilles retentit en provenance de la forêt.

Eivy écarquilla les yeux : un cerf d'une taille impressionnante sortait des arbres et se dirigeait vers eux. Ses sabots noirs foulaient l'herbe dans un bruissement assourdi, et les poils tachetés de son encolure ondulaient au vent. Artan était toujours immobile quand l'animal s'approcha de lui. Le gamin tendit la main au cerf, et celui-ci y blottit sa truffe humide. L'enfant et la bête restèrent côte à côte durant quelques minutes.

— Il est temps, maintenant, lui dit sa mère avec douceur.

Le garçon acquiesça. Il caressa l'encolure du cerf, puis celui-ci se mit à trotter vers la forêt.

La jeune femme se pencha au-dessus de son fils et l'aida à se redresser. Il semblait épuisé, mais son visage était serein. Elle serra sa petite main dans la sienne. Artan étouffa un bâillement et leva le nez vers elle.

— Dis, maman, pourquoi je n'ai pas le droit de faire pareil, avec les gens ?

Une lueur craintive traversa les yeux de la blonde.

— Parce que ce serait mal, Artan. Est-ce que tu aimerais, toi, que quelqu'un entre dans ta tête pour t'influencer ?

Le garçon réfléchit quelques instants.

— Non, je ne crois pas.

— C'est aussi simple que cela, mon ange.

La jeune femme jeta un coup d'œil à son fils, puis s'arrêta pour le prendre dans ses bras. Son poids manqua de la faire vaciller. Elle soupira en regardant le tissu élimé de ses vêtements.

— Rentrons à la cabane, mon chéri.

Lorsque Artan s'assoupit, la vue d'Eivy devint floue. Le paysage se figea. Un méli-mélo de couleurs se mit à virevolter devant ses yeux. La jeune fille se crispa en essayant de retrouver un sens de l'équilibre illusoire, et le tourbillon s'évanouit comme il était venu.

Une nouvelle vision s'imposait à Eivy. Elle était nez à nez avec une autre inconnue. Les bras croisés sur son tablier maculé de terre, celle-ci se tenait derrière un étalage de légumes. C'était une femme d'une soixantaine d'années, aux tempes grisonnantes et à la silhouette trapue. De lourdes paupières pesaient sur ses yeux marron.

Une pluie fine dégringolait du ciel. Plus loin, des passants se pressaient autour d'échoppes chargées de produits divers. Cela ressemblait à un marché de campagne.

— Les tiges de salporin m'intéressent pas, dit la vieille marchande.

Elle cracha par terre, comme pour ponctuer son propos. Eivy la regarda sans comprendre. Au bout de quelques instants, elle réalisa que l'inconnue s'adressait à quelqu'un derrière elle.

La jeune fille se tourna et reconnut la blonde du champ. Entre ses cheveux nattés, son beau visage semblait fatigué. Eivy se demanda combien de temps s'était écoulé depuis sa vision précédente. La blonde portait un châle en laine sur une jupe au tissu grossier. Deux paniers étaient posés à ses pieds.

Artan se tenait en retrait, à sa droite. Il devait avoir deux ans de plus qu'à l'époque du cerf. Malgré ses joues creuses, ses traits étaient de plus en plus harmonieux. Il observait la vieille paysanne avec curiosité.

— J'ai aussi un panier de mûres, continua la blonde.

La marchande secoua la tête, son large nez froncé.

— Je ne demande pas d'argent, précisa la jeune femme, juste une dizaine de pommes de terre. Un échange de bons procédés, en quelque sorte.

— Je fais pas l'aumône aux miséreux, siffla la paysanne.

La blonde s'efforça de rester souriante.

— Merci pour votre attention.

Une étincelle de curiosité s'alluma dans les yeux de la marchande.

— Vous n'êtes pas du coin, hein ?

— En effet, répondit la jeune femme en récupérant ses paniers.

— Pourquoi vous cherchez pas une place, à la ferme de la vallée ?

— Parce que je ne compte pas m'attarder ici.

Sur ce, elle s'éloigna sous la pluie, ses paniers à bout de bras. Artan n'avait pas bougé. Il continuait de fixer la paysanne, songeur. La blonde se retourna pour l'interpeller. Le garçon salua la marchande d'un hochement de tête poli. Il rattrapa sa mère et prit l'un des paniers qu'elle portait.

— Je pourrais la convaincre, murmura-t-il. Il suffirait de quelques secondes. Elle nous les donnerait, ses fichues pommes de terre, si seulement tu me laissais…

— Il n'en est pas question !

Elle fit un mouvement brusque, et son panier de mûres dégringola. Les fruits se répandirent par terre. La jeune femme s'agenouilla pour les récupérer. L'une de ses nattes se dénoua, et ses jambes se maculèrent de boue.

Cette vision rappela à Eivy des souvenirs douloureux. Elle se revit à Greybor, plus bas que terre, couchée dans les ruines de la maison délabrée. Elle ressentit à nouveau la morsure de la faim, l'incertitude du lendemain et la pulsion de vie qui bat malgré tout.

Courbée au-dessus du sol, la blonde ne vit pas son fils l'observer, les poings serrés.

La vision d'Eivy se teinta de rouge. C'était comme si elle avait enfilé des lunettes aux verres colorés. En clignant des yeux, elle comprit que le changement ne venait pas du paysage, mais des émotions du garçon. Sa colère influençait l'apparence du souvenir.

La blonde leva la tête, et s'aperçut que son fils s'était éloigné.

— Artan ! s'écria-t-elle en se précipitant vers l'échoppe de légumes.

Le regard dans le vide, la paysanne tendait un sac de pommes de terre à l'enfant. La jeune femme attrapa son fils par les épaules et le tira vers elle, sans prêter attention aux passants qui s'étaient attroupés autour d'eux.

— Qu'as-tu fait ?

Les yeux d'Artan se remplirent de larmes.

— Je n'aime pas qu'on te prenne de haut ! Et puis, elle n'a pas besoin de toute cette nourriture, ça ne lui fera aucun mal, et à nous non plus !

— Bien plus que tu ne l'imagines, siffla sa mère.

Elle balaya des yeux la petite foule qui s'était constituée autour d'eux. La marchande, qui était sortie de sa torpeur, affichait une expression d'incompréhension totale. Avant qu'elle se plaigne, la jeune femme attrapa la main de son fils et s'éloigna de l'échoppe, sans prendre la peine de ramasser ses paniers. Ils quittèrent le marché en courant.

Eivy les suivit.

En s'engageant dans une ruelle, ils passèrent devant une dame dont la toilette raffinée dénotait avec l'environnement. Celle-ci observa Artan de son regard vif. Une enfant vêtue d'une jolie robe l'accompagnait.

Eivy haussa les sourcils. Le visage de la petite était flou, comme masqué par une concentration de vapeur. La jeune fille s'arrêta pour mieux la regarder, et le tourbillon des visions la happa aussitôt.

Lorsque le flux d'images se stabilisa, Eivy se trouvait dans une maisonnette inconnue. Une vieille lanterne éclairait la pièce. Deux tabourets rudimentaires entouraient une table en bois brut. La mère d'Artan y était assise, la tête entre les mains. L'une de ses nattes était dénouée, et il y avait de la boue séchée sur ses jambes. Seulement quelques heures avaient dû s'écouler depuis la précédente vision d'Eivy.

Celle-ci parcourut le logement des yeux. Artan somnolait à l'étage inférieur d'un lit superposé, contre le mur du fond. Il serrait le châle de sa mère entre ses bras.

À l'autre bout de la pièce, un seau et des outils rouillés gisaient près de l'unique porte. Celle-ci avait une poignée, mais pas de serrure. La maisonnette ressemblait à un abri de montagne. Dehors, la pluie se déchaînait.

Toc toc toc.

Quelqu'un venait de frapper au battant. La blonde redressa la tête. Pendant de longues secondes, on n'entendit plus que le bruit de sa respiration saccadée. Elle finit par attraper un couteau de cuisine, qu'elle cacha sous sa ceinture, puis se leva pour ouvrir la porte.

Dans l'embrasure se tenait une silhouette couverte d'une pèlerine sombre. Avant que la blonde ait le temps de réagir, elle ôta sa capuche. Eivy reconnut la dame à la toilette raffinée et au regard vif.

— Mes excuses, je ne voulais pas vous effrayer. Notre chariot s'est embourbé et nous sommes coincées sous le déluge.

Elle parlait avec un accent chantant qui adoucissait son ton autoritaire. La mère d'Artan l'observa un instant en plissant les yeux.

— Entrez donc, finit-elle par répondre. La pluie n'a pas l'air de vouloir se calmer.

L'autre fit quelques pas pour pénétrer dans la maisonnette. La petite fille de la taverne était sur ses talons. Le visage de l'enfant était toujours masqué par un voile de brume.

Que cela signifiait-il ?

Comme la fillette titubait de sommeil, la blonde proposa de lui offrir son lit, au-dessus de celui d'Artan. La femme qui l'accompagnait accepta et l'envoya se coucher. Elle rejoignit ensuite son hôtesse et enleva sa pèlerine. L'étrangère était vêtue d'une élégante robe noire. Un corset étroitement lacé marquait sa taille fine. De longues manches évasées couvraient ses poignets.

La blonde lui tendit un verre d'eau, et la nouvelle venue s'assit en face d'elle. La lumière de la lanterne éclaira son visage. Ses cheveux bruns étaient relevés en chignon. Elle ne semblait pas âgée, pourtant ses traits étaient ravinés.

Installées l'une en face de l'autre, les deux femmes s'observaient dans un étrange silence. La mère d'Artan but une longue gorgée avant d'engager la conversation.

— Ainsi donc, votre chariot s'est embourbé.

La brune hocha la tête.

— Racontez-moi comment, cela nous fera passer le temps.

L'autre réfléchit un instant, puis repoussa son verre et déclara de son accent mélodieux :

— À vrai dire, c'est un récit ennuyeux. J'ai entendu une histoire bien plus intéressante, au nord de Kiraz. Elle parle de la fille d'un riche notable nommée Isilda. Elle était belle comme un joyau, avec ses cheveux d'or et ses yeux de saphir. Tous les bons partis des environs la convoitaient. Mais sa famille n'était pas pressée de la marier. Il faut dire que sa joie de vivre faisait le bonheur de son entourage.

Une étincelle de peur brilla dans le regard de la blonde.

— Un matin, reprit l'autre, la jolie demoiselle a mystérieusement perdu son sourire. Trois mois plus tard, c'est sa personne tout entière qui disparaissait. On n'a jamais retrouvé sa trace, malgré les recherches lancées par sa famille. Certaines mauvaises langues ont prétendu voir son ventre s'arrondir, quelques semaines avant sa fugue.

Le visage de la blonde devint glacial. Elle tourna la tête vers son fils assoupi. Lorsqu'elle reporta son attention sur son invitée, Eivy aperçut l'œil droit d'Artan s'entrouvrir. Il faisait semblant de dormir.

Sa mère parla d'une voix tranchante :

— Je vous ai vue me suivre, au village. Cela fait des jours que vous êtes sur mes traces. Que me voulez-vous ?

— À vous, Isilda ? Rien. C'est lui qui m'intéresse.

Pour la première fois, le regard de l'étrangère se posa sur Artan, qui avait de nouveau fermé les yeux. Sa mère se crispa. La lumière de la lanterne dessinait des ombres inquiétantes sur son visage. Tandis que l'inconnue observait son fils, elle frôla le couteau caché sous sa ceinture.

— L'héritier de Meyrin, dit la brune dans un souffle.

La respiration d'Eivy se figea.

— Artan ne sera jamais l'héritier de Meyrin, répondit Isilda.

La brune ne parvenait pas à décrocher son regard de l'enfant.

— Quand je suis partie à votre recherche, j'ai pensé que je le haïrais au premier regard. Pour tout ce qu'il représente. Pour les crimes de son sang. Mais, lorsque j'ai retrouvé votre trace, je n'ai vu qu'un gamin. Au comportement étrange, certes, mais un gosse tout de même. Je ne pourrais jamais faire de mal à un enfant innocent.

Isilda ouvrit de grands yeux. Son regard se posa sur la robe noire de son interlocutrice.

— Votre deuil. Votre accent. Vous êtes la veuve Ettosi. Et la petite, c'est…

— Ma nièce, oui, interrompit la brune. Les deux survivantes d'une famille traquée, puis massacrée par Meyrin, et par son père avant lui. La haine du sang est tenace, chez les ancêtres de votre fils.

Isilda se mordit la lèvre.

— Pourquoi êtes-vous là, ce soir ? demanda-t-elle.

— Pour vous prévenir. Meyrin sait où vous êtes, et il vient chercher son fils.

Le verre de la blonde se fracassa par terre.

— C'est impossible !

— La famille Ettosi était appréciée, en son temps. J'ai encore des amis haut placés. Ils me tiennent au courant des faits et gestes de Meyrin, sans quoi je n'aurais pu me cacher de lui pendant toutes ces années. J'ai appris hier qu'il avait débarqué sur l'île, mais pas pour ma nièce et moi. Voyez-vous, Isilda, j'ai hésité à venir vous prévenir, mais ma bonne conscience a eu raison de mes scrupules. La vie se fait parfois ironique. Je suis partie à votre recherche pour tuer votre fils, et voilà que je tente de le sauver.

Une lueur hagarde brillait dans les yeux de la blonde.

— Il a… débarqué sur l'île ?

— Ressaisissez-vous. Emmenez l'enfant, et fuyez. Vous avez déjà semé Meyrin il y a huit ans, vous pouvez recommencer.

Isilda enfouit son visage entre ses mains tremblantes.

— Je n'aurai pas la force. Pas cette fois-ci.

— Vous n'avez pas le choix. Si son père le retrouve, il fera de lui un monstre.

Un grincement les interrompit. Artan était sorti de son lit. Il avança vers sa mère, les yeux agrandis par la peur.

— Les crimes de mon sang… Faire de moi un monstre… Il vient me chercher… Qui est Meyrin, maman ?

— Calme-toi, mon chéri, tout ira bien.

Mais l'enfant avait déjà bondi sur la porte. Il l'ouvrit et se précipita dehors.

Quand Artan sortit de l'abri, le tourbillon happa Eivy avec violence. Elle fut propulsée dans l'imbroglio familier de sons et de couleurs.

Cette fois-ci, malgré la surprise, elle parvint à rester calme. Son contrôle lui permit de reprendre contact avec la réalité. Eivy entraperçut la semi-obscurité de la roulotte, et le tissu moiré des coussins de Mesfreia. Elle était revenue au présent, et une sensation de vide creusait sa poitrine.

Elle réalisa que cette plongée dans les souvenirs d'Ako l'avait imprégnée de l'aura du jeune homme. Maintenant qu'elle en était exclue, cette sensation lui manquait. Et elle avait fébrilement besoin d'en savoir plus sur son passé, sur son lien avec Meyrin, sur ce qui avait transformé l'enfant du souvenir en marionnettiste.

Eivy eut l'impression de franchir une limite dangereuse en serrant à nouveau la boucle d'oreille, mais elle ne put résister à son appel. Le tourbillon se reforma, l'immergeant dans les abysses du cristal d'Ako.

Elle débarqua sur un sentier de montagne surplombé par de hauts arbres, en pleine nuit. Sa tête tournait et son corps était parcouru de tremblements. Malgré tout, elle fut frappée par l'éclat du ciel nocturne, qui ne ressemblait à rien de ce qu'elle connaissait. La voûte sombre était parcourue de nuées vertes et translucides, qui oscillaient comme des étoffes spectrales. Slivengan lui avait parlé des crépuscules incroyables qui marquaient le coucher du soleil, à Othea, mais elle n'avait pas imaginé que ce phénomène puisse être aussi impressionnant.

Un bruit de pas précipités attira son attention. Deux silhouettes couraient dans sa direction et ne tardèrent pas à la dépasser. Elle reconnut Isilda et son fils. Ils n'avaient pas changé, et portaient les mêmes vêtements que lors de sa précédente vision. L'épuisement laissa place à la curiosité, et Eivy les suivit.

Leur course prit fin peu après, lorsqu'ils atteignirent un précipice. La blonde se tourna, hors d'haleine, et jeta des regards de biche traquée alentour. Des larmes d'effroi roulaient sur les joues d'Artan.

L'expression d'Isilda se figea soudain.

Une silhouette émergeait des arbres. Eivy reconnut sa cape pourpre et sa haute stature. Meyrin avança vers eux en sifflotant. Mis à part sa cape et ses yeux gris, il n'avait rien à voir avec l'être déshumanisé qui avait attiré Eivy dans la forêt. Celle-ci comprit comment Isilda et la veuve Ettosi avaient pu fuir Meyrin pendant toutes ces années : à cette époque, il était encore vivant.

Il avait la petite quarantaine. De longs cheveux bruns encadraient son visage aux traits anguleux. Une goutte similaire à celle d'Ako pendait à son oreille, mais la sienne était animée d'une lueur argentée. Un sourire flegmatique étirait ses lèvres.

Son regard gris se posa sur Artan. Le garçon ne put le soutenir, et se tourna pour enfouir son visage dans le châle de sa mère. La peur de son fils insuffla du courage à Isilda.

— Ce petit jeu était-il vraiment nécessaire, Meyrin ? Passes-tu tes nuits à effrayer des enfants ?

— Tu as la mémoire courte, répondit-il.

Elle lui jeta un regard indigné.

— Comment oses-tu ? Je n'ai jamais voulu de toi. Tu as manipulé ma volonté pour arriver à tes fins, et brisé ma vie pour satisfaire tes caprices.

Le sourire de Meyrin se durcit.

— Tu as gâché ton avenir toute seule, Isilda. Tu aurais pu continuer à mener ton existence d'enfant choyée. Ta famille se serait empressée de dissimuler ta grossesse aux yeux du monde. Il suffisait que tu me laisses partir avec mon héritier. Pourquoi a-t-il fallu que tu prennes la fuite avec lui ? Tu as endormi ma vigilance. Comment aurais-je pu imaginer qu'une gamine trop gâtée irait courir la campagne comme une vagabonde ? Pensais-tu pouvoir m'échapper indéfiniment ?

Le visage de la blonde était mouillé de larmes. Elle avait glissé les mains dans les cheveux de son fils et le serrait contre elle.

— Je ne voulais pas que tu t'empares de lui. Regarde-le, il ne te ressemble pas. Artan n'est pas ton héritier. Laisse-nous partir !

Meyrin éclata de rire.

— Artan ? Comme c'est bucolique. Son véritable nom a été choisi bien avant sa naissance. Tu m'as fait perdre assez de temps, Isilda. Mon héritier a des années d'apprentissage à rattraper par ta faute. Tu peux t'estimer heureuse : je vais te laisser la vie sauve, car tu es la mère de mon fils. Mais si tu cherches à te rapprocher de lui, je serai moins clément.

— Jamais. Je ne te laisserai pas lui faire de mal.

Meyrin attrapa le menton d'Isilda pour la forcer à le regarder dans les yeux. Peu à peu, les prunelles de la jeune femme se figèrent.

— Là, c'est bien, murmura Meyrin. Lâche-le, et va-t'en.

Isilda hocha lentement la tête.

— Maman..., articula la voix terrorisée d'Artan.

La blonde commença à s'éloigner, mais, au moment où elle frôlait le dos de Meyrin, elle virevolta, un couteau dans son poing.

Il l'intercepta avant qu'elle le touche. Meyrin bloqua son poignet et le serra jusqu'à ce qu'elle lâche son arme. Isilda lança son autre main vers sa chevelure brune, et ses doigts se refermèrent sur la boucle argentée qui pendait à son oreille.

Un éclair de douleur et de haine traversa le regard de Meyrin. Il leva sa main libre et la frappa au visage. Isilda s'écroula par terre, et Meyrin remit sa goutte en place.

Le nez de la jeune femme était en sang. Artan se jeta sur lui, mais il le plaqua au sol en une seconde.

— Ce soir, mon fils, je vais t'enseigner le premier précepte de ton apprentissage. Ta mère s'est visiblement entraînée avec toi pour résister à mon emprise. Que cela te serve de leçon. Le don que mon sang t'a transmis, celui qui te permet d'influencer la volonté des autres, a ses limites. Si la personne que tu vises a un mental suffisamment fort, ou si elle s'est exercée, elle pourra te résister.

Artan se débattit en gémissant. Meyrin affermit sa prise sur son col, d'une main, tout en attrapant un pendentif caché sous sa cape. Un cristal sombre y était suspendu.

— Ceci est l'une des véritables clés de notre magie. Notre don est une porte ouverte sur l'esprit des autres, rien de plus. Ce sont les gemmes et les sorts qui te permettront de franchir cette porte, et de canaliser leur énergie pour mieux la retourner contre eux. Ce pouvoir-là n'a pas de limites, il est rare et précieux. Je vais t'en faire la démonstration.

Tout se déroula ensuite comme dans un cauchemar.

Une obscurité poisseuse envahit les environs, masquant la magnificence du ciel. On aurait dit que le souvenir lui-même cherchait à se cacher, à se fondre dans la nuit. La vision se déploya à la manière d'un théâtre d'ombres, à la fois proche et imprécise.

Derrière le voile ténébreux, la pierre de Meyrin oscillait impitoyablement. La silhouette d'Isilda se cabrait, se recroquevillait, se débattait seule contre un ennemi invisible. Les cris d'Artan se fondaient avec ceux de sa mère.

Au bout d'un temps qui sembla infini à Eivy, la blonde se leva et tituba vers le précipice. Son corps frêle s'élança derrière les contours de la falaise. Un silence glacial s'ensuivit, et le voile sombre se dissipa peu à peu.

Les yeux d'Artan restaient rivés au précipice. Meyrin se pencha pour le forcer à se lever.

— Prends sur toi, un homme ne montre jamais ses faiblesses.

Comme l'enfant ne bougeait pas, son père lui jeta un regard glacial.

— Dépêche-toi, Ako, la route qui nous attend est longue.

Chapitre 32

— Eivy ?

La voix qui l'appelait résonnait comme dans un songe. Un écran noir écrasait sa vision.

— Réveille-toi, Eivy.

La jeune fille prit conscience de son corps, couché sur quelque chose de moelleux. Sa gorge était serrée, et ses membres crispés. Elle grimaça en ouvrant les paupières. Un visage soucieux était penché au-dessus du sien. Elle reconnut les traits harmonieux du petit garçon qu'elle venait de quitter, mais le jeune homme qui lui faisait face avait au moins dix ans de plus.

— Artan ? demanda-t-elle d'une voix éraillée.

Ako blêmit. Eivy retrouva ses esprits et se redressa sur ses coudes. Elle était dans la roulotte de Mesfreia. Une douce lumière se répandait dans la pièce : le miroir devait être en train de s'ouvrir.

Les cartes avaient été mises de côté, et la goutte replacée sur la boîte en métal.

— Le serpent ! s'exclama-t-elle en se souvenant du reptile qui avait surgi des coussins.

Le jeune homme hocha le menton pour désigner le corps sans vie de la couleuvre.

— J'ai fini par le déloger. Les cartes de Mesfreia m'ont permis de comprendre ce qui s'était passé. Eso a caché le plus inoffensif de ses serpents dans la roulotte, afin que je ne détecte pas sa présence en entrant. Mais tu as rattrapé la boucle à temps, Eivy. Et pour ça, je ne te remercierai jamais assez.

Il fit une pause avant d'ajouter :

— Reste à savoir ce qu'elle t'a montré.

Le ton d'Ako était bienveillant, mais son regard semblait aux aguets, comme s'il était en train d'évaluer l'ampleur des dégâts.

Eivy était habituée à la distance qu'Ako adoptait parfois, mais elle la supportait mal maintenant qu'elle avait pénétré dans ses souvenirs et vu le monde par ses yeux. D'autant plus qu'elle comprenait désormais la mélancolie qui assombrissait parfois son regard. L'enfant pur et lumineux qu'était Artan ne pouvait pas avoir complètement disparu.

Elle décida de jouer la carte de l'honnêteté :

— Il s'agissait de bribes de ton enfance. J'ai aperçu Isilda, la veuve Ettosi, et aussi Meyrin. Les visions se sont arrêtées au moment où tu partais avec lui. Enfin, je suppose que c'est ce qui s'est passé.

Il la considéra avec gravité.

— D'ailleurs, continua-t-elle ces souvenirs étaient très structurés. On aurait dit qu'ils suivaient une succession logique.

— Cela n'a rien d'étonnant. Ton cerveau a reçu une masse d'énergie brute qu'il a hiérarchisée avant de te la transmettre, pour que tu puisses la comprendre. La perception humaine est un art complexe. Rien n'est laissé au hasard.

Eivy frissonna au souvenir du voile sombre qui masquait la mise à mort d'Isilda. Un détail intriguant lui revint alors en mémoire.

— Il y avait autre chose de bizarre. La veuve Ettosi était accompagnée d'une petite fille dont le visage semblait flou, comme couvert de brume.

— Ah, tu as vu Mirtie.

Le regard d'Ako s'était encore obscurci.

— La fillette que tu as aperçue est morte quelques années plus tard. C'est un souvenir difficile, pour moi, je suppose que c'est la raison pour laquelle son image reste trouble. En général, j'évite de parler d'elle, ou même d'y penser.

— Isilda est morte aussi, pourtant, son image était nette.

— En effet. Mais elle, ce n'est pas moi qui l'ai tuée.

Les sourcils d'Eivy s'arquèrent, et le visage d'Ako se ferma pour de bon. Elle serra les poings en comprenant qu'il était inutile d'essayer d'en savoir plus.

Il pivota pour observer le miroir. Quand il se tourna à nouveau vers elle, il avait retrouvé son expression flegmatique.

— Le passage s'ouvre, je vais continuer à l'activer. Repose-toi Eivy, tu auras besoin de toutes tes forces pour ce qui va suivre.

Il la regarda quelques instants sans rien dire, puis il s'éloigna et le rituel recommença. Dos à Eivy, Ako faisait osciller la cordelette en scandant des sorts. Le miroir était de plus en plus lumineux, tout comme la pierre que le jeune homme tenait à la main.

La jeune fille se pelotonna sur les coussins, les ongles enfoncés dans ses paumes. Un nœud s'était formé dans son estomac. Les paroles d'Ako tournaient en boucle dans sa tête.

Elle, ce n'est pas moi qui l'ai tuée.

Avait-il vraiment assassiné la petite fille au visage de brume ?

Eivy revit la fleur qu'Ako lui avait offerte, et repensa aux paroles apaisantes qu'il lui avait adressées pour l'aider à accepter son pouvoir. Mais elle se remémora aussi son regard impitoyable, juste avant que Neil se jette à l'eau. Tandis qu'elle se souvenait du contact ambigu de ses doigts sur sa nuque, près du feu de camp, le gris glacial de ses yeux à la mort de Barrog lui revint en tête. La ressemblance avec Meyrin était frappante, à cet instant précis.

La tête d'Eivy tournait. Elle avait l'impression d'avoir de la fièvre. Elle s'était aventurée trop loin pour s'arrêter là : il fallait qu'elle en sache plus.

La jeune fille se redressa furtivement. Elle regarda la goutte en cristal, posée sur la boîte, et avança ses doigts vers le bijou. Sa main se referma lentement sur la boucle.

Le tourbillon s'empara d'elle.

Eivy atterrit dans une vaste chambre aux murs de pierre. Tout au fond, un lit en bois brut était surmonté par une fenêtre ronde. Quelques flocons de neige dansaient sur le ciel gris.

Ako était assis là, les yeux rivés à la vitre. Comme dans la précédente vision d'Eivy, il avait environ huit ans. L'enfant resta immobile quand la porte de la chambre s'ouvrit.

Une femme entra dans la pièce. Elle avait la peau dorée et soyeuse. Ses cheveux courts mettaient en valeur ses yeux en amande et ses traits délicats. Un sautoir orné de joyaux descendait jusqu'à la ceinture de satin qui soulignait ses jolies formes.

Elle s'assit sur le bord du lit et y déposa un plateau.

— Le dîner est servi, dit-elle d'une voix veloutée.

Ako ne bougea pas d'un pouce.

— Naïna a amené du pain de viande, continua-t-elle. Elle a demandé une double dose de sauce, rien que pour l'Héritier. Meyrin veut qu'il reprenne des forces.

Les yeux de l'enfant restaient rivés à la fenêtre. Elle découpa la viande et la trempa dans un ramequin de sauce violine.

— Naïna a préparé une belle bouchée ! Si le garçon la mange avant elle, il aura droit à une surprise.

Ako tourna lentement la tête dans sa direction. Eivy eut un pincement au cœur en découvrant son visage. Son teint était livide et ses joues d'une maigreur désolante. Son regard bleu, autrefois si lumineux, semblait vide, absent.

Un hurlement glaçant retentit à l'extérieur. Les lèvres d'Ako tremblèrent, comme s'il était pris de nausées.

— Encore un prisonnier dans la douve au crocodile, murmura-t-il. Comment peux-tu aimer Meyrin, Naïna ? Tu as pourtant l'air d'être une brave femme.

— L'Héritier ne devrait pas parler ainsi. Meyrin est un homme juste, qui punit comme il se doit ceux qui le méritent.

— Tu le défends alors qu'il te traite comme sa chose.

— Ce n'est pas vrai. Meyrin aime Naïna, il a beaucoup d'estime pour elle. Il l'a personnellement chargée de remettre l'Héritier sur pied. C'est la plus grande marque de confiance qui soit.

— S'il t'aimait, c'est à toi qu'il aurait fait un héritier.

Ses sourcils s'arquèrent dans une expression douloureuse.

— Meyrin a essayé, répondit-elle, mais Naïna n'a pas su lui donner d'enfant. Il a fait un grand honneur à Isilda, en la choisissant.

Le mouvement d'Ako fut si brusque qu'Eivy sursauta. Il fit voler le plateau en éclats. Le pain de viande explosa contre le mur, et la sauce se répandit sur la courtepointe en fourrure qui couvrait le lit. Naïna battit des paupières, les yeux ronds, mais ne tarda pas à retrouver son sourire indulgent.

— L'Héritier est un gentil garçon, dit-elle en attrapant un chiffon pour essuyer les taches. Il est juste triste d'avoir perdu sa maman. Mais il ira mieux quand il aura vu sa surprise. Et, si ça ne suffit pas, Naïna le consolera jusqu'à ce qu'il mange à nouveau.

— Et moi, je te parlerai de Meyrin jusqu'à ce que tu ouvres les yeux. Il n'a aucune affection pour toi ni pour personne.

Elle croisa les bras et fronça les sourcils.

— L'Héritier est-il capable de garder un secret ?

— De toute manière, tu es la seule qui me parle, dans ce château.

Elle se pencha vers lui et ajouta, sur le ton de la confidence :

— La boucle d'oreille de Meyrin l'empêche de dormir. Elle est capricieuse et lui donne de mauvais rêves. Quand il est trop fatigué, la nuit, il la confie à Naïna, et à personne d'autre. Parce qu'il l'aime et lui fait confiance.

Elle se redressa, un sourire satisfait aux lèvres. Ako allait répondre quand quelqu'un toqua à la porte. Le regard de Naïna s'illumina.

— La surprise du garçon est arrivée ! dit-elle en se levant pour écarter le battant.

Eivy frémit. Dans l'encadrement se tenait la fillette embrumée. Elle triturait nerveusement ses mains et se balançait d'un pied à l'autre.

Ako ouvrit grand la bouche.

— La petite Ettosi, murmura-t-il.

— Meyrin veut offrir une amie à l'Héritier, expliqua Naïna en souriant. Il pense qu'il sera plus heureux avec quelqu'un pour jouer.

Intimidée, la fillette partit en courant.

— Eh, attends ! cria Ako.

Il se leva d'un bond et la rejoignit dans le couloir.

Le tourbillon des visions emporta Eivy. L'amalgame de sons et de couleurs pesa sur son crâne comme une chape de plomb. Elle inspira un grand coup, et il s'évapora.

Quand elle rouvrit les yeux, elle se trouvait dans un jardin inconnu. Elle s'accorda une seconde pour reprendre ses esprits, puis regarda autour d'elle. Le jardin entourait un château de pierre sombre. Autour d'une allée de gravillons se déroulaient des parterres de roses, des sculptures végétales, et une haie de buis soigneusement taillée. Une haute muraille noire encadrait le domaine.

Eivy se demandait s'il s'agissait de la demeure de Meyrin lorsqu'elle aperçut une silhouette furtive se glisser derrière un buisson. C'était Ako. Il devait avoir douze ans. Le garçon avait bien grandi et s'était étoffé. La maigreur maladive qui hantait son visage, dans la chambre, n'était plus qu'un lointain souvenir.

Eivy plissa le front. Le jeune Ako qui lui faisait face avait les yeux vairons, et son expression s'était endurcie. Une assurance froide émanait de ses gestes, de son allure.

Il extirpa de sa chemise une petite pierre dorée et l'observa avec fascination. Au bout d'un moment, il la rangea et avança jusqu'à un fourré, contre la muraille. Ako écarta quelques branches pour s'y faufiler. Derrière le buisson se cachait un trou, large d'un mètre, dans le rempart. À travers, on apercevait la douve à l'eau brunâtre qui bordait le château.

La fille embrumée était blottie dans la crevasse et regardait vers l'extérieur. Elle portait un costume blanc de lingère, dont elle avait retroussé le jupon afin de crapahuter librement. Ako s'éclaircit la gorge pour parler d'une voix caverneuse.

— Vous me décevez beaucoup, Mirtie, vous finirez dans la douve au crocodile.

La fille sursauta et se tourna vivement.

— Ne me fais plus ce coup-là, tu m'as fichu une de ces trouilles !

— Pour cette fois, continua-t-il sur le même ton, vous serez condamnée à manger un gâteau au citron.

Il sortit deux biscuits de sa poche, et son regard glacial laissa place à une expression malicieuse. Eivy fut rassurée de voir son visage s'adoucir. Mirtie s'empara de l'un des gâteaux. Tandis qu'elle croquait dedans, elle fit glisser le col de sa robe pour dénuder son épaule. Ako ne sembla pas s'en rendre compte, trop occupé à engloutir son en-cas.

— Ce sont mes préférés, ceux-là, ajouta-t-elle, la bouche pleine.

— Naïna les a subtilisés pour nous en cuisine, répondit-il.

Mirtie émit un grognement dégoûté. Ako leva les yeux au ciel.

— Naïna est adorable, rétorqua-t-il. Elle t'aime beaucoup, tu sais.

— C'est justement ce que je lui reproche. Elle s'entiche de tout le monde, et ne s'énerve jamais. Tu ne trouves pas ça bizarre ? Bien sûr, ça ne choque plus qui que ce soit, dans cette maison de fous.

Ako arrêta de manger, et son regard se fit soucieux.

— Mirtie, tu ne t'entends avec personne d'autre que moi, ici. Il faudrait que tu fasses des efforts, au moins avec mon père. Naïna dit qu'il te trouve insolente.

— Il a tué ma tante.

— Oui, mais il t'a épargnée, et offert une bonne place au château. Tu devrais lui en être reconnaissante, au lieu de ressasser la même rengaine depuis des années.

— Ton apprentissage te change, Ako. Cette magie bizarre te rapproche de Meyrin et t'éloigne de moi. Même tes yeux ne sont plus pareils qu'avant. Un jour, je ne te reconnaîtrai plus du tout, et je m'enfuirai du château pour toujours.

Elle croisa les bras sur sa robe et lui tourna le dos. Une expression peinée traversa le regard du garçon, qui se mordit la lèvre.

—Allons, Mirtie, pardonne-moi. Tu ne ferais pas une chose pareille, hein ? Au fond, tu es ma seule véritable amie.

Un sourire éclaira le beau visage d'Ako et ses yeux vairons s'illuminèrent. Mirtie ne put y résister bien longtemps.

—Ça va pour cette fois, répondit-elle.

Elle jeta un coup d'œil par la crevasse et sautilla sur place, comme une fillette qui hésite entre différents bonbons. Mirtie finit par attraper la main d'Ako pour la serrer dans la sienne.

—Allons faire un tour dans la forêt ! s'exclama-t-elle. Si on se glisse dans la faille, on pourra traverser les douves par le petit pont. Je veux graver nos prénoms dans l'écorce du vieux chêne. Juste toi et moi.

—Désolé Mirtie, mais je ne peux pas. Il faut que je retrouve mon père pour ma leçon du matin.

—Encore ? Tu connais déjà tous les sorts, et tu t'es exercé sur toutes ces fichues pierres. Tu en as même volé une pour t'entraîner.

Il haussa les sourcils.

—Ne fais pas l'innocent, ajouta-t-elle. Je t'ai vu la camoufler sous ta chemise, hier.

Ako lui jeta un regard méfiant avant de capituler. Il sortit à nouveau le cristal aux reflets dorés et lui jeta un regard ardent.

—Rends-toi compte de ce que mon pouvoir peut faire avec ces gemmes, Mirtie. Je t'ai déjà parlé des cristaux qui sont capables d'influencer les gens ou de leur donner des visions, mais il y en a tant d'autres ! L'autre jour, Meyrin m'en a montré un qui pourrait me permettre de m'approprier les pouvoirs des autres. Et celle-là, ajouta-t-il d'une voix fébrile en lui tendant la pierre dorée, celle-là a la capacité de manipuler le feu en utilisant les émotions. Il paraît même qu'elle permet de commander à l'orage.

Mirtie eut l'air impressionnée un instant, puis se renfrogna.

— C'est toi qui m'intéresses, tel que tu es. Peu m'importe que tu commandes au ciel ou à l'océan.

Il se pencha et déposa un baiser sur sa joue.

— Tu es adorable. Mais tu sais bien que je dois aller à ma leçon. Si Meyrin part à ma recherche et découvre notre cachette, on pourra faire une croix sur nos rendez-vous secrets.

Mirtie soupira.

— Bon, eh bien vas-y. Cours rejoindre ton père. Il ne faudrait pas qu'il t'aperçoive en compagnie de l'apprentie lingère.

— Ne dis pas de bêtises, tu es bien plus que ça.

La fille lui tendit un bout de tissu blanc.

— N'oublie pas le signal, dit-elle. Dépose mon bonnet sous le rosier de la grande porte, dès que tu es libre pour un autre rendez-vous.

Ako le fourra dans sa poche avant de s'éclipser. Il se mit à courir, et Eivy l'imita. Elle le suivit sur les gravillons du jardin, puis dans le château, une fois qu'il eut poussé la lourde porte en bois. Deux gardes s'effacèrent sur son passage.

Les pas d'Ako résonnèrent dans le couloir en marbre du rez-de-chaussée. Il évita de justesse une servante aux bras chargés de cageots, et bifurqua pour s'élancer dans un escalier en colimaçon. Après une longue ascension, il emprunta un corridor et s'immobilisa devant une porte ouvragée.

Le garçon remit son col en place. Il palpa quelque chose sous sa chemise, sans doute la pierre dorée qui y était cachée, puis frappa avant de pénétrer dans la pièce.

La salle était surmontée par un dôme en verre. En accentuant l'éclat de la lumière naturelle, celui-ci faisait scintiller les dizaines de cristaux suspendus aux murs. Leurs reflets pourpres, indigo et émeraude oscillaient dans une langueur hypnotique. Ako jeta un regard émerveillé aux gemmes qui le surplombaient. Une longue table en bois occupait la pièce. Meyrin était assis à son extrémité, un verre de vin à la main.

— Bonjour Père, dit Ako en s'inclinant respectueusement.

— Te voilà. Une minute de plus, et tu étais en retard.

Le garçon se raidit.

— Qu'importe, poursuivit-il en balayant l'air de ses doigts. Aujourd'hui est un jour spécial. Approche, mon fils.

Meyrin ouvrit un coffret en argent. Une goutte en cristal y était posée sur un lit de soie violette. Eivy écarquilla les yeux en reconnaissant la boucle d'Ako.

— Cette goutte est identique à la vôtre, Père.

Meyrin lui adressa un regard ému, et Ako lui rendit timidement son sourire.

— Que de chemin parcouru, depuis ton arrivée ici. Je me rappelle encore ton état quand ta mère s'est donné la mort. Tu étais moins discipliné qu'une bête sauvage. Il y en a eu, des moments difficiles, en quatre ans. Mais tu as fini par accepter la destinée qui est la tienne. Tu t'es révélé doué avec les sorts et les pierres, plus que je ne l'étais à ton âge. À présent, tu parviens même à manipuler le feu. C'est plus que j'en attendais de toi.

Il posa son verre et le regarda fixement.

— Depuis quelques jours, voilà que l'un de tes yeux est passé de bleu à gris. L'autre ne tardera pas. Cela signifie que tu deviens mon Héritier.

Meyrin observa les bagues rutilantes qui brillaient à ses doigts.

— Sais-tu d'où viennent ma richesse, mon domaine et tous mes biens ? Notre don vaut de l'or, Ako. Il nous permet de tuer sans laisser de traces, et d'utiliser une infinité de méthodes aussi subtiles qu'indétectables. Les plus grandes fortunes de ce monde sont prêtes à payer cher pour s'offrir ce genre de services.

Le regard gris de Meyrin se planta dans celui de son fils.

— Ce soir, pour la première fois, tu vas ôter la vie. Prends-le comme un test, une épreuve à passer.

Ako haussa les sourcils.

— Mais, pour cela, tu auras besoin de cette goutte, dit Meyrin en désignant le coffret en argent. Tuer grâce aux pierres n'est pas sans danger, car leur puissance silencieuse perturbe ta force vitale en même temps que celle de ta victime. La boucle que tu porteras à l'oreille te permettra de stabiliser ton énergie pour qu'elle demeure intacte. Au fil du temps, ton cristal s'imprégnera de ta substance, il fera partie de toi. Il doit toujours rester en sécurité, Ako. Il y va de ton intégrité.

Le garçon hocha la tête, visiblement troublé.

— Quelle est cette vie que vous voulez me voir prendre ? bredouilla-t-il.

Meyrin reposa son verre et croisa ses doigts sur la table.

— Celle de l'apprentie lingère.

Le visage d'Ako se décomposa.

— Vous n'êtes pas sérieux, Père.

— N'en ai-je pas l'air ? Pour devenir mon Héritier, tu dois effectuer un sacrifice, et prouver ta loyauté envers moi. Je n'ai jamais dit que ce serait facile.

Ako secoua la tête. Une lueur terrifiée grandissait dans ses yeux.

— Mirtie n'a jamais fait de mal à personne. Elle ne doit pas mourir, et surtout pas à cause de moi.

— Ce n'est pas à toi d'en décider. J'aurais dû la tuer il y a quatre ans, quand je l'ai retrouvée, mais je m'en suis abstenu dans la perspective de te tester. C'est une Ettosi. Comprends-tu ce que cela signifie ? Sa famille s'est dressée contre la nôtre, il y a deux générations. Laisser des survivants, c'est faire preuve de faiblesse.

— Vous saviez qu'elle devait mourir, depuis tout ce temps ?

— Je te croyais digne d'être mon Héritier, mais je me suis peut-être fourvoyé. Si tu es réellement le gosse sensible et hésitant qui se tient devant moi, tu me déçois beaucoup.

Il repoussa le coffret en argent et se servit un nouveau verre de vin. Ako resta voûté quelques minutes, la tête baissée et les mains contre la table. Lorsqu'il releva les yeux, son expression s'était endurcie.

— D'accord. Si elle doit vraiment mourir, je m'en chargerai.

La détermination qui émanait de lui impressionna Eivy. Ako avait-il réellement éprouvé si peu de scrupules à tuer son amie ? Jusqu'où était-il capable d'aller pour arriver à ses fins ?

Son cœur s'accéléra et sa vision se brouilla. Lorsqu'elle redevint nette, Eivy se trouvait dans la roulotte de la cartomancienne. Son corps était couvert de sueur. Elle posa délicatement la goutte à côté d'elle. À présent, le miroir inondait la pièce de lumière. Ses perles semblaient reliées entre elles par de minuscules scintillements.

Ako continuait de faire osciller le cristal, dos à Eivy. Il était plongé dans une sorte de transe. Ses paupières étaient closes et ses lèvres continuaient de scander d'une voix murmurante. La jeune fille l'observa. Elle avait beau essayer, elle ne parvenait pas à l'imaginer en train d'assassiner Mirtie de sang-froid.

Quelque chose clochait : dans le souvenir, il s'était résigné à la tuer beaucoup trop vite.

Sans réfléchir, Eivy serra la boucle dans son poing.

Chapitre 33

Le tourbillon l'emmena dans un boudoir sombre, isolé par de lourds rideaux. Quelques bougies diffusaient une lumière tamisée. Naïna était assise sur un divan doublé de velours. Blottie dans son étole, elle dévisageait Ako d'un air paniqué. Le garçon portait la même chemise que dans sa précédente vision, mais Eivy remarqua que la goutte en cristal était désormais accrochée à son oreille. Il avait le regard tourmenté et le teint livide.

— Je t'en supplie, Naïna. Tu es la seule qui puisse m'aider !

— L'Héritier doit retourner dans sa chambre. Naïna fera comme si elle n'avait rien entendu.

Ako s'approcha d'elle et posa la main sur son épaule. Elle eut un mouvement de recul, mais il parvint à capter son regard.

— Mirtie risque de mourir, comprends-tu ? Meyrin m'a demandé de la tuer, et, si je refuse, c'est lui qui s'en chargera. Il faut que tu m'aides à la sauver.

Elle secoua la tête.

— Meyrin fait toujours ce qui est juste.

— Il veut que je la force à se jeter dans la douve au crocodile ! Tu sais bien que Mirtie ne mérite pas ça.

La lèvre inférieure de Naïna trembla.

— L'Héritier ne doit pas trahir Meyrin, son propre père. Il l'a sauvé et accueilli au sein de son château !

Ako s'effondra sur le divan et prit sa tête entre ses mains.

— Je ne sais plus, bredouilla-t-il. En ce moment, avant de dormir, je vois des images défiler derrière mes paupières. Des bribes de la nuit où ma mère est morte. Je pensais qu'il s'agissait de rêves, mais je ne suis plus sûr de rien. Et si Meyrin m'avait manipulé pour me faire croire à des mensonges ? Peut-être que c'est lui qui a tué ma mère.

— Ce sont de mauvaises pensées, dit Naïna.

En voyant une larme rouler sur la joue du garçon, elle eut l'air réellement peinée.

— L'Héritier est-il si malheureux, au château ?

— Je ne supporterai pas qu'il tue Mirtie. Je suis prêt à tout tenter.

Elle soupira, et réfléchit un instant avant de parler d'une voix douce :

— Naïna aime l'Héritier comme son propre fils... S'il le faut, elle l'aidera à fuir avec son amie.

Il leva la tête.

— C'est vrai ?

Elle acquiesça, et une lueur d'espoir perla dans les yeux d'Ako.

— Je t'en serais tellement reconnaissant !

— Naïna préfère le voir sourire, dit-elle caressant sa joue. Elle aimerait connaître le plan.

Le garçon se redressa et s'assit en tailleur. Il s'essuya la pommette d'un revers de la main.

— Nous n'avons pas beaucoup de temps. Meyrin veut que je mène Mirtie à l'ouverture au crocodile, ce soir. Il m'y attendra. C'est là-bas qu'elle doit mourir. On me verra partir du château avec elle, comme convenu. Je ne dirai rien à Mirtie pour ne pas l'affoler, elle risquerait d'attirer l'attention. Personne ne doit se douter que nous ne rejoindrons jamais Meyrin.

Naïna écarquilla les yeux.

— Comment ?

— Il existe un passage secret dans la muraille, bien avant l'ouverture au crocodile. Je l'emprunterai pour m'échapper avec Mirtie.

— Meyrin ne tardera pas à retrouver les enfants, répliqua-t-elle avec tristesse.

— C'est là que tu interviens, Naïna. Il commencera forcément par nous chercher dans la forêt. Nous devons donc nous enfuir par la rivière, en la rejoignant par les douves. Il y a du courant, là-bas. Nous pourrons atteindre la ville avant qu'il s'en rende compte. Mais, pour cela, il nous faut une embarcation.

Naïna fronça les sourcils.

— Tu as accès à tous les recoins du château, expliqua Ako. Il te suffira de traîner une barque sur la butte, en passant par les souterrains. Personne ne te verra si tu le fais à la tombée de la nuit.

— Meyrin saura que Naïna l'a trahi.

— Pas si tu déposes ça dans les souterrains, dit-il en lui tendant le bonnet de la petite lingère. Je suivrai mon apprentissage tout l'après-midi, Meyrin ne me quittera pas des yeux. Mais, s'il trouve l'un des vêtements de Mirtie près des barques, il pensera qu'elle s'est éclipsée pour voler une embarcation elle-même. Nous aurons disparu, et toi, il ne te soupçonnera pas. Il ne pourra s'en prendre à personne.

Naïna sembla hésiter, les mains crispées sur son étole. Au bout de quelques secondes, elle s'empara du bonnet et acquiesça d'un hochement de tête nerveux.

Un bruit de bottes résonna à l'extérieur.

— Je dois filer, chuchota Ako. Merci infiniment, Naïna. Tu as toujours été là pour moi, je savais que je pourrais compter sur toi.

Il déposa un baiser sur sa joue et disparut du boudoir. Le tourbillon se referma instantanément sur Eivy.

La vision suivante la projeta en pleine nuit, devant l'entrée du château. Le ciel était voilé par de lourds nuages. Ako et Mirtie émergeaient de la porte en bois.

— Où m'emmènes-tu ? chuchota la petite lingère.

— Tu verras bien. Arrête un peu, avec tes questions.

— Avoue que tu agis bizarrement, ce soir. Il est au moins vingt et une heures, et je croyais que Meyrin t'avait interdit de te balader avec moi.

En voyant qu'ils se faufilaient derrière les buissons pour longer la muraille, Mirtie ne put contenir sa surprise.

— On approche de la crevasse ! Tu veux aller graver nos noms sur le chêne ? C'est adorable, Ako, je ne m'y attendais pas. Tu n'avais pas l'air emballé quand je t'en ai parlé, ce matin.

Ako écarquilla les yeux, et Mirtie se tut brusquement. On avait arraché le fourré qui masquait la crevasse secrète. Meyrin attendait là, le bonnet de la petite lingère à la main. Naïna se tenait en retrait derrière lui.

Mirtie recula de quelques pas.

— Pourquoi lui as-tu donné mon bonnet, Ako ?

Il fut incapable de répondre. Meyrin avança vers eux.

— L'apprentie lingère souhaitait nous fausser compagnie, mon fils. Naïna est venue me prévenir tout à l'heure. Elle a trouvé son bonnet dans les souterrains et une barque sur la butte, à l'extérieur du château. Cette vermine avait l'intention de s'échapper par un trou dans la muraille. Je suppose qu'elle a écouté aux portes, ce matin, pendant ta leçon. Ce ne serait pas la première fois.

— C'est faux ! s'exclama Mirtie.

Sa voix tremblait sous le poids de la peur et de la colère. Elle se tourna vers Ako.

— Pourquoi as-tu mis mon bonnet dans les souterrains ?

Avant qu'il ait le temps de dire un mot, Meyrin attrapa Mirtie par le col et commença à la traîner derrière lui.

— Cette gamine ment comme elle respire, dit-il.

Ako semblait tétanisé. Il fixa Naïna, qui cachait ses larmes sous son étole.

— Qu'as-tu fait ? murmura-t-il.

Elle essuya ses joues trempées avant de répondre :

— Naïna ne voulait pas que l'Héritier s'en aille ni qu'il se fasse punir par Meyrin. Il n'a qu'à faire comme si la petite était responsable de tout. Elle doit mourir, de toute manière. Naïna le consolera jusqu'à ce qu'il oublie.

Ako ouvrit la bouche, sidéré. Les cris de Mirtie, dont la portée s'éloignait, le tirèrent de sa stupeur. Il courut dans sa direction. Lorsqu'il la rattrapa, Meyrin la forçait à grimper sur une plateforme en bois, en haut d'un escalier creusé dans la muraille. Elle donnait sur l'eau brunâtre qui encerclait le château.

Mirtie cessa de se débattre et regarda devant elle d'un air hagard. Eivy l'imita, et aperçut avec effroi une longue forme immergée sous l'eau. Le crocodile ondula lentement en direction de la muraille.

Ako gravit l'escalier à son tour, blanc comme un spectre. Dès qu'il atteignit le tremplin, Meyrin lui tendit une pierre violette suspendue à une chaînette.

— Tu t'es engagé à la tuer, alors finissons-en.

Mirtie se mit à sangloter en entendant ces mots.

— Parle-moi, Ako ! Dis-moi que ce sont des mensonges !

Le garçon l'ignora et attrapa le pendentif. Il commença à faire osciller le cristal devant elle, mais ses mouvements étaient gauches, malhabiles. Il avait les mains moites, et ne parvenait pas à imprimer un rythme régulier à la chaînette.

— Ako, je t'en supplie…, hoqueta Mirtie.

Il trembla et fit tomber la gemme à ses pieds.

— Bon sang, concentre-toi ! grogna Meyrin.

Ako se pencha pour la ramasser. En se relevant, il balaya furtivement la plate-forme des yeux, puis il empoigna le bras de Mirtie afin de la traîner sur le rebord du tremplin. Deux mètres en dessous, la douve attendait la petite lingère. Lorsqu'il recommença à faire tanguer la chaînette, le regard implorant de Mirtie se troubla.

— Tu vois, ce n'est pas si compliqué d'hypnotiser une victime, surtout quand il s'agit d'une oie blanche, commenta Meyrin. Fais-la sauter, maintenant.

Ako balaya la douve des yeux, et Eivy réalisa qu'il cherchait un moyen de fuir. Une sombre résolution brilla dans les prunelles du garçon. Il jeta un regard au flambeau qui éclairait la plate-forme, et il posa une main sur son torse, comme pour vérifier que la pierre dorée était toujours cachée sous sa chemise. Puis, en une fraction de seconde, il se jeta au sol.

Ako attrapa le corps inerte de Mirtie, et roula avec elle vers le rebord. Il brandissait sa pierre en direction du flambeau quand Meyrin fondit sur lui. Le choc fut si violent que la petite lingère bascula dans l'eau. Au hurlement d'effroi qui résonna dans la douve, Eivy comprit que Mirtie venait de reprendre connaissance. La jeune fille frissonna d'horreur.

Meyrin bloqua Ako sur le tremplin et leva le poing. Dans sa boucle d'oreille, la lueur argentée semblait écumer.

— Tu me fais honte ! Pourquoi a-t-il fallu que tu cherches à la sauver ? En fin de compte, tu es aussi faible que ta mère. Elle non plus n'a pas été capable de t'abandonner. C'est pour ça que je l'ai tuée.

Lorsque son poing s'abattit sur Ako, un voile noir envahit la vision d'Eivy. Le tourbillon l'emporta vers une autre scène.

Celle-ci se déroulait dans un couloir sombre aux murs de pierre. De rares torches éclairaient l'espace confiné. Çà et là, on avait creusé des cavités fermées par des barreaux. Il s'agissait visiblement d'une prison souterraine.

Ako marchait seul le long des cachots. L'une de ses mains était en sang, et l'autre tenait un lourd trousseau de clés. Il n'avait pas vieilli, et portait la même chemise que le soir de la mort de Mirtie. Eivy se demanda combien d'heures, de jours ou de semaines s'étaient écoulés depuis cette nuit tragique.

Lorsqu'il s'approcha, elle vit que sa paupière gauche était tuméfiée, et que de nombreux hématomes parcouraient son visage. Du sang séché barrait son arcade sourcilière. Une lueur de haine brillait dans son œil droit.

Une fois au bout du couloir, il emprunta un petit escalier humide. Le garçon grimpa des dizaines de marches sans ralentir, puis poussa une trappe et émergea dans un corridor. Il se plaqua contre un renfoncement en voyant arriver un garde. Le patrouilleur finit par s'éloigner.

Ako se faufila vers une porte ornée de volutes et utilisa le trousseau de clés pour ouvrir la serrure. Il pénétra dans une vaste chambre éclairée par des bougies.

Un lit à baldaquin occupait la pièce. Meyrin se trouvait là, assoupi entre des draps de soie. À côté du rideau, Naïna était agenouillée devant une petite table de nuit. Elle veillait sur la boucle d'oreille de Meyrin, placée sous une cloche en cristal.

Naïna finit par tourner la tête, et poussa un cri en voyant Ako avancer dans la pénombre.

Meyrin se réveilla aussitôt. Une expression de surprise anima ses traits anguleux. Il baissa les yeux, et aperçut le sang sur la main d'Ako.

— Comment t'es-tu échappé du cachot ?

Pour toute réponse, le garçon lui sourit. Meyrin attrapa un cristal translucide suspendu au-dessus du lit, et ses lèvres s'étirèrent en un drôle de rictus.

— Tu es moins empoté que je l'imaginais. Il y a peut-être un peu de mon sang dans tes veines, tout compte fait. Mais personne ne peut se permettre de me défier.

Ce disant, il brandit le cristal vers son fils. Le minéral émit une lueur pourpre inquiétante, mais le garçon avait déjà sorti la pierre dorée qu'il cachait sous sa chemise. Il se concentra en l'orientant vers la flamme d'une bougie. Une langue de feu s'en détacha et se précipita vers Meyrin dans un sifflement aigu. Celui-ci bondit sur le côté avant qu'elle l'atteigne au visage.

La langue de feu atterrit sur l'un des rideaux du lit, qu'elle transforma en brasier. La manche de Meyrin s'enflamma. Il se mit à hurler, et Naïna se rua pour l'aider à l'éteindre.

En trois bonds, Ako fut devant la table de nuit. Il brandit la pierre dorée pour fracasser la cloche en verre, qui explosa en mille morceaux.

La goutte de Meyrin était sans défense.

Une lueur implacable brilla dans les yeux d'Ako. Il leva le bras, et sa pierre s'abattit sur la boucle. Lorsque le bijou se brisa, un cri strident emplit la pièce. Les vitres de la fenêtre explosèrent. Tandis que Naïna se recroquevillait, les mains sur les oreilles, une ombre grisâtre se détacha du corps hurlant de Meyrin.

Un chaos de fumée et de flammes s'éleva des rideaux. La structure du lit s'effondra. Des bouts de bois se mirent à fuser dans tous les sens et l'un d'entre eux atteignit Ako dans le dos, au-dessus des reins. Il grimaça de douleur et courut vers la fenêtre pour enjamber le châssis.

Le garçon disparut dans la nuit, juste avant que la chambre implose.

Chapitre 34

Cette fois-ci, le tourbillon ne s'empara pas d'Eivy.

Elle se réveilla comme on émerge d'un sommeil profond. La jeune fille était de retour dans la roulotte de Mesfreia. Les souvenirs d'Ako restaient suspendus en elle, tel un nuage noir au-dessus d'une mer trouble. Entre la mort de Mirtie, celle d'Isilda et la transformation de Meyrin, les épreuves qu'Ako avait traversées étaient terribles. Malgré tout, son aura lui manquait, et Eivy dut se faire violence pour ne plus chercher à la rejoindre par le biais de la boucle.

Elle se redressa pour voir comment allait le vrai Ako, celui qui avait vingt ans et dont elle venait de découvrir le secret.

Elle plissa les paupières. Le miroir emplissait la roulotte d'une lumière aveuglante. Les irisations qui communiquaient entre les perles lui conféraient un aspect vibrant, presque vivant. Mais le plus étonnant, c'était l'état de la surface réfléchissante. Elle s'était assombrie et opacifiée.

La silhouette d'Ako la tira de ses pensées. Il était toujours assis devant le miroir, mais sa posture était avachie, et il avait cessé de faire osciller sa pierre.

Elle le rejoignit en quelques pas.

Il lui adressa un faible sourire. De larges cernes soulignaient ses yeux vairons. Elle lui rendit son cristal, espérant que cela suffirait à lui redonner de l'énergie. Il la remercia d'un hochement de tête et l'accrocha à son oreille.

— Tout va bien ? dit-elle.

— Le passage est presque ouvert. Cela m'aura coûté une énergie colossale, mais je crois que c'est bon signe. Nous allons bientôt pouvoir traverser.

Elle sentit son cœur tambouriner dans sa poitrine, et ne put réprimer un sourire exalté à l'idée de rejoindre Othea. Ako la regarda d'un drôle d'air. Elle ne savait si c'était l'effet de l'épuisement, mais son expression semblait plus spontanée que d'habitude.

— Tu as tant de choses à découvrir là-bas, dit-il. Et je ne parle même pas de ton pouvoir. Quand je te regarde, j'ai l'impression de voir le vent se transformer en tempête.

Elle haussa les sourcils, déconcertée.

Alors qu'Ako essayait de se relever, il fut pris d'un vertige, et Eivy se pencha pour le soutenir. Il se redressa, retrouvant ses esprits, mais ne s'éloigna pas d'elle. Eivy réalisa qu'ils n'avaient jamais été si proches.

Son contact la troubla profondément. Chez lui, tout semblait plus dense et plus étrange que chez les autres, et cette impression était encore plus frappante de près. D'autant plus que ce qu'elle avait toujours pris pour de la froideur lui apparaissait maintenant comme une armure. Eivy n'avait pas envie qu'il mette à nouveau cette distance entre eux. Elle le voulait pur et entier, comme l'aura qui émanait de sa pierre.

— Ce que tu as vu en touchant ma boucle…

Il s'interrompit, traversé par un éclair de culpabilité.

— Rien de tout ça n'était de ta faute, dit-elle. Tu n'étais pas responsable.

Ako releva les yeux et les plongea dans les siens avant de murmurer :

— Tu vois ce qu'il reste de bon en moi. Cela fait partie de cette force vitale qui anime ce que tu touches. Tu ne fais pas qu'insuffler la vie aux pierres, Eivy, elle irradie de toi.

Il avança une main pour caresser doucement sa joue. Ses doigts sur sa peau lui firent l'effet d'une décharge. Avec une pointe de gêne, elle réalisa qu'il n'en était pas dupe. Mais Ako ne recula pas. Il l'enlaça et approcha son visage du sien jusqu'à ce que leurs souffles s'entremêlent. La proximité de son regard la bouleversa, et Eivy posa ses lèvres sur les siennes.

Quand ils s'embrassèrent, la présence d'Ako l'envahit comme une vague. Elle s'y plongea sans réserve, incapable de remonter à la surface. La roulotte de Mesfreia disparut de son champ de vision. Elle ne sentait plus que le corps d'Ako contre elle et son aura entremêlée à la sienne, dans tout ce qu'elle pouvait avoir de sombre et de lumineux.

Au fond d'elle, Eivy sentait son don briller au contact d'Ako, comme si elle acceptait davantage sa propre étrangeté en accueillant la sienne. Sa peur de sombrer avec lui n'avait pas tout à fait disparu, mais c'était une crainte lointaine, qui n'avait pas de contrôle sur l'intensité de ce qu'elle était en train de vivre. Lui aussi semblait avoir lâché prise. Il s'abandonnait à elle, avec une sincérité qui n'était pas courante chez lui, et qui la touchait d'autant plus.

Un raclement de gorge poussif les extirpa de leur bulle.

Ako se raidit en apercevant Senebert, sur le pas de la porte. L'air offusqué du vieux magicien détonna avec ses propos cérémonieux :

— Désolé de vous importuner, jeunes gens, mais la répétition va bientôt commencer. Puisque vous êtes nos invités, notre troupe espère vous voir y assister avant l'ouverture définitive du miroir.

Ce disant, il leur fit une révérence et quitta la roulotte dans un nuage poudré.

Eivy le regarda partir, incrédule. Son souffle était encore court, et elle avait du mal à réaliser ce qui venait de se passer. Quitter l'étreinte d'Ako avait été presque douloureux. Elle pivota vers lui, mais il garda les yeux rivés sur ses mains, crispées sur ses genoux. Cette distance soudaine lui fit l'effet d'une gifle.

— Il faut qu'on se concentre sur ce qui nous attend, Eivy. Nous avons encore des épreuves à surmonter avant d'atteindre Othea, et pas des moindres.

Il soupira avant de reprendre :

— Rejoins les autres, et retrouvez-moi ici dans une heure, le temps que je reprenne des forces. Je préfère me remettre d'aplomb avant de devoir faire face à ce que nous réserve le couloir.

Il parlait de l'affrontement avec Meyrin, bien entendu. Eivy se mordit la langue en songeant à l'être odieux qu'elle avait découvert dans les souvenirs d'Ako.

Elle reporta son attention sur le jeune homme.

— Ça va aller, pour toi ?

Il lui adressa l'un des sourires déstabilisants dont il avait le secret.

— Je vais vite me remettre, et Meyrin ne peut m'atteindre dans le campement. Tu peux partir l'esprit tranquille, Eivy.

Avec un pincement au cœur, elle se dirigea vers la sortie de la roulotte.

Dehors, le soleil se couchait. L'ouverture du miroir avait donc duré tout l'après-midi. La jeune fille avait l'impression de ne plus être la même que quand elle était entrée dans l'antre de Mesfreia.

Mais le plus grand des chamboulements était à venir : dans peu de temps, ils traverseraient le miroir…

Elle aperçut rapidement le reste du campement. Du bruit provenait de l'estrade, où plusieurs Kuryens s'affairaient.

Ses amis étaient attroupés devant une roulotte ornée de barreaux. La jeune fille serpenta dans le campement pour les rejoindre, en prenant soin d'éviter l'estrade et ses occupants.

— Eivy ! s'exclama Alex en courant vers elle. Devine quoi ? Les Kuryens ont avancé l'heure de leur répétition pour qu'on puisse y assister !

Le gamin avait les yeux brillants d'excitation.

— Oh, tu m'en vois ravie, dit Eivy. Et qu'est-ce que vous…

Elle se tut lorsqu'elle découvrit l'habitant de la roulotte. Un lion majestueux était couché derrière les barreaux. Il avait de grands yeux jaunes, et sa crinière fauve balayait ses pattes. L'animal était drôlement imposant. Il semblait calme, mais dégageait une prestance souveraine.

C'était la première fois qu'Eivy se trouvait face à un lion. Kiam se tourna vers elle, les sourcils froncés.

— Jo m'a dit que vous vous occupiez du miroir et qu'il fallait vous laisser tranquilles. Ça a duré un bon moment.

— Ako a ouvert le passage, il avait besoin d'assistance. On le rejoint dans une heure pour traverser.

Edwin écarquilla les yeux et Alex poussa une exclamation enthousiaste. Kiam se fendit d'un grand sourire. Seule Jo resta de marbre. Elle fixait Eivy de son regard perçant. Bientôt, la traqueuse affronterait son ennemi : la tension était en train de monter.

Eivy s'approcha d'elle.

— Tu as un plan pour Meyrin ?

— Basique et efficace, répondit la traqueuse en caressant sa chaîne. Je lui tomberai dessus quand ses pouvoirs seront inactifs, dans le couloir. Ako servira d'appât. Pour le reste, j'ai ma botte secrète.

Elle extirpa l'œil du typhon de sa chemise et lui fit un clin d'œil. Eivy sentit sa poitrine se contracter à l'idée des événements à venir et de ce que risquait Ako. Depuis que son talisman avait été brisé, les pouvoirs de Meyrin dépassaient l'entendement. Elle pria pour que le couloir le rende réellement inoffensif, comme Jo semblait le penser.

Un bustier noir surmonté d'une crinière rousse la tira de sa réflexion. C'était Kaia, la dresseuse borgne. Elle les regarda en biais avant d'avancer dans leur direction. Eivy se durcit en voyant les plumes de sa collerette s'agiter au vent. Les malheureux oiseaux en cage lui revinrent en mémoire.

— La répétition va bientôt commencer, dit la rousse. Vous devriez vous écarter, un accident est vite arrivé, avec Rao.

Ce disant, elle s'approcha de la roulotte du lion et entreprit d'ouvrir au fauve. Edwin s'éloigna de l'estrade. Alex attrapa le bras de Jo pour la traîner vers lui.

— Ça va commencer ! s'excita le petit lanceur de couteaux.

— Doucement gamin, on y va, répondit la traqueuse.

Eivy et Kiam les suivirent. L'archer la questionna :

— T'as l'air bizarre. Tout s'est bien passé ?

— Oui, mais la confrontation avec Meyrin ne m'enchante pas.

— Jo a bien prévu son coup.

— Si tu le dis.

La voix d'Alex claironna au loin.

— Eivy, Kiam ! Vous allez rater le début du spectacle !

La jeune fille leva les yeux au ciel. Maintenant que l'ouverture du miroir était imminente, elle ressentait un sentiment d'urgence à l'idée de l'emprunter. Cette représentation la rebutait.

— Est-on vraiment obligés d'assister à cette mascarade? grogna-t-elle. Je préfère presque la compagnie de Meyrin à celle de Mulligan.

— Fais pas ta mauvaise tête, Eivy. De toute manière, on a une heure à tuer, alors autant se distraire, non?

Elle capitula et ils se mirent en route.

Lorsqu'ils rejoignirent les autres, la nuit était tombée.

Eivy jeta un coup d'œil devant elle avant de s'asseoir. L'estrade se dressait à deux mètres de hauteur. De larges flambeaux étaient plantés par terre, de part et d'autre de celle-ci. La scène était encore déserte, et ne comportait pour tout ornement qu'un disque en bois chargé de fioritures, probablement destiné au lancer de couteaux de Mulligan.

Deux grands poteaux encadraient l'estrade. Celui de gauche était peint en rouge, et celui de droite en jaune. Eivy réalisa qu'ils soutenaient un fil, lequel surplombait la scène de plusieurs mètres. C'était sans doute là que la funambule accomplirait son numéro d'adresse.

Ses compagnons étaient installés sur des tabourets en bois devant l'estrade. La jeune fille remarqua que le regard de Jo était aux aguets, et sa main discrètement figée sur sa chaîne. Eivy prit place à côté d'Alex.

Seul le siège d'Ako était vacant. Elle sentit sa peau picoter à l'endroit où il avait touché sa joue. Leur baiser inattendu lui avait laissé un goût de vertige, et les réminiscences de l'aura du jeune homme persistaient cruellement en elle. L'idée que la confrontation d'Ako avec Meyrin soit si proche lui faisait froid dans le dos.

Elle tourna la tête vers le gamin pour tenter de penser à autre chose. Le regard écarquillé, Alex observait les flambeaux s'étirer dans l'indigo du ciel.

— Ça te rappelle quelque chose ? demanda-t-elle.

— Le philtre d'Antor, murmura-t-il. Quand j'ai commencé les spectacles, j'avais six ans, et une sacrée trouille de louper mes lancers. C'est avant mon premier spectacle que notre clown Antor m'a parlé de sa fameuse potion.

Eivy le regarda d'un œil amusé.

— Avec ce remède magique, impossible de louper un lancer. J'avais plus à douter ni à hésiter, puisque son pouvoir agissait sur moi. Ce soir-là, j'ai pas raté une seule fois. Je me souviens encore des bravos du public. J'avais le monde à mes pieds.

— Tout ça grâce à la potion d'Antor ?

— Le clown a fini par cracher le morceau : c'était un mélange d'eau et de sucre. Il suffisait d'y croire.

Il tourna sa bouille vers elle.

— Je suis persuadé que Jo vaincra Meyrin, dit-il. Si t'as confiance, toi aussi, elle aura encore plus de chances.

La jeune fille ébouriffa les cheveux blonds du gamin.

— Tu as sans doute raison.

Ils furent interrompus par l'arrivée sur scène d'une silhouette endimanchée. L'homme avait dû grimper par le petit escalier à l'arrière de l'estrade. C'était Senebert. Le magicien portait toujours sa redingote et son chapeau, mais il avait poudré son visage et maquillé ses sourcils en arcs sévères. Sous la lumière contrastée des flambeaux, il ressemblait à une poupée de cire.

La répétition commença.

— Mesdames et messieurs, déclara-t-il de sa voix douceâtre.

Tandis qu'il commençait son discours, Alex se tourna vers Eivy.

— Tu vois son bras gauche ? chuchota le gamin. Il le plaque jamais contre son flanc. C'est un truc de magicien.

La jeune fille plissa les yeux. L'aisselle de Senebert était en effet légèrement écartée. Plus bas, sa veste avait été rapiécée grâce à un carré de tissu sombre. En regardant bien, on pouvait y percevoir un renflement discret.

— Tu parles de la zone recousue? demanda Eivy, qui ne prêtait pas attention aux banalités débitées par le Kuryen.

— C'est une poche secrète. Il doit y avoir un rat dedans. Ma main à couper qu'il le fait apparaître de nulle part pendant un de ses tours.

— Pourquoi un rat?

— Si ça avait été une carte, il l'aurait fourrée dans sa manche, mais mieux vaut cacher une bestiole dans un endroit plus stable.

— Avant le spectacle, ajouta le magicien, je vais laisser à mes compagnons le plaisir de se présenter.

Le reste de la troupe apparut sur scène. Leurs artifices, si grossiers de jour, prenaient une autre dimension à la lumière des flambeaux. Angeline, la funambule, ressemblait à une danseuse de boîte à musique dotée de vie. Son jupon en tulle était brodé de fils scintillants. Elle paraissait d'autant plus gracile à côté de la redoutable Kaia. Le fouet noir de la dresseuse était assorti à son bustier orné de plumes. Sa présence dévorait l'espace.

À sa gauche, c'est à peine si l'on apercevait Eso, dont Eivy mit du temps à remarquer la silhouette sinueuse. Il avait coiffé ses tresses derrière un large bandeau incrusté de pierreries. En se rappelant le reptile qu'il avait caché dans la roulotte, elle pensa qu'il était sans doute mille fois plus sournois que ses serpents. Elle espéra qu'il n'avait rien tenté d'autre contre Ako. Celui-ci s'était-il remis de l'ouverture du miroir? Aurait-elle dû insister pour rester avec lui?

L'ombre colossale de Torny la tira de ses ruminations. Son personnage de clown semblait beaucoup plus crédible dans la lumière de la scène, mais Eivy se rappelait trop le regard qu'il avait jeté à Kiam pour se laisser berner par les apparences.

Mulligan clôtura les présentations, un sourire suffisant aux lèvres. Les flammes paraient sa chevelure blonde de reflets cuivrés.

Tandis que les autres quittaient l'estrade, il recula pour commencer son numéro face au disque en bois peint.

Le jongleur attrapa l'un des petits couteaux qu'il portait à la ceinture. Il jeta un regard en biais aux spectateurs.

Eivy se figea quand son couteau fusa vers eux.

La chaîne de Jo jaillit, mais Senebert avait déjà lancé une bille noire devant l'estrade. Un nuage vert explosa et se répandit instantanément pour masquer la scène.

Eivy se précipita au sol. La fumée verdâtre ne lui permettait pas de voir à plus de deux mètres. Elle avait l'impression d'avoir basculé dans un cauchemar. La voix lointaine de Mulligan la glaça jusqu'à l'os.

— Qu'en dis-tu, gamin ? Ai-je réussi à atteindre ma cible, cette fois-ci ?

Eivy sentit l'air lui manquer. Elle rampa au hasard et aperçu Alex, couché entre deux tabourets. Le couteau de Mulligan transperçait son épaule gauche. Il était pâle comme un spectre et secoué de spasmes. Avant qu'elle ait le temps de le rejoindre, Alex saisit le manche qui émergeait de son épaule.

— N'y touche pas ! cria-t-elle.

Il retira le couteau en hurlant. Lorsque Eivy l'atteignit, il était à demi-conscient, et du sang coulait abondamment de sa plaie. Elle déchira un bout de sa chemise pour arrêter l'hémorragie.

Un instant plus tard, le visage d'Edwin émergea de la fumée. L'herboriste examina rapidement Alex.

— Rien de vital n'est touché, dit-il.

Il fouilla dans sa sacoche et en extirpa un flacon translucide. Edwin le vida sur la blessure, et Alex se remit à hurler. Eivy attrapa ses mains et les serra dans les siennes.

Devant eux, la fumée commençait à s'estomper, et le visage de Mulligan réapparut. Celui-ci les aperçut et brandit un nouveau couteau.

La haute silhouette de Jo émergea du brouillard. Sa chaîne s'élança, et, cette fois-ci, frappa à temps. Elle assomma le jongleur, qui s'effondra et dégringola de l'estrade.

La voix de Kaia s'éleva derrière elle.

— Tout doux, ma grande.

Jo se tourna, sa chaîne prête à bondir, mais elle s'immobilisa. Le lion était en liberté et se tenait à côté de la dresseuse. Ils se trouvaient à une dizaine de mètres, derrière les tabourets. Le fauve semblait encore plus impressionnant que dans sa cage.

En un clin d'œil, Jo jaugea la distance qui la séparait de l'animal, puis son regard se posa sur le fouet que portait Kaia. La traqueuse se mit à reculer lentement vers le pilier rouge qui jouxtait l'estrade.

Haletante, Eivy chercha Kiam des yeux, et l'aperçut sur l'escalier qui menait à la scène. Torny était déjà sur la plate-forme et lui souriait. L'archer avançait dans sa direction, les prunelles bouillonnantes.

Eivy peinait à reprendre ses esprits. En l'espace de deux minutes, la situation avait viré au pugilat. Elle pivota vers Edwin, qui préparait un bandage en urgence, le front couvert de sueur.

— Le lion, murmura-t-elle. Apprivoisé ou pas, il va flairer le sang d'Alex !

— Ils ne vont quand même pas… mais quelle mouche les a donc piqués ?

— Je n'en ai aucune idée, mais il faut éloigner Alex du fauve.

Ils se dépêchèrent de porter le gamin à l'arrière de l'estrade. Le blessé avait de nouveau perdu connaissance à cause de la douleur. Ils enjambèrent le corps inerte de Mulligan, rejoignirent le pilier jaune et se tapirent en bas de la plate-forme.

L'herboriste commençait à appliquer le bandage quand un parfum poudré leur monta aux narines.

— Qu'avons-nous là ? murmura la voix douceâtre de Senebert.

Le vieux magicien se dressait derrière eux, accompagné de la funambule et du charmeur de serpents. La lumière des flambeaux allongeait démesurément leurs ombres. Eivy déglutit et se leva. Il fallait leur faire retrouver la raison, ou, du moins, gagner du temps pour qu'Edwin puisse finir le bandage.

— Votre jongleur a eu un coup de sang, improvisa-t-elle. Je sais qu'Alex n'aurait pas dû lui faire cette réflexion, cet après-midi, mais il n'a que douze ans. Il ne pensait pas ce qu'il disait. Nous allons partir, alors restons-en là !

Un blanc pesant suivit sa déclaration. Senebert semblait surpris, et Angeline la fixait de ses grands yeux étonnés. C'est Eso qui finit par rompre le silence.

— Elle a le sens de l'humour, celle-là.

— Vous ne partirez jamais d'ici, ajouta la funambule.

Chapitre 35

Angeline avait parlé sans aucune animosité, comme si elle énonçait la plus évidente des vérités. Eivy en eut froid dans le dos.

— Pourquoi ? Nous vous avons donné les perles !

— Pourquoi ? répéta Senebert. Mais parce que vous avez débarqué chez nous avec Meyrin aux trousses. Savez-vous de quoi ce démon est capable pour arriver à ses fins ?

— Nous pouvons partir tout de suite.

— Vraiment ? Et s'il considère que nous vous avons aidés à fuir ? Vos imprudences ne nous concernent pas, et nous n'en paierons pas les frais. Avec vous disparaîtra la malédiction, ainsi que le risque que vous faites peser sur nous.

— Tout ce simulacre de spectacle…, murmura-t-elle.

— Nous allons vous tuer comme dans un numéro de cirque, ajouta Angeline d'une voix fluette. Votre mort ne manquera pas de panache !

Eivy fit un pas en arrière. Elle devait leur échapper pour aller prévenir Ako.

Senebert avança vers Edwin, qui continuait à réaliser le bandage d'Alex. Le Kuryen sortit un couteau d'une main et un jeu de cartes de l'autre.

— Je crois que nous allons bien nous entendre, dit-il. J'ai tout de suite vu que vous étiez le plus civilisé du groupe. Voulez-vous jouer avec moi ?

L'herboriste rajusta ses lunettes, que la transpiration avait fait glisser sur le bout de son nez.

— Je n'ai pas le temps, finit-il par bredouiller. J'ai quelqu'un à soigner.

Un sourire vicieux étira le visage de Senebert.

— Voilà qui me donne une idée amusante. Si vous gagnez, je vous laisse vous occuper de votre ami. Si vous perdez, je vous tue tous les deux. Si vous refusez aussi, d'ailleurs.

Une goutte de transpiration roulait sur la nuque du magicien.

— Ce flambeau me donne chaud, râla Senebert.

Il posa ses cartes pour pouvoir se débarrasser de son chapeau et de sa redingote qu'il jeta derrière lui, sur l'estrade.

Le cœur battant, Eivy effleura sa dague. Elle pouvait l'attaquer par-derrière, mais Eso et Angeline ne tarderaient pas à lui tomber dessus.

Un cri et un bruit sourd résonnèrent sur la scène. Kiam et Torny avaient commencé à se battre sérieusement. La situation devenait incontrôlable.

Eso et Angeline encerclèrent Eivy, et se mirent à lui tourner autour. La jeune fille se raidit en voyant une ombre bouger dans les tresses d'Eso, derrière les pierres vertes de son bandeau. C'était un serpent.

— Laisse-la-moi, dit la funambule, je veux qu'elle marche sur mon fil.

— Elle tombera tout de suite. Je préfère que ce soit mon serpent qui la tue.

Angeline ne l'entendait pas de cette oreille. Eso fronça les sourcils, et le reptile se mit à siffler entre ses tresses. La blonde croisa les bras et s'éloigna en boudant.

Eivy en profita pour partir en courant.

Hélas, Eso était aussi vif que ses créatures. Avant qu'elle ait parcouru deux mètres, elle sentit une main agripper son épaule et la projeter contre la scène. L'impact fut violent, mais, dans son dos, quelque chose de mou amortit le choc.

Eso approcha son visage du sien.

— Le marionnettiste a-t-il apprécié ma petite surprise? susurra-t-il.

Une bouffée de rage envahit la jeune fille.

— Ako a tué ton serpent, et je te ferai subir le même sort si tu lèves encore la main sur l'un d'entre nous.

— Voyez-vous ça. Tu es aussi rêche que tu en as l'air. Et fière, en plus. Pourtant, tu es en mauvaise posture, comme tous tes amis. C'est amusant, j'ai remarqué l'absence de Mesfreia. Peut-être est-elle allée régler son compte au marionnettiste? Elle sait comment affaiblir un homme pendant son sommeil.

Le visage d'Eivy se durcit, et un sourire perfide étira celui du charmeur de serpents. Lorsqu'il reprit la parole, sa voix ressemblait plus que jamais à un sifflement.

— Je me disais bien qu'il y avait quelque chose de spécial, entre vous. Dommage qu'il soit destiné à mourir si jeune.

Alors qu'Eivy tentait d'attraper sa dague, Eso bloqua son poignet et la força à lâcher prise. Il avait plus de force qu'il y paraissait.

— Tsss, tu devrais plutôt te faire du souci pour toi, sale peste.

Dans la chevelure du jeune homme, le serpent siffla. Eso se mit à fredonner une chanson, et la tête du reptile apparut. Le serpent possédait une large encolure, et ses écailles vertes étaient tachetées de noir. Eivy sentit la peur glacer son sang.

Tandis que la langue fourchue du reptile se mettait à osciller, Eivy glissa lentement sa main libre contre l'estrade. Elle sentit le tissu de la redingote de Senebert dans son dos. C'était donc la veste du magicien qui avait amorti le choc, quand Eso l'avait poussée contre la plate-forme.

Elle palpa la redingote élimée et repéra le renflement que lui avait indiqué Alex, pendant le discours de Senebert. Le gamin avait-il vu juste ? Il fallait l'espérer.

Alors que le serpent bondissait vers Eivy, elle arracha le carré de tissu, et un rat blanc en jaillit. Le rongeur se carapata à toute vitesse sur l'estrade.

Eso poussa un cri de surprise en voyant son serpent changer de cap afin de poursuivre le rat. Eivy profita de son étonnement pour écraser sa paume contre le bandeau orné de pierreries qui coiffait la chevelure du Kuryen.

Sous sa main, l'un des cristaux verts chauffa brusquement. Eivy y perçut la perfidie d'Eso, son goût pour le sang et la tromperie. Elle ressentit l'avidité avec laquelle il convoitait le miroir, et la haine qu'il ressentait à l'égard d'Ako. Le jeune homme aux yeux vairons avait pu rester des heures devant le miroir, occupé à en activer l'ouverture, alors qu'Eso s'était vu interdire l'accès à la roulotte pour la journée. Cette frustration suffisait à justifier sa tentative de meurtre sur Ako. Cette idée insuffla une bouffée de détermination à Eivy.

La jeune fille pensa au pouvoir qui bouillonnait dans son ventre et n'attendait que son aval pour surgir. Elle avait senti l'ampleur de sa propre puissance, lorsqu'elle avait embrassé Ako.

Les Kuryens n'étaient pas de taille à se mettre en travers du chemin qui la mènerait à Othea.

Un éclat de colère verte la traversa et s'imprima dans la pierre. Celle-ci concentra les sentiments malsains d'Eso, et les retourna contre lui dans un grésillement chargé d'énergie. Les yeux d'Eso se révulsèrent. Le charmeur de serpents tomba en arrière. Ses cheveux fumaient et ses membres tremblaient affreusement.

Eivy se détourna de lui et se mit à courir pour rejoindre ses amis. Elle entra en collision avec Senebert, dont le couteau glissa sous le choc.

L'herboriste lâcha les cartes qu'il tenait à la main et avança vers le magicien. Ce dernier tâtonna pour trouver son poignard, mais Eivy écrasa l'arme sous son pied. Edwin s'immobilisa devant le Kuryen et lui envoya un coup de poing en pleine mâchoire. Senebert s'effondra contre l'estrade.

— À force de fréquenter des brutes, on finit par adopter leurs manières, marmonna l'herboriste en rajustant ses lunettes.

— Comment va Alex ?

— Son état est stable, mais je dois terminer le bandage. Où est Ako ?

— Je ne sais pas, il faut que j'aille le chercher.

Il acquiesça et essuya son front en sueur avec la manche de sa chemise. Eivy lança un dernier regard au corps allongé d'Alex avant de s'éloigner.

La jeune fille se plaqua contre l'arrière de la scène. Elle se courba pour avancer sans être vue, en rasant la plate-forme. Lorsqu'elle atteignit le petit escalier permettant d'accéder à l'estrade, elle put enfin discerner ce qui se passait là-haut.

Kiam et le colossal Torny se tenaient à un mètre l'un de l'autre. Ils étaient essoufflés et avaient le visage en sang. Eivy sentit ses poings se crisper en apercevant l'arcade ouverte et la paupière tuméfiée de l'archer. Le clown était amoché, lui aussi, mais bien moins que son adversaire. Il ne fallait pas perdre de temps.

Elle poursuivit son chemin jusqu'à ce que la base du pilier rouge entre dans son champ de vision.

Jo était juste à côté. Elle fixait Kaia et son lion, qui se trouvaient à quelques pas de là. Eivy ne pouvait s'éloigner de l'estrade sans trahir sa présence.

— Attaque ! ordonna la dresseuse en faisant cingler son fouet.

Le fauve avança vers Jo, et Eivy sentit son estomac se révulser.

— Aux pieds ! hurla Kaia d'un ton sec.

Elle fit de nouveau claquer son fouet, et le lion rejoignit sa maîtresse en trottant.

— Assis !

La borgne jubilait. Elle rejeta ses boucles rousses en arrière. Son œil triomphal était rivé à ceux de Jo.

— Tu perds ton temps à essayer de m'impressionner, dit la traqueuse.

— Tu n'as pas l'air de réaliser. Si tu me touches, Rao se jettera sur toi. Si c'est lui que tu attaques, je ne donne pas cher de ta peau. Tu es coincée. Mets-toi à genoux, et peut-être que je t'accorderai une chance.

Jo renifla avec dédain.

Alors qu'Eivy observait la traqueuse, un détail lui sauta aux yeux. Où était passée sa chaîne ?

Elle finit par l'apercevoir : la jeune femme en avait enroulé l'extrémité autour de son mollet. Le reste gisait au sol, quasiment imperceptible dans la pénombre. Elle avait attaché sa chaîne au pilier rouge.

— Je commence à m'ennuyer, dit Jo. Je m'attendais à des assauts plus intéressants, de la part d'une dresseuse de fauves. Borgne et mollassonne, tu n'es vraiment pas gâtée.

L'œil de Kaia se mit à flamboyer.

— Tu es morte, gronda-t-elle.

Elle avança pour faire face à Jo et lui envoya un puissant coup de fouet. Celle-ci stoppa la lanière des deux mains avant qu'elle n'atteigne son visage. Au moment où Kaia allait tirer sur son fouet pour désarçonner Jo, cette dernière leva la jambe. Sa chaîne se tendit entre les pieds de la borgne, qui perdit l'équilibre à son tour. Jo profita de cette seconde d'inattention pour lui arracher son arme des mains.

— Assis ! ordonna la traqueuse en faisant cingler la lanière.

Le fauve obéit.

— Comment oses-tu lui donner des ordres ? Rao, attaque !

— Assis ! répéta Jo en fouettant le sol.

Désorienté, le lion hésitait entre les injonctions de sa maîtresse et celles de l'inconnue qui détenait le fouet. La prestance de la traqueuse était plus écrasante que jamais.

Eivy en profita pour se faufiler derrière le pilier rouge, et se mit à courir. Le sang battait contre ses tempes. Tandis qu'elle se ruait en direction de la roulotte de Mesfreia, la jeune fille entendit des croassements suppliants. Elle avait atteint la cage des oiseaux séquestrés par la dresseuse.

Un hurlement de rage retentit au loin et Eivy pivota. Jo avait pris l'ascendant sur le lion, qu'elle avait attaché au pilier grâce à sa chaîne. L'affront était trop grand pour Kaia. Celle-ci se jeta dans le dos de son adversaire.

La rousse déséquilibra Jo, qui bascula en avant. La traqueuse mit quelques secondes à retrouver ses esprits, et l'autre en profita pour la bloquer au sol. Kaia commença à la frapper.

Il fallait agir, et vite. Poussée par une impulsion subite, Eivy fonça vers la cage des oiseaux, qui battirent frénétiquement des ailes en la voyant approcher.

Alors qu'elle s'apprêtait à leur ouvrir, une ombre surgit et bloqua sa main. Les volatiles se mirent à piauler de plus belle. Eivy écarquilla les yeux en reconnaissant la chevelure blonde de Mulligan. Il avait une bosse sur le crâne, et un filet de sang séché sur la joue.

— Que fais-tu ici ? dit-il. Tu vas rater le spectacle que nous avons organisé en l'honneur de votre…

Il s'interrompit lorsqu'un oiseau planta son bec dans son pouce, à travers les barreaux de la cage. Le jongleur retira sa main en jurant, et Eivy en profita pour ouvrir la poignée. Elle eut à peine le temps de se jeter au sol.

Les volatiles surgirent de la cage et prirent leur envol dans un tourbillon de becs et d'ailes. Le vacarme était si assourdissant qu'Eivy dut plaquer ses mains contre ses oreilles jusqu'à ce qu'ils s'éloignent. La voix du jongleur retentit sitôt après.

— Tu n'es qu'une garce. Kaia sera furieuse en découvrant que ses plumes ont disparu.

Mulligan s'était courbé à côté d'elle, le visage déformé par la colère.

— Avant de te tuer, dit-il, je vais t'offrir un petit spectacle.

Il désigna la scène, où se battaient Kiam et Torny. L'archer était couvert de sang et semblait à bout de forces. Les énormes bras du clown fondirent sur lui et l'enserrèrent, comme pour le broyer. Kiam chancela, les yeux dans le vague. Un peu plus loin, Jo était toujours allongée à côté du pilier, et Kaia la rouait de coups.

La colère gonfla dans les poumons d'Eivy. Elle allait se ruer sur Mulligan lorsqu'un croassement lui fit redresser le nez.

Les étranges oiseaux noirs avaient envahi par dizaines le fil surplombant la scène. L'un d'entre eux piaula avant de s'envoler.

Il se posa sur les boucles rousses de Kaia. La dresseuse le chassa d'un geste du bras.

La cacophonie de croassements explosa si soudainement qu'Eivy hoqueta de surprise. Une nuée d'oiseaux se déploya et fondit sur Kaia. Ils se mirent à l'attaquer à coups de becs et de griffes.

— Jo ! cria Eivy.

La silhouette de la traqueuse émergea de la mêlée et rampa sur le côté. Aucun des volatiles ne se lança à sa poursuite. Ils s'étaient tous concentrés sur la dresseuse.

Celle-ci tenta de se redresser, mais retomba aussitôt à genoux. Enragés, les oiseaux s'accrochaient à sa chevelure, à ses bras, à ses vêtements. C'est à peine si l'on reconnaissait une forme humaine sous la masse de plumes mouvantes.

L'essaim croassait, sifflait, grognait presque. Eivy en eut des frissons. Toujours attaché au pilier, le lion rugissait en donnant des coups de patte dans le vide.

À côté d'Eivy, Mulligan s'était figé, le regard rivé à la nuée vrombissante.

Peu après l'assaut, les oiseaux se turent. Ils s'envolèrent dans le ciel, et le claquement assourdissant de leurs ailes laissa place à un silence stupéfait. À présent, un corps non identifiable était étendu à côté du pilier. L'œil de Kaia n'était plus qu'une orbite ensanglantée, et ses bras ressemblaient à une masse de chair pourpre. Eivy sentit la nausée lui monter aux lèvres.

Le lion renifla en direction de la dresseuse. Il tira si fort sur la chaîne qu'il finit par se défaire de son emprise. Le fauve se rua sur le cadavre de Kaia et l'attrapa pour le traîner plus loin dans le campement.

Torny le suivit des yeux, sidéré. Kiam en profita pour se jeter sur le clown, qu'il poussa hors de la scène. La tête de Torny cogna contre l'estrade, et il s'effondra par terre.

Hors d'haleine, Kiam s'écroula sur les planches. Eivy se leva pour lui venir en aide, mais les doigts de Mulligan se resserrèrent douloureusement sur sa nuque.

— Tu le savais, quand tu as libéré les oiseaux, murmura-t-il. Tu leur as ouvert la cage pour qu'ils s'en prennent à elle.

Le visage du jongleur était devenu gris. Eivy tenta de le frapper, mais il avait déjà entrepris de la traîner vers la scène. Les coups de pied et de poing qu'elle lui lança rencontrèrent le vide.

— Tu vas me servir de cible, ajouta-t-il. Un couteau pour chaque coup de bec qu'elle a reçu.

Elle essaya en vain de résister lorsqu'il la souleva pour la projeter sur l'estrade. Il l'y rejoignit. À demi conscient, Kiam ne réalisa même pas qu'ils se trouvaient à côté.

Mulligan la poussait contre le disque en bois lorsque ses yeux se figèrent au loin. Eivy suivit son regard. Ako avançait dans son long manteau. La pénombre assombrissait ses yeux vairons. Une rage froide bouillonnait sous les reliefs de son visage.

Angeline, qui s'était tapie derrière l'estrade pour assister au spectacle, fut la première à prendre la fuite. Senebert ne tarda pas à l'imiter. Mulligan, lui, ne bougea pas, son couteau à la main.

Ako se tourna vers le jongleur. Il s'immobilisa derrière les tabourets et s'adressa à lui d'une voix glaciale.

— Il paraît que tu es un piètre lanceur. Es-tu seulement capable de m'atteindre, d'ici ?

Le couteau du jongleur fusa vers lui. Mais, au moment où il allait le transpercer, le corps du jeune homme aux yeux vairons se brouilla et disparut.

Mulligan ouvrit grand la bouche. Ako venait de réapparaître juste devant la scène. Il adressa un sourire féroce au Kuryen.

— Et d'ici ? Est-ce encore trop loin pour toi ?

Mulligan dégaina un nouveau couteau et le prit pour cible. Le corps d'Ako se flouta avant de disparaître. Le jongleur suffoquait.

Comment effectuait-il ce tour de passe-passe ? Elle regarda partout et réalisa que la scène était nimbée d'une lumière ambrée. La jeune fille chercha la source du halo, et finit par apercevoir une silhouette quasiment imperceptible cachée dans l'ombre du pilier jaune.

C'était le véritable Ako. Il murmurait en tendant le poing, et une lueur rousse émanait de l'une de ses bagues pour venir se refléter sur scène. Il ne s'était jamais trouvé devant l'estrade. La pierre à son doigt faussait leur perception.

Mulligan tourna la tête dans tous les sens.

Une troisième illusion d'Ako apparut à quelques mètres du jongleur. Celui-ci poussa un cri et lui jeta rageusement un nouveau poignard. Lorsqu'il disparut, Mulligan tira nerveusement sur ses cheveux blonds. Il transpirait à grosses gouttes et sa respiration se faisait haletante.

C'est le moment que choisit le vrai Ako pour faire son apparition. Il approcha du flambeau, en bas de la scène, pour que son adversaire puisse le voir. Celui-ci porta la main à sa ceinture, mais il n'avait plus aucun couteau à lancer.

Le jeune homme aux yeux vairons lui fit un grand sourire.

Une grimace furieuse traversa le visage de Mulligan. Il se rua vers lui, et sauta de la scène pour l'atteindre.

Ako se décala au dernier moment pour éviter la collision. Il attrapa l'une des pierres qu'il portait autour du cou, puis la dirigea vers le brasier, et une langue de feu s'en détacha avant de foncer sur le Kuryen. La manche de Mulligan s'enflamma. Il se mit à crier et se roula par terre pour éteindre le brasier. Le jongleur ne tarda pas à prendre la fuite en hurlant de douleur.

Ako grimpa sur l'estrade.

— Il t'a blessée ? demanda-t-il à Eivy.

— Pas vraiment… et de ton côté, que s'est-il passé ?

— Mesfreia a diffusé un encens dans la roulotte afin de me maintenir dans une sorte de léthargie.

— Comment t'en es-tu sorti ?

— La cartomancienne a fini par entrer dans la pièce pour m'achever. Mais j'ai puisé des forces dans ma boucle, et je l'ai neutralisée. Elle ne nous posera plus de problème pour l'instant.

Eivy se pencha au-dessus du visage inconscient de Kiam.

Un grincement retentit dans les escaliers, et Edwin apparut sur l'estrade, essoufflé.

— Je me suis éloigné avec Alex pour finir son bandage, dit-il. Est-ce que tout le monde va bien ? Où sont les Kuryens ?

— Ils se sont enfuis, répondit Eivy. Kiam et Jo ont besoin de soins.

— Faisons vite, ajouta Ako. Le miroir est actif, mais je ne sais pas pour combien de temps, surtout avec les Kuryens dans les parages.

Tandis qu'Edwin examinait l'archer, Ako aida Jo à grimper sur scène. Le combat contre Kaia l'avait bien amochée, et elle était encore sonnée.

— L'état de Kiam n'est pas préoccupant, annonça l'herboriste, mais il est épuisé. Je vais lui donner une potion pour qu'il retrouve des forces le temps de traverser le miroir.

— Je m'occupe de la traqueuse, dit Ako en sortant une pierre de sa poche.

Eivy fronça les sourcils en voyant le teint déjà livide du jeune homme.

— Tu es sûr que tu peux te le permettre ?

— Nous n'avons pas le choix. C'est elle qui va devoir affronter Meyrin, dans le couloir. Si elle est affaiblie, c'est perdu d'avance.

Chapitre 36

Le petit groupe traversa le campement.

La nuit avait enveloppé l'anse dans un silence cotonneux, mais c'était un calme trompeur. Les nerfs à vif, Eivy tendit l'oreille. Outre le grondement des vagues, elle n'entendit que le bruit de leurs pas, la respiration saccadée d'Edwin et les gémissements d'Alex, que son épaule bandée faisait souffrir.

Elle jeta un regard en biais à ses compagnons et constata à quel point ils étaient affaiblis. La potion d'Edwin avait redonné un semblant de force à Kiam, mais c'est à peine s'il parvenait à marcher à un rythme normal. Sa paupière tuméfiée et son visage en sang témoignaient du rude combat qu'il avait mené contre Torny.

À gauche de l'archer, Edwin soutenait la silhouette vacillante d'Alex. Le gamin avait besoin de repos, mais ils ne pouvaient lui offrir ce luxe. Il fallait qu'il tienne le coup jusqu'à la roulotte. En espérant qu'aucun Kuryen ne soit tapi dans l'ombre… Eivy sentit ses épaules se crisper en pensant à ces gens sournois et à leur simulacre de spectacle.

Il ne fallait pas perdre de vue que leur principal ennemi était Meyrin, que Jo allait devoir affronter. La pierre d'énergie d'Ako avait été plus efficace sur elle que la potion d'Edwin sur Kiam. Malgré les ecchymoses et les traces de griffures, la traqueuse semblait presque vaillante, à présent. Elle était bien la seule.

Pâle comme un spectre, Ako marchait à leur tête, chancelant dans son long manteau. Déjà fatigué par l'ouverture du miroir et les manigances de Mesfreia, il avait sacrifié l'énergie qu'il lui restait pour remettre Jo sur pied. Il fallait à tout prix que la traqueuse ait vu juste, et que les pouvoirs de Meyrin soient inactifs dans le couloir.

L'avancée rocheuse mit fin aux ruminations d'Eivy. Elle devait garder la tête froide pour affronter ce qui allait suivre. La roulotte de la cartomancienne se dressait là, immobile au cœur de la nuit. Jo et Ako se faufilèrent à pas de loup sur le petit escalier, puis derrière le rideau infusé de lumière. Quelques instants plus tard, la traqueuse ressortit sur la balustrade. Elle fit signe aux autres de les rejoindre. La voie était libre.

En grimpant sur les marches, Kiam se tourna vers Eivy et lui lança un regard enthousiaste malgré son état. Ils étaient aux portes d'Othea. La jeune fille avait du mal à contenir les émotions contradictoires qui bouillonnaient en elle. Son exaltation à l'idée de rejoindre Othea se superposait à la peur d'affronter Meyrin, et à un autre sentiment lancinant qu'elle ne comprenait pas.

Quand elle pénétra dans la roulotte, Eivy s'arrêta net, les yeux rivés au miroir. Les irisations et la lumière aveuglante du cadre n'avaient pas changé. Mais la surface réfléchissante, elle, s'était transformée en une masse noire mouvante qui ondulait avec un bruit de métal en fusion. Une légère odeur de brûlé s'en dégageait.

La jeune fille resta interdite. Ako lui adressa un sourire rassurant. Il ne semblait pas surpris par l'aspect du miroir.

— Il va falloir traverser, ajouta-t-il.

Edwin et Kiam échangèrent un regard sceptique. Alex, couché sur les coussins, était trop abruti par les remèdes pour réaliser ce qui se passait. C'est l'herboriste qui finit par rompre le silence :

— Il faut que nous rentrions là-dedans ?

Ako lui adressa un signe de tête affirmatif. Les yeux de l'herboriste s'agrandirent. En le voyant, Jo soupira d'agacement. Elle non plus ne semblait pas choquée par l'apparence du passage.

— Une fois que vous aurez émergé de l'autre côté, expliqua Ako, n'essayez pas de revenir en arrière. Le passage est à sens unique.

En voyant l'expression suffoquée d'Edwin, il lui sourit malicieusement.

— Et entrez d'un seul coup si vous voulez rester entier.

Jo leva les yeux au ciel, puis se dirigea vers le miroir. Sa jambe droite, sa poitrine, ses bras et ses longues boucles brunes furent progressivement engloutis par la masse sombre. Cette dernière se mit à vibrer à son contact, mais ses ondulations placides se reformèrent dès que la traqueuse eut disparu.

Les autres assistèrent à la scène, la bouche grande ouverte. Seul Ako restait de marbre. Un long silence suivit le départ de Jo.

— Ça n'a pas l'air bien méchant, dit Kiam d'une voix sourde.

Edwin se dirigea vers les coussins, et aida Alex à se lever pour qu'il les rejoigne. L'herboriste jetait de brefs coups d'œil autour de lui, comme s'il cherchait à imprimer les détails de la roulotte dans sa rétine. Kiam se contentait de fixer ses pieds, mais son visage était grave, tendu. Ils faisaient leurs adieux à ce monde.

L'archer finit par se lancer et traversa le miroir à la suite de Jo. Edwin l'imita tout en soutenant Alex. Comme d'habitude, aider les autres lui permettait de s'oublier lui-même, et ses peurs par la même occasion.

Il n'y avait plus qu'Eivy et Ako dans la roulotte.

La jeune fille ne pouvait détacher ses yeux du miroir. Une force irrésistible l'attirait vers Othea. Elle sentait jusqu'à ses os qu'elle était faite pour ce monde. Tous ceux auxquels elle tenait venaient de traverser ce passage, ou le feraient bientôt. Plus rien ne la retenait ici.

Pourtant, un sentiment douloureux oppressait sa poitrine. Le souvenir de ses parents la prenait à la gorge. Eivy aurait tant aimé emprunter ce passage avec eux… Elle aurait voulu que sa mère n'abandonne pas et continue d'y croire. Qu'elle accepte sa fille telle qu'elle était.

Ako l'encouragea d'un hochement de tête silencieux.

Eivy serra les poings. L'heure n'était plus aux regrets. Elle avait changé, et il n'était plus question de regarder en arrière. Le miroir en face d'elle ne reflétait que la promesse de l'autre monde. Elle fit des adieux silencieux à tout ce qui n'avait pas été, et avança vers le passage.

Lorsque son pied entra en contact avec la surface mouvante, Eivy eut l'impression que sa botte pénétrait dans de la vase tiède. Sa texture était plus épaisse que de l'eau, mais assez fluide pour qu'elle puisse bouger librement. Sa jambe entière suivit son pied, puis ce fut le tour de sa poitrine, de ses épaules et du reste de son corps.

Elle eut à peine le temps de sentir l'étrange fluide envelopper ses oreilles.

La masse mouvante se transforma en pluie torrentielle. Le débit jaillissait de nulle part, pilonnant le crâne d'Eivy, et la trempant de haut en bas. Elle ouvrit les paupières et de l'eau ruissela dans ses yeux. Son champ de vision se résumait à une immense effusion cristalline. Un martèlement assourdissant avait remplacé le silence de la roulotte.

Elle hâta le pas pour s'éloigner de l'avalanche liquide.

Lorsque l'averse cessa, Eivy se tourna et réalisa qu'elle venait d'émerger d'une cascade. Un peu sonnée, la jeune fille pivota à nouveau pour voir ce qui lui faisait face.

Elle écarquilla les yeux.

Un ciel d'un bleu pur surplombait l'horizon. En dessous, une étendue de sable humide entrecoupée d'étangs se déroulait à perte de vue. Ce paysage était lisse et brillant comme un miroir. L'or du soleil se reflétait si nettement dans les bassins liquides qu'ils ressemblaient à des flaques de ciel.

Un massif finement ciselé se dressait au loin, contrastant avec la platitude hypnotique de l'horizon. Là-bas, une cascade similaire à celle qu'Eivy venait de quitter s'élançait, blanche et vaporeuse comme du verre poli. Une symétrie étrange reliait ces deux chutes d'eau.

— C'est donc à ça que ressemble Othea…, murmura-t-elle.

Elle se sentait étrangement légère, presque vacillante. Une ombre masqua son visage. Ako venait de traverser. Il posa une main sur l'épaule d'Eivy pour l'aider à retrouver l'équilibre.

— Nous ne sommes pas à Othea, mais dans le couloir. Cet endroit n'a pas de localisation tangible. Ta présence est bien réelle, la mienne aussi, ainsi que celle des autres. Mais le paysage qui nous entoure n'est qu'une projection, ne l'oublie jamais.

— Facile à dire, ronchonna la voix de Jo. Me balader dans un miroir, passe encore, mais être trempée jusqu'aux os, j'aurais préféré éviter. Je ne suis pas près d'oublier le coup de la cascade, vous pouvez me croire.

À quelques mètres d'eux, la traqueuse était en train d'essorer ses cheveux bruns. Eivy réalisa qu'elle-même était mouillée de la tête aux pieds, mais, curieusement, elle ne ressentait pas le froid. Cette idée avait quelque chose de déstabilisant.

Ako regarda la traqueuse un instant, vaguement agacé, puis se détourna afin de fouiller dans son sac. Il attrapa un mouchoir blanc qu'il tendit à Jo pour l'aider à se sécher. Eivy baissa les yeux, mal à l'aise, puis les releva pour observer la jeune femme. Une expression courroucée plissait son front et contractait sa mâchoire. Pourquoi semblait-elle si nerveuse ?

À cause de Meyrin, bien sûr. Eivy se souvint soudain du démon que Jo allait devoir affronter. Elle était tellement désorientée, en arrivant dans le couloir, qu'elle avait oublié le péril qui les guettait. On ne pouvait en vouloir à la traqueuse d'être sur les nerfs.

Une voix familière détourna son attention.

— De l'eau sur un bandage fraîchement posé ! pestait Edwin en fouillant dans sa sacoche. Il va falloir que j'arrange ça.

L'herboriste et son petit patient se trouvaient non loin de là. Les trombes d'eau avaient visiblement extirpé Alex de sa torpeur. Il regardait ce qui l'entourait d'un air hagard. Kiam était avec eux. La cascade s'était chargée d'éliminer une bonne partie du sang qui couvrait son visage.

— Bien, déclara Jo en marchant vers Ako. Tout ce petit monde est arrivé à bon port, toi et moi allons pouvoir…

Elle s'interrompit en apercevant l'expression du jeune homme aux yeux vairons. Celui-ci tendait la main pour lui faire signe de se taire. Il semblait concentré, comme s'il essayait de discerner un bruit imperceptible.

Eivy l'imita, et ne tarda pas à ressentir une légère secousse. Une onde dessinait un réseau de rides à la surface du lac le plus proche, jusque-là parfaitement immobile.

— Que se passe-t-il ? bredouilla Edwin.

L'étendue liquide se mit à vrombir. Une gerbe d'eau jaillit de l'étang dans un vacarme étourdissant, s'éleva dans les airs, puis retomba d'où elle venait, laissant derrière elle un nuage de vapeur. Comme un effet rebond, une autre explosion détona, à quelques mètres de la première.

Ako ferma son sac et se redressa. Ses cheveux mouillés par la cascade accentuaient son teint livide. Il avait l'air à bout de forces.

— C'est ce que je craignais, dit-il, le couloir risque de se désintégrer. Les Kuryens essaient de se venger en détruisant le miroir. S'il s'agit d'Angeline ou de Senebert, nous ne risquons pas grand-chose : le passage est protégé par des enchantements puissants. Mais si c'est Mesfreia qui est derrière tout ça, elle finira par trouver un moyen de le briser. Nous devons appliquer notre plan sans perdre de temps.

— Voilà une bonne idée, grogna Jo.

— Quel est le plan ? demanda Kiam.

Jo montra du doigt le massif lointain.

— Il est tout simple. Vous marchez tous les quatre jusqu'à la cascade, là-bas. Il vous suffira de traverser la chute d'eau pour sortir du couloir et rejoindre Othea. Ako et moi, on reste pour se charger de Meyrin.

Eivy se raidit. Son regard croisa celui d'Ako, qui hocha la tête en signe d'assentiment. C'est Alex qui rompit le silence.

— Meyrin est trop fort, vous avez besoin de nous !

— J'aurai surtout besoin de ne pas vous avoir dans les pattes, trancha Jo.

L'herboriste observait la scène, perplexe.

— Je peux me battre, intervint Kiam, et Edwin vous soigner en cas de blessure. On reste avec vous. Les deux autres iront à la cascade et nous attendront là-bas.

Eivy crut qu'elle allait lui faire avaler la chaîne de Jo. La traqueuse inspira une grande bouffée d'air pour se calmer, et se tourna lentement vers lui.

— Passons sur le fait que tu sois à moitié éclopé depuis ton combat avec le clown. Il faut que je sois seule pour pouvoir m'approcher de Meyrin. Ça ne va pas être évident de garder assez de distance tout en utilisant Ako comme appât, alors évitez de me compliquer la tâche.

Les dernières paroles de la traqueuse remuèrent les tripes d'Eivy. Elle réalisa qu'Ako la scrutait depuis le début de la discussion.

— Viens voir une minute, lui dit-il en désignant la cascade, derrière eux.

Ils s'éloignèrent en direction de la chute d'eau, dont le bruit se fit plus intense. Le jeune homme s'arrêta derrière une avancée rocheuse qui les dérobait à la vue. Ils se regardèrent pendant quelques secondes sans rien dire. Puis Eivy parla d'une voix tendue :

— Je peux t'aider à combattre Meyrin et tu le sais.

— Ce n'est pas un homme, tu sous-estimes sa puissance.

— C'est toi qui sous-estimes la mienne. Donne-moi une pierre, et je l'utiliserai contre lui.

Un bruit de craquement leur fit tourner la tête. Un gros bout de roche se détacha du massif et percuta le sol avant de rouler sur quelques mètres. Au froncement de sourcils d'Ako, elle comprit qu'il n'allait pas tarder à mettre un terme à leur conversation.

— J'ai une autre mission pour toi, Eivy. Elle est peut-être plus subtile qu'un affrontement avec Meyrin, mais son importance est tout aussi cruciale pour moi.

Le jeune homme décrocha la boucle en cristal qui pendait à son oreille et la lui tendit.

— Prends-la. Tu me la rendras quand on se retrouvera à l'entrée d'Othea.

— Tu vas en avoir besoin.

— Elle ne me sera d'aucun secours contre lui, et je sens que c'est toi qui dois la garder. Tu voulais te rendre utile, alors cache-la pour moi. Entre nous, après ce que j'ai fait à Meyrin, je n'ai pas envie qu'il ait accès à mon cristal. Imagine qu'il soit tenté de me réserver le même sort.

La jeune fille frissonna à cette idée et tendit la main pour attraper le fermoir du bijou. Elle le leva afin d'observer la lueur bleue qui scintillait au cœur du cristal. Les doigts d'Ako se refermèrent aussitôt sur la boucle.

— Sois discrète. Les autres ne doivent pas savoir que je te l'ai confiée. Si Meyrin arrive à contrôler les pensées de Jo et qu'elle sait où se trouve la goutte, elle risque de le lui révéler.

L'angoisse enfla dans la poitrine d'Eivy.

— Je croyais qu'il ne pouvait pas se servir de sa magie, dans le couloir.

— La traqueuse a l'air de le penser. Moi, je n'en suis pas convaincu. Mes pouvoirs sont inactifs depuis que j'ai traversé la cascade, mais je suis humain. L'enveloppe charnelle de Meyrin a été altérée. Qui sait ce qu'il adviendra de sa puissance, ici ? Peut-être sera-t-elle réduite à néant, peut-être pas. Mais c'est un risque que je suis prêt à courir pour en finir avec tout ça.

Eivy accusa le coup. Ako lui adressa un sourire triste. Ses doigts frôlèrent sa joue pour aller se perdre dans sa chevelure. Il l'attira et la serra dans ses bras. Eivy ferma les yeux pour profiter de son contact avant qu'il s'éloigne. C'était déchirant de le sentir si vivant, tout en sachant que son existence ne tenait plus qu'à un fil.

Il se pencha pour murmurer à son oreille :

— Merci de m'avoir ouvert les yeux, je crois que j'étais en train de me perdre.

Elle redressa le nez, interloquée.

— Que veux-tu dire ?

— Il y a certaines choses, chez moi, que tu refuses de voir. Pourquoi crois-tu que mes yeux deviennent gris quand j'ôte la vie à quelqu'un ? Parce que la lumière s'échappe un peu plus de moi à chaque fois. J'utilise l'enchantement du cercle de pierres pour tuer sans que mon énergie se transforme, et grâce à lui, mon œil droit n'est jamais devenu gris. Cela me donne l'illusion de me distinguer de Meyrin, alors qu'au fond, je ne fais que lui ressembler.

— Tu n'as rien à voir avec lui.

— Meyrin n'était pas aussi cruel quand il avait notre âge, c'est son pouvoir qui l'a rendu ainsi. Si tu savais comme je t'ai enviée, Eivy. Ton don insuffle la vie aux gemmes, alors que le mien, comme le sien, est lié à la manipulation et à la mort. C'est peut-être ça, la véritable malédiction de Meyrin. Mais toi, tu es une survivante, comme ma mère l'était. Tu as ça dans les tripes. Je sais que tu t'en sortiras à Othea.

Eivy ne sut quoi lui répondre, bouleversée par ses paroles.

Un pan de roche entier se détacha et s'effondra dans la cascade. En tombant, il fit gicler de l'eau, qui éclaboussa leurs pieds.

Ako s'écarta d'elle. Ses yeux étaient animés par un sentiment d'urgence. Il lui tendit sa paume, où se cachait le cristal. Eivy ouvrit sa montre à gousset d'une main tremblante. Le jeune homme cacha la boucle dedans avant de refermer le médaillon. Puis il rabattit ses cheveux devant son oreille pour dissimuler l'absence de la pierre.

— Prends-en soin, tu me la rendras à Othea.

Eivy enfouit la chaîne de sa montre sous sa chemise. Elle la camoufla juste avant que la silhouette de Jo n'émerge du massif. La traqueuse les dévisagea avant de lancer :

— Je ne sais pas si vous avez oublié, mais il nous reste quelque chose à faire, avant Othea. Je veux bien être patiente, mais mes nerfs ont leurs limites.

Ils se résignèrent à rejoindre les autres.

La jeune fille avait du mal à rester concentrée sur ce qu'ils avaient à faire. Sa conversation avec Ako la hantait.

Jo s'approcha d'elle tandis que le jeune homme aux yeux vairons échangeait quelques mots avec Edwin. Le visage de la traqueuse était plus déterminé que jamais. La cicatrice qui barrait son sourcil renforçait la férocité de son expression.

— Alors, ça y est, dit Eivy. Ton grand moment est venu.

— L'heure de la vengeance a sonné. Ce sera juste lui et moi. Je ne suis pas douée pour les adieux, ma grande. Profite d'Othea, et reste toujours sur tes gardes.

— Tu n'as pas besoin de me faire tes adieux, on se reverra. Ne le laisse pas t'atteindre. Fais-lui mordre la poussière.

— Compte sur moi.

Edwin, Kiam et Alex rejoignirent Eivy. Il était temps d'y aller. Alors que le petit groupe commençait à s'éloigner, elle jeta un dernier regard à Ako. Il lui sourit, et l'expression lumineuse d'Artan éclaira son visage.

Un mauvais pressentiment la gagna, et la jeune fille détourna les yeux pour ne pas laisser la peur la figer sur place. Eivy devait respecter son choix.

Ils progressèrent sur le sable qui bordait les étangs. Une vibration faible mais régulière faisait onduler la surface de l'eau. Le massif se rapprochait peu à peu. La cascade s'y élançait, évanescente comme un fantôme.

Une nouvelle gerbe liquide explosa dans l'un des bassins. Edwin accéléra le pas. À ses côtés, Alex marchait difficilement, pestant et grimaçant à chaque mouvement brusque. Kiam accusait le coup, lui aussi. Il n'avait pas prononcé un mot depuis leur départ. Eivy, elle, n'arrivait pas à étouffer la petite voix qui lui intimait de faire demi-tour.

Sans savoir pourquoi, elle revit Ako tendre son mouchoir à Jo pour qu'elle puisse sécher ses cheveux. Une pointe douloureuse vint taquiner son estomac au souvenir de cette scène. Pourquoi avait-elle l'impression de passer à côté de quelque chose, de faire une erreur à chaque pas qui l'éloignait des deux autres ?

Il fallait qu'elle arrête de se ronger les sangs.

Jo était une traqueuse expérimentée, elle pouvait l'emporter contre Meyrin. Depuis des années, elle n'avait vécu que pour préparer cette vengeance. *Ce sera juste lui et moi*, avait-elle dit à Eivy avant son départ. Lorsqu'elle avait prononcé ces mots, plus que de la détermination, c'était de la jubilation qui brillait dans ses yeux. La traqueuse n'avait pas peur de Meyrin : elle souhaitait ardemment provoquer ce face-à-face. Il fallait lui faire confiance.

Même pour Ako, la situation pouvait être salvatrice. Le couloir restait sa meilleure chance de se débarrasser de Meyrin. Il savait qu'il devait regarder la réalité en face, affronter le danger afin d'y mettre un terme.

Et toi, Eivy, quand vas-tu enfin ouvrir les yeux ?

Cette pensée avait surgi de nulle part, et la jeune fille fut prise d'un haut-le-cœur. Elle se traîna jusqu'à l'étang le plus proche, s'agenouilla au bord de l'eau, puis regarda son visage tourmenté se refléter dans le bassin ridé. Kiam ne tarda pas à la rejoindre. Il posa une main sur son épaule.

— T'en fais pas, ils vont s'en sortir.

Eivy l'écoutait à peine. Courbée au bord de l'étang, elle repensait à Mirtie, blottie dans la crevasse du mur, le regard rivé sur l'eau de la douve. C'était avant la nuit tragique de sa mise à mort. Ce matin-là, la fillette voulait qu'Ako et elle aillent graver leurs noms dans l'écorce d'un vieux chêne. *Juste toi et moi*, avait-elle dit.

Mirtie avait ensuite confié son bonnet à Ako, tout comme celui-ci avait tendu son mouchoir blanc à Jo, devant la cascade. Eivy comprit soudain pourquoi ce détail l'avait dérangée. On aurait dit qu'il rendait son bonnet à la petite lingère.

Ce sera juste lui et moi.

Eivy en eut le souffle coupé. Le malaise qui lui tordait le ventre éclata au grand jour, et les images défilèrent dans sa tête comme si elle les voyait pour la première fois. Les allures de garçon manqué de Mirtie... La robe de lingère qu'elle retroussait pour pouvoir crapahuter librement... Son franc-parler... Ses bras croisés dans une attitude de défi...

Eivy connaissait enfin les traits de la fillette au visage de brume. Par miracle, elle avait survécu, cette nuit-là, dans la douve, et elle était revenue pour se venger.

Eivy se leva d'un bond, le cœur battant et la respiration saccadée. Kiam et les deux autres la regardèrent comme si elle avait perdu la raison.

— Jo n'est pas celle qu'elle prétend. Ce n'est pas Meyrin qu'elle veut tuer, c'est Ako. Il faut le prévenir !

L'archer et l'herboriste échangèrent un coup d'œil inquiet. Ils ne la croyaient pas.

— J'ai vu des bribes du passé d'Ako ! Il y avait cette fillette dont le visage était masqué, parce qu'il ne voulait pas s'en souvenir. C'était trop douloureux pour lui, il se croyait responsable de sa mort. Sa mémoire a occulté son image pour qu'il n'en souffre plus. Mais c'était Jo, j'en suis certaine.

À leur expression perplexe, la jeune fille comprit que ses explications étaient tout sauf convaincantes. Hélas, elle n'avait pas le temps de rassembler ses idées. Ako courait un danger bien plus insidieux que celui auquel il s'était préparé.

— Eivy, répondit Edwin, entre l'attaque des Kuryens et cet endroit pour le moins étrange, tu as passé une journée très éprouvante. Je vais te donner un remède qui va t'aider à te calmer, et une fois à Othea, tu pourras t'offrir une bonne nuit de sommeil.

Elle recula d'un pas.

— Je ne délire pas. N'avez-vous jamais trouvé Jo un peu bizarre ?

Elle fouilla dans ses souvenirs, et se rappela le jour où la traqueuse s'était assise à côté de la malle aux vêtements, devant la roulotte. *Il ne suffit pas d'enfiler les vêtements d'un homme pour en avoir l'air,* avait-elle dit. *Il faut aussi jouer sur le contexte : si tu montres aux gens ce qu'ils s'attendent à voir, ils se poseront moins de questions.* Pourquoi les paroles de Jo avaient-elles mis Eivy mal à l'aise ? La traqueuse portait cette cicatrice, au sourcil droit. À qui cela lui avait-il fait penser, le jour de leur rencontre ?

Elle eut l'impression que son cœur dégringolait dans sa poitrine.

— Le muet. Celui qui a rejoint le *Red Stone* lors de la dernière escale. Il nous regardait partir, le soir de notre fuite. Pourquoi ne m'en suis-je pas rendu compte plus tôt ! Sous son grand chapeau et ses couches de vêtements, c'était Jo. Elle sait se grimer, se faire passer pour un homme, mais elle n'a pas pensé à masquer sa cicatrice.

Eivy écarquilla les yeux.

— C'est elle qui a lancé la malédiction de Meyrin sur Ako. Et, le soir de notre départ, elle a pris un canot pour nous suivre jusque sur Salberune.

Un arrière-goût amer remonta le long de sa gorge. Sous ses apparences franches et désinvoltes, Jo les manipulait depuis un bon bout de temps.

— C'est vrai que le muet n'enlevait pas son chapeau, dit Alex. On a passé deux mois avec lui, et j'ai jamais vu sa tête dégagée.

— Ne l'encourage pas! siffla Edwin.

Alors qu'une nouvelle secousse faisait onduler l'eau de l'étang, l'herboriste tendit une fiole à Eivy. Elle la repoussa sèchement. Kiam, lui aussi, avait l'air dubitatif.

La jeune fille insista:

— Jo elle-même m'a dit que les pouvoirs de Meyrin devraient être inactifs dans le couloir, et ils sont de la même nature que ceux d'Ako. Il ne peut pas non plus utiliser les siens, ici. C'est pour ça que Jo a attendu qu'on soit dans le couloir avant de l'attaquer. Pour qu'Ako n'ait aucune chance de se défendre!

— Désolé, dit Kiam, mais je comprends vraiment rien à ton histoire.

Eivy n'avait pas de temps à perdre en tergiversations. L'archer était moins vif que d'habitude à cause de son combat contre Torny. Elle pourrait partir en courant sans qu'il puisse la retenir.

Elle allait s'élancer lorsque le sol trembla violemment. L'eau du bassin le plus proche tangua, et une vague vint lécher ses pieds. Le ciel se mit à osciller comme un jouet que l'on secoue. Eivy en eut le tournis. Elle eut à peine le temps de se camper sur ses jambes pour retrouver son équilibre.

Un craquement remonta des profondeurs de la terre. Il vibra dans tout son corps, et elle tomba en avant. Haletante, Eivy se recroquevilla tandis que le sable continuait de tressaillir, menaçant de s'ouvrir pour la précipiter dans le vide.

Pendant quelques secondes qui semblèrent durer des heures, elle eut l'impression que tout était fini, mais le couloir se stabilisa. La jeune fille leva le nez. Ses amis étaient allongés à quelques mètres. Ils étaient terrorisés, mais sains et saufs.

Elle se redressa pour constater l'étendue des dégâts.

Loin sur sa gauche, une longue déchirure parcourait le sol et reliait les deux cascades. Un nuage de poussière s'en dégageait.

Les yeux ronds, Eivy scruta la fissure. Les Kuryens semblaient bien décidés à détruire le miroir. *Si c'est Mesfreia qui est derrière tout ça, elle finira par trouver un moyen de le briser*, avait dit Ako. Il n'y avait plus une minute à perdre.

Son regard se posa sur la chute d'eau la plus proche. Othea se cachait là, à quelques centaines de mètres.

De l'autre côté, il y avait Jo et Ako.

Eivy glissa sa main tremblante sous sa chemise et toucha sa montre à gousset, où se cachait la boucle du jeune homme.

Ils avaient mis dix minutes pour venir jusqu'ici en marchant. Si elle se dépêchait, elle pourrait rejoindre leur point de départ rapidement.

Elle se mit à courir sur le sable mouillé.

Chapitre 37

— Eivy ! hurla la voix de Kiam, derrière elle.

La jeune fille s'immobilisa, le corps trempé de sueur. Sa respiration était haletante et ses poumons douloureux. Elle tenta de retrouver son calme. La première cascade était toute proche. Elle avait couru aussi vite que le lui permettaient ses jambes, sans se retourner.

Lorsqu'elle pivota pour faire face à l'archer, elle le découvrit éreinté, le souffle court et le regard orageux. Il avait réussi à la rattraper malgré ses blessures.

— Où sont Edwin et Alex ? demanda-t-elle.

— Je leur ai dit de traverser l'autre cascade. Qu'est-ce qui te prend ? T'es en train de risquer nos vies pour une lubie sans queue ni tête !

— Je ne t'ai pas demandé de me suivre.

Ils furent interrompus par un cri suivi d'un bruit sourd en provenance de la cascade. On aurait dit le raclement d'une chaîne sur de la pierre. Ils se précipitèrent en direction de la chute d'eau. C'est derrière un rocher qu'ils les découvrirent.

Jo brandissait sa chaîne des deux mains, le regard incandescent. Ako se tenait face à elle, désarmé. Une estafilade sanglante barrait sa joue, mais il ne semblait pas s'en soucier. Ses yeux étaient rivés à ceux de la traqueuse. Il la fixait d'un air étrange, comme s'il la voyait pour la première fois.

Jo fit cingler sa chaîne, mais Ako était trop sonné pour réagir. Eivy sentit son ventre se liquéfier.

— Qu'est-ce que tu fabriques ? s'exclama Kiam en avançant vers eux.

Surprise, Jo posa ses yeux sur les deux intrus. Ses prunelles s'assombrirent. Elle brandit sa chaîne, et l'archer s'immobilisa. Une lame à bout tranchant était fixée à l'extrémité des maillons.

— Il fallait que vous veniez fureter ici, hein ? Soyez mignons, et laissez-nous tranquilles. J'ai quelque chose à régler avec lui.

Kiam lança un regard stupéfait à Eivy. En le voyant, Jo leva les yeux au ciel.

— Ne fais pas l'hypocrite, dit-elle. Tu détestes ce type depuis le jour où tu l'as rencontré. Au fond, tu seras bien content d'être débarrassé de lui. Ne te mêle pas de ce combat qui n'est pas le tien.

Les poings de Kiam se contractèrent.

— C'est vrai, je l'aime pas, mais toi, tu me dégoûtes. Tu nous as menti pendant des jours. Je sais pas quel est ton problème avec lui, mais t'as eu des dizaines d'occasions de l'affronter à la loyale. Au lieu de ça, tu l'as attiré dans un endroit où il peut pas se servir de ses armes. Tu l'as laissé te refiler toute son énergie avant de l'attaquer. J'appelle pas ça combattre un homme, mais le piéger comme un rat.

Une lueur blessée traversa le regard de Jo. Pour la première fois depuis leur arrivée, Ako tourna la tête vers Kiam.

— Va-t'en, je n'ai pas besoin d'aide.

— Oh, pas si vite, intervint la traqueuse. Tu entends ça, Ako ? Tes nouveaux amis me pensent perfide. Ils s'imaginent que je t'ai menti, piégé, floué. Et si tu leur racontais ce que toi, tu as été capable de faire à une gamine sans défense ?

Ako la scruta de nouveau comme s'il voyait un fantôme. Il secoua la tête et parla d'une voix sourde.

— Est-ce vraiment toi ? Comment as-tu pu t'en sortir ?

Jo planta son regard dans le sien, et son expression douloureuse se mêla à une sorte de haine, de fureur qu'Eivy ne lui connaissait pas.

— Tu n'en crois pas tes yeux, n'est-ce pas ? Il faut dire que tu avais bien calculé ton coup, ce soir-là, quand tu m'as traînée au-dessus de la douve. Lorsque j'ai atterri dans l'eau, le crocodile était à quelques mètres de moi, prêt à m'engloutir. Mais il y a un détail auquel tu n'avais pas pensé. Je ne suis pas tombée seule.

Ako fronça les sourcils.

— La pierre, ajouta Jo. Celle avec laquelle tu m'as hypnotisée. Elle m'a accompagnée dans ma chute. Lorsqu'elle s'est enfoncée dans la douve, elle s'est mise à briller d'un éclat aveuglant. Ses facettes ont projeté des reflets dans les eaux noires, éblouissant tout alentour, même la sale bête à laquelle tu me réservais. Je me suis souvent demandé pourquoi elle avait irradié ainsi. Toujours est-il que ces quelques secondes de battement m'ont sauvé la vie.

Eivy repensa à la lueur qui était apparue lorsque Neil avait sauté dans les flots. Selon Ako, cette réaction lumineuse était fréquente, quand une pierre magique entrait au contact de l'eau.

Les yeux féroces de la traqueuse se remplirent de larmes.

— J'ai émergé de la douve, et je me suis accordé un seul cri d'effroi. J'étais piégée, terrorisée, promise à une mort atroce, mais ma tante m'avait appris à réagir dans l'urgence de la survie. Grâce à elle, au lieu de sombrer dans la panique, j'ai ouvert les yeux et cherché une issue.

— Il n'y avait aucune issue, dit Ako d'une voix blanche.

— Vraiment ? La muraille était trop lisse pour être escaladée, et la rive trop lointaine. Je n'aurais pu l'atteindre sans me faire dévorer. Mais tu oublies les sorties d'égout qui longeaient la douve.

Ako écarquilla les yeux.

— Un homme n'aurait jamais pu s'y faufiler, continua Jo, mais une gamine de douze ans, si. L'un des trous était tout proche. J'ai nagé vers lui, et je me suis désespérément hissée à l'intérieur. C'était minuscule, obscur et nauséabond, mais j'avais au moins échappé au monstre.

Le regard de la traqueuse était noir de haine. Suspendu autour de son cou, l'œil du typhon semblait refléter la menace orageuse qui émanait d'elle.

— J'ai passé trois jours à attendre la mort, le cœur crevé, dans ce trou puant et infesté de rats. Si j'avais sauté dans la douve, le crocodile n'aurait fait qu'une bouchée de moi. Si j'avais remonté le tunnel jusqu'au château, Meyrin et son petit héritier auraient bien vite été informés de ma survie. Je n'avais aucun allié dans ce domaine où tu m'avais convaincue de rester pour mieux pouvoir me piéger.

À ces mots, les paupières d'Ako tressaillirent.

— Continue, demanda-t-il.

— Pendant ces trois jours, la terreur oppressait ma poitrine à chaque instant. La faim n'a pas tardé à la rejoindre. Cela devenait insupportable. Alors, j'ai commencé à penser à autre chose. À mon bonnet, que tu avais déposé dans les souterrains pour faire croire à ma fuite. À la brutalité avec laquelle tu m'avais traînée au bord de la plate-forme. Aux mots prononcés par Meyrin : *tu t'es engagé à la tuer*. C'était ça le pire. La manière dont tu m'avais manipulée froidement pour impressionner ton père, pour lui prouver ta valeur. Je me suis promis que si, par miracle, je sortais de là vivante, je consacrerais le reste de ma vie à te traquer.

Eivy ne put se contenir plus longtemps.

— Tu te trompes ! J'ai tout vu, et les choses ne se sont pas passées comme tu l'imagines…

Ako l'interrompit d'un signe de la main.

— Laisse-la parler, Eivy. Je veux entendre son histoire jusqu'au bout.

Le regard de la traqueuse n'avait pas quitté celui d'Ako.

— Une nuit, trois jours après, il y a eu un incendie. Cachée dans mon trou, j'ai d'abord entendu des cris, des craquements, des explosions. Puis j'ai senti la fumée et aperçu les flammes se refléter dans l'eau. Je ne savais pas ce qu'il se passait exactement, mais une chose était sûre : il y avait de la panique dans l'air. J'y ai vu un signe. J'avais enfin une chance de rejoindre le château tout en passant inaperçue.

Un sourire amer anima le visage de Jo.

— J'ai remonté le tunnel et émergé dans la cour. Comme je l'avais espéré, l'affolement était à son comble. Le château brûlait, et tout ce petit monde prenait ses jambes à son cou. Personne n'a fait attention à moi. J'ai profité de la confusion pour me glisser à l'arrière d'une charrette, qui a aussitôt démarré afin de quitter le château. Elle a cahoté des heures jusqu'à son arrivée en ville, et c'est là que je suis descendue.

Ako semblait abasourdi.

— J'ai vite appris que Meyrin était tombé. Tout le monde ne parlait que de ça, même si personne ne savait exactement ce qui s'était passé. Le bruit courait que son héritier avait pris la fuite, délaissant le château. Aux yeux de la ville entière, c'était une dynastie de terreur qui prenait fin. Pour la première fois de ma vie, l'ombre de Meyrin n'était plus sur mes traces. Plus besoin de fuir ni de me cacher. J'aurais dû me sentir libérée, mais ce ne fut pas le cas. Je savais que je ne connaîtrais la paix que lorsque je me serais vengée de toi. Alors, j'ai pris la route, survivant grâce aux précieux enseignements de ma tante. Voilà comment je suis passée de traquée à traqueuse.

Ils échangèrent un long regard. La colère brillait dans les yeux de Jo, et la sidération dans ceux du jeune homme. Quelques rochers se détachèrent du massif et roulèrent au sol, sans parvenir à mettre un terme à leur confrontation silencieuse.

Au bout d'un moment, l'expression d'Ako se métamorphosa, et un sourire lumineux éclaira son visage.

— C'est donc vraiment toi. Je suis tellement heureux que tu t'en sois sortie.

Pendant une seconde, Jo parut troublée, mais elle ne tarda pas à se révulser. Elle eut un mouvement de recul, comme s'il venait de lui mettre une gifle.

— Ne joue pas à ça avec moi. Nous voyageons ensemble depuis des jours, et tu ne m'as pas accordé le moindre signe d'intérêt. Oh, je savais bien que tu ne me reconnaîtrais pas, j'ai beaucoup changé. Mais une telle indifférence… Pas une seule hésitation, aucune trace de doute dans ton regard.

Une nouvelle secousse fit trembler le sol.

— Je te croyais morte… Mirtie, ça va te paraître insensé, mais je n'ai jamais voulu te tuer. J'ai essayé de te sauver et j'ai échoué. Rejoignons Othea, je t'expliquerai tout une fois là-bas. Nous ne sommes pas en sécurité ici.

Les doigts de la traqueuse se crispèrent sur sa chaîne.

— Quitter le couloir pour que tu puisses à nouveau disposer de ta magie ? Me prends-tu pour une idiote ?

Un rictus venimeux étira les lèvres de la jeune femme. Eivy réalisa qu'elle devenait hors de contrôle. Pendant toutes ces années, elle n'avait vécu que pour sa vengeance. La haine l'habitait depuis trop longtemps. Elle s'était construite avec elle.

— Il dit la vérité, dit tout de même Eivy. J'ai vu des bribes de son passé pendant l'ouverture du miroir. Ako a vraiment essayé de te venir en aide. Il voulait s'échapper du château avec toi, mais ce n'était qu'un gamin, et il n'a rien pu faire contre Meyrin.

Jo se tourna vers elle, les sourcils arqués dans une expression caustique. Elle pivota à nouveau vers Ako.

— Eivy est d'une fidélité à toute épreuve, railla-t-elle. Je me demande à quel point elle se leurre sur les raisons de ta présence à ses côtés. C'est fou l'influence que tu peux avoir sur les filles. Il faut dire que tu sais t'y prendre, pour manipuler ton monde. Sais-tu que pour te sauver, elle a résisté à l'emprise de Meyrin, dans la forêt ? Elle a préféré courir vers la falaise plutôt que de trahir son beau capitaine.

Pourquoi Jo prétendait-elle qu'elle se leurrait ?

— T'as vu Meyrin ? s'exclama Kiam en se tournant vers Eivy.

— Je t'expliquerai plus tard.

— Comment es-tu au courant ? demanda Ako, dont le regard était toujours rivé sur la traqueuse.

— Quand elle s'est enfoncée dans la forêt, ce matin-là, j'ai compris que Meyrin l'attirait au loin pour la manipuler. Alors, je l'ai laissée partir. Je me suis dit qu'il serait amusant de te voir mourir à cause d'Eivy. Mais il a fallu qu'elle résiste, et il a décidé de l'éliminer. Quand je l'ai vue courir, derrière les arbres, j'ai avancé pour mettre fin à l'emprise que Meyrin avait sur elle. Tu es le seul dont je souhaite la mort.

Ako ne souriait plus.

— Tu étais sur le *Red Stone*, murmura-t-il. C'est toi qui as mis Meyrin à mes trousses, pendant la tempête.

— J'aurais pu te tuer, cette nuit-là, quand tu as perdu connaissance à la barre. J'ai été tentée. Mais je ne regrette pas d'avoir lancé la malédiction comme prévu. Le spectre de Meyrin aux trousses de son petit héritier, quelle ironie ! Je n'aurais pu imaginer de meilleure vengeance. Le plus difficile a été d'approcher un Dragoard pour récupérer l'œil du typhon, et ainsi obtenir ta confiance. La seule arme capable d'anéantir Meyrin, comment aurais-tu pu résister ?

Le regard d'Ako devint glacial.

— La haine te consume. Il n'y a plus trace de mon amie d'enfance, en toi.

Jo allait riposter quand un puissant séisme ébranla le sol. Sa violence était telle qu'Eivy fut projetée à terre. Le massif craqua, et une vague de pierres déferla sur la cascade.

La jeune fille enfouit sa tête dans ses bras. Le rugissement tonitruant de la terre emplissait ses oreilles, cognait contre ses tympans, faisait trembler chaque fibre de son corps. Le monde qui l'entourait n'était plus qu'une gueule béante au souffle sec et furieux.

Au bout de quelques secondes, le vacarme finit par s'éteindre.

Le sol était toujours là, ferme et entier contre son flanc, mais elle était incapable de bouger. Une terreur sourde engourdissait chacun de ses muscles. Lorsqu'elle émergea dans le nuage terreux qui avait englouti les environs, elle aperçut Kiam, couvert de poussière.

— On s'en va, dit-il.

Eivy se redressa et jeta un coup d'œil alentour. Les rochers de la cascade étaient meurtris, dévastés. De nombreuses pierres gisaient dans l'eau, témoignant de la violence du séisme. Un pan de roche craqua et vint rejoindre les débris dans un bruit sourd.

Elle frotta ses yeux irrités par la poussière.

À quelques mètres d'elle s'étirait à présent une immense crevasse. Sa profondeur vertigineuse était encore plus impressionnante que sa longueur. La fissure s'ouvrait sur les entrailles de la terre, et descendait par paliers sur plusieurs dizaines de mètres. On aurait dit un ravin creusé entre deux falaises.

— Où sont Jo et Ako ?

Kiam passa la main dans ses cheveux, l'air perplexe.

— Reste loin du massif, finit-il par répondre. Je vais jeter un coup d'œil dans les environs. Si je les trouve pas rapidement, faudra qu'on parte sans eux. Les secousses sont de plus en plus violentes. La prochaine aura notre peau.

Eivy déglutit, la gorge nouée. Tandis que l'archer s'éloignait vers la cascade, elle s'approcha de la crevasse, et quelques pierres s'effondrèrent sous son pied pour aller rouler dans le vide.

Une forme mouvante attira son attention.

La silhouette de Jo se redressait lentement, à quelques mètres de là. Ses cheveux couverts de terre masquaient son visage. Kiam avait dû la manquer à cause du rocher qui surplombait la traqueuse. Heureusement, elle se trouvait du bon côté de la crevasse.

Jo était en train d'attacher Ako à sa chaîne. Voilé de poussière, le corps du jeune homme semblait inerte.

— Pourquoi est-il immobile ? dit Eivy, dont la voix tremblait de colère.

— Une pierre l'a assommé, mais je n'en ai pas fini avec lui. Je vais quitter ce couloir en ruines, et je le prends avec moi.

— Ta vengeance n'a pas de sens, si seulement tu m'écoutais…

La traqueuse semblait avoir basculé dans un état second. Eivy se pencha et agrippa ses épaules pour la forcer à lui faire face.

Jo se redressa d'un bond, le regard brûlant de fureur.

— Ne te mets plus jamais en travers de mon chemin !

D'un mouvement ample, elle poussa Eivy au-dessus de la crevasse. Le cœur de la jeune fille s'affola. Elle bascula en arrière, mais parvint à s'agripper à la chaînette que portait Jo autour du cou pour ne pas tomber. La traqueuse la bouscula de plus belle, et le pendentif finit par céder.

Eivy tomba à la renverse.

Son flanc gauche heurta la surface rocheuse du ravin, puis elle se mit à dévaler la fissure. Les pierres éraflaient sa peau, cognaient ses articulations, écrasaient ses membres. Sa tête tournait. La confusion et l'impuissance se bousculaient dans son crâne tandis que son corps roulait, bondissait, dégringolait.

Lorsque la chute prit fin, Eivy eut un moment d'absence, couchée dans la poussière. Puis la douleur afflua d'un coup. Elle essuya ses yeux pleins de terre et de larmes. L'un de ses coudes saignait abondamment, et, à en juger par les élancements émanant de son flanc gauche, elle avait une côte fêlée. Son corps était sans doute couvert d'éraflures, mais il était difficile de les discerner à travers la couche de poussière qui étouffait sa peau.

Il fallait qu'elle sorte de là, et vite. Une nouvelle secousse pouvait frapper n'importe quand. Sans parler du danger que courait Ako, pris entre les griffes de Jo, que la haine aveuglait.

Eivy réalisa que ses doigts étaient toujours crispés sur la chaînette qu'elle avait arrachée à la traqueuse. L'œil du typhon pendait à son extrémité. Elle le fourra dans sa poche et déchira un bout de sa chemise, qu'elle entoura autour de son coude pour freiner le saignement.

Tremblante, elle se redressa pour regarder autour d'elle.

La jeune fille n'était pas tombée au fond de la crevasse, mais sur l'un des premiers paliers. D'une certaine manière, elle avait eu de la chance.

Un élancement particulièrement violent la fit grimacer.

Eivy jaugea le ravin qu'il lui faudrait remonter. Sa pente n'était pas trop raide. Elle pourrait l'escalader, même si les pierres friables et sa côte douloureuse allaient lui compliquer la tâche.

L'aide de Kiam aurait été la bienvenue, mais elle avait roulé loin, et ne savait pas où se trouvait l'archer. Elle fut tentée de l'appeler. Le regard féroce de Jo lui revint alors en mémoire, et elle estima préférable de ne pas attirer l'attention sur elle. Mieux valait tomber sur la traqueuse par surprise, quand Eivy se serait extirpée de là.

Elle sentit son ventre se crisper au souvenir de Jo, mais inspira lentement pour se recentrer sur ce qu'elle avait à faire. Ce n'était pas le moment de laisser la colère prendre le dessus. Il fallait qu'elle se concentre pour remonter malgré la douleur.

Elle se redressait quand une sensation glacée l'assaillit.

Le cœur d'Eivy se souleva.

Un grondement caverneux retentit, et, cette fois-ci, il n'émanait pas du ventre de la terre. C'était la voix inhumaine de Meyrin qui résonnait dans la crevasse.

Elle comprit que ses pouvoirs étaient intacts quand elle sentit son corps se figer.

Chapitre 38

Une odeur d'encens et de moisissure avait couvert les relents terreux de la crevasse. Meyrin se tenait à quelques mètres d'elle, funeste sous sa cape pourpre. Le regard qui émergeait de sa capuche était un maelström de noirceur. Eivy se révulsa, mais fut incapable d'esquisser le moindre geste pour fuir.

— Encore toi, dit-il. Je vais pouvoir finir ce que j'ai commencé dans la forêt.

Meyrin semblait à la fois devant elle et partout autour, saturant l'air de sa vibration sourde, de son odeur nauséabonde, de sa présence glacée.

Eivy n'eut d'autre choix que de rester muette et immobile tandis qu'il agitait la main dans le vide, faisant jouer ses fils invisibles. Les jambes de la jeune fille picotèrent, et elle avança malgré elle. Il voulait qu'elle se jette dans les profondeurs de la crevasse…

Elle résista de toutes ses forces, en vain. Sa respiration était haletante et son front trempé. Le bout de son pied droit dépassait du palier lorsque le grondement de Meyrin s'interrompit.

Il se tenait toujours là, à quelques mètres. Sa tête était légèrement penchée sur le côté, comme sous le coup de l'étonnement.

— Je sens sa présence sur toi, dit-il.

Eivy n'arrivait pas à réfléchir de manière rationnelle. Son cœur cognait contre sa côte douloureuse. Meyrin la sondait du regard.

— Voilà qui devient intéressant, finit-il par ajouter. Tu détiens sa boucle.

Elle eut à peine le temps de réaliser qu'il parlait du cristal d'Ako. La silhouette sombre se flouta, et, avec une rapidité saisissante, surgit juste devant elle.

— Remets-moi son cristal, susurra-t-il.

Eivy continua de le fixer, tremblante. Sous sa chemise, le médaillon de sa montre collait à sa peau. Un mélange d'angoisse et de fureur oppressait sa poitrine. Meyrin allait briser son esprit pour obtenir ce qu'il voulait, mais, tant qu'elle en était capable, elle ne lui concéderait rien.

— J'admire ta résistance et ta loyauté, petite. Mais, dis-moi, t'imagines-tu vraiment qu'Ako t'accompagne à Othea par altruisme ? Qu'il n'y a rien d'autre qui l'intéresse, chez toi, que le plaisir de ta compagnie ?

Le ton de Meyrin était devenu sournois, comme s'il prenait plaisir à planter la graine du doute dans son esprit. Et malgré ses efforts, Eivy ne parvint pas à ignorer son allusion. Après tout, Jo avait exprimé le même sous-entendu. *Je me demande à quel point elle se leurre sur les raisons de ta présence à ses côtés.*

Eivy se remémora les propos d'Ako, quand il lui faisait ses adieux devant la cascade. *Il y a certaines choses, chez moi, que tu refuses de voir.* La convoitise qui perçait dans sa voix, quand il avait parlé de son pouvoir, résonnait encore à ses oreilles. *Si tu savais comme je t'ai enviée, Eivy. Ton don insuffle la vie aux pierres, alors que le mien est lié à la manipulation et à la mort.*

Le nouveau souvenir qui l'assaillit acheva de la déstabiliser. Elle revit Ako lui tendre la pierre mauve, devant la roulotte où

Kiam reprenait des forces. C'était juste avant qu'il lui offre la fleur. Eivy avait trouvé son comportement étrange, mais n'avait pas cherché plus loin. Jusqu'à quel point son attirance pour lui l'avait-elle aveuglée ?

À présent, Eivy comprenait trop bien pourquoi ce cristal ne possédait pas d'aura clairement identifiable : parce qu'il n'avait pas d'essence propre. Il était destiné à s'emparer du pouvoir des autres. Dans ses souvenirs, Ako avait parlé à Mirtie de l'existence de cette pierre.

Eivy devait affronter la réalité crue : il avait envisagé de voler son pouvoir. Finalement, il n'avait pu s'y résoudre. Lorsqu'elle avait avancé les doigts vers le cristal, il avait bloqué sa main. *Merci de m'avoir ouvert les yeux, je crois que j'étais en train de me perdre.*

Mais cela n'enlevait rien à ses intentions premières. Pendant des mois, Ako lui avait menti. S'il était venu la chercher à Greybor, s'il l'avait menée jusqu'aux portes d'Othea et s'il l'avait aidée à développer son pouvoir, c'était pour le lui prendre.

Eivy avait l'impression d'avoir pris un coup sur la tête. La désillusion baigna ses yeux de larmes. Elle ne comprenait pas la violence de sa propre réaction. À quoi s'était-elle attendue ? Elle aurait dû se douter qu'Ako n'était pas digne de confiance. Eivy avait honte de sa naïveté. Pourtant, elle ne pouvait s'empêcher de souffrir. Elle luttait contre cette douleur qu'elle jugeait indigne d'elle-même, mais celle-ci refusait de se taire.

Alors la peine se transforma en colère. La rage gonfla dans son ventre comme une tempête glacée. Elle courait dans ses veines et oppressait ses poumons, réclamant sa vengeance. Eivy se sentait capable du pire. Comme de remettre la boucle d'Ako à Meyrin. Ou de la briser elle-même, en regardant le cristal s'écraser au fond de la crevasse sombre.

C'est à cet instant que Meyrin décida de lui rendre le contrôle de ses mouvements. Il avait gagné, et attendait qu'elle obtempère.

Mais celui-ci la connaissait bien mal. Au creux d'Eivy, chatoyait un idéal plus fort que la colère : la liberté. Celle d'être elle-même et de faire ses propres choix. Si elle avait lutté pour s'accorder ce droit, ce n'était pas pour laisser Meyrin la manipuler comme une marionnette.

Alors, au lieu de glisser sa main sous sa chemise pour ouvrir sa montre sur la boucle d'Ako, elle l'enfonça dans sa poche. La chaînette arrachée à Jo était toujours là. Lorsque les doigts d'Eivy entrèrent en contact avec l'œil du typhon, l'aura violente de la pierre la happa. Sa sauvagerie devint la sienne. Elle ressentit la puissance des Dragoards fendant le ciel pour fondre sur leur proie, sans pitié ni hésitation.

L'espace d'un instant à l'intensité vertigineuse, Eivy dut lutter contre cette force pour l'apprivoiser et lui imposer sa volonté. La pierre lui opposa ses crocs d'écume et de vent. Sa pression noyait son souffle, cherchant à l'annihiler. Mais Eivy tint bon. La jeune fille ne s'oublia pas dans les ténèbres du cristal, c'est sa conscience qui commanda à la pierre.

Le poing d'Eivy s'élança, l'œil du typhon fermement coincé entre deux doigts. La rapidité surnaturelle des Dragoards accompagna son geste. Ses doigts avaient acquis la légèreté d'une plume portée par le vent. Elle était devenue la tempête.

Meyrin ne put l'esquiver.

La longue pierre transperça son œil gris et s'enfonça dans son crâne.

Un hurlement inhumain retentit. Il était strident comme un poignard et froid comme une pierre tombale. Il n'y eut pas de chair meurtrie ni d'effusion de sang. Juste un éclat de vapeur étourdissant, qui implosa à la manière d'un souffle.

L'œil du typhon éclata avec lui, et ses fragments disparurent au fond de la crevasse béante.

Le cri cessa subitement, tout comme l'odeur de moisissure et la présence gelée.

Hélas, le hurlement de Meyrin avait déclenché un éboulement, et des monceaux de terre s'effondrèrent dans la crevasse. La jeune fille se retrouva quasiment ensevelie.

Elle leva le nez, et réalisa qu'elle ne pourrait plus escalader le ravin. En s'effritant, la surface était devenue raide. Aucun point d'appui ne lui permettrait désormais de rejoindre l'air libre.

Elle allait sombrer dans la panique quand une voix assourdie parvint jusqu'à elle.

— Eivy !

Kiam la cherchait toujours, il ne l'avait pas abandonnée.

— Je suis là !

Quelques secondes après, le visage de l'archer se pencha au-dessus de la crevasse. Il recula un instant, puis réapparut pour lui lancer sa corde.

La jeune fille l'attrapa et, malgré la douleur qui irradia dans son flanc, s'y agrippa de toutes ses forces. La montée fut rude et éprouvante. Plusieurs fois, Eivy crut qu'elle allait tout lâcher, mais elle serra les dents et continua. Elle parvint à se hisser à la surface avant de s'effondrer par terre, à bout de souffle.

— Faut qu'on y aille, s'alarma Kiam. C'est de plus en plus instable !

Eivy balaya des yeux le paysage désolé. Il n'y avait plus aucune trace de Jo ni d'Ako. Une bouffée d'amertume la gagna. Elle se redressa et attrapa la main que lui tendait Kiam.

C'est lorsqu'ils se mirent en route que l'ultime secousse se produisit.

Tout autour d'eux, le couloir se mua en un immense chaos. La terre tremblait en continu. Le massif s'écroula, et vomit des pierres qui se mirent à lapider le sol. Les flots de la cascade envahirent la crevasse. Partout autour, l'eau des bassins vrombissait, débordait, transformait le sable en marée boueuse.

Ils se ruèrent désespérément vers la deuxième cascade.

Eivy en oublia la douleur de sa côte. Elle se contenta d'obéir à l'instinct qui lui dictait de courir, évitant de peu les fissures et les trous d'eau. Le paysage figé de leur arrivée s'était transformé en décor apocalyptique. Tout n'était que rugissement, terre mouvante et flots enragés.

Lorsqu'ils atteignirent le bassin où se jetait la cascade, un vacarme étourdissant retentit derrière eux. Elle se précipita en avant malgré la hauteur des eaux. La jeune fille nagea vers la chute, qu'elle discernait encore à travers la tempête écumante. L'eau l'attirait, la repoussait, s'engouffrait dans sa gorge. Elle dut lutter pour rejoindre le rideau liquide.

Au moment où elle se ruait dans la cascade à la suite de Kiam, Eivy sentit un souffle brûlant éclater dans son dos. Le couloir se désintégrait pour de bon.

Elle fendit l'avalanche liquide et tomba en avant. Eivy roula au sol avant de s'immobiliser sur le flanc. Un calme soudain s'abattit, contrastant avec le chaos qu'elle venait de quitter. Son corps trempé n'était plus qu'une boule de nerfs.

Kiam était recroquevillé plus loin, le visage contracté par l'épuisement.

Eivy bascula sur le dos pour reprendre son souffle.

Ses yeux s'écarquillèrent en découvrant ce qui la surplombait. Le ciel nocturne était traversé de nuées vertes qui chatoyaient comme un feu mouvant. Eivy n'avait jamais contemplé de ciel si riche en nuances. Une multitude d'étoiles rendait cette toile d'autant plus vibrante. Des frissons parcoururent sa nuque. C'était une vue à la fois saisissante et curieusement familière. Alors qu'elle le voyait de ses yeux pour la première fois, Eivy sentait que ce ciel était le sien.

Elle tourna la tête pour examiner les alentours. La clarté de la nuit lui révéla qu'ils avaient émergé d'une petite cascade prolongée par une rivière émeraude. Une forêt d'arbres tortueux encadrait le cours d'eau. Le sol était constitué de racines, de mousse et de végétaux, qui formaient un tapis tiède et odorant. Une chaleur épaisse s'épanouissait dans ce coin de verdure émaillé de bourdonnements d'insectes.

Malgré ses douleurs, Eivy se redressa et enleva ses bottes pour sentir le sol d'Othea sous ses pieds. Les reliefs de celui-ci s'imprimèrent dans sa peau. Elle eut la sensation que son corps était un prolongement de ces racines. Le murmure de cette forêt se répercutait dans les battements de son cœur. Le sang qui coulait dans ses veines était la sève de ces arbres. La jeune fille se sentait complète et apaisée. Le trou dans son ventre s'était refermé.

Mais il n'y avait pas que son monde, qui avait changé. Dans sa tête aussi, Eivy se sentait différente. Dompter l'œil du typhon pour affronter Meyrin lui avait permis de se réconcilier avec son pouvoir. Eivy n'avait pas perdu le contrôle, elle ne s'était pas oubliée dans le cristal. À présent, elle n'avait plus peur de son don. Elle le sentait chatoyer au fond d'elle comme une flamme tranquille.

Le reste était plus compliqué à encaisser.

Cachée par les lourds pans de son manteau, Eivy ouvrit le médaillon de sa montre à gousset. Elle chercha des yeux la boucle d'Ako. Lorsqu'elle vit que le cristal brillait toujours d'un éclat bleu, elle ne put s'empêcher de ressentir un profond soulagement.

Où qu'il soit, Ako était toujours en vie. Pour le moment, du moins.

Eivy se maudit elle-même et referma sa montre avant de la camoufler sous sa chemise.

À une cinquantaine de mètres, la rivière rejoignait la mer, sombre nappe d'huile reflétant la splendeur du ciel nocturne. Eivy fit quelques pas dans sa direction. Kiam vint la rejoindre. Au regard qu'ils échangèrent, elle comprit qu'il était aussi ému qu'elle d'avoir rejoint Othea. Son expression semblait plus mûre et affirmée.

— Ils sont là ! cria une voix toute proche.

Le cœur d'Eivy bondit. Elle tourna la tête au moment où Edwin et Alex apparaissaient entre les arbres. L'épaule bandée et les traits tirés, le gamin boitilla vers eux. Ils allaient à peu près bien. Les épaules d'Eivy se relâchèrent quelque peu.

— Avez-vous vu les autres ? demanda-t-elle.

— Nous avons aperçu Jo peu après notre arrivée, répondit Edwin. Elle était avec Ako, même s'il ne semblait pas vraiment… conscient.

Une étincelle de culpabilité traversa ses yeux.

— Elle m'a frappé par surprise, avoua-t-il, et j'étais trop sonné pour pouvoir la retenir. Alex n'a pas pu intervenir, c'est à peine s'il tient debout. Je suis désolé de ne pas avoir cru à ton histoire…

— Par où sont-ils partis ?

— Il y avait un canot au bout de la rivière. Elle s'est ruée dessus en traînant Ako à sa suite. Ils doivent déjà être loin.

Eivy ravala la colère qui nouait sa gorge. Elle ne savait même plus vers qui sa rancœur était tournée. Chacun à leur manière, Jo et Ako avaient menti et manipulé. Ce qui était sûr, c'est qu'Eivy n'accorderait plus sa confiance si facilement.

Elle allait tout expliquer aux autres lorsque les traits de l'archer se figèrent.

Un craquement avait retenti derrière les arbres. Tous tournèrent la tête vers les troncs qui bordaient la rivière. Des dizaines de silhouettes imposantes avançaient vers eux, les yeux brillants dans l'obscurité. Une odeur nauséabonde envahit l'atmosphère.

— Qu'est-ce que c'est que ça ? hoqueta Edwin.

— Aucune idée, murmura Kiam.

Le jeune homme entreprit de saisir son arc, mais se ravisa. Ils étaient trop nombreux, autant éviter de se montrer hostile.

L'un des individus émergea de l'orée pour entrer dans l'éclat lunaire.

Il dépassait les deux mètres. Sa peau luisait d'un éclat gris. Il était coiffé d'une crête qui ressemblait curieusement à un aileron. Mais le plus étrange restait son visage : ses yeux sans paupières étaient disposés de part et d'autre de sa tête allongée, et sa bouche immense contenait un nombre inquiétant de dents pointues. Sous son pagne au tissage d'algues et de cordages, ses pieds étaient palmés.

Eivy comprit brutalement à qui elle avait affaire.

— Qu'avons-nous là ? demanda l'individu dans un gargouillement.

Un autre l'interrompit en sifflant du bout de la rivière.

— Squalo, y en a qui se sont tirés avec le canot de la crique ouest !

L'intéressé tourna l'un de ses yeux vitreux vers Eivy et ses amis.

— Alors comme ça, vos copains sont partis sans vous ? C'est moche. Mais ne vous tracassez pas, on a toujours de la place pour les nouveaux venus. La main-d'œuvre est précieuse, dans le coin.

Un sourire mauvais dévoila les dents du Pescaille.

Remerciements

Red Stone a une place particulière dans mon cœur. C'est mon tout premier roman, et c'est grâce à lui que j'ai concrétisé ma vocation pour l'écriture. J'ai mis beaucoup de passion dans cette histoire, qui m'a fait rêver comme jamais.

Je remercie mes proches qui ont aimé *Red Stone* et qui m'ont encouragée à persévérer dans son écriture. En particulier Laurie-Lynn, l'une des premières bêta-lectrices de ce manuscrit et amie de longue date : merci pour ton enthousiasme concernant ce roman ! Merci Clémentine pour ton soutien, ton écoute attentive et tes conseils avisés en toutes circonstances. J'adresse aussi tout mon amour à ma petite Margot, pour ta joie de vivre et ton imagination débordante (et pour toutes les fois où tu acceptes de rester sage pendant que j'écris !).

Un remerciement particulier à ma maman pour nos sorties en plongée sous-marine, qui ont inspiré certaines scènes de *Red Stone* (je pense notamment à la grotte secrète, accessible uniquement sous l'eau, que tu m'as fait visiter quand j'étais enfant : comment ne pas avoir envie d'écrire une histoire sur un endroit si enchanteur ?).

Merci Laurent pour ton soutien quotidien dans mes projets d'écriture et pour nos discussions autour de mes romans. Elles ont donné naissance à de nombreuses scènes d'action de *Red Stone* (je me souviens de ce petit parc, au bord de la mer, où nous avons débriefé certains combats).

Un merci tout particulier à Léa, qui m'a convaincue de proposer ce manuscrit au concours Big Bang. Sans ton flair et

ta perspicacité, ce beau projet n'aurait sans doute jamais vu le jour.
Enfin, un grand merci à Hélène, à Agnès et à toute l'équipe Big Bang et Bragelonne pour avoir sélectionné mon manuscrit et pour m'avoir aidée à le retravailler au mieux. La version définitive de *Red Stone* doit beaucoup à vos conseils éclairés. Ça a été un vrai bonheur pour moi de replonger entre ses pages, de retrouver son univers et de renouer avec ses personnages. Merci à vous d'avoir rendu cette aventure possible !

Achevé d'imprimer en avril 2023
Par CPI Brodard & Taupin à La Flèche
N° d'impression : 3052244
Dépôt légal : mai 2023
Imprimé en France
36231489-1